Tessa Korber

ALTE FREUNDINNEN

Tessa Korber

ALTE FREUNDINNEN

Roman

DUMONT

Dieses Buch ist all den wunderbaren Frauen –
und auch einigen Männern – gewidmet,
die ich im Laufe meines Lebens meine
Freundinnen oder Freunde nennen durfte.

Danke, ihr habt mich auf vielerlei Weise dazu inspiriert,
die vier Heldinnen zu erschaffen,
die in diesem Buch jetzt ihr ganz eigenes Leben führen.
Die vier sind keine von euch, sie sind ihr alle – und ohne euch
wären sie nichts. So wie alles nichts wäre ohne euch.

DER SOMMER DES GROSSEN AUFBRUCHS

1

»Schwester, ich muss mal!«

»Herr Schürer, Sie wissen doch, dass ich keine Schwester bin.« Franziska ist eben erst in den Speiseraum des Altersheims gekommen. Hat ihren eisgrauen Zopf hochgesteckt, ist in die Schuhe mit den leisen Sohlen geschlüpft, hat sich vorgenommen, dass es heute keinen Ärger geben soll. Sie braucht den Job.

Herr Schürer rollt erwartungsvoll näher. Seine fleckigen, spinnendürren Hände drehen die Räder nur mit Mühe. Er ist eine empfindsame Seele, die abends vor dem Einschlafen für alle auf der Station betet. Als Soldat, sagt er, habe er Dinge gesehen, die niemand sehen sollte. Manchmal sieht er sie noch immer: einen Fluss und Menschen, die an seinem Ufer aufgereiht und dann hineingestoßen werden. Franziska weiß nicht, ob Herr Schürer unter denen war, die gestoßen wurden, oder unter denen, die stießen, vielleicht stoßen mussten. Herrn Schürers Akte ist leer, Besuch erhält er nie.

»Ach, Schwester«, wiederholt er noch einmal. »Es ist wirklich dringend.« Dabei schwimmen seine durchsichtig blauen Augen in Tränen. »Es darf doch nichts in die Hose gehen.«

»Natürlich, Herr Schürer. Aber ich hab es Ihnen ja erklärt: Ich darf das nicht.« Franziska ist Betreuungshelferin, ein neu geschaffener Beruf in der Altenpflege, ein Auffangbecken für Existenzen wie sie, deren Lebenslauf, wie ihre Freundin Nora es formuliert, einem Personalchef die Tränen in die Augen treiben würde. Wer sich als Schriftstellerin durchs Leben schlagen will, muss Kompromisse machen, vor allem, wenn sie die sechzig überschritten hat. Franziska hat schon viele berufliche Rollen gespielt und sich immer gesagt, dass es genau das im Grunde ist, ein Spiel, nicht mehr. Sie muss es allerdings nach den Regeln spielen.

Sie darf Gesangsrunden leiten, Sprichwörter-Raten veranstalten und die vielen Glastüren der Station mit Bastelarbeiten schmücken. »Pflegerische Handlungen vornehmen« darf sie nicht. Und Herrn Schürer die Urinflasche reichen, ist eine davon. Aber Herr Schürer muss auf die Toilette.

Franziska schaut sich um. Von den Pflegerinnen ist keine zu sehen. Alle sind unter Zeitdruck damit beschäftigt, die Bettlägerigen zu füttern. Das ist wie ein D-Zug, der durch die Station fährt. Gnade dem Ahnungslosen, der versucht, ihn anzuhalten.

Sie läuft zum Flur und reckt den Hals. Die Bahn scheint frei. Sie winkt Herrn Schürer, der neben sie rollt. »Wissen Sie was«, flüstert sie, »wir machen das jetzt einfach.« Entschlossen packt sie die Holme seines Rollstuhls. »Wir sind in geheimer Mission unterwegs.« Man muss die Abenteuer nehmen, wie sie kommen.

»Ach Gott, ach Gott, Schwester.«

Sie küsst ihn beschwichtigend auf seine Glatze mit den fünf Haaren. Er tut, als sei ihm so viel Überschwang lästig, wedelt mit der Hand und lächelt in sich hinein.

Beinahe wären Franziska und Herr Schürer den wachsamen Augen des Systems entkommen. Doch das Schicksal lässt Svetlana die Schreckliche aus Zimmer 302 treten, Gesundheitsschuhe an den Füßen, Bitterkeit in den Mundwinkeln, latexbehandschuhte Hände wie ein Serienmörder. »Was macht ihr da?«, verlangt sie zu wissen. Schwester Svetlana duzt jeden, Kollegen wie Bewohner. Dank ihr hat Franziska das »Sie« neu schätzen gelernt.

Betont würdevoll beginnt sie: »Herr Schürer benötigt Hilfe beim Wasserlassen …«

Svetlana lässt sie nicht ausreden. Sie greift nach dem Rollstuhl und schiebt ihn den ganzen Weg zurück in den Speisesaal, stellt ihn ruppig an den Tisch und arretiert die Bremsen. »Der pisst, wenn ich es sage.« Mit energischen Schritten ist sie schon wieder an der Tür, nimmt eine der Zeitschriften von der Ablage und wirft sie ihnen zu, dass sie vor dem Rentner auf den Tisch klatscht. »Da, lenk ihn damit ab.« Sie rauscht hinaus.

Franziska spürt die Röte in ihrem Gesicht pochen. »Kommen Sie!« Entschlossen schiebt sie den Rollstuhl ein zweites Mal über den Flur, sich nach rechts und links umschauend wie eine Verschwörerin.

»Aber dürfen wir das denn?«, fragt Herr Schürer besorgt, als sie sein Zimmer mit dem Bad erreichen. Franziska sucht und findet die Bettflasche, das seltsame Ding, aber sie darf jetzt nicht kneifen. »Nein, dürfen tun wir das nicht, Herr Schürer. Wir machen jetzt etwas komplett Illegales.« Sie lächelt ihn grimmig an.

Besorgt lächelt er zurück. »Und können Sie das auch?«

»Es ist nicht der Erste, den ich in Händen halte«, versucht sie sich und ihm Mut zu machen. In seine sonst wachsgelben Wangen schießt ein klein wenig Röte.

»Ach herrje.« Er jammert vor sich hin, halb verlegen und halb geschmeichelt von ihrer Zweideutigkeit, während Franziska sich bemüht, nicht zu schwitzen und ihre Entscheidung nicht zu bereuen. Es ist gar nicht so einfach, unter all den Stoffschichten das kleine Objekt zu finden und in Kontakt mit dem Flaschenhals zu bringen. Doch endlich ist es geschafft. Herr Schürer schließt die Augen und entspannt sich.

Nach der Aufregung will er sich hinlegen. Leise zieht sie die Zimmertür hinter sich zu. Sie steht einen Moment da. Jetzt wäre es Zeit, mit dem Rollwagen die Zimmer abzuklappern, Würfelspiele, Vorlesekapitel oder Duftölmassagen anzubieten, manchmal einfach nur ein Gespräch, bei dem sie den immer gleichen Erinnerungen lauscht. Aber Franziska, die auf der Suche nach der Kraft dafür all ihre Seelenschubladen durchstöbert, findet selbst im letzten Winkel nur ein widerspenstiges, entschiedenes »Nein«.

Im Flur ist niemand, der ihre Schritte auf dem Linoleum hören könnte, als sie Tasche und Jacke aus dem Aufenthaltsraum holt und zum Aufzug geht. Ungeduldig drückt sie auf den Aufzugknopf. Sie löst den Zopf und schüttelt ihr Haar aus, das wie ein schwerer Vorhang über ihren Rücken fällt, ihr Banner des Protests gegen die Welt. Sie hat sich getäuscht: Demütigung perlt nicht an der Haut der Rolle ab. Die Haut ist in ihrem Alter zu dünn dazu.

Gegenüber der Lifttür steht eine rote Plüschottomane. Sie hätte ein gemütliches Plätzchen für die Bewohner sein können, ist aber komplett belegt von Schaufensterpuppen in altmodischer Kleidung, die starr Seite an Seite sitzend an den Besuchern und aneinander vorbeiglotzen. Franziska hat schon immer gefunden, dass die Ungeschicklichkeit, mit der hier Leben simuliert wird, Bände spricht.

Heute spürt sie die toten Augen der Puppen kalt in ihrem Rücken: Alter, Verfall, Starrheit und Stumpfsinn sitzen da und warten auf sie. Der Aufzug kommt mit munterem Pling. Mit einer raschen Bewegung schubst Franziska die nächstgelegene Puppe an, dann tritt sie in den Lift und drückt auf »E«. Durch den sich schließenden Türspalt sieht sie die Puppen in Zeitlupe eine nach der anderen vom Sofa sinken. Für dieses Mal ist sie entkommen.

Eine Gedichtzeile schießt ihr durch den Kopf, warum gerade diese? »Ich hab mit dem Tod in der eigenen Brust den sterbenden Fechter gespielt.«

Franziska ist 64 Jahre alt. Und sie fragt sich. Sie fragt sich so vieles.

2

Zurück zu Hause, vier Treppen hoch in einem Altbau ohne Lift, muss Franziska die Beantwortung ihrer Fragen erst einmal verschieben. Sie legt ein neues Brikett in den Ofen und stellt die Lüftungsschlitze weiter, damit es gut anbrennt. Mehr als lauwarm wird die Wohnung nie.

Sie lebt alleine. Nach ihrer Scheidung und nachdem ihr Sohn sich früh dafür entschieden hatte, beim Vater zu bleiben, hat sie nie wieder den Wunsch verspürt, sich auf das Abenteuer eines Zusammenlebens einzulassen. Sie hat ihre Bücher, Tausende, die alle Lücken füllen. Daneben, dazwischen: Muscheln, Steine, Poster, bunte Tücher, Ansichtskarten, alte Eintrittbillets – die Sedimente zahlreicher Erlebnisse. So viele Spuren von Leben in allen Zimmern. Aber alle Spuren stammen von Franziska selbst.

In der Küche wartet ein Stapel schmutzigen Geschirrs. Franziska stellt heißes Wasser an und wartet auf das Klacken, mit dem der alte Boiler im Bad anspringt. Sie schaut hinaus auf ihren von Tauben verschmutzten Balkon. Sonne und Regen haben alle Farbe aus den Windrädchen gezogen.

Wo ist die Hinterhofromantik geblieben? Wann war ihr die Lust ausgegangen, Pflanzen für die schmiedeeiserne Brüstung zu kaufen? Sie betrachtet die lachenden Gesichter auf den Sonne-Mond-und-Sterne-Laternen, mit denen sie ihre Schlafnische beleuchtet, und sieht nur den Staub. Ihre bunten Halsketten, als Wandschmuck an Haken über den Flur verteilt, sehen plötzlich billig aus. Nichts davon würde mit ihr in ein Pflegeheim umziehen, wenn es so weit wäre, da gibt es keinen Platz für Spielereien, nur für fünf Bücher, vier Fotos, drei Blumenvasen auf dem Fensterbrett. Mehr passt dort nicht in ein Leben. Und jemand anderes wird über ihr Ausscheidungsverhalten bestimmen. »Ich bin zu alt für das Boheme-Leben«, sagt sie zu sich selbst im Spiegel.

Sie ist fast eins achtzig groß, schlank bis zur Knochigkeit und hält sich sehr gerade für ihre 64 Jahre. Man hat sie schon des Öfteren für eine gealterte Ballerina gehalten, obwohl sie mit den eher unspektakulären blaugrauen Augen und der zu großen Nase keine Schönheit ist. Die strenge Ausstrahlung wird durch ihre farbige Kleidung und ihre Neigung zu großen, archaisch wirkenden Schmuckstücken gemildert. Franziska kann wie eine Respektsperson aussehen. Doch das wollte sie nie. So wenig, wie sie je einen bürgerlichen Beruf angestrebt hat. Ein Fehler?

»Ich bin zu alt für das Boheme-Leben«, sagt sie eine halbe Stunde später am Telefon zu Annabel, einer ihrer besten Freundinnen. »Noch zwei, drei Jahre, und sie kassieren mich, wenn ich in meinen Flohmarktklamotten auf die Straße gehe, und stecken mich in eine Anstalt. Sein Alter zu ignorieren, ist auch ein Realitätsverlust.«

»Ich fand deine Kleidung immer schon ein wenig zu schrill«, sagt Annabel. »Vor meinen Klassen hätte ich das nie anziehen dürfen. Schon gar nicht als Blondine. Als Blondine bist du sofort das Sexualobjekt.«

Annabel ist pensionierte Lehrerin, und, ja, blond war sie einmal, ein Umstand, der trotz ihrer Befürchtungen nicht verhindert hat, dass sie es ohne Zwischenfälle zur Studiendirektorin brachte. Darüber hinaus war sie Zeit ihres Lebens Single und, soweit Franziska weiß, eher selten das Subjekt oder Objekt von Sex. Annabel schützt sich durch möglichst intellektuelle Brillen, einen – mittlerweile silbernen – Pagenkopf, der so exakt geschnitten ist, dass es fast wehtut, und eine dezidiert lehrerinnenhafte Kleidung, bestehend aus Bleistiftrock, Twinset und Pumps, die sie auch nach ihrer Pensionierung nicht abgelegt hat. Sie trägt die Schuhe selbst im Haus.

»Außerdem«, fügt Annabel der Ordnung halber hinzu, denn sie ist sehr ordentlich, »ist man noch kein Bohemien, nur weil man nicht Staub wischt.«

»Staub wischen? Bist du verrückt, die meisten tödlichen Unfälle passieren im Haushalt.« Franziska lehnt sich in ihrem alten Sessel zurück. Sie streckt die langen Beine und lässt die Glöckchen an ihrer Fußkette klimpern. Langsam geht es ihr wieder besser. Sie weiß, dass Annabel es nicht böse meint. Als Studentin war sie lockerer. Wann hat das bei Annabel mit den Ängsten und den Verschwörungstheorien angefangen? War es im Referendariat? Franziska selbst hat sich dieser Veranstaltung des Bayerischen Bildungsministeriums zur Brechung von Seelen erfolgreich entzogen und nach dem Studium nie mehr eine Schule betreten. Lange Jahre hat sie sich zu dieser Entscheidung gratuliert, vor allem wenn sie Annabel betrachtet, die heute eine Stunde damit verbringen kann, vor dem Aufbruch zu einer Einkaufsfahrt sicherzustellen, dass ihr Herd aus ist.

Andererseits kann Annabel sich einen modernen Induktionsherd leisten, ein eigenes Auto, ein Appartement mit Garten und einen sündteuren Friseur. Franziska ihrerseits hat Post von ihrem Verleger erhalten, der ihr mitteilt, dass ihr Anteil am Verkauf ihres aktuellen Romans für das gesamte letzte Jahr 87 Euro 93 beträgt. Auch das kann auf Dauer zu Zwangsvorstellungen führen.

»Sitzen bleiben, Marlon«, hört Franziska die Freundin sagen.

Sie fragt: »Hast du eine neue Katze?«

»Das ist ein Nachhilfeschüler«, erklärt Annabel. »Er brütet gerade über *Nathan der Weise*.«

»Mein Gott, ja, die Ringparabel.« Franziska lacht auf. »Weißt du noch, unser Theaterbesuch?«

»Wo sie den Kreuzritter nackt haben auftreten lassen?« Auch Annabel klingt jetzt heiterer. »Und dann wälzte er sich in all den Federn. Haben nur noch der Teer und der Ku-Klux-Klan gefehlt.«

»Oder eine Hüpfburg mit silbernen Bällen«, schlägt Franziska vor. »Ah, wir hätten Regietheater machen sollen.«

»Ach nee«, gibt Annabel zurück, »immer die langen schwarzen Ledermäntel und die Anspielungen auf das Dritte Reich. Meine These als Historikerin ist ja …«

»Du, was *ich* dir sagen wollte …«, unterbricht Franziska sie rasch, die Annabels historische Thesen fürchten gelernt hat. »Weil, ich hab nachgedacht …«

»Du weißt schon, dass der Satzbau ein Anglizismus und streng genommen grammatikalisch falsch ist«, gibt Annabel zu bedenken.

»Lass mich doch mal ausreden. Ich hab nachgedacht, weißt du noch, unser Projekt?«

Im Hörer ist es still. Liegt es an Franziskas Ton oder am Thema? An diesem Wort, »Projekt«, das gar nicht spezifiziert zu werden braucht? Es steht außer Frage, welches Projekt gemeint ist. Während ihrer langen Freundschaft gab es viele Ideen und Initiativen, aber nur ein »Projekt«.

Das »Projekt« ist etwas, das ihre Freundschaft seit den Anfängen begleitet. Eine gemeinsame Idee, zu der jede von ihnen etwas beigetragen hat, Annabel, Franziska, Nora und Luise. Schon an der Universität war es eines ihrer Lieblingsthemen gewesen, wenn sie abends, mit Rotwein aus dem Tetrapak, zu philosophischen Debatten und Liebeskummer beisammensaßen, vier Mädchen aus der Provinz, die Großes vorhatten.

Das Projekt war gewachsen und gewuchert, hatte über Jahre geruht, vornehmlich dann, wenn eine von ihnen mal wieder einen Mann ins Zentrum ihres Lebens gestellt hatte, und war so zuverlässig wieder aufgetaucht, wie die Männer verschwanden, nur, um mit noch mehr Hingabe weitergesponnen zu werden. All die Jahre war das Leben nie ganz über die Idee hinweggegangen.

Annabel nimmt, was Franziska nicht sehen kann, ihre Brille ab. Leise sagt sie: »Du meinst unsere Künstler-WG?«

»Ich meine unsere Alters-WG.« Franziska versucht, die Dinge beim Namen zu nennen. So war es auch immer geplant. Wenn sie alle alt wären, so hatten sie sich das ausgedacht als Studentinnen, die von der Zukunft keine Ahnung hatten und sich die irgendwie als ein Mehr vorstellten, ein Mehr von allem: den schönen Dingen, die zu erleben sie vorhatten, ein Mehr an Liebe, an Erfolg, an Bedeutung, an Selbstverwirklichung. Was gab es sonst im Leben?

Wenn sie alt wären und all das erreicht wäre, wollten sie zusammenziehen, um über das Erlebte zu plaudern und zu lachen. Um ein freies Leben zu führen voller Wein und Lektüre und Pläne und interessanter Freunde und Fremder, die zu Besuch kämen. Unsympathische Menschen wären gar nicht erst erlaubt, die ganze böse Welt bliebe draußen aus ihrem Märchenreich, in dem sie alleine herrschen würden, in Freundschaft und Harmonie. Bis dass der Tod sie schied. Was davor käme, das Altsein und Noch-älter-Werden, das hatten sie sich nicht weiter ausgemalt. Es war nur als ein weiteres begleitendes Mehr erschienen, ein Mehr an Jahren.

Oh, sie hatten sich durchaus auch Gedanken um praktische Fragen gemacht, etwa: War Gin in der Hausbar akzeptabel, oder kam nur Whiskey infrage? Durften Männer über Nacht bleiben? Vor allem aber: Wie sollten sie all ihre Bücher, deren Zahl in die Zehntausende ging, in einer gemeinsamen Bibliothek zusammenführen? War die alphabetische Ordnung nach Autorennamen die beste Lösung, oder sollten sie Themenabteilungen bilden? Nach Nationalsprachen trennen? Chronologisch vorgehen nach Geburtsjahr des Verfassers? Oder nach den Farben der Einbände, vorausgesetzt, dass das keine reine Barbarei darstellte, sondern eine ganzheitliche mnemotechnische Strategie? Ja, darüber redeten sie sich die Köpfe heiß. Nicht jedoch über Arthrose und Fersensporn, über Schwerhörigkeit, die einen freiwillig von Opernbesuchen Abstand nehmen ließ, über chronische Verstopfung und darüber, dass ihnen, wenn sie lachen mussten, die Unterhosen nass wurden.

All das weiß Franziska jetzt, die im Altersheim viel dazugelernt hat. Ihr ist mittlerweile klar, dass es auch um Treppenlifte gehen muss und darum, ob man noch alleine in die Dusche kommt. Um gute Beleuchtung, Telefone mit großen Tasten und Hausnotruf und um Platz für Rollatoren. Um all das, was in ihren Plänen bislang außen vor geblieben war. Sie fürchtet, dass Annabel sich an dasselbe erinnert wie sie, wenn sie an das Projekt denkt: an Mädchenträume mit wenig Substanz. Sie will die Freundin so gerne davon überzeugen, dass der alte Zauber mit neuem Pragmatismus unterfüttert werden kann. Gleichzeitig hofft sie, dass er hält, dieser Zauber. Denn sonst hat sie nichts anzubieten. Franziskas Stimme ist unwillkürlich höher geworden.

»Ich hab, wie du weißt, kein Kapital einzubringen. Aber da ist mein Elternhaus in Birkenbach. Seit fünf Jahren überlege ich, was ich mit der alten Wirtschaft anstellen soll. Kein Mensch wird sie mehr pachten. Sie ist praktisch nichts wert. Aber sie wäre ein solides Heim. Dreihundert Jahre alte Mauern eben. Es müsste umgebaut werden, aber es böte Platz für uns alle. Dazu die Scheunen, der Garten, nicht zu groß, aber man könnte mal raus.« Sie macht eine Pause. Annabel liebt diesen Garten, das weiß sie. »Die alte Gaststube könnte unser Wohnzimmer werden. Wir müssten die Theke gar nicht abbauen, das gäbe eine nette Hausbar für Nora.«

»Und die alte Jukebox«, fällt es Annabel ein. »Die mit den Schlagern aus den Fünfzigern.« Sie war ein- oder zweimal mit Franziska bei deren Eltern gewesen, in den Semesterferien. »Sommerfrische« genießen und der Freundin beistehen, damit sie im Laufe des langen Augusts vom Mief des zurückgelassenen Lebens nicht überwältigt würde und den Weg zurück an die Universität auch sicher wiederfände. Ein wenig hatten sie alle noch Angst in den ersten Jahren, ihre große Flucht aus dem Kleinbürgertum der Provinz könnte scheitern, schon allein, weil die Geisteswissenschaften eine so wackelige Rettungsleiter abgaben.

»Genau.« Franziska atmet auf. Das klingt besser, als sie erwartet hat. »Im ersten Stock gibt es fünf Zimmer, wenn man den Anbau dazunimmt. Der Aufgang ist bestimmt breit genug für einen Treppenlift. Und die Scheune ergäbe eine tolle Bibliothek mit behindertengerecht ebenerdigem Zugang.«

»Ach, weißt du, die Bibliothek …« Annabels Stimme verklingt. Ihr verschwommener Blick gleitet zu den Regalen, die sich als vage bunte Schatten abzeichnen. Seit sie keine Klassenlektüren mehr aussuchen muss, hat sie nicht mehr so oft darin gestöbert. Es strengt ihre Augen an, all die Wörter auf den Buchrücken zu entziffern. Die Zeiten änderten sich. Schwer zu sagen, wie. Nein, korrigiert sie sich, nur schwer, es auszusprechen. Unwillkürlich räuspert sie sich.

Franziska wartet darauf, dass etwas kommt. Als ihre Freundin schweigt, fährt sie fort, ihre Ideen auszumalen. Den Umbau, den Nora als Redakteurin eines TV-Magazins über Bauen, Wohnen und Lifestyle in die Hand nehmen könnte. »Ich habe die Immobilie, Nora das Know-how …«

»… und ich das Geld«, fällt Annabel ein.

»Na ja«, meint Franziska und hält den Atem an. Sie waren schnell beim Thema gelandet, dem kritischen Thema in ihrem Leben: den Finanzen. Franziska war die letzten vierzig Jahre nie über ein studentisches Verdienstlevel hinausgekommen. Die erste Pfändungsandrohung hatte sie noch in Panik versetzt; allmählich dann gewöhnte sie sich daran, dass ihr Konto ab Mitte des Monats überzogen war, obwohl sie nie woanders als bei Aldi oder Norma einkaufte. Kismet, sagte sie sich meist, ein kleiner Preis für ihre Freiheit. Aber auch der Grund, warum sie nie zu Klassentreffen ging.

Sie sagt: »Nora hat auch eine Menge gespart, falls sie nicht alles in Schuhen und Schals angelegt hat.«

»Und Luise?«, will Annabel wissen.

»Tja, Luise.« Sie schweigen beide. Luise ist die Einzige von ihnen, die geheiratet, ein Haus gebaut und dort Kinder großgezogen hat. Jahre waren vergangen, in denen sie am Telefon auf die Frage, wie es ihr gehe, stets antwortete: »Gut, du weißt ja.« Meist gab es nichts Neues. Nur die Fortschritte oder Rückschläge der Kinder in der Schule, dann an der Uni und schließlich im Beruf. Sie waren das Einzige, was sich in der Familie weiterzuentwickeln schien. Luises ruhiges Leben änderte sich wenig. Sie sah mit dreißig aus wie mit vierzig und mit vierzig ganz ähnlich wie mit fünfzig, ohne sich je daran zu stören und auch ohne sich in ihrem ruhigen, verträumten Wesenskern zu verändern. Sah man genau hin, dann hatte ihr rundes Apfelbäckchengesicht unter den mausgrauen Locken sogar die wenigsten Falten von allen.

Zu jedem Treffen der Freundinnen allerdings, zu jedem gemeinsamen Kurzurlaub erschien sie zuverlässig, eine gute Zuhörerin und ab dem dritten Glas unerwartet witzig und trocken in ihren Kommentaren. So war Luise eine der ihren geblieben. Sie hatten sich deshalb angewöhnt, über Luises so ganz anders geartetes Leben nicht groß nachzudenken; es spielte keine Rolle für sie. Bei der Planung einer Frauen-WG war ein Ehemann allerdings eine Größe, die nicht vernachlässigt werden konnte.

»Luise hat Wolfgang«, sagt Franziska schließlich. Auf Luise würden sie verzichten müssen.

Diese Erkenntnis wirkt ernüchternd auf sie. Mit einem Mal scheint ihr alles, was sie sich in den letzten Stunden überlegt hat und was ihr so real und vernünftig vorkam, nur doch wieder eine Neuauflage der alten Seifenblase zu sein. Es würde keine Alters-WG geben, natürlich nicht. Sie haben alle ihr Leben, das sie führen müssen. Es ist Unfug, zu glauben, die anderen würden das ihre auf den Kopf stellen, nur weil sie, Franziska, sich einsam fühlt und Trübsal bläst. Sie würde sich zusammenreißen, sich drei Tage krankschreiben lassen und dann in ihr Pflegeheim zurückkehren. Oder wieder als Verkäuferin in einer Beck-Filiale anfangen. Und eben von einer Brücke springen, ehe sie in die Fänge des Pflegesystems geriete. Um sich bis dahin besser zu fühlen, könnte sie ja einen weiteren Roman verfassen. Den keiner lesen würde. Wie gehabt.

»Weißt du«, hört sie Annabel sagen, »das ist gar keine dumme Idee. Ich könnte das Appartement verkaufen. Der Immobilienmarkt hier ist ja geradezu am Durchdrehen. Vermutlich bekäme ich nie mehr dafür als gerade jetzt. Es wäre der richtige Zeitpunkt.«

Franziska kann es kaum glauben. »Du würdest …?«

»Absolut«, sagt Annabel. »Ich meine, ich denke darüber nach. Aber ja, ich glaube, ja. Entschuldige, mein Schüler.« Es tutet aus dem Hörer.

Franziska legt ihrerseits auf. »Wahnsinn«, flüstert sie. Zum ersten Mal seit Langem fühlt es sich an, als hätte etwas Neues begonnen. Wirklich begonnen.

3 Auch Annabel sitzt einfach da.

»Hallo?«, meldet sich ihr Schüler irgendwann.

Sie wendet ihm das Gesicht zu, ohne die Brille wieder aufzusetzen. Ihre ungewöhnlich großen blauen Augen sind noch immer schön, das weiß sie. Aber die Welt, die sie damit betrachtet, ist unscharf geworden, an den Rändern verschwimmt sie in ein graustichiges Sepia, in dem die weiße Designereinrichtung, die Aquarelle und die Glastüren ihres geliebten Heimes einfach verschwinden. Diese Ränder wachsen langsam aufeinander zu. Sie setzt die Brille wieder auf. Das Unscharfe verschwindet nicht ganz. Eine neue Brille würde das beheben, aber nur kurz. Die Unschärfe wird zurückkehren, wird bleiben, sich verdichten wie Nebel, die Ränder werden weiterwachsen, auf einen engen Punkt zu, in dessen Mitte Annabel ihr eigenes, zu einem Schreien verzogenes Gesicht gespiegelt sieht. Irreversible Sehnervdegeneration. Sie weiß, was das heißt. Hase und Igel. Ein Rennen, das man sicher verliert. Schicksal, welch unterschätztes Wort heutzutage.

»Was ist?«, fragt sie ihren Schüler, dessen Gesicht sie nicht genau erkennen kann. Sieht es gelangweilt, verärgert, ängstlich aus?

»Ich versteh das alles nicht.« Marlons Stimme klingt anklagend und monoton. Alles, gar nichts, krass, geil – mehr kann er nicht zum Ausdruck bringen. Der Text, der Sinn des Textes, den er lesen soll, scheint für ihn genau wie seine eigenen Gefühle unter demselben schmutzigen Milchglas verborgen wie für Annabel die Welt des Sichtbaren. Daran würde ihr Unterricht ebenso wenig ändern wie eine Brille an ihrem Sehvermögen.

Den Nathan kann sie auswendig. Sie hat die Figur des alten Juden immer geliebt. Er hatte ihr die Hoffnung gegeben, dass das Leben im Grunde ganz einfach sein könnte. Weil es nur auf den einzelnen Menschen ankam und was er daraus machte.

»Was gibt es da nicht zu verstehen?« Sie schiebt die eine Seite ihres Haars hinter das Ohr zurück, von wo der Saum in einer scharfen Spitze nach vorne fällt. Unter ihren Schülern ein gefürchteter Anblick, der Moment der Attacke. »Es ist eine Parabel, ein Gleichnis. Über die Relativität von Wahrheit.«

»Gleichnis? Ja, aber wenn man jetzt gar nicht mehr erkennen kann, welcher Ring echt ist und welcher falsch, dann ist das doch scheiße.«

Annabel schließt die Augen. Sie wird blind sein. Wie ihr Vater. Doch der hatte zeit seines Lebens immerhin ihre Mutter gehabt, die ihn pflegte. Voll inniger Abneigung, aber umso zuverlässiger. Sie hat niemanden.

Was hat sie als junges Mädchen Angst davor gehabt, in einer Ehe zu enden wie die ihrer Eltern. Ein hassliebendes Ineinanderverstricktsein, eine Dauerfrustrationsmaschine; jeden Tag gab man einander eine sorgsam bemessene Dosis Gift ein. Nein, das hat sie nie gewollt. Sie hatte es deshalb als junges Mädchen locker angehen lassen, unverbindlich. Es hatte Partyflirts gegeben, auch mal eine Nacht. Aber nie hatte sie eine Begegnung sich weiterentwickeln lassen. Vielleicht war es ja Pech gewesen, vielleicht hatte einfach keine das Zeug dazu gehabt, der Anfang zu sein, dem ein Zauber innewohnt. Vielleicht lag es aber auch an ihr. An der zu schwer zu überwindenden Angst vor dem, womit sie aufgewachsen war: Zweisamkeit, eingelegt in Bitterkeit, die alles durchdrang wie Konservierungsflüssigkeit ein anatomisches Objekt. Sie hatte doch nur dem Unglück entgehen wollen. Ihm entflattern, wie Franziska ihm schon ihr Leben lang so erfolgreich davonflatterte. Nur, dass ihr das Zeug zum Schmetterling fehlte.

Deshalb war sie noch lang keine »Nutte« gewesen. Ulf hatte ihr das Wort trotzdem ins Ohr geflüstert vor über vierzig Jahren. Während er es ihr heimzahlte, wie er es nannte.

Annabel sitzt ganz reglos da. Es ist alles gut, der Herd ist aus, die Tür verschlossen. Offenbar hatte sie Ulf damals sehr verletzt, als sie ihn abservierte. Er hatte bei ihr geklingelt und sich auf ein letztes Bier eingeladen: »Das bist du mir zumindest schuldig.« Dann hatte er sie verletzt. Eine Vergewaltigung konnte man das nicht nennen, oder doch?

Sie war nicht zur Polizei gegangen, nicht einmal zum Arzt. Sie hatte die Wohnung ganz allein wieder in Ordnung gebracht und nie wieder Unordnung in ihr zugelassen. Und niemandem gegenüber je ein Wort darüber verloren. Hatte es unter Fehler verbucht. Ihr Fehler. Danach hatte sie sich gewissenhaft darum bemüht, keinen weiteren zu machen. Sich ganz auf das anstehende Referendariat konzentriert. Sie hatte ja ohnehin nie heiraten wollen.

Allerdings heißt das jetzt für sie, dass es auf ein Pflegeheim hinauslaufen könnte, vielleicht schon in ein paar Jahren. Ihr künftiges Leben würde dann zwar nicht in den Händen eines Mannes wie Ulf liegen, aber in den Händen von Menschen wie ihrem Schüler. Es wären Menschen um sie, die Annabel nicht mehr sehen würde und die im Gegenzug sie, Annabel, nicht kennen würden. Die nichts von dem wissen würden, was sie geprägt hat und ausmacht. Und die Lessings Ringparabel scheiße fanden.

Annabel steht auf, um in den Spiegel zu sehen. Ihre Absätze klacken auf dem polierten Steinboden, doch es liegt keine Energie darin. »Geh nach Hause, Marlon«, sagt sie müde, »und denk noch mal in Ruhe darüber nach. Wir machen Schluss für heute.«

Sie ignoriert sein Meckern und tritt an die Terrassentür, um ihren Garten zu betrachten, ein verschwommenes grünes Aquarell mit ein paar Strukturen. Bald wird sie ihn nicht mehr sehen können. Bald wird sie nicht mehr lesen können. Wird den Weg zum Supermarkt nicht mehr finden. Nicht mehr sicher wissen, ob der Herd wirklich aus ist. Sofort muss sie in die Küche, um es zu überprüfen. Schaltet den Herd an, um die Schalter umso energischer auf »Aus« zu stellen. An. Aus. An. Aus. Aus. Blind. Es wird nicht sofort geschehen, aber geschehen wird es. Sie muss es sich bewusst machen. Lieber würde sie es vergessen. Verdammt, manchmal wünschte sie wirklich, sie könnte heulen. Aber Menschen, die alleine leben, tun so etwas nicht. Es gibt ja niemanden, der es sehen und sie trösten kann. Du bist hart geworden, denkt Annabel sich. War das wirklich nötig? Und wird es weiter nötig sein müssen, bis zum Schluss? Mit trockenem, ausdruckslosem Gesicht geht sie zurück ins Wohnzimmer. Ja, sie wird ihre Wohnung zum Verkauf anbieten, wird die Aktiendepots auflösen. Sie will diese WG. Nein, sie braucht sie.

Die Ordner mit den Finanzunterlagen schon in der Hand, hält sie inne. Sie muss es den anderen sagen, das mit ihren Augen. Wenn es ernst wird, muss sie mit der Wahrheit herausrücken. Muss zugeben, dass sie bedürftig ist. Dass sie sehr schnell eine Last werden könnte. Das wäre wohl nur fair. Wie sie wohl darauf reagieren werden?

Ach, Franziska, die Probleme nie als unlösbar akzeptiert, bis sie schmerzhaft an ihnen scheitert und sich die Wunden leckt, ehe sie auf das nächste losstürmt. Franziska würde vermutlich rufen: »Spinnst du? Klar gehörst du zu uns. Ohne Augen, ohne Haare, ohne Beine. Hurra!« So ist Franziska, viel Enthusiasmus, wenig Urteilsvermögen. Wie fremd ihr das ist, und wie es sie anzieht.

Nora würde wohl eher etwas Trockenes hinzufügen, etwas Geschmackloses und leicht Verletzendes, so etwas wie: »Aber hoffentlich nicht ohne Schließmuskel.« Nora besitzt sehr viel Urteilsvermögen, aber wenig Herz. Aber wer ist sie, das jemandem vorzuwerfen? Fürs Herz ist Luisa zuständig. Immerhin ist sie die einzige Mutter in ihrem Kreis, jedenfalls die einzig erfolgreiche. Ein ewiges, beneidenswertes Rätsel.

Annabel muss lächeln: Franziska, Nora, Luise – doch, es gibt Menschen, die sie kennen, die mit ihr gelebt haben und wissen, wer sie ist. Sie mag ja ein vertrockneter, erblindender Single sein, aber die Gesichter ihrer Freundinnen sind etwas, das sie immer wird vor sich sehen können, egal, ob blind oder nicht.

4

»Schätzchen, mir brauchst du wahrhaftig nichts über behindertengerechtes Bauen zu erzählen.« Nora stößt den Rauch ihrer Zigarette durch die Nase aus, die klein ist, keck und spitz. So wie die ganze Person, die nur knapp eins fünfundsechzig misst, aber drahtig und auf dem Sprung wirkt, trotz ihres Alters. Vor allzu großer Herbheit schützen sie die unerwartet dunklen Schwarzkirschenaugen; Kinderaugen, könnte man meinen, wenn man nicht genau hinsieht.

Nora fährt sich mit der Hand durch die modische Kurzhaarfrisur und greift dann wieder nach ihrem Glas Whiskey Sour. Es ist das zweite an diesem Abend, und der ist ja noch jung. »Ich hab dazu mal einen Kongress in Düsseldorf besucht.« Ihre Stimme klingt, wie man es bei ihren Trinkgewohnheiten erwartet: rau und tief. »Hasi, ich weiß alles über extrabreite, nach außen zu öffnende Badezimmertüren, alles. Und auch, was es kostet, so eine Ruine wie deine an moderne Klimavorschriften anzupassen, hörst du?« Sie drückt den Stummel im Aschenbecher aus und angelt mit der freien Hand nach einer neuen Zigarettenschachtel.

»Nein, nein, jetzt hör du mal zu. Ich meine, wie denkst du dir das? Ich hab schließlich Gabriel.« Mit ihren lackierten Fingernägeln knipst sie an der Banderole herum. Es ist eine russische Marke, die sie auf einem weiteren Kongress, und zwar in der Ukraine, mitgenommen hat. Die Reisen waren das einzig Lustige an ihrem Beruf, der sie zeitlebens nur mit stupiden Geld- und Geschäftsleuten zusammengebracht hat. Banker, Manager, lauter Alpha-Äffchen ohne auch nur den Hauch einer Ahnung von ihrer eigenen Bedeutungslosigkeit, es schüttelt sie, wenn sie daran denkt.

In der Ukraine waren noch ein paar russische Mafiosi dazugekommen, echte Verbrecher; in der Baubranche sind die nie weit. Andererseits, der Chef des Senders, für den ihre Sendung produziert wird, ist kürzlich auch angezeigt worden. Sein Name war auf einer dieser Steuer-CDs aufgetaucht. Früher oder später landen die Manager von der Titelseite der Business-Magazine alle im Knast.

Immerhin hat sie sich gut geschlagen all die Jahre in dieser Männerwelt. Sogar eine Auszeichnung hat sie bekommen für ihr Magazin über Bauen, Wohnen und Lifestyle, das über zwanzig Jahre in den Dritten lief und dann zu arte kam. Es war kein »Oscar«, nicht mal ein »Bambi«, aber immerhin. Wer hätte das gedacht im ersten Jahr, als die Redakteure im Senderbüro sich noch gegenseitig zumailten: »Heh, ich hab Blick auf die Titten der Praktikantin.« Als sie es mitbekam, heulte sie erst vor Wut, dann lag sie nächtelang wach, um sich Strategien zu überlegen, und schließlich handelte sie. Ihr Mundwerk ist bis heute gefürchtet.

»Was willst du damit sagen: Ich rede nie von Gabriel? Das muss doch nicht heißen, dass er mir nichts bedeutet. Wie? Martin? Ach Gott, das mit Martin ist doch schon ewig her, das war im letzten Jahrtausend, Herzchen.« Sie hält inne und überlegt. Ist das tatsächlich schon so lange her? Gabriel jedenfalls hat sie beim Geburtstag einer Freundin kennengelernt, mit der sie inzwischen nicht mehr befreundet ist. Und das, weiß sie, liegt jetzt vier Jahre zurück. Erst vier, Gott sei Dank. Wieso Gott sei Dank?, denkt sie. Gabriel fügt sich doch prima ein. Außerdem ist er jünger als sie, er ist noch nicht einmal Rentner, die meiste Zeit des Tages muss sie sich gar nicht mit ihm abgeben. Für nächstes Jahr plant er den stückweisen Ausstieg; dann wollen sie viel reisen, das ist ausgemacht. Ihn zieht es in die Berge, zu langen Bergtouren, zu denen es natürlich nicht kommen wird. Was sollte sie da, an einem Seil hängend? Nora will nach

Kuba, die Prospekte liegen schon auf dem Beistelltischchen im Wohnzimmer.

»Klar helf ich dir, aber dass ich da einziehe, kannst du vergessen. Was soll auch eine Zicke wie ich auf dem Land, mit Stöckelschuhen und Gucci-Tasche, hm?« Nicht zu vergessen der Schal von Missoni, den sie sich gestern gekauft hat. Der ist klasse. Langersehnt. Runtergesetzt. So was findet man nicht auf dem Land. Vielleicht im Internet. Eine Frau, die wie sie so genau weiß, was sie will, findet dort eigentlich immer, was sie braucht. Wenn sie ehrlich ist, zieht sie das Stöbern im Netz inzwischen dem Herumirren in der Innenstadt vor. Klar sterben dadurch die Geschäfte, aber das wird sie allein eh nicht verhindern, denkt Nora, die nicht der kulturkritische Typ ist. Würden sie dort in den Boutiquen Whiskey ausschenken und einen hinterher nach Hause chauffieren, dann käme sie auch.

Nora beendet das Gespräch und macht für das Herumirren ihrer Gedanken den Whiskey verantwortlich. Es wird ohnehin Zeit für den dritten. Seit sie morgens nicht mehr in die Redaktion muss, kann sie sich das erlauben. Egal, wann sie aufsteht, sie wird das von Gabriel für sie zubereitete Frühstück auf dem Tisch vorfinden und den Vormittag in Ruhe genießen. Auch das ist ein Faktum, das gegen eine Wohngemeinschaft spricht. Da hätte sie zweifellos hin und wieder »Küchendienst« und bei den Mahlzeiten Gesellschaft, die sie aber doch nur am Abend erträgt. Wobei das Abendessen meist ausfällt. Jeder von ihnen beiden holt sich etwas aus der Küche, in ihrem Fall ist es oft nur etwas Alkoholisches – sie muss ja auf ihre Linie achten –, und nimmt damit im Wohnzimmer Platz, wo Gabriel ihnen als Ingenieur, der er ist, eine Art Privatkino eingerichtet hat, vor dem sie ihre parallel geführten Leben zu vereinigen pflegen, mit Beamer und Surround-Sound und so, die Details will sie gar nicht wissen.

Von Filmen hat Gabriel keine Ahnung. Eigentlich hat er von ziemlich viel keine Ahnung, was Nora betrifft und beschäftigt. Vermutlich weiß er nicht mal, dass sie nicht wirklich bernsteinblond ist.

Einmal hat sie sich Fritz Langs Stummfilmversion der *Nibelungen* ausgeliehen, ein großartiger Streifen, allein schon das Jugendstil-Design, das dem Zuschauer als archaisch verkauft wurde! Ach, und Kriemhilds Augenringe! Dazu das Gewusel der Hunnen, die als echte Untermenschen, wie man sich das vor Auschwitz noch in aller Unschuld vorstellte, halbnackt aus Erdlöchern krochen. Sie hatte sich mit Franziska darüber unterhalten, das weiß sie noch. Und Gabriel – oder war es doch Martin gewesen? – hatte sich eingemischt: »Attila, Attila – ist das nicht der, der mit den Elefanten über die Alpen kam?«

Das war peinlich gewesen, ohne Zweifel. Sie sagt sich immer wieder, dass sie dafür im Gegenzug keine Ahnung von Schrödingers Katze oder von Einstein hat. Die Katze war tot oder nicht, wo war das Problem? Und die Zeit ihrethalben gekrümmt. Leider interessiert sie das alles nicht im Geringsten.

Sie geht ins Wohnzimmer und kuschelt sich mit schlechtem Gewissen an ihren Freund, der sich gerade eine Natur-Doku reinzieht. Die Tierwelt ist groß. Und reizlos, denkt Nora, die für ein schlechtes Gewissen auf Dauer einfach nicht gemacht ist. Eine Viertelstunde später sehen sie *Kinder des Olymp*.

5

»Wie bitte? Ach nein, nein danke.« Oder hat sie das Falsche gesagt? Luise fällt es schwer, sich zu konzentrieren. Sie will es auch gar nicht versuchen, denn dann müsste sie denken. Und wenn sie zu denken begänne, dann müsste sie an all die Dinge denken, die geschehen sind. Wie sie beim Essen saßen, Wolfgang und sie. Früher waren die Jungs dabei gewesen, ihre Plätze sind jetzt belegt von Wolfgangs Zeitschriften. Es gab kalt, wie abends immer, dazu einen Bordeaux aus ihrem Weinkeller, den sie sich vor Jahren schon geleistet haben: mit Lehmboden und gemauertem Rundgewölbe und einer konstanten Kerntemperatur, ein Traum für Wolfgang.

Es lief Jazz, abends lief immer Jazz, Klassik am Mittag. Sie hatten gemeinsam die Tagesschau gesehen, auch das ein Ritual, und gerade über die Verhandlungen zur Großen Koalition gesprochen und wie die Freien Wähler am Ort die Sache sahen, für die Wolfgang dieses Jahr kandidierte.

Da hielt Wolfgang auf einmal inne, seine Sprache wurde unverständlich. Dann kippte er langsam nach links weg. Ein Anblick, so unglaublich und surreal, von dem sie jedes Detail aufgenommen und doch nicht begriffen hatte. Sein Weinglas war umgefallen und der rote Bordeaux über die Tischdecke gelaufen, eine rote Ader, die bis zur Käseplatte reichte, ehe der Stoff sie aufsog. Luise erinnert sich, dass sie »Salz« dachte. Rotweinflecken gingen mit Salz heraus. Während ihr Mann auf dem Boden lag.

Sie hatte ihren Stuhl umgestoßen, als sie endlich in der Lage war, sich zu bewegen, aufzustehen und zu ihm zu stürzen. War sie wirklich gestürzt? Alles, was geschehen war, kam ihr später so langsam vor, jede Bewegung zähflüssig und alles Gesprochene nur schwer zu verstehen, wie unter Wasser formuliert und in trägen Blasen aufsteigend. Sie hatte den Notarzt gerufen, natürlich hatte sie das getan, das Telefon war gleich in der Küche. Einige Male war sie hin- und hergelaufen zwischen dem Körper da am Boden und dem Hörer, der altmodisch per Kabel mit dem Apparat verbunden war. Sie konnte nur das eine oder das andere tun: bei Wolfgang sein oder Hilfe für ihn herbeiholen. Es dauerte, bis sie sich zu entscheiden vermochte. Die Musik lief derweil weiter. Die Kerze brannte still. Sie lief telefonieren, rannte zurück und erschrak erneut über den Anblick ihres Mannes.

Luise schalt sich eine Idiotin und holte Kissen, eine Decke, strich seine Haare aus dem Gesicht, suchte nach dem Herzschlag, dem Puls, redete mit ihm, ohne Punkt und Komma redete sie. Korpulent, wie sie war, bereitete ihr das Knien Mühe. Sie hörte sich reden, stammeln, schwer atmen. Aber hörte er sie? Egal, sie redete und redete, solange sie sprach, musste doch jemand da sein, dem die Worte galten. Wer sprach, hatte einen Zuhörer. Das war Wolfgang, dessen Mund offen stand. Wer redete, musste außerdem nicht nachdenken über Mund-zu-Mund-Beatmung und Herzmassage, so weit waren sie noch lange nicht.

Die Haustür fiel ihr ein, die musste sie für die Rettungskräfte öffnen. Oder sollte sie das erst tun, wenn die Sanitäter läuteten? Nein, wenn sie offen stand, fanden sie das Haus schneller. Die Tür öffnen und alle Lichter einschalten wie zu einem Fest. Sich kurz schämen vor den Nachbarn wegen der Hausschuhe und der fleckigen Bluse. Dann schnell wieder hinein.

Vor der Tür zum Esszimmer hielt sie diesmal inne. Wenn er wieder am Tisch säße, sich nach ihr umdrehte und einen Lappen verlangte wegen des Weins, unwirsch, weil er so ungeschickt war. Und sie all die unnötige Aufregung verursacht hätte. Aber er lag noch da.

Luise war mitgefahren, jetzt wartet sie. Linoleumboden, Kaffeeautomaten, Plastiksitzschalen, die üblichen Requisiten des Wartens in Notaufnahmen. Sie würden operieren. Da war etwas mit einem Aneurysma, Luise möchte auch darüber nicht nachdenken. Sie kann nichts anderes fühlen, als dass eben noch alles so normal war, so ganz wie immer. Und dass sie absolut nicht will, dass sich daran etwas ändert. Natürlich ist ihr klar, dass genau das schon geschehen ist. Wolfgang hat einen Schlaganfall gehabt, dazu gibt es Komplikationen mit einer Hirnblutung, und Herzprobleme hat er ohnehin seit Jahren. Wenn er das überlebt … Luise schlägt sich die Hand auf den Mund, als hätte sie den Satz laut ausgesprochen und damit eine Realität heraufbeschworen, die sie durch Schweigen hätte verhindern können. Selbst wenn also, wird er schwer krank sein, ein Krüppel, denkt Luise und schämt sich. Ihr kultivierter Wolfgang, der Klavier spielt und mit der Francis-Bacon-Gesellschaft korrespondiert.

All das würde er nie wieder tun. Sagen die Ärzte. Nicht mit diesen Worten sagen sie es. Sie sprechen von Schädigungen des Gehirns, von irreparabel und gravierend. Von Pflegestufen. Luise denkt an die Kinder; sollte sie anrufen, wie viel Uhr ist es überhaupt jetzt, dort drüben in Kalifornien? Sie entscheidet sich dagegen, wozu die Kleinen aufregen. Es wäre außerdem noch ein Stück Wirklichkeit mehr, ein weiterer Stein, der Wolfgang in die Grube hinterhergeworfen würde. Sollte er die OP nicht überstehen, wieder so ein Satz, der nicht gedacht werden darf und doch wie von selbst sich bildet, dann kämen sie ohnehin zu spät. Wie ist das überhaupt mit der Zeitverschiebung, fragt Luise sich. Leben die Söhne in Kalifornien in der Vergangenheit, von ihr aus gesehen, oder in der Zukunft, eine Zukunft, in der ihr Vater vielleicht schon tot ist? Hat er es schon hinter sich?

Sie hat es vor sich, das weiß sie. Diese Nacht. Sie will nicht nach Hause. Kaffee will sie aber auch keinen. Nein danke. Sie hebt den Kopf und greift unwillkürlich nach ihrer Brille, um sie zu putzen. Alles wirkt so verschwommen. Aber die Brille ist nicht da; sie hat sie zu Hause vergessen. Wollte vielleicht gar nicht klar sehen. Mit einem

Mal fehlt ihr das vertraute, abgeschabte, fettige alte Horngestell. Fehlt wie etwas Lebensnotwendiges. Wer redet da miteinander? Ist sie das?

Endlich begreift sie, was sie eben zu der Schwester gesagt hat, als Antwort auf deren Frage. Sie kann eine Liege bekommen, im Aufwachraum. Falls ihr Mann aufwacht, ist sie bei ihm. Falls nicht … Luise will nicht schlafen. Sie gehen immer spät zu Bett. Nach dem Essen, abends immer kalt, aber mit gutem Käse von dem Schäfer, der seinen Stand auf dem Wochenmarkt hat, und von dem italienischen Importeur. Und immer macht sie kleine Salate dazu oder eingelegtes Gemüse oder backt Blätterteiggebäck, salzig und gewürzt. Immer ist es ein kleines Fest. Wolfgang wird die Musik nicht mehr auswählen können. Er sucht doch immer die CD aus. Es ist seine Anlage, seine Musiksammlung. Er hat das Klavier angeschafft, das dann keines von den Kindern spielen wollte. Sie selbst kam nie über *Pour Elise* hinaus, sie hat auch keinen Ehrgeiz. Was sie hat und braucht, sind Wolfgang und ihr Heim.

»Frau Fürst?« Nein, das ist nicht sie. Sie sitzt nicht hier und wartet auf Nachrichten, die mit hoher Wahrscheinlichkeit schreckliche sind. Sie will nicht antworten, sie will verschmelzen mit dem Linoleum und den Sitzen, den billigen Drucken an den Wänden. Daheim hängt Horst Janssen, einer sogar ein Original. Nein, Luise will nicht. Sie wird nicht hören. Sie schließt die Augen. So sieht sie das Gesicht des Menschen nicht, der da mit ihr redet, während sie die Hülle ihres Handys umklammert hält, mit dem sie ihre Söhne nicht anrufen wird. Leidtun? Was redet der Mensch da, was sollte dem Sprecher leidtun? Er kennt Wolfgang doch gar nicht.

Sie kennt ihn gut, kennt ihn schon seit der Schule. Er war der hübscheste Junge in ihrer Klasse. Er hatte braune Locken und war gut in Sport wie in Musik. Er war viel lebhafter als sie, aber er hatte sie ausgesucht. Und dabei ist es geblieben. Luise hat es nie anders gewollt. Ihr Studium hat sie zu Ende gemacht, weil er darauf drängte; es wäre gut für sie. Aber die ehrenamtliche Arbeit in der Bibliothek war ihr dann viel lieber, halbtags, als die Kinder aus dem Haus waren. Als sie älter wurde, hat sie die Arbeit nicht vermisst. Ihren Wolfgang hingegen vermisst sie jetzt schon. Und sie weiß, es wird noch schlimmer werden, ein Schmerz, groß und tödlich, ein Loch im Gewebe und nirgends genug Stoff übrig, um es zu flicken. Wie sollte das gehen?

Nein, sie will keinen Kaffee, keine Liege und nicht schlafen, und schon gar nicht will sie zurück in das Haus, wo Wolfgang nicht sein wird. Wo nichts anderes auf sie wartet als die Erkenntnis, dass Wolfgang nicht da ist. Nie mehr sein wird. Nein, nein, nein. Luise bemerkt, dass sie zu schaukeln begonnen hat, und hört auf. Nein, sie will kein Beruhigungsmittel. Ob sie Auto fahren kann? Wo ist ihr Auto? Es steht doch zu Hause in der Garage, der alte Mercedes, ein Erbstück noch von ihren Eltern, immer gut gepflegt von Wolfgang, sein Auto, das nach seinen Zigarillos riecht. Das muss aufhören. Sie will das Auto nicht, sie will das Haus nicht, nicht das Leben, gar nichts von all dem, was man ihr hier anbieten könnte.

Ob sie ihn noch einmal sehen will?

Der Satz dringt zu ihr durch. Luise steht auf. Zu Wolfgang. Dann hält sie inne. Fühlt, dass ihr die Kraft fehlt für jeden weiteren Schritt. Allein wird sie das nicht schaffen, nicht einmal, wo doch Wolfgang auf sie wartet. Aber er wird unter einem weißen Tuch liegen, so kalt wie das Mobiliar ringsum. Luise wankt leicht. Sie spürt das Mobiltelefon in ihren Fingern. Wie von selber wählt sich die Nummer, die unter 1 eingespeichert ist, seit Wolfgang nicht mehr als Notar arbeitet.

»Ja?«, meldet Franziska sich. Sie hat Luise an der Nummer erkannt, wie immer. Sie stellt keine Fragen wegen der Uhrzeit. Wenn Luise um drei Uhr früh anruft, dann liegt etwas vor, bei dem es keine Zeit zu verlieren gibt. Luise weiß, dass Franziska das weiß. Sie muss nicht darüber nachdenken und ist sicher, dass ihre Freundin es auch nicht tut. Es ist nicht der erste Anruf dieser Art, den eine von ihnen von einer der anderen bekommt. Im Laufe der Jahre hatte jede ihre Krisen.

Ja, hat Franziska gesagt.

Luise bringt keinen Ton heraus.

»Soll ich kommen?«, fragt Franziska. »Wo bist du?«

Luise hört Geräusche, Stoffknistern, Schaben. Sie sieht das zerwühlte Bett der Freundin vor sich mit den kleinen Brokatkissen, den Papierlaternen und der Nachttischlampe aus Jugendstilglas, die sie jetzt vermutlich eingeschaltet hat. Das Bett ist hoch, selbst geschreinert, Wolfgang hatte es für die Freundin gebaut, Wolfgang, der alles kann, und Franziskas Beine baumeln, ehe sie den Boden findet. Der chinesische Seidenteppich ist ein Geschenk von Nora aus der Auflösung des Haushalts ihrer Eltern. Da fällt ihr ein: Wenn sie es nicht mehr schafft, ihr Haus zu betreten, wird auch ihr eigener Haushalt aufgelöst werden. Wie soll sie all das nur bewältigen? Luise schnappt nach Luft vor Schmerz. »Krankenhaus«, bringt sie heraus. »Maria am Hauch. Wolfgang.«

Mehr kann sie nicht sagen, mehr muss nicht sein. Es raschelt lauter im Hörer.

»Ich kann in drei Stunden da sein«, sagt Franziska. »Knapp eine, wenn Nora mir ihren Sportwagen leiht.«

»Ich bin hier«, sagt Luise und legt auf. Sie sinkt auf den Plastikstuhl. Sie hat nicht vor, irgendwo anders hinzugehen. Endlich kann sie den Kopf heben. Vor ihr steht ein müder Arzt. Vermutlich muss er oft Nachtschichten schieben, er sieht blass aus. »Ich besuche meinen Mann nachher, mit meiner Freundin zusammen«, sagt sie. Das ist ein Satz, wie sie ihn auch früher gesagt haben könnte. Er beinhaltet nichts Schmerzliches. Vorsichtig wie Trittsteine benutzt sie die Wörter; sie führen um die tiefen Stellen herum. »Danke«, fügt sie hinzu, als sie Widerspruch aufkommen spürt. »Vielen Dank. Und ja, jetzt hätte ich gerne einen Kaffee.« Luise beschäftigt sich so lange damit, ihr Mobiltelefon in ihrer Handtasche zu verstauen, bis der Arzt fort ist. Immer weiter wühlt sie in der Tasche, weiß nicht warum, ahnt nur, dass sie besser damit aufhören sollte, und lässt es nicht. Sie wühlt und wühlt und findet einen unbezahlten Strafzettel und einen Lippenstift, den sie schon Jahre nicht mehr benutzt hat, eher ein Fettstift mit ein wenig Rosé. Sie mag Schminke nicht, Wolfgang störte das nie. Störte – da ist sie wieder, die böse Vergangenheitsform. Sie schaut sich um und lässt den Lippenstift, der sie auf den herzlosen Gedankenpfad gebracht hat, ohne Gnade in einem Abfalleimer verschwinden. Eine Schwester kommt und stellt einen Porzellanbecher mit Kaffee neben sie. »Gebt mir Koffein und niemandem passiert was«, steht darauf.

»Aus dem Pflegepunkt«, sagt die Schwester. »Der Automat ist kaputt.«

Luise dankt auch ihr, danken ist eine gute Waffe. Auf dem Beistelltisch liegen alte Zeitschriften. Sie greift nach einem *Das Goldene Blatt*. Die automatische Tür öffnet sich für einen neuen Notfallpatienten, der an ihr vorbeigeführt wird. Ein Mann mit besorgter Miene lässt sich ihr gegenüber nieder. Luise schaut nicht auf, lässt die unschuldigen grauen Löckchen über die Augen fallen, zieht sich hinter den Schleier ihrer Sommersprossen zurück. Sie ist nicht ansprechbar. Sie wartet. Sonst wird sie nichts tun. Blättern, die Fotos anstarren, dasitzen, warten. Sie weiß, wie das geht. Sie hat schon einmal hier gesessen, am Anfang ihres Lebens. Wartend. Damals war es Tina. Luise verdrängt den Namen und jeden Gedanken an ihre Schwester umgehend. Sie blättert ihr Heft um, blättert und blättert, ihr Blick gleitet über die Seiten mit lächelnden Promis wie über eine schiefe Ebene, auf der sie unaufhaltsam abrutscht. Das schnelle Umblättern verlängert die Bahn, hält den Absturz auf. Mehr braucht sie nicht. Bis Franziska kommt, vielleicht mit Nora.

Die beiden würden wissen, wie das Leben weitergeht. Irgendwie.

6 Nora kümmert sich um den Papierkram. Sie kennt Wörter wie »Nachlassgericht« und »Personenstandsurkunden« und weiß, welche Nachweise die Versicherungen benötigen. Sie weiß auch, wann man die Geduld bewahren muss und bei wem sich die Drohung lohnt, dass man ihn »in Grund und Boden klage, mein Lieber«. Dazu trommelt sie mit ihren ultra-eleganten Fingernägeln auf die Tischplatte. Die Leute hören das durchs Telefon. Kein Zweifel, dass sie davon eine Gänsehaut bekommen.

Beinahe als der schwierigste Teil erweist es sich, der Telefongesellschaft klarzumachen, dass der Inhaber des Anschlusses verstorben ist. Der Fall müsste häufiger auftreten, sollte man meinen. Trotzdem scheint er in den vielen computergesteuerten Serviceschleifen nicht vorzukommen. Der Rest ist nicht kompliziert; Wolfgang hat Ordnung in seinen Unterlagen gehalten, und Luise erweist sich als das, was man »gut versorgt« nennt.

Annabel, Freundin der Disziplin und gegen Unordnung allergisch, macht in Luises Haus klar Schiff, das sicherste Mittel, das sie kennt, um böse Geister zu exorzieren. Gegen Trauer und Schmerz gibt es nichts Zuverlässigeres als Putzlappen, Seife und Essigessenz. Was ihr an Sicht fehlt, macht sie mit Entschlossenheit wett. Hygiene, sagt sie sich, geht schließlich in allen bürgerlichen Haushalten gleich. Sie räumt zuerst alles auf, was unbefugt herumliegt, sortiert Wäsche in die Maschine, Schuhe in den Flurschrank, und selbst Bücherstapel, auf denen der ehrenwerte Staub von Jahrzehnten liegt, werden zurück in die Regale gescheucht. Gebrauchtes Geschirr kommt in die

Spülmaschine, frei laufende Lebensmittel werden in Tupperschüsseln interniert. Dann erfolgt die Grundreinigung. Schließlich werden ausgewählte Deko-Elemente mit finaler Sorgfalt arrangiert. Am Ende sieht alles fast so piekfein und spiegelnd aus wie in ihrem eigenen Zuhause. Nur den Rotweinfleck bekommt sie nicht aus der Tischdecke.

»Meine Güte«, sagt Franziska.

Nora zuckt mit den Achseln: »Unterschätze nie die Willenskraft der Zwangsgestörten.«

»Sei doch leiser.«

Aber Franziska muss sich keine Sorgen machen. Annabel steht schon mit Luise im Schlafzimmer vor dem großen Kleiderschrank mit Wolfgangs Sachen. »Bist du sicher?«, fragt sie.

Luise wirft nur einen kurzen Blick auf die Kleider und nickt dann. »Alles«, bringt sie heraus, dann läuft sie aus dem Zimmer. Annabel bleibt allein vor dem offenen Schrank zurück. Sie streicht mit der Hand über die Reihe der Jacketts und Hemden. Gute, gepflegte Stücke, kein Zweifel. Einen Moment zögert sie; es kommt ihr wie Verschwendung vor. Aber sie kennt niemanden … Annabel hakt vorsichtig einen Kleiderbügel aus und zieht ein Jackett heraus. Wie schwer Männerkleidung ist, wie massiv so ein Anzugstoff. Verstohlen hebt sie ihn ans Gesicht und riecht daran. Ein wenig Rauch, ein wenig Staub. Der Hauch eines Herrenduftes. Das bringt sie auf das Bad.

Langsam, fast andächtig drückt Annabel die Tür auf zum Allerheiligsten ehelicher Intimität. Da, das Rasierwasser in seiner faustgroßen, prächtig schwarzen Flasche steht neben Luises kleinem Goldflakon wie der Bräutigam auf einem Hochzeitsfoto. Ein altmodischer schwarzer Taschenkamm reitet auf der Haarbürste mit dem Schildpattrücken, ein schwarzer Kulturbeutel schmiegt sich an Luises geblümten. Auf dem Badewannenrand gebrauchte Socken und ein zerknüllter Waschlappen mit angetrockneten Seifenresten, der sich bedenklich glitschig anfühlt. Ein Jahresvorrat Hühneraugenpflaster, eine Hornhautraspel von der Größe eines Wagenhebers und ein paar braune Glasfläschchen mit Tinkturen; auf einem kann

Annabel gerade noch aus nächster Nähe »Manneskraft« entziffern, ehe sie es rasch zurückstellt.

Luise hat recht, denkt Annabel, das Rote Kreuz ist die vernünftigste Lösung. Überhaupt ist es immer das Beste, man räumt auf. Schafft sich damit Frieden. Lässt los, was einem sonst das Herz bricht.

Annabel nimmt Objekt für Objekt mit der Vorsicht einer Schlangenbeschwörerin, hebt es hoch, wendet es noch einmal vor ihren Augen und legt es dann in eine Plastiktüte, rasch, ehe es zubeißen kann. Die Tüte kommt auf das verwaiste Bett. Dann holt sie Stück um Stück die Anzüge aus dem Schrank, die Hemden, die Pullover, Wolfgangs voluminöse Jeans. Zurück bleiben nur leise klirrende Kleiderbügel. Annabel faltet alles so gut sie kann und stapelt es neben der Tüte. Sie werden Umzugskartons brauchen. Die anderen würden wissen, wo welche sind.

»Sie hat *was?*«, ruft Franziska, als Annabel ihr in der Küche erklärt, was sie mit einem Stapel Umzugskartons will. »Alles weggeschmissen, auf einen Sitz, einfach so?«

»Hasi, das ist kein französischer Spielfilm«, gibt Nora zu bedenken. »Sie muss sich jetzt nicht betrinken, nächtelange Selbsterforschung betreiben oder sich flüchtigen Bekanntschaften für verzweifelte Schäferstündchen an den Hals werfen. Jeder trauert anders.«

»Aber …«

»Es steht nicht jeder so auf Dramatik wie du.«

»Alles wegschmeißen«, gibt Franziska zurück. »Wenn das mal kein dramatischer Akt ist.«

»Also ich finde das klug«, meint Annabel, die Selbstbeherrschte. »Sie zieht eben einen schnellen Schlussstrich vor.«

»Das klappt nie und nimmer«, erklärt Franziska. Sie hat für die Arbeit im Altersheim alles über Trauerprozesse gelesen. Es steht bei Kübler-Ross. »Trauer verläuft in fünf Stadien: Unglauben, Feilschen, Aufbegehren, Depression und schließlich Akzeptanz. Aber aus allen Phasen gibt es Rückfälle.«

Nora hat nur eine Braue hochgezogen. »Dann ist ihre momentane Akzeptanz wohl der Rückfall aus dem daraus folgenden sechsten Stadium des ›Deine Neunmalklugheit geht mir auf den Sack, den ich nicht habe‹.«

Annabel schnalzt mit der Zunge: »Du würdest nicht so reden, wenn du vor Klassen mit pubertierenden Jungs stehen müsstest.«

»Hasi, ich habe vor Vorständen internationaler Unternehmen gestanden. Das ist praktisch dasselbe.«

Als Luise hereinkommt, lässt ihr rundes Gesicht unter den traurig hängenden Locken jede Hoffnung auf eine rasche Trauerbewältigung schwinden.

»Ich mach Kaffee«, sagt Annabel und verzieht sich in die Küche.

»Ich hol die Kartons aus der Garage.« Damit ist Nora weg.

»Wie geht's dir?«, fragt Franziska.

Luise schaut sie an. »Ich habe keine Ahnung.«

»Ach, Mädchen.« Sie tritt auf die Freundin zu und umarmt sie, so fest sie kann. »Weißt du…«, setzt Franziska an, verbietet es sich aber sofort. Ihr Projekt muss warten. Sie weiß nicht, wie lange, ist nicht sicher, ob sie es nach all dem hier Luise gegenüber jemals unbefangen wird ansprechen können. Wie soll sie denn bei Luise davon anfangen? Soll sie etwa sagen: Hör mal, das alles hat auch sein Gutes? Jetzt können wir endlich zusammenziehen? Ach, sie ist ein schlechter Mensch, dass sie nur daran denkt. Dass sie nicht anders kann, als fieberhaft über ihre Zukunft nachzugrübeln, während Luise ihre gerade verloren hat.

Nora kommt verschwitzt von draußen zurück. »Verdammte Hitze«, stellt sie fest und greift schlecht gelaunt nach ihrer Tasse.

»Immerhin ist das Wetter schön«, sagt Annabel und stellt den Kaffee auf den Tisch.

Franziska, die Schriftstellerin, hält Luises Hand und sucht vergeblich nach Worten.

7

Die Augusthitze setzt ein, hell und makellos. Ihre Schönheit hat nichts mit Luises Trauer zu tun; sie lässt die Freundinnen in ihren schwarzen Kleidern schwitzen und verpasst ihnen Sonnenbrände, die sie leichtfertig aussehen lassen. Franziska begleitet Luise zum Bestatter, wo sie bei fast vierzig Grad im Schatten einen Sarg aussuchen und die Blumenarrangements festlegen. Luise wünscht sich alles in Weiß, Lilien vor allem, aber auch Rosen, weiße Teerosen. An Farben vermag sie nicht einmal zu denken. Sie hat wieder die Tabletten genommen, die Nora ihr empfohlen hat, zusammen mit dem Whiskey, den Nora als unentbehrlichen Bestandteil der Medikation einschenkt. Es geht ihr seltsam. Am seltsamsten findet sie, dass es ihr nicht schlechter geht. Wer immer es ist, der da herummarschiert, und offenbar ist sie es selbst, er funktioniert, spricht und wird gehört, gestikuliert und bringt Dinge ins Rollen.

Sie kann gar nicht genug Blumen ordern. Die Frage, was Wolfgang anhaben soll, wird kurzfristig zum Problem, als ein Anruf bei Annabel klärt, dass das Sozialkaufhaus die Kleider bereits geholt hat. Es gibt nichts mehr, was Wolfgang tragen könnte, nur den Bademantel, den sie hinter der Schlafzimmertür vergessen haben. Laut Annabels telefonischer Durchsage hat er einen Schmutzrand am Hals. Der Sarg soll geschlossen bleiben, aber trotzdem, nein, das geht nicht. Für einen Moment kommen Luise die Tränen. Wolfgang kann nicht begraben werden, und sie trägt die Schuld. Ihretwegen ist er nackt und schutzlos.

»Schscht«, macht Franziska innerlich verzagt, aber äußerlich gelassen. »Alles gut, schau, es gibt doch Totenhemden. Die sind extra für den Anlass gemacht.« Dass die Hemden scheußlich sind, kulissenhafte Attrappen von Kleidungsstücken für Körper, die keine Menschen mehr sind, darüber schweigen sie am besten beide. Sie entscheiden sich für eines der Modelle aus Kunstfaser. In Weiß.

»Muss ich mich jetzt schämen?«, fragt Luise. »Er mochte sein Jackett aus Harris-Tweed so gerne. Warum ist mir das nicht eingefallen?« Jetzt weint sie wieder. »Ich fange schon an, ihn zu vergessen.«

»Du stehst unglaublich unter Stress, das ist alles.« Franziska küsst sie auf die Wange und schneidet rasch die Frage des Leichenschmauses an. Gehorsam denkt Luise nach, es gelingt ihr, sie kommt auf das italienische Lokal in der Hauptstraße. Der neue Pächter ist ein Korse, nach Korsika sind sie immer in Urlaub gefahren.

Franziska atmet auf. Der Bestatter wird sich um alles andere kümmern, die Rede werden die Söhne halten, gemeinsam, wie alles, was sie tun: Als Dozenten der Neurolinguistik und Leiter eines Meditationszentrums sind sie dafür definitiv prädestiniert. »Wenn sie nur rechtzeitig aufstehen«, sagt Luise. »Sie kommen morgens immer so schwer aus dem Bett.«

»Das ist lange her«, beruhigt Franziska sie. »Inzwischen sind sie erwachsen, denk dran, sie leiten jetzt sogar ein Institut.«

Luise sorgt sich so lange, bis der Bestatter ihr versichert, dass der Beerdigungstermin sich problemlos auf zwei Uhr nachmittags legen ließe. Sie entscheiden sich für den nächsten Freitag.

Franziska führt sie in das Lokal, das Luise für den Leichenschmaus ausgewählt hat. Zwar soll es nur einen Nachmittagskaffee für die Beerdigungsgäste geben, aber nichts spricht dagegen, ihn in einen herzhaften Imbiss übergehen zu lassen. Es könnten Oliven und Schinken serviert werden, gegrilltes Gemüse und scharf schmeckender Käse, dazu ein schwerer Rotwein. Auf der ganzen Welt gibt es kein besseres Essen. Und Trauernde brauchen pikante Kost. Das Leben schmeckt ihnen schon grau genug.

Der Wirt bietet ihnen einen Platz im Garten an, aber nach einem wehmütigen Blick verzichtet Franziska. Luises angeschlagener Zustand verlangt nach geschlossenen Räumen. Sie bugsiert die Trauernde in eine Nische hinter Chianti-Flaschen und ordert Wein. Sie schafft es nicht, auch Luise zum Essen zu animieren, sodass sie sich am Ende allein quer durch das reichliche Angebot des Vorspeisenbuffets frisst, dessen ölige Konsistenz wiederum den massiven Einsatz von Grappa erfordert. Zumindest hier hält Luise wieder mit.

Franziska kann den Schnaps ebenfalls gut gebrauchen. Sie trauert nicht um Wolfgang, aber sie macht sich Sorgen um Luise. Die Freundin so zu sehen schnürt ihr die Kehle zu. Das ist nicht irgendeine alte Frau, der sie ihr Pflegerinnenlächeln schenkt, es ist Luise. Und Franziska geht zu ihrem eigenen Erstaunen die Kraft aus. Zweimal telefoniert sie heimlich auf der Toilette mit Nora wegen der Dosierung des Beruhigungsmittels. Nora bleibt gelassen. Die Wechselwirkungen mit Alkohol sind alle von ihr erprobt und angeblich »großartig«.

»Es geht ihr aber nicht großartig«, wendet Franziska ein.

»Was erwartest du unter den Umständen?« Nora ist nicht aus der Ruhe zu bringen. »Ihr Mann ist gerade gestorben. Solange sie nicht umkippt oder einen Schreikrampf kriegt, können wir uns gratulieren.«

Franziska kehrt zurück in die Gaststube, wo Luise gerade in den Armen der Wirtin weint. Es sind etwas füllige, aber gute Arme in einer schwarzen Strickjacke. Franziska macht sich nicht bemerkbar; sie zieht sich zum Rauchen auf die Straße zurück. Korsische Mütter werden schon wissen, was in solchen Fällen zu tun ist. Das hat sie in einem Roman gelesen. Auf Korsika soll es in den Dörfern Frauen gegeben haben, die neben den Geburten auch für die Sterbehilfe verantwortlich waren, damit die Menschen ohne Notfallmedizin und leicht aus dem Leben gingen, wenn es so weit war. Vielleicht existiert diese Sitte ja noch oder eine ferne Erinnerung daran. Vielleicht hat die Frau in der schwarzen Strickjacke mehr Bezug zum Tod als sie selbst. Franziska wird sich auf deren hoffentlich archaischen Instinkte verlassen. Und eine Pannacotta bestellen, wenn das Schlimmste vorbei ist.

Der Wirt kommt heraus und stellt sich neben sie. Er reicht ihr bis knapp zur Schulter. Sie bietet ihm eine Zigarette an, die er stumm annimmt. Sie blasen Rauchringe und hoffen das Beste für das, was drinnen stattfindet.

»So viel Jahre Glück, so viel Jahre Trauer«, sagt der Wirt.

Franziska fällt ein, dass es so gesehen ein Vorteil sein könnte, dass ihr eigenes Leben, ihre eigene Ehe so beschissen gelaufen sind. Und der schöne Erfolg ihrer Mutterschaft erst! Kaum ist dieser bittere Gedanke da, schiebt sie ihn schon wieder weg. Lieber denkt sie, dass Luises Ehe hoffentlich nicht so glücklich war, wie sie nach außen gewirkt hat. Sonst hätten sie einen Haufen Arbeit vor sich. In Birkenbach.

8

»Fahr langsamer, Luise ist nicht mehr hinter uns.«

Franziska, die sich auf dem Fahrersitz ihres alten Citroën Ami zusammengefaltet hat, gehorcht. »Kannst du sie sehen?«

Annabel verrenkt sich den Hals nach dem jagdgrünen Opel, der zwei Dörfer zuvor außer Sicht geraten ist. Sie rückt sich die neue Brille zurecht, rosa, passend zu dem roséfarbenen Etuikleid, das sie heute gewagt hat. Nicht, dass sie damit viel besser sieht. Aber Luises Wagen ist grün, das Auto hinter ihnen ist es nicht. »Da hat sich so ein schwarzer Riesenwagen dazwischengeschoben.«

»Wir sind ja nirgends abgebogen«, beruhigt Franziska sie. »Und sie kennt den Weg, ich habe ihr alles genau beschrieben.«

»Im Moment kennt sie nicht mal ihren eigenen Vornamen. Wir hätten sie nicht alleine fahren lassen dürfen.« Annabel greift nach der Halteschlaufe über dem Beifahrerfenster, als säße sie bei Luise, der Unzurechnungsfähigen, im Wagen und zählt bis zehn. Sie denkt an ihre Wohnung. Hat sie den Herd auch wirklich abgestellt, bevor sie gegangen ist? Die Fenster geschlossen? Sind die Mehrfachstecker abgeschaltet? Das Wasser abgedreht? Vor allem aber der Herd. Sie hat sich schon vor langer Zeit eine Checkliste für jedes Zimmer angelegt. In Großbuchstaben, laminiert. Ist sie damit durch, schließt sie die Zimmertür und hängt die abgehakte Liste außen hin. Meistens hilft das, und sie muss die Tür dann nicht mehr öffnen. Irgendwann steht sie dann im Flur, alle Türen zu, es bleiben nur noch die Haustür und der Aufbruch. Der sich schrecklich anfühlt. Ist auch wirklich alles in Ordnung? Sie weiß, dass es so ist. Sie hat alles dreimal überprüft. Aber etwas Dummes kann immer geschehen. Der Mensch kann sich irren. Sie hätte noch mal die große Runde machen sollen, sie hätte ... da ist etwas ... sie fühlt es ganz deutlich. »Vorsicht, ein Traktor!«, schreit sie, stemmt sich mit aller Kraft gegen die Verkleidung der Wagenfront.

Franziska zuckt zusammen. »Mein Gott, brüll doch nicht so! Willst du uns umbringen?« Sie fährt rechts ran. Seite an Seite sitzend, atmen sie durch. Kein Grund zum Zittern, sagen sie sich. Aber der Saum von Annabels Pagenkopf bebt, und Franziska kann nicht aufhören, ihre tausend Armreife klingeln zu lassen. Ihre Kreolen schaukeln langsam aus.

Sie lassen den Verkehr an sich vorbeirauschen und denken, dass so etwas sie früher nicht so mitgenommen hat. Der Traktor, der vermeintlich aus dem Nichts von rechts erschienen ist, rattert vorbei. Seine Räder sind riesig, schwarz und laut. Das reinste Kriegsgerät. Über den Bürgersteig hinweg tröstet das Schaufenster einer Bäckerei. Viel Brot in den Holzablagen, Berge von Brötchen, üppige Torten, dralle Verkäuferinnen mit tüchtigen Bewegungen. Ländlicher Luxus. Auf Schiefertafeln das Tagesangebot in Kreideschrift: Erdbeer-Rolle, Schwarzwälder Kirsch. 500 g Jacobs Krönung zum Sonderpreis. Auf einer Extratafel im Fenster wird für die eiligen Berufstätigen falsch geschriebener Cappuccino ausgelobt. Und außerdem: »Morgen-Latte jetzt auch zum Mitnehmen«. Franziska liest es Annabel vor. Sie lachen so, dass Luise, die hinter ihnen auf der Straße hält, hupen muss, damit die beiden bemerken, dass sie da ist.

»Vielleicht sollte ich mir hier mal eine holen.« Franziska schaltet und blinkt, um wieder in den Verkehr einzubiegen.

»Könntest du jeden Tag, wenn wir das hier durchziehen.«

Franziska antwortet nicht. Es war ihre Idee, das Projekt Wirklichkeit werden zu lassen. Und es war ihre Idee, Luise mit dem unverbindlichen Ausflug hierher von ihrer Trauer abzulenken. Mal etwas anderes sehen. Aus einer Zeit ohne Wolfgang. Es würde ihr guttun. Und wer weiß, vielleicht gefiele ihr der Gedanke an eine Alters-WG sogar? Groß darüber reden würde sie allerdings nicht. Franziska fände es geschmacklos, jetzt schon damit aufzuwarten. Das muss sie Annabel noch klarmachen. Und außerdem: Nora ist nicht dabei. Ohne Nora ist die Sache gestorben. Als Ausflug aber bleibt es eine gute Idee.

Im Konvoi fahren sie weiter. Keine Ahnung, warum ihr immer mulmiger wird, je mehr sie sich dem Ziel nähern. Das übernächste Dorf ist Birkenbach. Hinein ins Unterdorf, am Brunnen links. Wenn hinter der Kurve die Kapelle in Sicht kommt, sind sie da. Aussteigen, das altersschiefe Hoftor öffnen und es feststellen: Dafür gibt es einen Haken in der Mauer, die Schlaufe dazu am Torflügel ist seit fünfzig Jahren ein Provisorium, ein altes Fahrradschloss, das Rot des Plastiks längst ausgebleicht, der Schlüssel lange verloren. Franziska denkt an ihr Kinderrad, das Knirschen der Stützräder auf dem Kies, ein Sturz, das Brennen von Jod, ihre nackten Beine, von der Ofenbank baumelnd.

»Klemmt was?« Annabel hat das Fenster heruntergekurbelt.

»Nein, ich muss nur …« Mit geübter Hand hebt Franziska das Tor an, es knirscht über den unebenen Boden, dann fällt es von selbst gegen den Mauerstein. Franziska hakt es fest. »Alles okay.«

Das erste Gefühl, das Franziska überfällt, als sie ihr Elternhaus wiedersieht, ist tiefe Gespaltenheit. Ohne es zu merken, greift sie nach ihrem Zopf, holt ihn über die Schulter nach vorne und hält sich mit beiden Händen daran fest. Jemand, der sie von klein auf kennt, könnte ihr sagen, dass sie das schon immer so gemacht hat, wenn sie Halt braucht. Auch, dass sie dazu den Kopf zur Seite neigt. Ein Zeichen dafür, dass sie etwas mit gemischten Gefühlen betrachtet. Wie jetzt diesen Gasthof.

Andere Menschen rufen angesichts des Sandsteinbaus mit dem Fachwerkgiebel meist spontan aus: »Wie entzückend! Ein Märchenhaus! So malerisch!« Sie meinen die grünen Fensterläden und die Kletterrosen, den wilden Wein, der die Nordseite bis hinauf zum Dach bedeckt und nur die Fenster freilässt. Sie sehen den von einem schmiedeeisernen Zaun umgebenen bäuerlichen Vorgarten voller

Rosen und das Gewirr der Schuppendächer, die sich, Anbau um Anbau, übereinanderschieben. Die Spuren des allenthalben sichtbaren Verfalls betonen nur die Idyllik des Ensembles.

Und sie haben ja recht, das versucht Franziska sich auch jetzt wieder zu sagen. Das Anwesen ist ein Schmuckstück, bis hin zu dem verblassenden Schriftzug in Fraktur, der dem Haus seit mehr als 200 Jahren quasi auf die Stirn geschrieben steht: »Gasthaus zur Fröhlichkeit«.

»Du Armes«, hatte Nora beim ersten Besuch gesagt und sie mitleidig auf den Scheitel geküsst. »Ein Wunder, dass du nicht Psychologie studierst. Andere therapieren sich in solchen Fällen ihr Leben lang.« Es war der eigentliche Beginn ihrer Freundschaft. 1975. Was für eine Zahl. Schade, dass Nora nicht da ist. Nora entschärft wie keine sonst das Unbehagen, das schon wieder in Franziska aufzusteigen droht.

Franziskas Eltern schienen auch etwas von Noras besonderer emanzipatorischer Wirkung auf Franziska gespürt zu haben. Sie, die sonst meist gleichgültig gegenüber dem seltsamen Volk blieben, das ihre Tochter anschleppte, waren sich in Noras Fall einig in ihrer verbissenen Ablehnung. Franziskas Mutter behauptete hartnäckig, Nora hätte die Toilette verstopft und sich im Übrigen nicht für die Mahlzeiten bedankt. Mit großer Geste verbot sie Nora darob ihr Haus.

»Wir sind im Grunde alle gemeint«, hatte Annabel es damals zusammengefasst. »In Nora haben sie uns als Typus erkannt. In Luise und mir täuschen sie sich lediglich.« Sie alle, Franziska eingeschlossen, hatten danach nie wieder Zeit dort verbracht.

In mir haben sie sich auch immer getäuscht, denkt Franziska jetzt. Schade, dass ich es meinen Eltern nie gesagt habe. Sie versucht, nicht an früher zu denken und lieber das ganze Bauensemble in den Blick zu nehmen als etwas, das nicht ihre Vergangenheit, sondern vielleicht ihre Zukunft enthält. Es ist u-förmig angelegt. Scheune und Haus stehen einander gegenüber, im Hintergrund verbunden durch ein pittoreskes Konglomerat aus Ställen, Schuppen und Waschküchen, das im Lauf von Generationen entstanden ist. Es macht die Hälfte des

Wohnraums aus, besitzt allerdings weder Isolierungen noch mehrfachverglaste Fenster, keine Zentralheizung, kein Warmwasser. Jegliche Elektrik ist über dem Putz handverlegt von jemandem, der nicht wirklich vom Fach war. Den Boden bilden Kalksteinplatten mit nichts darunter als dem Erdreich. Andererseits gibt es kein Eternit, kein Asbest, keine mit modischem Resopal verschandelten Echtholztüren, überhaupt: keine Bausünden.

»Wie schön«, sagt Luise, die endlich ihren Opel geparkt und abgewürgt hat und ausgestiegen ist. Ein Windstoß erfasst ihre Blümchenbluse und lässt sie flattern. »Es ist alles noch genau wie damals.«

Was Franziska belastet, scheint sie zu entspannen. Vielleicht, weil es für sie eine Vergangenheit ohne Schmerzen ist. Derselbe Wind, der ihre Bluse bläht, lässt die Baumkrone über ihr rauschen. Sie streckt die Hand aus und zupft an einem Blatt, das in der Sommerhitze dürr geworden ist. »Sogar der Nussbaum steht noch. Nussbäume halten das Glück im Haus.«

»Weißt du noch«, fragt Franziska, »dass Vater immer davon geredet hat, den alten Baum umzuhauen, weil er dem neuen schweren Trecker die Zufahrt zum Stall erschwerte?«

»Ein Glück, dass er es nicht getan hat«, sagt Luise und geht weiter zum Vorgarten.

Ja, Glück, denkt Franziska. Am Ende war der Vater nicht dazu gekommen, seinen Plan umzusetzen, selbst gefällt mit sechzig durch eine rasche Reihe Schlaganfälle. Der Baum hat das Rennen gewonnen.

»Ach«, meint Annabel, »ich dachte, Holunder wäre die Glück bringende Pflanze in den Bauerngärten.«

Luise hat den baumhohen Holunder, der das Haus zum Hof hin beschattet, bereits entdeckt und inspiziert auch ihn. Franziska kommt ihr langsam nach.

Eine Bank steht hier, ein kühler Arbeitsplatz für den Sommer. Immer noch kann man dort mit der Fußspitze zwischen den weit auseinander liegenden Pflastersteinen die Skelette von Federn ausgraben. Generationen von Bäuerinnen haben dort Stunde um Stunde gesessen und gerupft. Franziska war nicht dabei, als ihr Vater starb, aber sie weiß aus den Erzählungen, dass die Mutter ihn zusammengesunken auf dieser Bank fand. Der Ort hat Morgensonne; es wäre ein guter Platz für eine Frühstücksterrasse.

»Müsste man nicht etwas mit dem Dach machen?«, wechselt Franziska das Thema. Sie wirft ihren Zopf nach hinten und lässt die Armreife kriegerisch klappern. »Es ist schon ganz bemoost. Und meinst du nicht auch, dass es ein bisschen durchhängt? Mutter hat in den fast zwanzig Jahren ihrer Witwenschaft nicht mehr viel an dem Gebäude machen lassen.«

Annabel kneift die Augen zusammen, kann aber die Details des Daches nicht erkennen. Rot und grün, ineinander verschwommen, vor einem Himmel, den sie noch sieht, wenn sie den Kopf weit in den Nacken legt. Sie hofft, dass es nachdenklich aussieht.

»Was hat deine Mutter in all der Zeit gemacht?«

»Nicht sehr viel, glaube ich.« Ja, wie hat ihre Mutter hier eigentlich gelebt, so allein? Franziska weiß es nicht. »Sie hat immer viel kreuzworträtselt.«

Ein Hund kommt vorbei. Er ist schwarz, kniehoch, struppig mit dem traurig-gelassenen Blick dessen, der schon alles gesehen hat. »Na, du?« Franziska überlässt ihm ihre Hand zum Schnuppern. Der Hund trottet weiter wie eine ungeliebte Erinnerung. »Gehen wir rein?«

Sie schließen zu Luise auf, die begonnen hat, über den Zaun hinweg die abgeblühten Rosenköpfe abzureißen. »Die Pflanzen verwenden sonst zu viel Energie für die Frucht«, sagt sie. Und: »Das da ist eine Westerland. Schön.«

Sie hat recht. Einen Moment sind sie alle still und bewundern die Blüten, die als Knospen leuchtend hellrot aussehen, geöffnet ein weiches, ins Gelb verschwimmendes Rosa zeigen, dessen Schatten orangefarben leuchten.

Franziska kramt nach dem Schlüssel. Groß und schwer, ziseliert, wie heute kein Schlüssel mehr ist. So etwas gibt es nur noch als Korkenzieher. Er wird langsam warm in ihrer Hand.

Auf dem Balkon des neu gebauten Kastens gegenüber schneidet eine Frau die braunen Blätter aus ihren Geranien. Sie lässt sich Zeit damit. Ein Schild an ihrem Jägerzaun weist darauf hin, dass Alt- und Zahngold Bargeld ist.

Ja, schau uns nur genau an, sagt Franziska sich und vermeidet es, den Blick der Nachbarin aufzufangen. Du hast ganz recht, wir passen nicht hierher. Wir bleiben auch nicht lange.

Die Tür hat sich verzogen, sie müssen drücken, damit sie aufgeht und über den Boden kratzt. Solnhofer Jurakalk-Platten, einst das Maß aller Dinge in Sachen Hausflur. Franziskas Rock fegt Wollmäuse, tote Spinnen, Papierfetzen und Reste von Stroh beiseite. Alle Spinnweben sind lange schon ausgesponnen, zerrissen und schwarz vor Schmutz.

Vor ihnen die steile, schmale Holztreppe, wie für einen kleineren Menschenschlag gebaut. Franziska denkt an ihre großspurige Behauptung, dass hier Platz für einen Treppenlift sei, und schluckt. Egal, es wird eh nichts werden. Der Flur führt nach hinten in die Küche und zu den Toiletten. Gleich vorne rechts liegt die Gaststube, links das fast vergessene Zimmer für geschlossene Gesellschaften. Später, als die Kommunionsessen und Leichenschmause ausblieben, brachte ihr Vater dort Spielautomaten an, bunt und blinkend, mit denen sie nie spielen durfte.

Der Gastraum ist das schönste Zimmer im Haus, ganz aus Holz; gut gealtert und glatt vom Gebrauch. Die Kacheln des Ofens mit der umlaufenden Bank sind tiefblau, seine Kuppel ist weiß getüncht. Die Theke gibt sich nicht unnötig protzig, ohne glänzende Zapfhähne und Spiegel.

»Es ist noch immer dieselbe Musik!« Luise steht vor der alten Jukebox. »›Flieger, grüß mir die Sonne‹, weißt du noch? Wir fanden das exotisch! Und Zarah Leander. Achtung!« Sie sucht und drückt die entsprechende Taste. Das Gerät springt nicht an.

»Gehen wir nach oben«, sagt Franziska in die Stille.

9 Annabel holt angesichts des Anstiegs Luft. »Altersgerecht ist das nicht«, sagt sie und setzt zögernd ihre Pumps auf die erste Stufe. Ihr enger Stoffrock spannt sich.

»Nora schlägt vor, dass wir einen Aufzug einbauen«, sagt Franziska leise. »Damit könnte man dann auch Rollstühle transportieren oder Rollatoren.«

»Lift, das klingt teuer«, keucht Annabel hinter ihr. Auch da hat sie recht, aber warum sich den Kopf zerbrechen: Ohne Nora ist das Projekt sowieso tot. Sie sind heute erst mal nur für Luise hier. Und aus Neugierde.

Oben angekommen, breitet Franziska einladend die Arme aus, als stünde sie im Heim vor einer ihrer Seniorengruppen: »Also: Es ist ein Spiel. Stellt euch einfach vor, dass wir es tun. Wer von euch würde dann welches Zimmer haben wollen?«

Sich etwas auszusuchen macht Spaß, egal, worum es geht, etwas in Besitz nehmen zu dürfen wie Robinson seine Insel, sich ein anderes Leben vorzustellen, ganz unverbindlich. Wie sich herausstellt, wäre alles ganz einfach. Luise will Morgensonne, Franziska, die Langschläferin, will Nachmittagssonne, und Annabel sagt, dass Sonne ihr nicht so wichtig ist. Dafür bekommt sie das besonders große Nordzimmer zugesprochen, das über die ganze Breite der Hausrückseite geht. Es war einst die »kalte Pracht«, ein Wohnzimmer, das nicht wirklich bewohnt wurde, sondern das man nur an hohen Feiertagen dem Besuch vorführte. Deshalb war es nobel eingerichtet, aber kalt, da unbeheizt. Für den Alltag der Familie und vor allem für Kinder war es tabu.

An diesem Sommertag ist auch die kalte Pracht heiß, angefüllt mit dem Geruch warmen Staubes. Sie streichen über die Scheußlichkeit des guten Brokatsofas, öffnen alle Türen des Nussbaumbuffets, um die Schätze darin zu bewundern: Zinnteller, Pokale, das Mitgiftsilber in seinem samtenen Sarg, kitschige Tassen aus einstmals modischen Urlaubsorten, Vorlegeplatten und Tabletts, die nie benutzt wurden, kleine Spieße für Käsewürfel – oder sind es Zahnstocher? – mit den Flaggen der Welt am Ende, Emaille auf Silber.

»Damals gab es die Sowjetunion noch«, sagt Luise und dreht das leuchtend rote Fähnchen mit Hammer und Sichel.

Franziska hält einen anderen Spicker hoch. »Meine Liebe galt Japan. Ikebana und Harakiri. Das war wenigstens exotisch. Meine Güte, ich konnte stundenlang unter der Ofenbank versteckt hocken und mit diesen Spießen spielen.«

Annabel drückt ihr die Spicker in die Hand. »Da, spiel weiter. Der Rest des Inventars kommt raus, wenn du erlaubst. Bis auf den Sessel. Probier mal.« Sie nötigt die rundliche Luise, sich darin niederzulassen. »Der ist sehr gemütlich, nicht?«

Luise nimmt sehr vorsichtig Platz.

»Hm.« Annabel prüft den Stoff, der ihr geblümt zu sein scheint. »Ich hab noch einen Überwurf daheim mit Satinstreifen im Biedermeierstil. Was meinst du? Wir könnten ihn neu polstern lassen.«

Das ehemalige Elternschlafzimmer sprechen sie Luise zu. Es geht nach Osten auf den Garten und hat den großen Balkon, der so praktisch war, um die Betten zu lüften.

Franziska selbst darf sich auf das Tantenzimmer freuen. Zwei alte Verwandte haben dort nacheinander gelebt, bis sie gestorben sind, heiß geliebt von der kleinen Franziska, der sie die Großeltern ersetzten und die Eltern gleich mit. Das Tantenzimmer war ein Zimmer für Besuche, bei denen Süßigkeiten und Vorlesestunden auf sie warteten. Franziska kann das gute Gefühl wieder spüren, jetzt, wo sie hier steht. Leise klimpernd geht sie umher. Ja, dies hier ist um vieles besser als ihr altes Kinderzimmer, ein enges Kämmerchen mit einem

Ofen, den man morgens erst einmal heizen musste, um die Kälte aus allem zu vertreiben: dem Holzboden, den Möbelflächen, selbst den dicken Kissen und Decken ihres Bettes, das nur innen drin warm war, dort, wo sie sich zusammenrollte.

Franziska hat nie hinterfragt, warum sie, das einzige Kind, in einem der Zimmer über dem Anbau hausen musste, wo es keine Zentralheizung gab. Vielleicht hatten ihre Eltern gedacht, dass sie sich ja eh kaum dort aufhielt. Morgens war sie in der Schule, dann half sie in der Wirtschaft drunten, wo sie auch die Hausaufgaben machte, oder irgendwo draußen auf dem Hof. Sie selbst schliefen auch kalt und nutzten den Luxus der Zentralheizung nie. Komfort war der Mühe nicht wert.

Franziska wagt zögernd weitere Schritte in das Tantenzimmer, das um noch eine Stufe weiter zurück in der Vergangenheit zu liegen scheint als der Rest des Hauses, vollgestellt wie es ist mit Nicht-mehr-Gebrauchtem und Überflüssigem. Sie umkurvt Berge ausgedienter Kleider, verstaubte Kisten und Stapel mit Zeitungen, die jemand gesammelt und nach Jahrgängen gebündelt hat, und bemerkt, dass das Zimmer über einen kleinen Nebenraum verfügt, der sich hervorragend eignen würde, um dort einen Schreibtisch aufzustellen.

Ein richtiges kleines Arbeitskabinett wäre das, mit genügend Platz für ihren Lieblingsteppich und ihren Drehsessel, den sie einfach braucht, auch wenn er schon abgewetzt ist und nie schön war. Aber er gibt ihr beim Schreiben das richtige Gefühl. Und links vom Tisch könnte sie die Hängeregale platzieren. Hier den Drucker, dort den kleinen Rollschrank, darauf ihren Bronzebuddha. Alles nimmt vor ihren Augen Gestalt an. Sie, die Urheberin der Idee, die Initiatorin des ganzen »Was wäre wenn?«, glaubt in diesem Moment zum ersten Mal sich selber. Es ist mehr als ein weiterer Einfall von ihr, es könnte real sein. Die Erkenntnis ist atemberaubend.

Aber Nora fehlt. Das alles hier ist nur eine Luftnummer. Wozu sich ein Schreibparadies einrichten am oberen Ende einer unpassierbaren Treppe, noch dazu unter einem durchhängenden Dach, das man nicht reparieren kann? »Seid ihr fertig?«, ruft sie und wendet sich ab.

Der obere Flur ist viel größer als der unten, im Prinzip ein eigenes Zimmer mit zwei Fenstern zur Vorderfront des Hauses. Franziska ertappt sich bei dem Gedanken, dass sich hier eine Sitzgruppe mit Leselampe gut machen würde. »Wo steckt ihr denn?«

Sie folgt den Geräuschen und findet die Freundinnen im Schlafzimmer der Eltern, wo Annabel Luise handgreiflich vorzuführen versucht, wie ihr eigenes künftiges Refugium aussehen könnte. Sie liegt gerade auf den Knien, um den Beweis zu erbringen, dass sich unter der scheußlichen lachsfarbenen Auslegeware bestimmt ein schöner Holzboden versteckt. Ihr ausladender Hintern, eingequetscht in den engen Rock, ragt in die Luft, während sie in die Staubschicht unter dem Bett hineinargumentiert.

Luise steht mit dem Rücken zu ihr vor der Balkontür und reagiert nicht auf die Bemühungen der Freundin. Sie regt sich kein Stück.

»Ich erinnere mich genau …« Annabel muss husten. »Es war so ein Muster aus hellen und dunklen Würfeln, fast wie Parkett und …«

Statt einer Antwort betätigt Luise die alte Bronzeklinke und zerrt die Balkontür auf. Weiße Farbsplitter rieseln. Ohne darauf zu achten, tritt sie hinaus. Empört schwirrt eine Schwalbe auf, die unter dem Giebel ihr Nest hat. Luise zuckt nicht einmal zusammen. Reglos steht sie da, die Hände um das Geländer geklammert. Franziska ertappt sich bei dem Gedanken, wie viele Meter es bis zum Aufschlag wären.

Sie veranlasst Annabel aufzustehen. Strafend flüstert sie: »Ich hab dir doch gesagt, es ist zu früh.« Sie weist mit dem Kinn in Richtung Luise. »Sie muss das alles doch erst einmal verarbeiten. Und ohne Nora …«

Annabel richtet sich auf. In ihrem silbernen Haarhelm hängen Spinnweben. »Wieso eigentlich?«, fragt sie. »Was würde fehlen mit Nora, außer Alkohol und Zynismus?«

Warum, fragt sie sich, muss es immer um Nora gehen. Genügt es nicht, dass ich diese Sache hier brauche?

Als sie Franziskas Blick sieht, steckt sie zurück. »Schon gut, ich mag sie ja auch.«

»Sie hat dich damals davor bewahrt, auf diesen Ulf reinzufallen. Weißt du noch?«

Annabel braucht einen Moment, ehe sie eine Erwiderung findet. »Ach, an dem war ich ohnehin nicht interessiert.

Sie hatte Ulf damals nicht gemieden, weil Nora kein gutes Haar an ihm ließ. Sondern weil er ein zweites Mal vor ihrer Tür gestanden hatte, so charmant bettelnd. Und sie hatte ihn hereingelassen. Nur, um richtig Abschied zu nehmen. Warum nicht darauf anstoßen? Locker, Mädchen. Sie waren doch beide keine Spießer, oder? Und am Ende: »Das bist du mir schuldig.«

Ob Nora es geahnt hatte? Nora mit ihrem scharfen Auge. »Sie kann eine sehr reinigende Wirkung haben«, gibt Annabel zu. »Unentbehrlich, man mag nur nicht die ganze Flasche auf einmal trinken.«

»Der Satz hätte von ihr sein können.«

Franziska lacht zu Annabels Erleichterung. Der schlimme Moment ist vorbei, oder nein, noch nicht ganz. Da ist dieses Echo von Reue, Unsicherheit und Angst, das sie umhallt und nicht schwindet und das sie nutzen will, wenn es schon einmal da ist. Wie eine geöffnete Tür. »Du«, setzt Annabel an. »Ich muss dir etwas gestehen.« Nein, nicht Ulf. Das Zimmer ist geschlossen. Sie will das andere sagen. Den fruchtbaren, notwendigen Satz will sie sagen, vor dem sie sich nicht fürchten darf, weil er nicht in die Vergangenheit führt, sondern in die Zukunft: Ich bin so gut wie blind, will sie sagen. Ich brauche euch. Aber Franziska ist zu Luise hinausgegangen.

10

»Dieser Garten«, sagt Luise. Die beiden anderen schauen. Ja, er ist schön. Mit den Obstbäumen auf der Wiese rechts und den Beeten links, die jetzt verwildert sind. Kaum sieht man die Glasabdeckungen noch, unter denen die Mutter das Gemüse zog, und das Gewächshaus für die Tomaten. Auch die alten Tannen sind schön, die die Blicke der Nachbarn fernhalten, düster und nach Gebirge duftend. Die großen Farne am Fuß der Sandsteinmauer, die alte Badewanne mit den Löwenfüßen, in der sich auf dem Regenwasser Entengrütze gebildet hat, all das ist malerisch und geheimnisvoll. Sogar die verfallenden kleinen Dächer des Räucherhäuschens und der Schlachtküche sind es, die verwilderte Himbeerhecke längs des Zauns und der Urwald aus Giersch. Und dort steht auch eine Weide.

In der Eingangshalle des Altersheims, in dem Franziska gearbeitet hat, stand immer die alte Frau Bauer neben dem Ausgang und schaute durch die Glaswand auf die Außenwelt. Ähnlich wie Luise jetzt stand sie da, nur kleiner, verschrumpelter. Franziska trat einmal hinter sie und legte ihr die Hände auf die Schultern und sagte etwas Aufmunterndes wie: »Ist das nicht ein wunderbarer Tag?«

»Bei dem Wetter sind sie immer gekommen«, erwiderte Frau Bauer.

Frau Bauer hatte als Kind die Bombardierung Würzburgs miterlebt, 1945. Fast alles war ins Vergessen hinabgesunken, das aber wusste sie noch. Die Bomber konnten jeden Moment wieder auftauchen.

»Die Blätter an der Weide«, sagte Franziska deshalb irgendwann leise. »Sehen Sie nur. Ganz silbern.«

»Die Weide ist der schönste Baum«, erwiderte Frau Bauer prompt.

Das sagte sie jedes Mal. Keiner wusste warum, doch es funktionierte. Franziska hatte sich manchmal gefragt, was ihre Erinnerungen sein würden, wenn es so weit war, wenn die Demenz anklopfte und der Korken zerbröselte, der die Geister in der Flasche hielt. Wie hießen ihre Dämonen? Sie ist nicht mehr jung genug, um sich nicht vor den Schatten zu fürchten, die in jedem Leben umgehen. Und sie ist sich nicht sicher, ob in ihrem je eine heilende Weide wuchs. Doch dort unten steht jetzt eine. Steht da und flirrt im Licht, wahrhaftig der allerschönste Baum.

»Wisst ihr noch, die Erdbeeren?«, fragt Annabel mit einer Stimme, die erst nach einem ausgiebigen Räuspern wieder fest wird. »Das muss da hinten gewesen sein.« Sie zeigt auf ein Dickicht aus Butterblumen, Schafgarbe, Hopfenschlingen und Königskerzen, die sich selbst ausgesät haben.

»Unter Erdbeeren gehört Stroh«, sagt Luise. Die Schwalbe hat es sich überlegt und kehrt trotz der Anwesenheit der Freundinnen zu ihrem Nest zurück. Franziska folgt ihr mit den Augen. Dort oben hängen drei der körbchengroßen Lehmgebilde, von allen zieht sich ein Streifen Exkremente an der Mauer hinunter. Jetzt kann sie auch das Zirpen hören, oder ist es ein Schreien, mit dem die Jungen nach ihren Müttern rufen? Sie sollten gehen.

»Wolfgang wollte es immer aufgeräumt haben«, sagt Luise.

»Ach, Schätzchen!« Mitfühlend legt Franziska der Freundin den Arm um die Schulter. Sie erinnert sich gut an den Garten von Wolfgangs und Luises Familie. Anders als ihre Bibliothek und das Musikzimmer, als die Speisekammer und der Weinkeller, strahlte er keine Fülle aus. Er war klein, das Haus hatte fast allen Platz verbraucht. Im Grunde bestand er nur aus einem schmalen Streifen Rasen, der als Folie für die Replik einer griechischen Statue diente, umgeben von Immergrün, das rasch blickdicht wuchs und keine Pflege brauchte. Blumen hatte Luise in Töpfen auf die Terrasse gestellt. Das hier muss ein Urwald für sie sein, ein Chaos.

»Der gute Wolfgang«, beginnt Franziska. »Sicher würde er hier …«

»Ich will diesen Garten«, sagt Luise.

Verdutzt hält Franziska inne. Annabel hakt sofort ein: »Dann ist ja alles klar, oder?« Sie wendet sich Franziska zu.

Die ist völlig aus dem Konzept gebracht. »Ich weiß nicht.«

Jetzt dreht sich auch Luise um. Ihr Apfelgesicht ist mit einem Mal gespannt und ernst. »Ich gehe nicht mehr in mein Haus zurück«, sagt sie. »Nicht mal für eine Nacht. Dort ist alles voll von … voller …« Sie sucht Wörter und will sie gar nicht finden. »Ich kann dort nicht atmen. Auch wenn meine Söhne da sind. Und ihr … ihr versteht das alle nicht.« Sie verstummt, sammelt sich, fasst mit beiden Händen nach dem Balkongeländer und sagt sehr entschlossen: »Ich werde nicht mehr dorthin zurückkehren.«

Die Geste ist groß und endgültig. Sie passt nicht zu Luise, der kleinen, molligen Luise mit den Bequembundhosen. Und trotzdem ist es Luise, die sich entschieden hat.

Franziska überlegt. »Ich habe zwei Schlafsäcke dabei.« Sie lagen seit Jahren im Kofferraum, genau wie ihr Schwimmzeug, das Leergut und ein Schlitten. In ihrer Wohnung war einfach kein Platz dafür.

Luise nickt.

»Die werden wir kaum brauchen bei der Hitze, aber gut, ich gehe sie holen.« Annabel ruft ihr nach: »Bring meinen Korb mit, ja? Ich hab eine Überraschung eingepackt.«

Franziska ist innerlich wie erstarrt. Alles wird wirklich, und damit wird alles unwirklich. Sie geht, als gehörten ihre Füße nicht ihr, und spürt den Boden unter ihren Füßen sich rühren.

»Aber Nora«, bringt Franziska heraus, als sie mit allem zurück ist und sie sich in der Gaststube niederlassen.

»Scheiß auf Nora.« Annabel unterbricht das Auspacken ihres Korbs und holt tief Luft. Dies ist nicht ihre Sprache. Es ist Noras. Nora hat keine Angst vor der Wahrheit. »Ich werde blind, in einem halben Jahr vielleicht schon. Ich bin eine einsame alte Jungfer, und ich habe Angst. Ich will diese WG, und ich brauche sie.«

Franziska weint – zum ersten Mal, seit all das passiert. Worüber, das weiß sie nicht genau. Aus Trauer über den Kummer jeder einzelnen oder aus Freude, dass sie einander haben? Es ist wohl ein wenig von allem. Wortlos sieht sie zu, wie Annabel einen puderzuckerbestäubten Gugelhupf auspackt und Thermoskannen mit Kaffee und Tee. Sie wischt sich die Augen. Was tun sie da nur? Sie sieht die abblätternden Fensterrahmen, die Holzwurmlöcher in den Balken. Den unebenen Fußboden. All die Probleme. »Ich kann doch nicht mal einen Nagel gerade in die Wand schlagen. Und das Geld reicht auch nicht.«

Draußen hupt es laut, anhaltend, unverschämt. Ein orangefarbener Sportwagen. Nora.

11

»Das ist Boris«, stellt Nora den etwa vierzigjährigen Mann vor, der mit einer Aktentasche in der Hand aussteigt. Er ist schlank, mit einem klar abgegrenzten Bierbauch, das Gesicht fast kindlich, rötlich wie das Haar, das bereits spärlich wird. »Er ist Bauingenieur und wird gleich einmal eine Bestandsaufnahme machen. Keine Sorge, das ist gratis, er schuldet mir was. Ich hab sein Büro in einem meiner letzten Beiträge für arte erst so richtig bekannt gemacht.« Sie sieht sehr zufrieden aus. »Ist die Wirtschaft geöffnet, Mädels?«

Ihr energischer Gang lässt ihre Kleinheit vergessen. Mit sicherem Griff findet sie hinter der Theke eine halbvolle Flasche Zwetschgenschnaps und vier weitere mit Mineralwasser. »Dürfte alles nicht schlecht geworden sein.«

Annabel hat, wie sich herausstellt, auch Gelbwurstbrötchen eingepackt, hartgekochte Eier mit falschem Kaviar, dazu Fleischsalat, karierte Servietten und ein Glas saure Gurken.

»Ganz im Stil der Zeit, in die wir eintauchen wollen, dachte ich mir.« Rasch birgt sie die Schätze aus ihren Tupperhüllen. »Ich bin nun mal auch Geschichtslehrerin, und Sensualisieren ist eine wichtige Unterrichtstechnik.«

Sie wischen die Platte des Tischs am Ofen frei von Staub und toten Wespen. Der Wimpel des Stammtisches wird beiseitegerückt. Annabel richtet ihr Arrangement an. Nora ihrerseits breitet einen Plan des Hauses aus; sie hat auch die Unterlagen des Denkmalschutzes dabei, diverse Aufrisse und einen Katasterplan. Aus der Tasche ihres Blazers holt sie eine goldfarbene Lesebrille.

»Wo hast du das alles her?«, staunt Franziska.

»Ich war letzte Woche zufällig in der Gegend, da hab ich mir alles mal von außen angesehen, hab ein bisschen durch die Fenster geguckt. Danach war ich auf der Gemeinde, dem Denkmalamt, dem Kreisbauamt. Das leitet ein alter Kumpel von mir. Er liebt die Idee, dass wir was Wegweisendes aus dem alten Kasten machen, sage ich euch. Mit dem Umweltschutz hab ich auch schon gesprochen. Wenn wir auf Nistmöglichkeiten für die Fledermäuse achten, geht das meiste von dem, was ich mit der Scheune vorhabe, in Ordnung.«

Pläne mit der Scheune, das konnte nur eines bedeuten: »Die Bibliothek!« Annabel und Franziska rufen es gleichzeitig.

»Und ob!«, erklärt Nora. »Obwohl ich ehrlich zugebe, dass ich in den letzten fünf, sechs Jahren kaum mehr einen Roman angerührt habe.« Ihre Finger mit den langen Nägeln, die heute von einem aparten Dunkelbraun sind, fahren über die Papiere, zeichnen Linien, erläutern, wo Feuerschutzmauern hin müssen, was Lichtbänder sind und wo eine Innendämmung sinnvoll wäre.

»Die Toiletten für die Wirtschaft hier unten sind den Unterlagen zufolge noch in den Nullerjahren renoviert worden. Das genügt für unsere Bedürfnisse. Schaut, hier. Wenn wir die Trennwand wegnehmen, die Kabinen ausbauen und die überzähligen Schüsseln und Becken abnehmen, dann wird das ein wunderbar großer, zugänglicher Baderaum. Sogar eine Wanne mit Hubarm wäre denkbar. Oben können wir uns dann mit einer kleinen Version begnügen, hier, über der ehemaligen Waschküche, da liegen die Leitungen am günstigsten, sagt Boris.« Sie hält einen Moment inne, in dem sie über ihren Köpfen Schritte knarren hören; der Ingenieur ist an der Arbeit.

Nora tippt ihre Freundin an. »Es macht dir doch nichts aus, Franziska, wenn dein altes Zimmer verschwindet?«

»Du meinst, zum Klo wird? Ich liebe die Subtilität des Gedankens. Prost.« Franziska gönnt sich den dritten Schnaps. Es ist alles, was sie tun kann. Sie wird diese Nacht in einem Schlafsack im Bett ihrer toten Tante verbringen, an deren Namen sie vierzig Jahre lang nicht einmal gedacht hat, und im Übrigen hilflos dabei zusehen, wie ihre Träume in Erfüllung gehen. Es könnte sein, dass sich das sogar gut anfühlt, sie weiß es aber noch nicht sicher. Im Moment dominiert die Angst.

»Und die Küche ist der reinste Reitstall, also ehrlich.« Nora hält ihr Schnapsglas hin und lässt sich nachschenken.

»Sie war mal der Kuhstall, ganz früher.« Franziska versucht, sich an ein Datum zu erinnern.

Nora gönnt sich ein weiteres Schnäpschen. Das dritte? Das vierte? »Macht alles nix«, verkündet sie, »solange man hinterher genügend Wasser trinkt.« Die vier Flaschen Sprudel stehen unberührt da. Noch ist nicht »hinterher«, wie es scheint. Da kommt noch was. Noras kurzer Blondschopf steht in die Höhe wie eine kleine Flamme, emporgekämmt von ihren rastlosen Fingern. Ihre Kirschenaugen haben einen tiefen Glanz bekommen.

»In dieser Küche können wir bequem eine Essecke unterbringen und Geschirrschränke. Was dort nicht hineinpasst, kommt hinter die Theke, die behalten wir doch, oder?« Sie hebt den Arm.

Franziskas klimpernde Armbandsammlung folgt, Annabels roséfarben umspielter, Luises molliger Arm unter der geblümten Bluse. Die Abstimmung erfolgt einstimmig.

»Angenommen«, erklärt Nora.

»Aber die beschichteten Küchenschränke kommen raus. Wir nehmen meine Landhausküche, die ist Vollholz.« Darauf besteht Luise, deren runde Wangen sich gerötet haben.

Annabel zögert, sie mag es weiß, wie daheim, mit einer Arbeitsplatte aus dunklem Schiefer vielleicht. Aber wie viel davon würde sie nächstes Jahr noch sehen? Geschenkt. Sie hebt erneut die Hand. Einstimmig angenommen. Die Sache kommt in Fahrt.

»Und die Wirtshaustische hier ersetzen wir durch eine Sofaecke«, verlangt Annabel, »bis auf die Bank hier um den Ofen. Und die Jukebox bleibt auch.«

Keine Gegenstimmen.

Franziska steigt in das Spiel ein. »Was machen wir mit dem Nebenraum?«

»Gästezimmer«, schlägt Annabel vor. »Dann können mal Freunde vorbeikommen. Oder Luises Jungs.«

Die nickt. »Wenn es nicht zu oft ist.« Auch ihr Schnapsglas ist schon wieder leer. Nora schenkt ihr nach. Luise kippt es in einem Zug. »Oder wir stellen dort den Fernseher rein. Ich schaue immer um 20 Uhr die Nachrichten.«

»Fernseher?«, echot Franziska, die so ein Gerät in ihrem ganzen Leben noch nicht besessen hat. Hätte sie ihre Zeit je totgeschlagen, anstatt sie kreativ zu nutzen, aus ihr wäre nie eine Schriftstellerin geworden. Außerdem strahlten sie schädlich; selbst ihren Computerbildschirm erträgt sie nur, weil sie ihn mit einem großen Rosenquarz entschärft hat. »Du meinst diese nach Pech und Schwefel riechenden Dinger, die der Teufel gesehen hat?«

»Opium fürs Volk«, springt Annabel ihr bei. »Ich hatte meinen nur, um zu wissen, worüber meine Schüler so reden. Die haben ja alles geglaubt, solange es nur bebildert war.« Sie schüttelt den Kopf. Kein Fernseher in ihrem Haushalt.

Nora macht ihre Position rasch klar. »Ich will einen Fernseher, Breitwand, und ich will Netflix, und ich werde dafür nicht in einem Nebenzimmer sitzen, sondern auf meinem Ledersofa.«

»Nun, ich werde nicht mit einem TV-Gerät leben.« Da ist Franziska sich ausnahmsweise mal sicher. »Der Krach und das hektische Geflimmer und das noch abends vor dem Einschlafen, nein danke.«

Sie schauen einander an. Irgendwo über ihren Köpfen kracht es. Der Ingenieur? Oder doch das Dachgebälk, das langsam nachgibt?

Luise trinkt ihren Schnaps und ergreift die Flasche. Sie schenkt sich ein, dann den anderen, die ihr zuschauen, erwartungsvoll, was sich da zusammenbraut. »Das Nebenzimmer wird ein Fernsehzimmer«, verkündet sie, »für Nora und mich. Mit Noras Ledersofa. Und einer Bar, wenn sie will. Das Gästezimmer kommt in den Anbau.«

Die Erleichterung ist groß. Sie teilen sich die erste Flasche Wasser auf diesen Triumph der Vernunft.

»Luise, Süße, hab ich vorhin unter der Theke nicht noch einen Nussbrand gesehen?«

»Apropos«, hakt Franziska ein, während Luise sich erhebt, »was ist eigentlich mit Gabriel? Wird er sein Sofa nicht vermissen? Ich meine, wir sind uns doch einig, dass Männer hier nicht einziehen werden?«

Allgemeines Atemanhalten.

»Du hattest recht«, sagt Luise und kommt zurück, eine weitere Flasche mit Selbstgebranntem in der Hand. »Sie war hinter den Handtüchern versteckt.« Das Nussaroma verbreitet sich köstlich im Raum.

»Mit Gabriel ist Schluss«, sagt Nora nach dem ersten Glas. »Es hat sich so ergeben.« Sie schweigt. Mehr wird zu dem Thema nicht kommen. Sehr elegant und sehr klein und mit einem Mal sehr müde sieht sie aus.

Die Freundinnen heben ihre Gläser. »Auf das, was sich ergibt.«

12

Es ist Zeit für Musik. Nora inspiziert die schweigende Jukebox, kommt zu einem fachmännischen Schluss und schiebt den Stecker in die Steckdose. Knistern. Erlösung.

»Was jetzt? ›Ich hatt einen Kameraden‹?«, fragt Franziska.

»Wenn das die Nachbarn hören«, wendet Annabel ein. Ihr Pagenkopf spiegelt das Lampenlicht, als sie ihn fragend wiegt. »Meine These ist ja, dass die Ironisierung von nationalsozialistischen Inhalten, die heutzutage betrieben wird, nur ein Ausdruck dafür ist, dass …«

Nora unterbricht sie, indem sie sich für Alexandra entscheidet. »›Zigeunerjunge‹. Heutzutage vermutlich ›junger Erwachsener mit Sinti-und-Roma-Hintergrund‹.«

»Was machen wir eigentlich mit dem Namen des Hauses? Ich meine, lassen wir ihn so: Gasthaus zur Fröhlichkeit?«, fragt Annabel.

»Wir könnten das ›Gast‹ von der Fassade streichen«, schlägt Franziska vor.

»Ich weiß nicht, ob wir der fröhliche Typ sind«, sagt Annabel und muss zu ihrer eigenen Überraschung heftig kichern.

»Blind, aber fröhlich«, stellt Franziska trocken fest, was weiteres Gelächter auslöst. Sie deutet auf sich selbst. »Verarmt und erfolglos, aber fröhlich.«

Sie finden auch das zum Brüllen, bis ihr Blick auf Luise fällt: Witwe, aber fröhlich?

»Und du, Nora?«, fragt Franziska rasch. »Gestrandete Großstadtpflanze, aber fröhlich?«

»Ihr wisst ganz genau«, bemerkt Nora geziert, »dass mein Onkel in

Friesen einen Hof mit über fünfzig Stück Fleckvieh bewirtschaftet hat. Ich stamme also streng genommen ebenfalls aus einer Landwirtschaft.« Sie pflückt sich einen Fussel von ihrer Jil-Sander-Anzughose.

»Sind das die Kühe, aus denen du dir diese hässlichen Philippe-Starck-Sessel hast machen lassen?«, neckt Franziska sie.

»Freu dich nicht zu früh«, droht Nora. »Die kommen mit mir hierher.«

»Das wird einen schönen Aufruhr in den Nachbarställen geben. Prost!«

Die nächste Runde ist unvermeidlich. Ein neues Lied muss her. Der Flieger soll endlich die Sonne grüßen und die Freiheit.

»Ah!«, ruft Nora und legt den Kopf in den Nacken. Ihre Füße in nadelspitzen Stilettos hat sie auf der Tischplatte platziert. »Wisst ihr noch damals, der Germanisten-Stammtisch? Da fanden wir es cool, das Original zu hören und nicht etwa die Coverversion von Extrabreit. So wie die Jungs es cool fanden, über so etwas Proletarisches wie Fußball zu fachsimpeln.«

»Meine These ist ja«, beginnt Annabel, »dass sie das hauptsächlich getan haben, um uns zu beweisen, dass sie nicht schwul waren, bloß weil sie hauptberuflich Gedichte interpretierten.

»Ich habe Krampfadern«, sagt Nora plötzlich. Sie starrt ihre Fußgelenke an, vor aller Augen liegen sie da. Der weite Schlag der Hosen hat sie freigelegt.

»Ich werde nie wieder Röcke tragen.«

Eine nach der anderen legen die Freundinnen ihre Beine auf den Tisch. Franziska hebt ihren Zigeunerrock an, Luise zieht ihre Dralon-Hosenbeine hoch.

Annabel zögert. Sie trägt sehr dichte Stützstrumpfhosen.

Nora ist die Erste, die ruft: »Ausziehn! Ausziehn!« Die anderen beiden klopfen rhythmisch auf die Tischplatte. Annabel wird rot. Franziska springt auf, um zur Jukebox zu laufen. Sie weiß, dass da irgendwo Zarah Leander zu finden ist, die Stimme rau und lasziv.

Boris, der Architekt, erscheint in der Tür.

Die vier Frauen erstarren. Ziehen rasch ihre Füße vom Tisch. Annabel ruckt ihren Rock zurecht und setzt sich, nunmehr tiefrot. Franziska wirft ihren Haarvorhang zurück. Soll er es wagen.

Boris lächelt, nur ganz leicht, seine Stimme bleibt so blass wie seine Mimik. »Die gute Nachricht ist, dass alles dicht ist.«

»Hackedicht«, bestätigt Nora.

Er reagiert nicht. »Dach und Fenster jedenfalls. Und das meiste lässt sich mit einer Innendämmung regeln.«

Sie nicken. Innendämmung. Klar. Das Selbstverständlichste von der Welt.

»Das Wasser würde ich genauso auf Putz legen wie die Elektrik. Macht weniger Arbeit und gibt eine Industrie-Ästhetik.«

»Ein guter Kontrast zum Ultra-Idyllischen hier.« Nora stimmt ihm zu. Sie hebt die Flasche.

»Ich muss fahren«, sagt Boris kurz. »Soll ich alles veranlassen?«

Franziska spürt, dass das eine große Frage ist. Dass sie jetzt alle innehalten und ernsthaft nachdenken müssten.

Ist das sie, die da ihr Glas erhebt? »Auf das, was sich ergibt.« Die Stimmen der anderen übertönen die Anweisungen, die Nora diesem Boris erteilt. Offenbar soll er das Weitere veranlassen. Offenbar ist alles bereits geschehen.

Nora winkt Boris zum Abschied lässig zu. »Er redet nicht viel«, meint sie, als er weg ist. »Aber was er sagt, hat Hand und Fuß, sehr angenehm. Überhaupt werden die typisch männlichen Eigenschaften in unserer Gesellschaft unterschätzt.«

»Auf die männlichen Eigenschaften!« Sie gönnen sich eine neue Runde.

»Und auf die weiblichen!« Darauf besteht Franziska. Jetzt nur keine Nostalgie. Sie werden sich doch nicht rechts überholen lassen. Ganz oder gar nicht! »Wir werden Röcke anziehen, wenn wir das möchten, und zwar so kurz, wie wir sie haben wollen. Wir werden nach Lust und Laune tanzen, notfalls auch nackt, und dazu singen und saufen. Denn in der neu gegründeten Republik der alten Weiber gilt, was uns gefällt. Wir werden kein Beige tragen und keine Löckchendauerwellen. Und wir werden auf nichts verzichten, was wir lieben, nur, weil jemand uns einreden will, dass es uns peinlich zu sein hat. Wir erklären hiermit feierlich, dass wir schön sind …«

»… und klug«, ruft Annabel, die mit einiger Mühe aufsteht.

Luise schenkt erneut ein.

»Auf die Schönheit und die Klugheit!« Sie heben die Gläser.

»Auf die Lebendigkeit!«, fügt Nora beim nächsten Glas hinzu. »Noch kriegt ihr mich nicht.«

»Auf die Fülle.« Das ist Luise.

»Auf die Fülle«, wiederholt Franziska plötzlich ein wenig müde. Ist das sie, die da schwankt, ist es ihr Entschluss oder die Welt? »Und darauf, dass ich abgefüllt bin.«

13

Das folgende Gelächter hat Franziska noch im Ohr, als sie am nächsten Morgen aufwacht. Es muss durch ihre Träume gegeistert sein, die sie vielleicht verwechselt mit dem, was in der Gaststube wirklich geschah im Licht der niedrig hängenden Lampe, um die Annabel mit Luise im Arm herumtanzte, unter deren Schirm sich der Rauch von Noras russischen Zigaretten kräuselt. Hat sie die am Ende herumgereicht?

Franziska glaubt, ein kratziges Nelkenaroma in ihrem Mund zu erschmecken. Ihre Zunge ist trocken und geschwollen zugleich, unübersichtlich verwachsen mit der Mundhöhle. Sie will den Kopf heben, ihr wird schwindelig. Etwas schmerzt, das muss zu ihr gehören. Vielleicht sollte sie erst einmal die Augen öffnen.

Eine fremde Decke springt sie an. Bläuliches Kalkweiß, darin Sprünge wie Spinnweben. Spinnweben auch, als sie das Bild scharf stellt. Ungewohntes Morgenlicht, wie gefiltert von Grün. Und etwas stört. Vogelstimmen, die gehören nicht hierher, in ihrem Hinterhof gibt es nur Tauben. Nein, *sie* gehört nicht hierher, korrigiert sie sich. Sie liegt nicht in ihrem Bett in ihrer Wohnung. Ihr Rücken weiß das am besten, nach der Nacht auf einer fremden Matratze ist er ein einziger Schmerz. Sie atmet tief ein und lässt sich auf die Seite rollen.

Weißes Leinen, dick und schwer. Die dünne Spur eines weiß auf weiß gestickten Monogramms. F. W., entziffert sie. Jetzt begreift Franziska, wo sie ist. Der Name der Tante fällt ihr ein. F. W. steht für Tante Fanny, die dieselben Anfangsbuchstaben hatte wie sie selbst: Franziska

Weidinger. Fanny hätte gut ihr Kosename sein können, wenn sie je einen besessen hätte.

»Alles in Ordnung?« In der Küche sitzt Nora beim Kaffee und schiebt ihr eine Tasse hin. Sie ist perfekt geschminkt, nur die Fältchen um die Kirschenaugen bilden einen dunklen Ring, der sich nicht aufhellen will.

»Wo sind die anderen?« Ächzend lässt Franziska sich nieder. Ihr Zopf ist schlafzerzaust. Über den Rest will sie nicht nachdenken.

»Luise ist einkaufen, und Annabel erkundet das Dorf bei einem Spaziergang. Solange sie noch was sehen kann, meinte sie. Wenn du mich fragst, ich glaube, sie simuliert ein wenig. Schau dir doch an, wie aktiv sie ist. Wie dramatisch kann das mit ihren Augen schon sein.«

»Sie braucht sich nicht zu beeilen mit der Besichtigung.« Franziska nimmt große Schlucke der lauwarmen Brühe. »Das meiste im Dorf kann man genauso gut riechen wie betrachten.«

»So schlimm?«, fragt Nora. Etwas in ihrer Stimme lässt Franziska daran denken, dass die Freundin ja nur einmal hier war – und dabei keine freundliche Aufnahme fand. »Zehn Kühe, ein paar Schweine, die Schreinerei, die Tankstelle und die Kirche. Das Rathaus erkennt man an der konsequenten Geranienbepflanzung.« Sie zuckt mit den Schultern, aber ihr Blick sucht Noras Gesicht. »Angst?«

Nora gibt einen schnaubenden Laut von sich.

»Nein, im Ernst, wieso hast du dich auf das hier eingelassen? Gerade du? Dorf und Nora, das ist doch eine Contradictio in Adjecto.«

Sie nippt erneut an der Tasse, an der sie sich mit beiden Händen festhält. »Gott, ich bin so froh, dass du da bist. Ohne dich hätte ich nicht wirklich den Mut gefunden.« In dem Moment klingelt das Smartphone, das Nora vor sich auf dem Tisch liegen hat. Ihr Ton, als sie rangeht, klingt geschäftlich.

Franziska überlässt sich ihren Gedanken, das heißt, richtige Gedanken sind es gar nicht, eher Bilder, die durch ihren Kopf treiben. Von einem kleinen Mädchen, das Fanny heißt. Sie ist einsam und die

Welt düster, das kann Franziska ganz klar spüren. Aber sie gibt nicht auf, diese Fanny. Etwas reißt sie aus ihren Gedanken, und sie fragt: »Wie bitte?«

Es dauert einen Moment, bis sie Noras wiederholte Frage versteht. »Ich weiß nicht, ich habe meinen Kalender nicht da.«

»Du wirst schon nichts vorhaben.« Nora bestätigt den Notartermin. »Wir müssen klare Besitzverhältnisse schaffen.« Immerhin investieren sie eine Menge Geld in eine Immobilie, die bislang faktisch nur Franziska gehört und für die die anderen nicht einmal einen Mietvertrag besitzen. Und was soll geschehen, wenn eine von ihnen stirbt? »Wir drei haben ja keine Kinder, aber was ist, wenn Luise was zustößt und ihre Söhne das Erbe beanspruchen? Dann müssten wir sie auszahlen und dafür vielleicht alles verkaufen, das geht nicht. Was?«, fragt sie, als sie Franziskas Gesicht sieht.

»Ich habe auch einen Sohn«, sagt Franziska.

»Ach, verdammt, ich meine, natürlich, klar. Weiß ich doch, Hasi. Ich hoffe sehr, du hast den kleinen Macker schon vor Jahren enterbt.« Sie reißt die Augen auf. »Er darf das Haus hier auf keinen Fall in die Finger kriegen.«

Franziska stellt fest, dass der Kaffee inzwischen kalt ist. Das Mädchen Fanny ist weg. Dafür steht jetzt ein Junge da, Philipp. Er ist vierzehn und schreit: »Ich hasse dich!« Er hat einen Rucksack gepackt und wartet an der Tür. »Das ist Papa«, sagt er trotzig, als es klingelt. »Der holt mich ab. Ich bleibe jetzt bei ihm.«

»Dann geh doch.« Sie hat ebenfalls geschrien. »Hau ab, wenn's dir hier nicht passt.« Sie ist weggestürmt, hat eine Tür zugeknallt, hat das Gesicht ihres Ex nicht sehen wollen. Später war der Flur leer gewesen, ein Paar von Philipps Turnschuhen lag noch herum. Sein Zimmer ein Chaos, selbst das Bett vollgestopft mit Kram, in dem sie sich zusammenrollte. Er würde wiederkommen, hatte sie sich gesagt, in einer Woche, spätestens in zweien. Aber er kam nicht und rief auch nie an. Sie war zu stolz, es ihrerseits zu versuchen. Er hatte Schluss gemacht mit ihr; sie würde nicht betteln. Wie lange war das jetzt her?

Über dreißig Jahre. Sie weiß nicht einmal, wie er jetzt aussieht. Wo er lebt. Ob er glücklich ist. Einmal ist sie heimlich auf Facebook gegangen, um nach ihm zu suchen. Dass ihr Sohn offenbar zu den wenigen Menschen gehört, die dort kein Profil angelegt haben, hat ihr die schmale Hoffnung gegeben, dass er vielleicht ein wenig sein könnte wie sie.

Franziska will sich nicht an das Gefühl in den Wochen nach Philipps Weggang erinnern. Nora hätte an ihrer Stelle bestimmt keinen Schmerz gespürt. Nora kennt nur Leute, die für sie sind oder gegen sie. Nora findet, dass sie es wert ist, vergöttert zu werden, und wer das nicht tut, ist selber schuld. Beneidenswerte Nora. Warum ist sie nicht wie sie?

»Franziska?« Nora weckt sie, indem sie ihr die Hand auf den Arm legt. »Du bist für immer meine Heldin, weil du das hinter dir gelassen und dein Ding gemacht hast. Du hast es ihnen gezeigt und bist Schriftstellerin geworden. Du bist Künstlerin, Herrgottnocheins.«

Franziska versucht, die Frage zu verdrängen, wer da wen hinter sich gelassen hat. Ein Jahr nach Philipps Auszug halfen die Freundinnen ihr, sein Zimmer zu einem Arbeitsraum umzubauen.

»Man muss sich aus Beziehungen lösen, die einem nicht guttun.«

»Hast du das mit Gabriel so gemacht?« Franziska versucht, ein anderes Thema zu finden.

Nora zuckt mit den Schultern. »Schau dir Luise an«, meint sie stattdessen. »Ihr Mann ist noch keinen Monat tot, da kommen die verdrängten Wünsche in ihr an die Oberfläche: Sie will einen Garten. Hochsymbolisch, findest du nicht?«

Franziska findet das übertrieben, aber Nora fährt fort, sich auszumalen, dass Luise in ihrem Leben das Chaos gefehlt hat, die kreative Unordnung, das Wachstum, die Fülle. »Und die ganze Zeit glaubten wir, es ginge ihr gut. Aber es ist, wie ich es mir dachte: In festen Beziehungen geht es einem nie gut. Man macht immer Kompromisse, erst einen, dann mehrere, dann einen zu viel, man gibt sich auf, und am Ende ist man verstümmelt. Schau deine kurze, traurige Ehe an.«

Was ihre Ehe angeht, kann Franziska schlecht widersprechen. »Aber ich glaube nicht, dass Luise sich verstümmelt hat«, wendet sie ein. »Sicher muss man Kompromisse machen, aber das heißt doch nicht automatisch, dass man sich aufgibt. Bei dir haben da immer viel zu früh die Alarmglocken geläutet, wenn du mich fragst.«

Nora schweigt.

»Hallihallo!« Luise ist zurück, die ersten beiden Tüten unter dem Arm. Im Wagen wartet der Rest. Sie hat gerötete Wangen und die Ärmel ihrer Bluse aufgekrempelt. Sie wird ihre Ankündigung wahr machen und sofort einziehen, dafür braucht sie so einiges. Es füllt den Kofferraum, die Rückbank und den Beifahrersitz ihres Opels, und die beiden sind froh, dass das Hereintragen sie ein wenig ablenkt.

Luise hat an alles gedacht, von grünen Erbsen in Dosen über Ohrenstäbchen bis zu einem Nachthemd, in knisternde Folie eingepackt. Ein Sonderangebot aus der Drogerieabteilung des Supermarktes. Auch in einer Gärtnerei ist sie schon gewesen. Birkenbach besitzt keinerlei Geschäfte mehr. Bäckerei, Metzgerei, Schreibwarenladen, sie alle sind nur mehr verblichene Buchstaben über leeren Schaufenstern. Die Einwohner decken ihren Einkaufsbedarf in den größeren der umliegenden Gemeinden, die über Gewerbegebiete mit Supermärkten verfügen. Was das Dorf allerdings zu bieten hat, sind gleich drei Gärtnereien im Umland. Eine ist auf seltene Rosen spezialisiert und hat Kunden aus ganz Deutschland, eine bietet vor allem Nutzpflanzen an, die dritte in erster Linie Stauden. Luise hat alle drei abgeklappert und eine Bestellung getätigt, die in den nächsten Tagen geliefert werden wird.

Erschöpft, aber guter Dinge macht sie sich frisch, um im Garten eine Skizze von den Resten der Ursprungsbepflanzung anzufertigen, die noch zu erkennen sind. »Die Beetstruktur will ich erhalten. Und das Gewächshaus wieder aufbauen. Am Zaun entlang dann Blumen. Meinst du, ich kann mir einen von den Kitteln deiner Mutter borgen, Franziska? Ich hab oben im Schrank welche entdeckt.«

Noras Blick sagt: Siehst du! Sie wirft ihr altes Leben ab wie eine juckende Haut.

Als Franziska aber nach einer halben Stunde in den Garten geht, findet sie Luise auf der Bank unter dem Holunder. Die Skizze auf ihrem Schoß sieht hübsch aus, Luise hat immer gut gezeichnet, aber nie mehr daraus machen wollen. Auch jetzt wirft sie keinen Blick darauf. Nur ihre Tränen fallen aufs Papier.

14

Franziska setzt sich wortlos und hofft, dass schon das etwas hilft.

»Es ist seltsam«, beginnt Luise. »Seltsam zu denken, dass er jetzt da liegt. Er war Agnostiker, aber Regenwürmer, Erdreich und Bakterien fand er auch nicht tröstlich.«

»Die Romantik des Gefressen- und Wiederausgeschissenwerdens«, meint Franziska. »Also mir hat das immer zugesagt. Entschuldige, das ist vermutlich frivol. Ich meine den Gedanken, ein Teil von allem zu werden, von jedem Grashalm, der auf mir wächst, von jedem Insekt, das sich von mir ernährt, von dem Vogel, der dann den Wurm aufpickt, von der Kuh, die das Gras frisst. Man kommt verdammt weit, wenn man drüber nachdenkt. Wenn es ein Zugvogel ist, bis nach Afrika, überleg mal. Man verschwindet nicht. Das ist es, was mir daran gefällt.«

Luise scheint sie gar nicht gehört zu haben. »Dieses Ding, das er jetzt anhat, dieses Chorhemd, das war bestimmt aus Kunstfaser.« Sie schüttelt den Kopf. »Das klebt vermutlich in hundert Jahren noch an seinen Knochen.«

»Ich weiß nicht, ich könnte mich erkundigen«, bietet Franziska sich an, sofort bereit, im Zweifelsfall zu lügen, wenn es Luise nur hilft. ›Reine Seide‹, würde sie sagen, ›besser noch: 95 Prozent Seide, der Rest ist Elasthan, weil es das Ankleiden erleichtert.‹ Es sind die Details, die eine Lüge glaubwürdig machen, als Schriftstellerin weiß sie das. Im Kopf hat sie den Text schon fertig. Sie hat überhaupt verdammt viel Text im Kopf. Aber Luise gibt ihr wenig Gelegenheit, ihn auch herauszulassen. Franziska hakt nach: »Soll ich die Firma anrufen?«

»Er mochte dieses Jackett wirklich sehr. Wir haben es im Urlaub in Aberdeen gekauft.« Luise versinkt wieder in ihr Schweigen.

Franziska versucht gerade, das Gespräch auf die Erinnerung an diesen Urlaub zu lenken. Dabei sieht sie Annabel zurückkommen, kleine, exakte Schritte setzend in ihrem engen Rock. Wie lange das dauert. Endlich ist die Freundin beinahe am Tor, als sie aus dem Nachbarhaus heraus angesprochen wird. Franziska beißt sich auf die Lippen.

Natürlich weiß bereits jeder im Dorf, dass vier Frauen im alten Wirtshaus übernachtet haben. Sie wussten vermutlich auch schon von den Bauplänen, denn sie sind verwandt mit den Leuten, die im Bauamt, im Katasteramt und im Umweltamt arbeiten. Und ganz sicher sind sie verwandt mit den Männern, die in den nächsten Wochen auf der Baustelle arbeiten werden, in die das Gasthaus zur Fröhlichkeit sich verwandeln wird. Sie wissen immer alles, davon kann man ausgehen. Was sie nicht über die üblichen Kanäle erfahren, das erschließen sie sich: Sie sind gute Beobachter, und sie haben Zeit. Und die Informationen, die noch gefehlt haben, zieht die Nachbarin gerade Annabel aus der Nase. Franziska sieht es an den wohlig verschränkten Armen und dem erfreuten Lächeln der Frau. Mit demselben Lächeln haben sie früher darüber getratscht, dass die Weidinger-Tochter eine komische ist und nicht zu ihnen passt. Oh, sie sollen sich bloß raushalten aus ihrem Leben, die Allgegenwärtigen, Allwissenden. Dass sie hierhergezogen ist, heißt nicht, dass sie ihnen verziehen hat. Das Gespräch dauert furchterregend lange.

»Na?«, fragt Franziska, als Annabel endlich auf den Hof tritt. Fraternisieren mit dem Feind. Sie ist bereit, stocksauer zu sein.

Annabel ist außer Atem, aber angeregt. »Also, wir werden einmal die Woche von den Stöckleins Eier kriegen. Sie stellt sie vor die Haustür, und wenn wir nicht da sind, sollen wir das Geld passend unter einen Stein legen, sagt sie. Die Milch holt man sich an der Milchtankstelle hinter dem alten Milchhäuslein.«

»Wo sonst«, brummt Franziska.

»Die Petra Wehner hat mir Tomaten versprochen. Sie will aber kein Geld dafür.«

»Gott segne das alte Mädchen«, murmelt Franziska.

»Du kennst sie vermutlich von früher?«

»Nein«, Franziska schüttelt den Kopf. »Nein, nein, aber das wird sich ja sicher bald ändern.«

Annabel überhört den Sarkasmus. »Sie ist die zweite Frau vom Lothar Wehner, der, dem das große Silo Richtung Fischteich gehört. Sie schneidet auch Haare, aber nur mittwochs und samstags. An den anderen Tagen hilft sie beim Autohof aus.«

»Autohof?«, echot Luise. Das Wort passt so gar nicht hierher. Aber in der Tat ist die Autobahn nicht weit, an Tagen mit Westwind kann man sie hören. Für Autofahrer ist er über die Ausfahrt und einen Kreisel zu erreichen, für die Dörfler zu Fuß über den Grasweg entlang der Gärtnerei, der mit den Stauden.

»Genau«, bestätigt Annabel. »Der Autohof. Er ist der Hauptarbeitgeber hier, wie es aussieht. Und die einzige Restauration.« Sie legt den Kopf in den Nacken und betrachtet die Fassade des Gasthofes. »Traurig eigentlich.«

»O nein«, beginnt Franziska, »ich weiß, was du jetzt denkst, aber wir werden den Laden nicht wieder eröffnen, um uns als Gastwirte oder Genossenschaftskneipler in die Dorfgemeinschaft einzubringen.«

»Ich dachte eher an die Scheune«, verteidigt Annabel sich. »Wenn die Bücher erst mal darin stehen, hindert uns doch nichts daran, an einem Nachmittag in der Woche daraus eine Art Gemeindebücherei zu machen, oder? Mit Kaffee und Kuchen für die Senioren ...«

»... die ganz bestimmt in Scharen kommen werden, um sich deine Schiller-Gesamtausgabe zu leihen. Oder den Kommentar zu Joyces Ulysses.« Franziska hebt verzweifelt die Hände.

»Ich könnte eine Vorlesereihe für Kinder anbieten«, sagt Luise nachdenklich.

»In diesem Kaff gibt es doch überhaupt keine Kinder!«, protestiert Franziska. »Im Übrigen einer seiner wenigen Vorzüge.«

»Aber ganz im Gegenteil: Sie haben den Kindergarten vor zwei Jahren erweitert«, widerspricht Annabel. Sie hat offenbar viele Gespräche geführt. »Die Idee ist gut, Luise. Schön, dass du wieder Lust auf etwas hast, stimmt's Franziska?«

Die presst nur die Lippen zusammen.

»Das mit dem Seniorenkaffee überlassen wir vielleicht doch besser den Geists«, fährt Annabel nachdenklich fort. Als sie Franziskas Blick sieht, fügt sie hinzu: »Dem Pfarrersehepaar. Sie machen das schon seit vier Jahren.«

»Der Pfarrer hier heißt Geist?«

»Und ich erwarte natürlich, dass ihr ab nächsten Monat alle zu meiner Gymnastikrunde kommt.« Annabel hebt die Hand für eine tänzerische Geste. »Bewegungsspaß für Sie und Ihn. Ich beschränke mich natürlich auf Sitzgymnastik, wegen der Augen. Franziska?«

Die ist aufgesprungen. Im Weggehen dreht sie sich noch einmal um: »Ich fasse es nicht!«, ruft sie aus. »Ich ziehe hierher, um mit euch zusammen zu sein! Um in Ruhe zu schreiben! Und nicht um …, um …«

»Franziska, soziale Kontakte sind wichtig«, sagt Annabel ernst. »Gerade wenn man neu zusammenkommt. Ich hab das am Anfang jeden Schuljahres in meinen Klassen erklärt. Meine These ist ja, dass die Gruppenbildungsprozesse …«

»Erspar mir deinen Schülervortrag.«

Franziska ist schon fast im Haus. Es war ihre Idee, aufs Land zu ziehen, und sie wird dazu stehen. Aber für den Moment braucht sie Raum. Sie holt den Schlüssel ihres Citroëns und lenkt ihn so schnell vom Hof, wie sie kann, raus aus dem Dorf und rauf auf den nächsten Berg. Sie hat nicht über die Strecke nachgedacht, es ergibt sich von ganz allein, dass sie in Richtung Berg fährt, den Franzosen mit vierzig durch die bewaldeten Serpentinen zwingt und ganz oben auf den Wanderparkplatz einbiegt. Als Kind war das ein Fußweg von einer halben Stunde, den steilen Hohlweg hinter der Kirche hinauf. Dann war sie da gestanden, wo sie auch jetzt steht: am Rand eines steilen Felsens, mit Blick auf die Dächer ihres Dorfes, auf das gewundene

Flüsslein zwischen den Wiesen, den Saum von Erlen. In ihrem Rücken rauscht die Gerichtseiche, seitab steht eine kleine Kapelle. Auf der Höhe gegenüber ahnt man zwischen den Eichen die Kirchenburg, der Einschnitt in den Bergwall daneben soll keltisch sein. Sie kennt dort einen kleinen Pfad voller Wurzelgeflecht, der zu zwei Hügelgräbern führt: bemooste Steinhaufen mit Fuchslöchern und Farnen, die feuchte Luft dick von Pilzgeruch und Ahnungen, als stünde die Zeit still.

Da, wo Franziska steht, klärt eine neu errichtete Infotafel darüber auf, dass man sich hier an einem prämierten Aussichtspunkt auf einer EU-Wanderroute befindet. Für Menschen, die nicht selber entscheiden können, ob das hier schön genug ist, um fotografiert zu werden, bildet die Tafel die schönsten Anblicke noch einmal mit Untertiteln ab. Das Schild ist das einzig Hässliche im ganzen Umkreis. Franziska braucht es nicht, um zu wissen, was sie immer gewusst hat: dass das hier ein ganz besonderer Ort ist.

Neben der Kapelle verbirgt sich eine Ruine im dichten Brombeergestrüpp. Wer die stachligen Ranken niedertritt, kann Grundmauern aus Sandstein finden, eine leere Fensteröffnung, deren gotischer Spitzbogen auf halber Höhe weggebrochen ist, eine Stufe, die nirgendwo mehr hinführt. Holunder, Vogelbeere, Hundsrosen haben ihre Wurzeln in das Gestein geschoben, ein großer Haselbusch das Geröll überwuchert, und immer neue Kastanienschößlinge sind aufgesprießt und haben den Ort schon fast in einen Hain verwandelt. In ihrer Kindheit hatte die steinerne Stufe zu einer Tür geführt, zu *der* Tür. Sie war alt, dick und versperrt. Abweisend und einladend zugleich. Bronzene Nagelköpfe hatten sie wehrhaft aussehen lassen und trutzig. Ein Tier hatte in seinen Zähnen einst den Ring gehalten, mittels dessen man klopfend um Einlass bat. Der Ring selbst war bereits verloren gewesen, das Tier so zerfressen vom Alter, dass man nicht mehr erkennen konnte, was es gewesen war: Wolf oder Bär, Greif oder Hund oder ein namenloses Monster. Gab es noch eine Chance auf Einlass? Wohin würde die Tür führen, wenn sie sich öffnete? Sie war eine Öffnung in die schweigende Kälte hinter dem Mückengesumm, ein Tunnel durch Abend und Grillengezirp, ein Durchgang ins Nichts, ein Tor ins Bodenlose. Nie hatte sie Franziskas Rütteln nachgegeben. Jetzt ist keine Spur mehr von ihr zu sehen.

Fanny, denkt Franziska. Sie denkt es ohne bestimmten Grund. Aber sie wundert sich nicht mehr darüber. So funktionieren diese Dinge. Wörter kommen in ihr Leben, finden sich zusammen und nehmen ihren Platz ein. Fanny, das kleine Mädchen, das seit einiger Zeit durch ihren Kopf spukt, steht vor dieser Tür. Und bald wird sie hindurchgehen. Dann, das spürt Franziska, wird etwas ganz Wunderbares geschehen. Vorfreude und Gewissheit breiten sich in Franziska aus. Sie ist einer Geschichte auf der Spur; sie wird sie in sich finden und niederschreiben. Sie ist wieder mit dem Leben versöhnt und für heute glücklich.

15

Zurück im Haus vereinbaren sie, dass vorerst immer eine von ihnen für eine Woche mit Luise im Gasthof wohnen soll, während die anderen ihre Existenzen abwickeln. Franziska ist die Erste, die abfährt. Sie weiß, sie sollte ihre Wohnung kündigen, die Renovierungsmaßnahmen einleiten, die sie seit fast zwanzig Jahren aufgeschoben hat, damit der Vermieter bei der Schlussinspektion nicht in Ohnmacht fällt, und sie muss ein Umzugsunternehmen bestellen. Sie besitzt nicht viel, nichts von Wert nach herkömmlichen Maßstäben, allerdings umfasst das auch 7000 Bücher, die sie niemals alleine die vier Treppen hinunterbekommt. Es gäbe eine Menge zu erledigen, doch Franziska gleitet in ihren früheren Alltag zurück wie in einen vertrauten Schuh. Sicher, die Unrast des Aufbruchs, die Angstlust des Neuanfangs und die inneren Kontinentalverschiebungen der sich ankündigenden Veränderungen arbeiten in ihr, sie vibriert innerlich. Doch vorerst tut sie mit all dieser Energie nur eines, das Wichtigste: Sie schreibt.

Sie wacht morgens mit einer Idee auf und vergisst darüber meist schon das Frühstück. Wenn sie eine Pause macht, legt sie Musik auf und den Kopf zurück. Wenn Nora anruft, damit sie zu einer Entscheidung beiträgt – helles Holz oder dunkles, Zwei- oder Dreifachverglasung, Pellets oder Erdöl –, schließt sie sich fröhlich den Mehrheiten an; es sind alles nur weitere Wörter, aber keine, die sie für ihre Geschichte benötigt. Beim Einkaufen bewegt sie sich träge und wie im Nebel. Sie erkennt Gabriel beinahe nicht, als er sie vor der Haustür anspricht.

Ihre Einladung, mit nach oben zu kommen, ist halbherzig, das spürt er und nimmt es persönlich. Er hat die Zähne zusammengebissen und bekommt sie auch in ihrer Küche nicht so schnell auseinander. Sie ist die Einzige, deren Adresse er hat, erklärt er schließlich. Aha.

»Hör mal«, tastet Franziska sich vor, »ich weiß nicht, weshalb ihr euch getrennt habt, Nora und du. Aber wenn sie dir ihre neue Adresse nicht verraten will …« Er winkt ab. Mit diesem Ding in der Hand. Leichtes Aluminium, ergonomischer Griff, neonfarbene Handschlaufe. Ein Stock, jetzt endlich fällt es Franziska auf. Er benutzt einen Stock. Aber er war doch immer der Sportliche in der Beziehung, der, der gerne Aktivurlaub gemacht hätte. Sie hört noch Noras Witze darüber, dass er die Hoffnung nie aufgab, es käme einmal tatsächlich dazu, dass sie Seite an Seite einen Freiluftsport ausübten. »Eine Frau, die sich plötzlich in Funktionsunterwäsche auf dem Jakobsweg wiederfindet«, pflegt Nora zu sagen, »ist selbst an ihrem Schicksal schuld.«

»Ja, das kann ich mir gut vorstellen«, sagt Gabriel und reißt Franziska aus ihren Gedanken. Als er ihre abwesende Miene sieht, fügt er hinzu: »Dass sie dir nicht verraten wollte, warum sie mich verlassen hat.« Er schaut sie an, ein Hundeblick, doch mit wachsender Bissigkeit.

»Kaffee?«, versucht sie es. Er akzeptiert Tee und hält die Tasse, als wäre es ein besonderer Trick.

»Geht noch«, sagt er, als er sie abstellt, ohne einen Schluck getrunken zu haben. Er streckt ihr seine Hände hin. Es sind schöne Männerhände, langfingrig, gebräunt, kräftig, mit wenigen Haaren auf den ersten Fingergliedern. Franziska könnte sie mögen, diese Hände. Vielleicht an einer Romanfigur. Sie merkt sie sich für eine Gelegenheit.

Gabriel nickt, als hätte er etwas bewiesen. »Es wird noch dauern, bis sie permanent zittern.«

»Du meinst …?«

»Parkinson, ja.« Er starrt auf die Tischfläche. »Ich habe alles darüber gelesen. Es wird noch Jahre dauern, bis es mich ernstlich einschränkt, Jahre! Ich meine, Herrgott, sie war doch diejenige, die froh war, wenn sie sich so wenig wie möglich bewegen musste. Hätten wir eben Strandurlaub gemacht oder Kuren besucht. Städtetouren. Einen Baedeker kann ich immer noch halten. Sie hätte sich freuen sollen.«

Aber Nora hat sich nicht gefreut, begreift Franziska. Vielleicht hatte sie sich ja an die Altersheimgeschichten erinnert, die Franziska manchmal erzählt hat. Von den oft noch relativ jungen Parkinson-Patienten, die aus Schnabeltassen tranken und keinen Löffel mehr heil zum Mund brachten. Die nur noch mit kleinen Schritten schlurften, bis der Rollstuhl drankam, dann das Bett. Die letzten Muskeln ihres Körpers, die versagten, waren die für die Atmung zuständigen. Dann erstickten sie.

»Hat sie Angst gehabt, ich verschütte Rotwein auf ihre kostbaren Sofakissen?« Seine Stimme wird lauter. »Hat sie Sorge gehabt, ich blamiere sie in unserem Stammrestaurant?«

Franziska bittet ihn, sich zu beruhigen, doch das will er nicht. Er hat nicht all seine Kraft zusammengenommen und ist vier Stockwerke hochgestiegen, um sich ruhig zu verhalten. Er will etwas beweisen. Und etwas zu verkünden hat er auch. »Sag ihr …«

Doch er bringt den Satz nicht zu Ende. »Ich hätte alles für sie getan, wäre es andersherum. Alles. «

Man merkt ihm fast nichts an, als er aufsteht. Seine Hände zittern nur leicht. »Ich hoffe«, sagt er an der Tür sehr hoheitsvoll, ganz die dreizehnte Fee, die ihren Fluch verkündet, »ihr seid alle noch lange fit und gesund. Sonst werdet ihr schnell merken, was Noras Freundschaft wert ist.«

Er ist aus der Tür, ehe sie etwas erwidern kann. Aufgerüttelt aus den Nebeln des Schreibens sitzt sie da, heruntergeholt von ihrer Wolke. Das war es also, was sich ergeben hat. Deshalb hat Nora ihr Herz für das Projekt entdeckt. Die tapfere Nora ist in Wahrheit auf der Flucht. Was, fragt Franziska sich, wird sie tun, wenn bei ihnen Alter und Gebrechlichkeit einschlagen? Als wüsste es die Antwort, meldete sich in diesem Moment das Telefon. Es ist Nora. »Du denkst doch an den Notartermin?«, fragt sie. »In einer Stunde, Gabelsbergerstraße 12. Dann tun wir es, meine Güte, ich bin so aufgeregt, als würde ich heiraten.«

DER HERBST VON ANNABELS ERSTER LIEBE

16

Noras Schrei gellt durch das Haus. Alarmiert durch die Erfahrungen mit der Baustelle, auf der sie seit Wochen leben, eilen die Freundinnen herbei, so schnell das Terrain es zulässt. Überall Baustoffe, Rohre, Stahlträger, Holzleitern, Farbeimer, unausgepackte Umzugskisten. Sie tasten sich hindurch wie durch einen Urwald.

»Was ist?«

»Hat es wieder ein Wasserrohr erwischt?«

»Geht's dir gut?«

Nora steht im Morgenmantel vor ihrem Kleiderschrank, neben dem Bett das einzige Möbelstück im Zimmer, das bereits aufgestellt wurde. Es ist ein Designerteil aus Birkenholz und Stahl mit gleitenden Spiegeln und Fächern, wo man keine erwartet. Erstaunlicherweise besitzt es außerdem so etwas Altmodisches wie Schubladen. Eine davon steht offen. Bebend vor Ekel steht Nora davor und rafft den seidenen Schalkragen ihres Hausmantels zusammen.

»Das ist eine Katze«, stellt Franziska nach dem ersten Blick fest.

»Das *war* eine Katze«, faucht Nora. »Jetzt sind es vier. Und das auf meinen besten Dessous.«

Die dreifarbige Bauernkatze hat unbestreitbar einen exzentrischen Geschmack bewiesen bei der Wahl ihres Wochenbettes. Das Polster aus Seide und weißen Spitzen, schwarzem Satin und gestickten Rosen rahmt eine atmende Fellkugel, in der man einen roten Tiger, einen Panther und viel grau Gestreiftes erkennen kann, winzige Gesichter, blind, die Ohren unentfaltet, noch ganz eingezogen in ihre bis vor Kurzem intrauterine Existenz.

Ein neuer Schrei von Nora, als mit einem Schwall blutigen Fruchtwassers Wesen Nummer vier die Welt erblickt, eingeschlossen in einen glitzernden Hautbeutel.

»Mach das weg«, wimmert Nora, die nicht mit ansehen mag, wie eine nilgrüne Korsage mit Samtbändern sich langsam vollsaugt. »Herrgott, die war von Victoria's Secret.«

»Du trägst tatsächlich Stringtangas?«, entfährt es Annabel, die sich dicht über das Schauspiel gebeugt hat, um alles zu erfassen. »Kneifen die nicht furchtbar?«

Nora will weder Katzen noch Zuschauer noch dumme Fragen, was ihre Intimwäsche angeht, und verlangt, dass die Katzen umgehend dorthin expediert werden, wo Katzen hingehören. Doch wo genau ist das?

Die Scheune entfällt. Sie hat sich in den letzten Tagen zum Hotspot der Bauarbeiten entwickelt, nachdem Boris zunächst so kalkuliert hatte, dass ihr Umbau als Letztes an die Reihe käme. Eine Bibliothek, hat er gedacht, das wäre Luxus und könnte warten. Bis die Umzugskontingente der vier Damen eintrafen und sich ein Überhang an Bücherkisten ergab, der nirgendwo sinnvoll gelagert werden konnte. Die Kartons türmen sich zu Wällen, die immer genau den Raum verstopfen, in den die Handwerkertrupps als Nächstes eindringen müssen. Sie blockieren Wände, verstellen Fenster, füllen jede Leere übermannshoch, bis man das Gefühl bekommt, hier konkurriere Pappe mit Atemluft, und lassen nur Trampelpfade frei. Nirgends kann so etwas wie ein Ruhepol entstehen, solange die Kistenlawine wie eine Wanderdüne ihr Heim belagert. Seit das klar ist, wird in der Scheune mit Hochdruck gearbeitet. Der neu gegossene Estrich trocknet seit gestern.

»Das Glashaus«, fällt es Luise ein. Sie könnte die Tür offen lassen. Doch so viel wissen sie alle über Marder und Füchse, dass sie das für einen unguten Ort halten.

Nora versucht, einen BH zu retten, fauchend angelt die Katzenmutter nach dem Träger. Welcher Versicherung meldet man das? Nora überschlägt im Kopf einen Schaden von einigen Hundert Euro. »Wem gehört das Vieh überhaupt? Den Besitzer verklage ich.«

»Na, da sollten wir doch gleich eine Umfrage in der Nachbarschaft starten.« Franziska muss lachen. »Du bist hier auf dem Land, Nora. Landkatzen gehören niemandem. Genauso gut könntest du die Leute fragen, ob das *ihr* Marder war, der gerade dein Bremskabel durchgenagt hat.

»Bringt sie auf den Dachboden.«

»Dort ist es staubig.« Annabel sagt das sehr abschließend. Überraschenderweise ist sie es und nicht die in der Mutterschaft erfahrene Luise, die schließlich zupackt und die Schublade samt Inhalt herauszieht. Den Holzkasten mit der über ihre Brut gebeugten Katzenmutter an den Bauch gedrückt, bahnt Annabel sich einen Weg in ihr Zimmer und kippt nach einigem Umsehen den fiependen Inhalt vorsichtig in ihren Nähkorb. Sie wischt die Lade mit Lavendelöl aus, ehe sie sie Nora zurückgibt, und verspricht, dass die gewaschene Wäsche folgen wird. Als sie in ihr Zimmer zurückkommt, hat die Katze eine weitere erstaunliche Entscheidung getroffen und ihren Nachwuchs auf Annabels Bett getragen, auf dem eine zusammengelegte Wolldecke liegt, die sie mit wenigen energischen Bewegungen in ein Nest verwandelt. Dann kommt sie zur Ruhe und blickt ägyptisch zu ihrer neuen Gastgeberin auf.

Annabel legt sich auf die andere Bettseite. Sie streift die Pumps ab und nimmt eine Hand unter die Wange. Ihr Gesicht ist ganz nah an der Decke, deren Falten sie vorsichtig mit der freien Hand herunterdrückt. Die Fellkugel atmet und schläft. Sie duftet schwach, aber betörend, nach Milch und Leder. Annabel fährt mit einem Finger darüber. Die Mutter schnurrt, spinnt alles ein in ihr summendes Beben, die Kleinen, Annabel, den stillen Raum, der sich mit einem Mal gegen den Baustellentrubel ringsum zu behaupten vermag.

Als Franziska wenig später nach ihr sehen will, ist Annabel eingeschlafen. Franziska betrachtet das Bild eine Weile, ehe sie die Tür halb zuzieht und sich abwendet. Der schöne große Flur des ersten

Stocks ist ebenfalls der Bücherinvasion zum Opfer gefallen. Nur schmale Wege führen in die Räume der Freundinnen. Sie fragt sich, ob das schon immer ihr Fehler gewesen ist: die Bücher. Das ewige Schleppen bei den Umzügen, der unausrottbare Staub, mit dem man lebt, das viele Geld, das anderswo fehlt, der Wall gegen das Leben, das vielleicht besser hätte gelebt werden sollen? Eine ihrer Therapeutinnen – und sie hat viele aufgesucht – hat einmal zu Franziskas Bücherliebe gefragt: »Haben Sie denn keine lebendigen Freunde?« Aber genau wie damals hat Franziska auch jetzt keine Lust, über mögliche Antworten nachzudenken. Lieber geht sie eine Tote besuchen.

17

Der alte Dorfbrunnen ist außer Betrieb, das alte Wasserbecken umfunktioniert zu einer Pflanzschale für Begonien. Dafür ist als neuer Kontaktpunkt die Bushaltestelle auf den Dorfplatz verlegt worden. Auf der Bank sitzen zwei alte Frauen, die sicher nirgendwohin wollen. Franziska mogelt sich mit einem von Ferne gewinkten Gruß vorbei. Das Schaufenster der ehemaligen Bäckerei ist leer, Staub sammelt sich auf den Ladenmöbeln. Jemand hat, um den Eindruck zu mildern, einen Strauß Kunstblumen hineingestellt.

Erst auf dem Friedhof atmet Franziska auf. Es ist keiner der besonderen Art, ohne alte Monumente und hohe Bäume. Aber er besitzt den stillen Frieden, den jeder Kirchhof ausstrahlt, den wohltuenden Kontrast von Grün und altem Stein, die Ahnung von etwas jenseits des Alltags, als ob die Versprechen, die auf die Steine graviert werden, hier und jetzt schon eine tröstliche Wirkung entfalteten: dass alles gut sei, in Liebe geborgen, unvergessen.

Franziska liebt Friedhöfe fast so sehr wie Bücher. Sie hat schon viel Zeit damit verbracht, zwischen Gräbern schlendernd Details in sich aufzunehmen: besonders berührende Grabsprüche, ausnehmend kitschige Engelsfiguren, schön vor sich hin welkende Gestecke, den reizvollen Kontrast von gravitätischen Grabsteinen und schamhaft dahinter verstecktem Putzgerät. Die meisten Namen der Figuren in ihren Büchern hat sie auf Grabsteinen gefunden.

»Na, schaust nach den Eltern? Wird Zeit, dass sich jemand um das Grab kümmert.«

Entsetzt, aus ihrer Ruhe gerissen zu werden, wendet Franziska sich der Sprecherin zu. Sie lächelt freundlicher, als ihre Anrede vermuten ließ. Ihre Direktheit ist offenbar nicht böse gemeint. Sie trägt die Dorftracht der alten Frauen: beige Hose, Blümchenbluse mit Schluppe, arthritisch verformte Schultern. Ihre weißen Haare sind zu einer Schulmädchenfrisur geschnitten.

»Kennst mich nimmer, gell.« Die Alte streckt ihr die Hand hin. »Isolde.«

»Die Mutter von der Gerti.« Franziska erinnert sich. »Du hast am alten Autohof im Kiosk gearbeitet.« Die kleine Frau muss weit über achtzig sein.

»Ihr habt alle eure *Fix und Foxi* bei mir gekauft.«

Unwillkürlich hebt Franziska den Kopf, um zur Gärtnerei hinüberzusehen. Dort entlang führte der Weg, die Abkürzung, um nicht die Durchgangsstraße nehmen zu müssen. An der Rückseite der Gewächshäuser wucherten die Brennnesseln, stapelten sich die Scherben zerbrochener Blumentöpfe, blühten zerdrückte Tempos im hohen Gras. Wild war es, überwuchert, süß und verboten. Comics waren Teufelszeug. Trotzdem hatten die meisten es nicht erwarten können, ihr Taschengeld zum Autohof zu tragen. *Fix und Foxi, Donald Duck, Gespenster-Geschichten*. Es gab Kaugummikugeln, die künstlich rochen und fast zu groß für den Mund waren, dazu der Geruch von Benzin, das war Kindheit.

»Deine Eltern liegen da hinten.« Isolde stochert mit dem Stock in Richtung der letzten Reihe vor dem Kriegerdenkmal.

Franziska kennt die spiegelglatte schwarze Platte aus Marmor, die das Grab schmückt, praktisch und leicht sauber zu halten. Eine Entscheidung ihrer Mutter, die nie begriffen hat, wozu etwas auch noch schön sein sollte. Nein, es ist die Tante Fanny, die sie sucht und deren Name seltsamerweise nicht mit aufgeführt ist in der goldletternen Liste von Namen, die den Familienstein der Weidingers ziert.

Isolde guckt Franziska erstaunt an. Dass die das nicht weiß: Die Fanny liegt bei ihrer Mutter auf dem alten Friedhof, auf dem Flüchtlingsfriedhof drüben bei der Mühle. Von dem hat wiederum Franziska noch nie etwas gehört. Die Mühle kennt sie und den seltsam gepflegten kleinen Park drumherum, der aus der Zeit stammt, als eine verarmte Adlige dort ihren Alterssitz nahm. Im Krieg war ein Lazarett aus dem Anwesen geworden, erklärt Isolde, das übernahmen dann die Amis, die hier einen kleinen Verwaltungsposten bildeten. Als die Soldaten alle kuriert waren, nahm man Flüchtlinge auf, die gab es damals überall, nicht nur an den Grenzen. »Es waren ja so viele«, sagt Isolde. Die meisten zogen irgendwann weiter, in der Mühle blieben nur die Alten zurück. Fanny pflegte ihre behinderte Mutter, ging auf Holz in den Wald und lebte von kleinen Handarbeiten. Sie war mit ihren fünfundfünfzig Jahren noch jung im Vergleich zu den übrigen Mühlenbewohnern. Doch dass der Weidinger Kurt sie als zweite Frau nahm, das kam dann doch überraschend.

»Am Ende war er klug, dein Onkel Kurt. Die Fanny war fleißig, hat gearbeitet wie ein Mann, sie hatte keinen Anhang, den man durchfüttern musste – die Mutter starb im nächsten Winter. Und dass sie keine Kinder mehr haben konnte, war ein Vorteil. So blieb alles bei den Kindern aus Kurts erster Ehe, und es gab kein böses Blut. Ja, ja, der Kurt war kein Dummer. Der sah immer seinen Vorteil und hat ihn mit beiden Händen ergriffen. Da gab es andere.« Sie seufzt wissend.

Aber die Fanny hat am Ende nicht neben ihrem klugen Gatten liegen wollen, sondern neben der Mutter. Vielleicht war es auch die Familie Weidinger gewesen, die gemeint hat, dass die zweite Frau nicht an die Seite der ersten gehört.

»Dass du das nicht gewusst hast.« Die Isolde wundert sich. Die Fanny hat schließlich zeitlebens den Dialekt von drüben gesprochen, das müsste das Kind doch bemerkt haben. »Aber du hast ja auch nie unsere Sprach' gesprochen«, fällt es der Isolde ein. »Obwohl du ein Dorfkind warst.« Sie schüttelt den Kopf. Nachdenklich schaut sie der Jüngeren nach, die davoneilt mit ihrem pendelnden Zopf. Keiner hat je ganz begriffen, was mit der Weidinger Franziska nicht stimmt.

Die Mühle ist noch da. Franziska geht durch ein altes schmiedeeisernes Tor und steht auf einem Grund, der einmal der Park gewesen sein muss. Ein ehemaliger Teich steht leer, er riecht modrig und feucht. Ein Weg setzt vor ihr mit herrschaftlichem Schwung an, biegt ab ins Nichts und verliert sich in einem jungen Kiefernwäldchen, dicht und wild aufgeschossen, an dessen Rand noch Reste einer ehemaligen Allee von Platanen zu erkennen sind. Das muss es sein.

Franziska verdrängt den Gedanken an Zecken und tritt auf den von Fallholz bedeckten Grund zwischen den Stämmen, der sie an Isoldes Hände erinnert, so knisternd trocken, dass es einem die Gänsehaut über die Arme treibt. Das Licht hier drin ist dämmrig grün. Sie entdeckt die Kreuze erst auf den zweiten Blick. Regelmäßiger als die Stämme, in dichten Reihen, aber jämmerlich schief nach all den Jahren. Wurzeln haben die Steinsockel, auf denen sie stehen, aus dem Lot gehebelt. Teils liegen sie, teils hängen sie, teils stützen sie einander wie Wanderer mit letzter Kraft. Franziska hält den Atem an.

Nicht auf allen kann man die Namen noch lesen. Es gibt ein Geburts- und ein Sterbedatum, dazu Orte, die Franziska alle nicht kennt. Jeder, der hier liegt, ist weit weg von daheim, im Leben wie im Tod. Flüchtlinge. Das Wort prägt sich Franziska ein. Es fühlt sich passend an. F. W., Flüchtling. Sie findet Fannys Namen in der dritten Reihe. Der Herkunftsort ist nicht mehr leserlich, aber das ist auch nicht wichtig. Franziska spürt alles, was sie über Fanny wissen muss. Sie hört das Grollen der unsichtbaren Autobahn wie ein sich näherndes Untier. Mit einem Mal hat sie das dringende Bedürfnis, wieder nach Hause zu kommen. Zurück an ihren Schreibtisch.

18

»Franziska, wo warst du, komm essen!«

Die Freundinnen haben den alten Tisch aus der Scheune im Garten aufgestellt, unter dem altersschwachen Pergolagerüst, das Luise im nächsten Jahr mit Wein und Rosen begrünen will. Im Moment wirft das graue Holz nur ein Schattengitter auf sie, doch es genügt, die späte Septembersonne ist mild.

Annabel hat gekocht, Ratatouille, schon dreimal ist sie aufgesprungen, um zu überprüfen, ob der Gasherd auch aus ist. Schon dreimal hat Nora ihr erklärt, dass die Schalterstellung bei Gasherden unwichtig ist: Hält man sie nicht gedrückt, strömt auch kein Gas aus.

Auf dem Tisch steht Wein in einer Karaffe, die sie in der kalten Pracht gefunden haben. In der Mitte thront als Nachtisch ein Kuchen. Es ist einer von vielen. Seit Annabels Spaziergang geben sich die Nachbarinnen für die Antrittsbesuche die Klinke in die Hand, und keine lässt sich lumpen. Luise nimmt zu, Nora frühstückt Grapefruits, Franziska schmollt, und Annabel wirft heimlich weg, was sie kann, und schämt sich dafür. Dennoch ist sie umsichtig genug, blickdichte Mülltüten zu verwenden. Man lebt schließlich in einer Gemeinschaft.

Selbst in diese friedliche Ecke dringt der Baulärm. Heute ist es ein nervenzerfetzendes, metallisches Jaulen, dazwischen eine Ramme, die den Boden erzittern lässt. Die Glasteile, die vom Laster gestemmt werden, klirren bedenklich.

»Ein gläserner Außenaufzug.« Franziska lässt das Ä sich dehnen. »In Birkenbach. Ist das nicht ein wenig zu viel des Guten?«

Sogar Luise wirkt besorgt. »Die Leute werden uns für ein Heimatmuseum halten.«

»Oder für das Landratsamt«, bestätigt Annabel. Das Landratsamt in der Kreisstadt liegt in einem renovierten Zehnthof und hat viel Glas und Metall zu bieten.

»Innenaufzug geht nun mal nicht in denkmalgeschützten Gebäuden.« Nora ist es leid, das wieder und wieder erklären zu müssen. »Und das Glas harmoniert prima mit dem alten Stein. Es ist ja nur am Anbau.«

»Hätte eine Hebebühne es nicht auch getan?« Franziska fädelt mit der Gabel das halb gekochte Basilikum aus ihrem Ratatouille. Sie mag kein Basilikum. Provisorien mag sie, damit kennt sie sich aus. »Einfach so eine Plattform und ein Knopf, mit dem man »Auf« und »Ab« drückt?«

»Eine Hebebühne?« Nora zieht die Augenbrauen bis an die Ponysträhnen hoch. »Und was bitte machen wir bei Regen? Oder im Winter?«

»Wir könnten ein Dach draufsetzen, aus Wellplastik oder so.«

»Und uns warm anziehen für den Weg aufs Klo, großartig.« Nora ist sauer. »Wir schlagen also ein Loch in die Wand des ersten Stocks, das ins Nichts führt, wenn die Plattform nicht da ist, was Annabel natürlich immer rechtzeitig bemerkt. Und darunter wartet dann eine wacklige Hebebühne darauf, samt handgebautem Dach nach oben rumpeln zu dürfen, bei Regen und Wind. Ach ja, und wir sollten eine Hupe einbauen, um die örtliche Fauna zu warnen.« Sie wirft einen bösen Blick auf die dreifarbige Katze, die eben aus dem Haus in den Garten kommt, um sich ein Sonnenplätzchen zu suchen, an dem sie sich von den Anstrengungen der Mutterschaft erholen kann.

Franziska bleibt störrisch. »Aber muss es so ein futuristischer Schneewittchensarg sein?«

»Es war ein Schnäppchen. Ein Messeteil. Boris hat ihn zum halben Preis gekriegt. Du solltest dankbar sein.«

»Dafür, dass uns bald Leute die Tür einrennen, weil sie denken, dass wir ihnen hier die Pässe verlängern? Danke, Nora.«

»Sei nicht albern. Kein Mensch wird sich deshalb aufregen.« Nora lehnt sich zurück. Sie betrachtet lange und eingehend ihre Fingernägel. »Es könnte allerdings sein, dass sich ein exklusives Lifestyle-TV-Magazin für uns interessiert.«

Franziska schnappt nach Luft. »Bist du irre?«

»Ein ganz sachlicher Beitrag, keine Sorge. Sehr professionell. Sie würden uns kurz interviewen und ein paar Fotos machen.«

»So etwas nennt man eine Homestory, oder?«, erkundigt Luise sich interessiert. Sie ist die Einzige der Freundinnen, die sich dazu bekennt, die Zeitschriften, die bei Friseuren ausliegen, auch zu lesen. »Aber der Garten ist noch gar nicht fertig.«

»Sie interessieren sich nicht für den Garten, Hasi.« Nora lächelt jetzt. »Aber altersgerechtes Bauen, das ist ein Thema in unserer Gesellschaft. Darüber reden die Leute. Und bei uns kommt es nicht so orthopädisch rüber. Nein, es wirkt sexy. Wir haben nämlich eine gute Geschichte zu erzählen: Vier Freundinnen schaffen sich ein Paradies.« Sie wendet sich an Franziska. »Das ist Storytelling.«

»Grundgütiger!« Franziskas Hand knallt auf die Tischplatte. Ihre Stimme klingt böse: »Vier Freundinnen schaffen sich ein ›Pa-ra-dies‹!«

Annabel wendet sich ihr nervös zu. »Ist es nicht das, was wir wollen? Es gut haben?«

Statt ihrer antwortet Nora: »Aber nein, wir wollen uns hier vielmehr kasteien. Jeden Tag auf den Friedhof pilgern, über das Ende meditieren, spartanisch leben. Und eine warme Mahlzeit werden wir ablehnen mit den Worten: ›Ach, das lohnt doch nicht mehr.‹« Sie hebt einladend die Kelle mit dem köstlich duftenden Ratatouille.

Heftig schüttelt Franziska ihren Zopf. »Es ist einfach ein verdammtes Klischee, das ist es. Hallo, schon Adorno vergessen: Es gibt kein richtiges Leben im falschen. Auch nicht in der Rente. Schon gar nicht auf dem Land.« Wütend fährt sie fort: »Was für ein Paradies soll es denn werden? Ein Komfortparadies für Prosecco-Hühner? Ein weiteres Kapitel der Ich-bin-nur-so-alt-wie-ich-mich-fühle-Lüge? ›Mit High Heels und Rollator‹ am Ende? Kitsch, Leute, das ist purer Kitsch!

Ich will nicht, dass wir irgendwo als Parodien unserer selbst auftauchen mit erhobenen Gläsern, happily ever after, nein, nicht in exklusiven Magazinen, nicht auf Facebook, auf Youtube und auch sonst nirgendwo.« Sie funkelt kurz Annabel an, die manchmal unscharfe Fotos von ihrem Essen postet.

Die schiebt den Stuhl zurück und die Lippe vor. Sie teilt ihre Bilder doch nur mit ehemaligen Kollegen auf Instagram. Das macht sie noch lange nicht zur Agentin einer falschen Glitzerwelt.

»Dein Problem ist deine unreflektierte Technikfeindlichkeit«, sagt Annabel.

»Ihr Problem ist, dass sie glaubt, es muss zwangsläufig ein Klischee im Spiel sein, nur weil es mal jemandem gut geht«, legt Nora nach.

»Und im Übrigen«, sekundiert Annabel, »bist du bislang mit Abstand am häufigsten von uns in der Presse zu sehen gewesen. Warum willst du uns das nicht auch gönnen? Wir sind nicht alle Künstler, weißt du.«

»Interessantes Thema«, stellt Nora fest und nimmt einen Schluck Weißwein. »Warhol und seine zehn Minuten Ruhm.«

»Fünfzehn«, korrigiert Annabel.

»Glaubt ihr etwa, das hat mir Spaß gemacht?«, schnappt Franziska beleidigt.

»Könntest du es nicht tatsächlich als Werbung für deine Bücher nutzen?«, erkundigt Luise sich und greift versöhnlich nach ihrer Hand.

Noras Lächeln vertieft sich auf ungute Weise. »Aber nein. Sie wird sich bestimmt verziehen, wenn die Presse anrückt. Ganz Verächterin der schnöden Massen, wird sie dezent in ihrem Zimmer bleiben. Ohne ein noch so beiläufiges Wort über ihre Arbeit zu verlieren, nicht wahr?« Sie fixiert Franziska mit ihren schwarzen Augen. »Sag mir, dass du das tun wirst.«

Franziska wünscht sich mit mörderischer Intensität, sie könnte einfach Ja sagen.

19

Das folgende Schweigen ist so zäh, dass es schwerfällt, auch nur zu blinzeln. Einzig Nora schafft es, die Gabel zum Mund zu führen. Sie kaut lange an dem Bissen herum, mit demonstrativem Genuss. Nie war Franziska versuchter, sie über den Besuch von Gabriel zu informieren.

Luises Blick schweift von ihrem halb leeren Teller in den Garten. Der ist immer ein Trost. Die Tannen, die so schön rauschen. Mitten im Gestrüpp haben es ein paar späte Sonnenblumen zum Blühen gebracht. Zwischen den verfallenden Bohnenstangen neigen sich Gladiolen einander zu wie ein Spalier geschmückter Degen. Sie hebt den Arm. »Was macht der Mann da?«

Die anderen drehen die Köpfe. Der Mann, den Luise meint, ist eben draußen auf dem Gehsteig von einem kleinen Bagger abgestiegen und macht sich an ihrem Zaun zu schaffen. Er tastet und rüttelt. Jetzt hat er gefunden, was er sucht, ein ganzes Segment wird wie ein Tor angehoben und nach innen geklappt. Der Mann steigt wieder auf seine Maschine und lässt sie an. Rücksichtslos Blumen und Gras köpfend, fährt er mitten auf ihr Grundstück. Mit breitem Rücken, durchgerüttelt, hockt er über dem Lenkrad und gibt Gas. Sein Gesicht können sie nicht erkennen, doch es wirkt blauschwarz. Mit einem Schrei springt Luise auf.

Annabel hält sie am Arm fest. »Das muss der Arbeiter sein, den Sibylle mir versprochen hat. Er hilft sonst auf dem Friedhof.«

»Ja, aber er macht alles kaputt«, jammert Luise. Inzwischen ist die Maschine aus. Der Mann ist abgestiegen und kommt näher. Sein Gang wirkt steif wie der eines Menschen, der sein Leben lang körperlich gearbeitet und seine Gesundheit dabei drangegeben hat. Eine Mischung aus harten Muskeln und kaputten Knochen. Sein Kopf ist kahl und spiegelt. Sein Gesicht dagegen ist tatsächlich in Teilen tiefdunkel, die eine Seite bedeckt von den im Lauf vieler Jahre undeutlich gewordenen Farbflächen eines Drachen-Tattoos, das sich über die Wange und Schläfe hinaufzieht. Der stachlige Schwanz des Tieres ringelt sich vor dem Ohr hinab zum sonnenverbrannten Hals und verschwindet unter dem Saum des T-Shirts.

In wortlosem Schweigen stehen die vier davor. Annabel muss ein wenig blinzeln wegen der vielen Details in diesem Gesicht, die sie nicht klar erkennen kann. Unwillkürlich macht sie einen Schritt nach vorne und tritt gleich wieder zurück. Starren soll man doch nicht. Sie nimmt sich vor, später die anderen danach zu fragen.

»Servus, Thorwald«, sagt Franziska, die von der Gestalt am wenigsten schockiert ist. Sie erinnert sich an ihn aus ihrer Kindheit. Er war einer der ›Großen‹ gewesen, nicht mehr als drei, vier Jahre älter als sie, aber damals war das eine Welt. Die Großen, das waren die, die schon Mofa fuhren und viel draußen beim Autohof rumhingen, auf dem Truckerparkplatz, für die Kleineren ein gefährlicher, mythischer Ort. Er hatte nicht mehr als Rebell gegolten als jeder andere Junge seines Alters. Zur Konfirmation seines jüngeren Bruders war er dann plötzlich mit dem Gesichtstattoo aufgetaucht. Ein Schock für die Eltern. Franziska hat von furchtbaren Prügeln reden hören, die er dafür bezog, aber vielleicht ist auch das nur ein Mythos gewesen. Als Nächstes hörte sie, er hätte eine Metzgerlehre angefangen. »Danke, dass du Zeit für uns hast.«

Er grüßt schüchtern und fragt, was zu tun sei. Luise kommt wieder zu sich und holt ihre Skizze. Es wird einiges umzugraben sein, er hat es sich schon gedacht. Hat auch eigene Ideen, die er am Tisch erklärt, an den er sich sehr vorsichtig setzt. Er ist ja in Arbeitskleidung, voller Staub. Einen Kaffee akzeptiert er, trinkt ihn aber in fast einem Schluck. Annabels Frage, ob er Milch und Zucker möchte, kommt zu spät. Auf ihre Frage, wo er wohnt, deutet er nach Süden. »Der Bauwagen«, erklärt er. »Am Weiherufer. Da hab ich die Fischrechte.«

Sie erwartet Geschichten von großen Fängen, Erzählungen von fabelhaften Sonnenuntergängen am See, doch er bleibt stumm. Sie muss es sich selbst vorstellen. »Ein Bauwagen?«, fragt sie.

»Ich war früher als Schäfer unterwegs.« Auch dafür muss Annabel die Bilder selbst finden. Sie erinnert sich an Schäferwagen in den Romanen von Thomas Hardy. Hieß der eine nicht »Jude, der Verborgene«? »Ach«, sagt sie. »Haben Sie nie in einem Haus gelebt?«

»Ich hab mal eines gehabt. Aber keine Frau dazu gefunden. Da war mir am Ende der Wagen lieber.«

Annabel hat viel nachzudenken, als Thorwald und Luise in Richtung der Beete abziehen.

»Furchterregend, findest du nicht?«, fragt Nora, die nach einer Stunde von der Aufzugbaustelle zurückkommt und Annabel allein mit dem Kuchen in der Pergola findet.

»Ich weiß nicht«, erwidert Annabel. »Ich finde ihn eigentlich eher schüchtern. Fast sanft.« Die Männer, die sie kannte, schützten sich mit teuren Anzügen und aufgesetzter Kultiviertheit. Dieser hat es mit einem Drachen versucht. Auf den ersten Blick wirkt das aggressiv. Aber es ist doch im Grunde die Wahl eines Kindes, scheint ihr.

Nora verengt die Augen gegen die Sonne. Luise steht da und wedelt mit den Armen. Thorwald kurbelt und fährt. In Wogen kommt der Geruch von Erde und Grünschnitt und Blumen und gärenden Äpfeln auf. Sein Gesicht kann Annabel nicht erkennen, nur die gebrochene Art, wie er sich bewegt.

Auch Nora betrachtet müßig die Szene. »Franziska sagt, er hat sich mit diesem Tattoo das ganze Leben versaut. Flog überall raus, zog jeden Ärger an.« Sie fährt sich durch die neu gemachten Haare. »Ich schätze, er hat nicht mal nen Hauptschulabschluss.«

»Gut möglich«, murmelt Annabel.

Nora grinst. »Willst du ihm Nachhilfe geben?«

Annabel steht abrupt auf. »Du bist unmöglich«, stellt sie fest und fängt an, den Kaffeetisch abzuräumen. Sie könnte Thorwald etwas von dem Kuchen einpacken. Schließlich muss er weg.

20

Als Franziska von dem Text auf ihrem Bildschirm aufschaut, zeigt die Digitaluhr rechts unten im Eck 22.30 Uhr. Noch eineinhalb Stunden bis Oktober. Draußen sieht sie Schatten um die Straßenlaterne gleiten, leicht und stumm wie große Falter: Fledermäuse. Darüber sind Sterne zu erkennen, mehr als in der Stadt, erschreckend viele fast, sie bilden ganze Haufen, Wolken, Wirbel und Ströme, die ebenfalls keinen Laut von sich geben. Franziska ist nicht der Typ, der auf Sphärenmusik hofft, doch der Anblick lässt sie ein Donnern befürchten, ein Dröhnen, Pauken und Trompeten, berstende Horizonte, knirschend in den Angeln sich drehende Welten. Gut, dass es still ist, im Weltall und endlich auch im Haus.

»Darf ich?« Nora steht in der Tür, in jeder Hand ein Glas. Eiswürfel klirren. »Gin Tonic für dich«, sagt sie, als sie Franziska das linke reicht. Es ist ganz offensichtlich ein Friedensangebot.

»Danke.« Franziska wendet sich rasch ab und drückt ›Speichern‹, dann schließt sie die Datei, ein Reflex, sie zeigt niemals einen unfertigen Text her. Es wirkt heimlichtuerisch, abwehrend, sie weiß es. »Entschuldige.«

Nora winkt ab. Sie sucht sich einen Sitzplatz. Vorsichtig lässt sie sich auf einer Bücherkiste nieder. »Geschenkt. Solange du nicht über uns hier schreibst.« Sie beschreibt einen Kreis mit ihrem Glas, der die bernsteinfarbene Flüssigkeit darin kreisen lässt. Es schließt Franziska ein, sie selbst, das Chaos des Zimmers. »Die Prosecco-Hühner in ihrem Paradies.«

Franziska nimmt einen Schluck. Kalt, süß, scharf und würzig. Ah, Alkoholiker werden, vieles wäre einfacher. Aber für ein Alkoholikerleben fehlt ihr die Kondition. »Keine Sorge«, sagt sie und schaut in ihr Glas, wo die Eiswürfel Schlieren in die Flüssigkeit schicken. So wie der Name Fanny in ihrem Kopf Ideen auslöst, Bilder, Fetzen von Bildern, sich lösende Trümmer, die alle zum selben Eisberg gehören, dessen Form sie unter der Wasseroberfläche noch nicht erkennen kann. »Du wirst es nicht glauben, aber es sieht so aus, als versuchte ich mich tatsächlich an einem Kinderbuch. Auf meine alten Tage.«

»Warum auch nicht?«, meint Nora gleichmütig. »Mich wundert eher, dass du überhaupt wieder so eifrig dabei bist. Du hast in den letzten Jahren desillusioniert gewirkt.«

Das stimmt, Franziska hat es satt gehabt, satt, noch mit über sechzig wieder und wieder den Glauben aufbringen zu müssen, dass mit dem nächsten Text endlich alles anders würde.

Aber sie darf nicht aufhören; wovon sollte sie leben. Sie kann nicht immer am wenigsten in die Haushaltskasse einzahlen, oder? Bei Norma einkaufen, wenn sie dran ist, und die anderen ihre Einkäufe in den Feinkostläden tätigen lassen. Nein, sie muss weiterarbeiten. Und Schreiben ist nun einmal das, was sie am besten kann. »Heh, was ist das?«

Franziska bemerkt, dass in der Scheune Licht angeht. Luise ist in den erleuchteten Raum getreten, an ihrer Seite ein Mann.

»Der Schreiner ist immer noch da«, konstatiert Nora. »Wir haben uns für nicht ganz so hohe Regale entschieden, falls es dich interessiert.« Stattdessen würde es eine offene Galerie geben, halb umlaufend, zu der eine Treppe hinaufführt, die aber auch vom Anbau aus über den Aufzug zu erreichen sein wird. »Allerdings ist der Weg weit«, gibt Nora zu. »Ich denke deshalb über eine Indoor-Hebebühne in der Scheune nach.« Sie prostet Franziska zu.

Der fällt das Lächeln schwer. »Ihr gebt hier alle so viel Geld aus. Und ich? Wenn es mit Fanny nichts wird, werde ich vielleicht beim Autohof anfangen, um meinen Beitrag zu leisten.«

»Wirst du nicht«, schneidet Nora ihr das Wort ab. »Du bist Schriftstellerin. Bleib dabei.«

»Sieht so aus, als müsste ich das«, murmelt Franziska. Sie wird ein weiteres Mal die Kraft aufbringen müssen, auf etwas zu hoffen. Sie mag diese Last nur zögernd auf die schmalen Schultern von Fanny, dem Flüchtlingskind, legen. Aber Fanny hat ihren eigenen Kopf. Sie ist zum Leben erwacht, jetzt will sie Form annehmen. Und Franziska gibt ihr nicht ungerne nach. Sie schreibt jetzt seit so vielen Jahren, sie weiß nicht einmal sicher, ob sie es je wirklich lassen könnte. Wie würde sich das anfühlen, ein Leben ohne die Ideen, die in ihr wachsen und hinausdrängen?

Ein Jammerlaut durchschneidet die Stille. Die Katzenjungen sind aufgewacht und finden die Mutter nicht. Erstaunlich, wie laut sie sein können, klein, wie sie sind.

»Die kleinen Biester werden noch schuld sein an unserem ersten Oberschenkelhalsbruch.« Nora leert ihr Glas.

»Wie geht's deiner Wäsche?«

Nora zuckt mit den Schultern. »Es sieht ohnehin nicht so aus, als ob mich je wieder jemand darin bewundern würde, oder?«

Der Moment ist gekommen. Franziska holt innerlich Luft. Endlich wagt sie den Satz: »Gabriel war neulich bei mir. In der alten Wohnung.«

»Ach ja?« Es soll beiläufig klingen. Das Whiskeyglas ist und bleibt leer, egal, wie gründlich Nora es inspiziert. Auch ein Blick aus dem Fenster ändert das nicht. »Da! Sie weint wieder«, sagt Nora und deutet mit dem Kinn in Richtung der hell erleuchteten Scheunenfenster. Dahinter sitzt Luise auf einem Stapel Bretter, inzwischen allein, und hat das Gesicht in die Hände gebettet. Ihre Schultern zucken so still wie die Flügel der Fledermäuse. Noras Unterkiefer arbeitet. »Du hattest recht, sie ist nicht drüber weg. Sie weint, sobald sie aufhört zu arbeiten. Wir werden sie beschäftigt halten müssen.«

»Sie weint, wenn sie glaubt, sie sei allein.«

»Dann werden wir sie eben nicht allein lassen.« Nora bewahrt hartnäckig ihren trockenen Ton. »Dafür machen wir das hier ja schließlich, oder?«

»Gabriel sagte …« Franziska hält inne. Sie muss an den bitteren Schlusssatz des Mannes denken. Aber er hatte unrecht, Nora ist nicht herzlos, ihre Nora nicht. Sie würde keine von ihnen je im Stich lassen. Nicht die weinende Luise, nicht sie in ihrem Büchergrab, keine von ihnen.

Nora schnaubt. »Ich kann mir schon vorstellen, was Gabriel gesagt hat.«

Franziska fasst nach Noras Arm. »Parkinson. Das ist keine Kleinigkeit, ich versteh das. Aber wenn du Angst gehabt hast, wie das wäre mit der Pflege – wir hätten dir doch geholfen.«

Der Laut, den Nora ausstößt, ist nur schwer als Lachen zu identifizieren. »Hasi, ich hatte keine Angst. Ich hab mir nur diesen Mann betrachtet und, und … und auf einmal gewusst, dass ich ihn überhaupt nicht liebe.«

»War das nicht immer schon klar?«, wagt Franziska einzuwenden.

»Mir jedenfalls nicht.« Noras Stimme wird scharf. Sie entzieht Franziska ihren Arm. Dann verlässt sie die Kraft sofort wieder. »Ich meine, ich hab es nicht permanent analysiert, okay? Da waren gute Momente, die hab ich gezählt. Und irgendwie hatte ich die Hoffnung, dass sie sich irgendwann addieren würden zu einer Summe, die ausreicht, die jeden Zweifel ausschließt, verstehst du?« Sie schaut auf ihre Knie. Jetzt sieht sie so aus, wie sie auch wirkt, wenn sie schläft: wie ein kleines Mädchen.

»Aber es hat nicht gereicht?«

»Na ja, da waren auch die schlechten Momente, die musste ich natürlich abziehen. Da ging es dann rasant wieder auf Talfahrt. Die Summe hat einfach nie gelangt.« In Noras Gesicht zuckt es. Hierfür hat sie keine Miene. Sie schaut wieder hinüber zu Luise, die noch immer dasitzt. Ihre Hände sind zwischen die Knie gefallen, sie starrt auf den Boden, schwer zu sagen, was sie dort sieht. Nora überlegt, ob Luise und Wolfgang je die Momente gezählt haben und auf welche Summme sie wohl gekommen waren in all ihren gemeinsamen Jahren, durch eine wundersame, gnadenreiche Algebra. Ob Luise wegen ihm weint oder auch nur wegen sich selbst, so wie sie selbst es manchmal tut, wenn sie alleine ist? Sie fragt: »Wie sah er aus?«

»Er sah gut aus.« Franziska versucht, neutral zu klingen. »Er schien nicht zu leiden. Er sagte, er habe noch einige gute Jahre.«

»Tja«, sagt Nora. »Dann ist das hier wohl eine besondere Ironie des Schicksals.« Sie holt einen Briefumschlag aus der hinteren Hosentasche, knüllt ihn ein paarmal, als überlege sie, ob sie ihn nicht besser einfach wegwürfe, und lässt ihn dann auf die nächste Bücherkiste fallen. Auf der Kiste steht »Französische Romane L–R«. Auf dem Briefumschlag steht: Radiologische Gemeinschaftspraxis.

»Gabriel würde es vermutlich meine Strafe nennen.«

»Nora?« Franziska nimmt zögernd den Umschlag. Gabriels Hände haben kaum gezittert, ihre tun es jetzt. »Scheiße«, murmelt sie, als sie den Inhalt liest. Ihr wird hohl zumute. »Scheiß auf Gabriel.«

Sie liest und liest. Dabei fallen ihr Bilder ein, ihre Freundin, die in Lokalen so laut lacht, dass es die Ober verstört, die sich vor Spinnen fürchtet. Die ihr in dem Schuhladen in Turin goldene Sandalen aufgeschwatzt und sich dasselbe Paar gekauft hat und vierfüßig golden mit ihr durch die Stadt lief. Nora, die jeden Schmerz so lange in Spott einlegen kann, bis er sich auflöst. Die nur eins fünfundsechzig groß ist und sich bei Umarmungen zerbrechlich anfühlt wie eine Wachtel. So wie jetzt. Franziska hält sie dennoch, so fest sie kann. Sonst gibt es nichts zu tun.

21

Die anderen erfahren es beim Frühstück. Darmkrebs. Der Befund klassifiziert ihn als T3N4M0. Nora, der Star-Wars-Fan, tauft ihn um in C3PO. Beides heißt in der Sprache der Sterblichen: Es ist ein großer Tumor, der sich schon durch die Darmwand ins Bauchfell gefressen hat, dazu befallene Lymphknoten.

»Aber noch keine Metastasen in Leber oder Lunge«, erklärt Franziska, während die anderen die Messer sinken lassen und ihre Brötchen ignorieren. »Das ist die gute Nachricht.«

Bestrahlungen sind die wichtigste Maßnahme, das Geschwür muss erst schrumpfen, ehe es mit Aussicht auf Erfolg operiert werden kann. Parallel dazu erfolgt die erste Chemo. Nach der OP steht eine weitere Chemotherapie an. Die Marschrichtung ist klar. Sie werden arbeiten, und sie werden Nora nicht alleine lassen.

Franziska ist müde, sie hat kaum geschlafen. Während sie die Unterlagen der Histologen, Gastroenterologen und Pathologen durchgegangen ist, hat sie nur immer wieder den Kopf schütteln können. Wie hat Nora all diese Untersuchungen vor ihnen geheim halten können? Das fragen jetzt auch die anderen: Wann ist das alles passiert? Wo hat es sich zusammengebraut? Die ganze Zeit haben sie gedacht, Nora wäre in Sachen Renovierung unterwegs. Oder zum Shoppen. Dabei hat sie Geheimnisse. Sie wissen nur von einem Arztbesuch, der war im Anschluss an den Notartermin, als Nora beim anschließenden Feiern in der Bar fehlte.

»Ein Routinetermin, hast du gesagt.« Annabel fasst es nicht. »Einfach nur die jährliche Darmspiegelung. Und wir haben noch so geschmacklos auf dich angestoßen. ›To absent friends.‹ Unverzeihlich!« Sie lässt offen, wem sie nicht verzeiht.

Nora hat auch nicht geschlafen. Gereizt reibt sie sich die Schläfen. Sie hat Wochen hinter sich, in denen Menschen ihre Finger und Geräte in allen ihren Körperöffnungen hatten. »Da kann schon mal der Wunsch nach ein wenig Privatsphäre aufkommen.« Sie ächzt. »Sie nennen es digitale endoskopische Untersuchung, aber es bedeutet einfach, dass dir jemand den Finger in den Arsch schiebt.« Unwillkürlich kehrt das Gefühl der Demütigung zurück. »Hackt bloß nicht auf mir rum. Ich hab es euch erspart, und Schluss!«

»Hast du schon eine zweite Meinung eingeholt?«, will Luise wissen.

Nora hat. In ihrem Immobilienfonds ist ein Komplex in München, zu dem eine auf Darmkrebs spezialisierte Tagesklinik gehört. »Jetzt kann ich mit mir selber Geld verdienen.«

»Darüber macht man keine Witze«, sagt Annabel.

»Ich bin hier die Kranke, ich darf das.«

Franziska beißt sich auf die Lippen und redet an ihrer Stelle weiter. Nora hat eine Kombination aus Chemo und Bestrahlung vor sich, die Gabe wird in geballter Form erfolgen. Erst die Infusion, gleich im Anschluss die Strahlendosis. Die Prozedur wird alles in allem mehrere Stunden dauern, fünf Tage die Woche, sechs Wochen lang.

»Das ist heftig.« Luise ist blass geworden.

»Es bedeutet Krieg«, bestätigt Franziska.

Und es wird ihren Alltag prägen. Denn natürlich kommt nicht infrage, dass Nora stationär geht. Da sind sie sich einig. Sie machen das ambulant, werden die Freundin fahren, jeden Tag. Werden bei ihr sein. Auch wenn das gegen den ärztlichen Rat verstößt. Die Ärzte haben schon alles andere bestimmt. Das hier bestimmen sie.

»Du solltest dir Gedanken machen, was du außerdem noch gerne tun oder erleben würdest.« Das ist Annabels Idee.

»Sie liegt nicht im Sterben«, faucht Franziska.

»Aber sie hat die einmalige Chance, alles in einem neuen Licht zu bewerten.« Annabel gibt nicht nach. »Ich tue das auch, seit ich weiß, dass ich mein Augenlicht verliere. Ich überlege mir, was ich noch einmal betrachten will. Versuche, mein Leben im Hier und Jetzt zu genießen.«

»Ich habe mein Leben immer schon im Hier und Jetzt genossen, kapiert?« Nora fühlt sich erschöpft. So wie das erste Mal, als sie zum Arzt gegangen ist, weil sie dachte, das mit der dauernden Müdigkeit könnte vielleicht an einem Vitaminmangel liegen. Sie hat auf Pastillen gehofft, eventuell eine schicke Kur fern der heimischen Baustelle. Stattdessen ist ihr immer noch mehr Blut abgezapft worden. Dann kamen die Apparate, immer größer und teurer. Dann die Diagnose. »Die Frage ist nur ...« Sie hält inne. Sie weiß nicht, was die Frage ist.

Seit Neuestem haben sie eine Küchenuhr. Die tickt. Mit jedem Ticken wächst das Ding in ihr ein wenig mehr. »Lasst mir einfach ein bisschen Freiraum, ja?« Sie weiß nicht, ob es das ist, was sie braucht, trotzdem legt sie nach. »Ich meine, Krebs zu haben muss ja nicht das Ende jeder Privatsphäre bedeuten, oder?«

Die anderen sehen sich an und stehen auf. Sie kämpfen gegen den Drang an, sich zu verabschieden. Franziska geht schreiben, Luise geht Unkraut jäten, Annabel geht die Katzen füttern. Nora sitzt da.

Irgendwann schlendert sie hinüber zur Jukebox. Sie studiert die Liste und drückt den Schalter. Das Lied entfaltet sich, packt und schüttelt sie. *Für mich soll's rote Rosen regnen*. Sie hat noch nie so auf jedes Wort geachtet. Und bestimmt hat sie bei dem Song noch nie Tränen vergossen. Verflucht, so ist das also mit Krebs, denkt sie. Jeder Scheißkitsch kann dir ohne Vorwarnung das Herz brechen.

Franziska steht in der Tür. Luise kommt herein, frisch geschnittene Gladiolen in der Hand. Annabel drückt verstohlen auf ›Senden‹ und schickt das eben geschossene Katzenbild an ihre Ex-Kollegen. Sie setzen sich alle wieder auf die Eckbank wie am ersten Abend. Versuchen, nicht auf Nora zu schauen, die die Augen über ihren Tränen schließt. Versuchen, sie nicht anzufassen. Freiraum.

»Luise, Süße, ist da nicht irgendwo unter der Theke noch ein Whiskey?«

Die Freundinnen schenken ein, stoßen an. Kontakt wenigstens mit den Gläsern. Sie werden das schaffen, klar werden sie.

22

Meist ist es Franziska, die mit zu den Sitzungen kommt. Sie kann Luise beim Fahren ablösen, wenn der die Hände von der Krankenhausluft zittern.

Annabel bleibt lieber zu Hause. Wegen der Katzenbabies, die eben erst die Augen geöffnet haben und bald überall herumkrabbeln werden. Und weil doch jemand die Eier entgegennehmen muss von der alten Stöcklein, die das Geld gar nicht gerne unter dem Stein findet, sondern lieber einen Menschen antrifft, der bei der Übergabe ein Pläuschchen mit ihr hält. Und die Stöcklein ist ja jetzt auch schon über achtzig.

Jemand sollte auch regelmäßig zur Milchtankstelle, weil Franziska ihren Morgenkaffee nur macchiato erträgt. Und Annabels These ist ja, dass man die Handwerker, die immer noch in Scharen kommen, niemals sich selbst überlassen darf. Das bittet sie zu bedenken, wenn sie ihre Zurückhaltung in Sachen Chemo-Begleitung erklärt.

Außerdem: Die Seniorengymnastik beginnt bald. Noch einmal außerdem: Sie hat Petra, der Friseurin, zugesagt, ihrem Sohn Nachhilfe vor den Klausuren im November zu geben. Er ist schlecht in Deutsch, aber Deutsch ist Kernfach, und er will Polizist werden, da muss er Vorgangsbeschreibung können.

Annabel sitzt im Gastraum auf der Eckbank und übt mit ihm, die geschwungenen Spitzen ihres Pagenkopfes zeigen auf das Papier: Dass der Unfallfahrer von links kam, ist wichtig und muss ins Protokoll. Dass der Audi A4, den er fuhr, ein geiles Auto ist, das Lars sich selber gern kaufen würde, ist nicht wichtig und hat im Protokoll nichts verloren. Das Smartphone liegt neben Annabel, falls die Freundinnen anrufen.

Es ist nicht so, dass sie sich nicht einbringen will, dass sie nicht Anteil nimmt. Aber unvertraute Orte machen ihr immer mehr Angst. Nicht zuletzt bleibt sie daheim, weil ihr das die Sicherheitsprotokolle erspart, die sie bei Aufbrüchen durcharbeiten muss. Gasherd, Fenster, irgendwelche Kerzen, der Hauptwasserhahn. Dazu das mehrmalige Umkehren und Zurückfahren mit quietschenden Reifen, wachsendem Zeitdruck und Gefährtinnen, denen zunehmend der Humor ausgeht.

Anfangs hat sie Kochbücher gewälzt, um einen Beitrag zu leisten, sich tief über die Seiten gebeugt. Es gibt Diäten gegen Krebs, heilsame Lebensmittel, eine ganze Menge davon werden dank Luise in ihrem eigenen Garten wachsen – aber erst im nächsten Jahr. Annabel hat Listen mit Zutaten angefertigt, die sie hoffnungsvoll an die Pinnwand heftet. Sie stellen sicher, dass es ein nächstes Jahr geben wird.

»Nein«, sagt sie, als sie hört, was Lars ihr vorliest. »Nein, nein, nein. Die indirekte Rede wird mit dem Konjunktiv I gebildet. ›Er *habe* einparken wollen. Dabei *habe* er den Wagen des Klägers gestreift.‹ Wenn du den Konjunktiv II nimmst und sagst: Er *hätte* und er *wäre*, dann heißt das, dass er vermutlich lügt und du ihm nicht glaubst. Ein Bericht muss aber neutral sein.«

Sie hält sich das Smartphone dicht vor die Augen, um die Uhr abzulesen. Die Infusion ist jetzt durch. Nora hat jetzt eine halbe Stunde Pause, ehe man sie auf der Liege unter dem Linearbeschleuniger festschnallt und das Laserstrahlennetz die Punkte anvisiert, die auf ihrem Bauch markiert sind. C3PO an die Ladestation bringen, nennt Nora das.

»Merk dir nur einfach: im Konjunktiv I keine Äs und Üs. Nimm die Grundform der Tätigkeitswörter und streich das End-N weg, das ist der ganze Trick.« Sie nimmt die Brille ab und reibt sich den Nebel aus den Augen, während er laut seine Verben in den Konjunktiv setzt.

»Ins Schlingern geraten sei‹, korrigiert sie, ›und es muss heißen: verdreschen wolle‹. Aber da sagst du: Prügel angedroht habe.«

Da schrillt die Eieruhr, die sie sich gestellt hat: Die erste Gymnastikstunde steht an; sie muss los. Zur Belohnung schneidet sie Lars ein Stück Marmorkuchen ab, ehe sie ihn in Richtung Tür schiebt.

»Der Aufzug ist geil«, sagt er, als sie gemeinsam über den Hof gehen. Er beißt in den Kuchen und leckt sich die Krümel von der Hand. »Darf ich mit dem mal fahren?«

»Es heißt großartig«, korrigiert Annabel ihn. »Und: Wenn ich eine Möglichkeit sähe, würde ich Ja sagen.«

Lars macht ein besorgtes Gesicht. Das waren lauter Üs und Äs. »Heißt das jetzt, das war geschwindelt?«

»Nur, dass etwas nicht wirklich stattfinden wird. Nächstes Mal vielleicht, Herr Wachtmeister. Mach's gut.«

23

Wenn Annabel allein durch das Dorf geht, schließt sie mal die Augen und tastet sich blind über den Gehsteig, mal versucht sie, im Gegenteil jedes Detail der Route in ihrem Kopf abzuspeichern. Sie ist sich nicht sicher, welche die bessere Methode ist, um sich auf die Zukunft vorzubereiten. Ihre Finger gleiten über die Gartenzäune. Staketen bei der Nachbarin mit der Zahngold-Reklame. Jägerzaun bei den Stöckleins. Dann kommt die Mauer des ehemaligen Bäckers. Eines nahen Tages wird sie ihren Weg ganz ohne die Hilfe ihrer Augen finden müssen. Wenn sie am Rand ihres engen Blickfeldes eine Bewegung ahnt, grüßt sie laut, nur zur Sicherheit. Noch hat sie es außerhalb des Hauses keinem erzählt.

Die Mehrzweckhalle riecht wie die Schulturnhalle ihrer Kindheit. Nach Staub und altem Schweiß, Bohnerwachs und Leder. Halb erwartet sie, am Eingang statt der Pokalvitrine den Kiosk des Hausmeisters zu finden, wo es Gummischlangen gab und Esspapier, Brause und Muscheln zum Auslecken. Diese Muscheln. Sie wundert sich, dass das damals keiner obszön fand. Und nach Honig schmeckten die. Eine Doppelschwingtür führt in die Halle selbst. Sie kann schon einige Menschen erkennen, die offenbar auf sie warten. Einige grüßen sie und machen ihr damit das Erkennen leicht. Soweit sie es noch beurteilen kann, liegt der Altersschnitt bei achtzig. Sie sollte sich jung fühlen.

Niemand macht sich die Mühe, die Umkleidekabinen zu benutzen. Alle haben ihre Kleider auf die langen Bänke geworfen, die vor den Sprossenwänden stehen, oder sind gleich im Trainingsanzug gekommen. Hier im Dorf glaubt niemand daran, dass das bedeuten könnte, man habe sein Leben nicht im Griff. Sie stehen herum und unterhalten sich, trinken aus mitgebrachten Thermoskannen, verschränken die Arme, schütteln die Köpfe über einen neuen Klatsch.

Annabel erkennt das dunkle Gesicht von Thorwald Hauskrecht fast sofort. Er ist der größte Mann im Raum, dabei sind einige Herren gekommen. Annabel geht zu ihm und bittet ihn, ihr mit den Hockern zu helfen. Sie will einen Kreis daraus bilden, denn es soll eine Sitzgymnastik werden.

»Ach, Gott sei Dank, mir tut der Rücken eh so weh.« Die Ankündigung ruft rundum Freude und Erleichterung hervor. Man hat schon befürchtet, das Fräulein aus der Stadt könnte arg streng und fordernd sein.

»Ich weiß schon, dass Sie das nicht nötig haben«, entschuldigt Annabel sich leise bei Thorwald, der ihr tragen hilft. Er hat sich sechs Stück auf einmal aufgeladen. Sie versucht es mit zweien. »Ich hab ja bei uns im Garten gesehen, was Sie leisten können.«

»Meine Bandscheiben sind hin«, bekennt er freimütig. »Ich hab mein Lebtag geschuftet. Hab mich nicht geschont. Das war dumm.«

Wieder wundert sie sich über die Offenheit, mit der er über sich selbst redet. Er setzt sich links von ihr auf den Hocker, als der Kreis steht. Annabel nickt in die Runde. Sie müsste zu jedem Einzelnen hin und ihm direkt ins Gesicht sehen, wenn sie sicher wissen wollte, wer ihr da gegenübersitzt. Das wird sie unauffällig während der Übungen tun, wenn sie herumgeht, um die Haltung der Turnenden zu korrigieren. Es wird schon alles gut gehen. »Also, fangen wir an.« Ihre Stimme klingt munter und selbstbewusst. Vierzig Jahre Schuldienst haben ihre Fassade ausgehärtet.

»Sie haben Übung darin, vor Leuten zu stehen«, stellt Thorwald eine Stunde später fest. Er ist wie selbstverständlich geblieben, um ihr beim Aufräumen zu helfen. Gemeinsam schließen sie den Geräteraum ab. »Ich war Lehrerin«, sagt Annabel. »Geschichte und Deutsch.« Sie spart sich die Details.

Er löscht das Licht, das sie vergessen hätte. »In der Schule war ich nicht lang.«

Sie weiß nicht recht, was sie sagen soll. Das Feld der Bildung bietet ihnen sicherlich keinen guten Rahmen für eine erste Konversation. Da fügt er hinzu: »Aber ich hab immer gerne gelesen.«

»Ach?«, entfährt es ihr überrascht. »Was denn so?« Halb ist sie gespannt, halb fürchtet sie, dass er antworten wird: Bücher. Annabel hat genügend Schüler erlebt, die nicht in der Lage waren, den Begriff weiter zu differenzieren.

Wie sich herausstellt, hat Thorwald kürzlich auf dem Flohmarkt einen schmalen Band gefunden, der ihn fasziniert: Blüchers Briefe an seine Frau. »Also, der schreibt zwar kein sauberes Deutsch nach heutigen Regeln«, sagt Thorwald, »die Rechtschreibung ist dem schnurz. Aber was er zu sagen hat, das kann er sagen. Der kann über Gefühle reden wie heute keiner mehr. Bitte sehr.«

Er hält ihr schon eine Weile die Tür auf. Annabel hat es nicht bemerkt. Blücher, meine Güte! Den hat sie noch nie gelesen. Ob sie ihn überhaupt in der Bibliothek haben? Die meisten Regale stehen inzwischen, die Galerie ist fertig, alles riecht einladend nach frischem Holz und altem Papier. Doch die meisten Bände ruhen immer noch in ihren Kisten. Erst ist es die Baustelle gewesen, und jetzt, im Oktober, hält Noras Krankheit sie alle in Atem. »Ach so was, Blücher«, bringt sie heraus. Für einen Moment überfällt sie die Sehnsucht nach ihren Büchern, jetzt, wo es fast zu spät ist. Wie es wohl wäre, das alles noch einmal neu entdecken zu dürfen?

»Das ist so ein alter preußischer General.«

»Ich weiß.« Ihre Stimme ist ganz weich.

Es kommt ein Moment der Verlegenheit auf. Bis Thorwald sie fragt, ob sie mit ihm auf einen Schoppen einkehren möchte.

Annabel sagt Ja.

24

Die Geschichte des Ortes bringt es mit sich, dass sie nicht durch romantische Gassen zu einem alten Fachwerkhaus im Ortskern schlendern, das einen Namen trägt wie »Zum Grünen Baum«. Oder eben »Zur Fröhlichkeit«. Annabel lernt stattdessen den Weg zum Autohof kennen, den Graspfad hinter der Gärtnerei, gesäumt von Müll, den der Wind vom LKW-Parkplatz hergeweht hat. Sogar sie sieht die parkenden Riesen von Weitem. Die Räder überragen sie, als sie an ihnen vorbeigehen. Links rauscht die Straße, rechts dröhnen die Aggregate der Kühllaster. Es riecht nach Benzin. Das Dorf scheint weit.

Drinnen herrscht ein Kunstklima, vermischter Duft von Raumerfrischern und Schweinebraten. An den üblichen Auslagen einer Tankstelle vorbei, den Regalen mit Zeitschriften, Süßigkeiten, Chips, Andenken-Nippes und Dosengetränken, gehen sie zum Restaurant-Teil des Raumes, einer dünnen Kulisse aus Laminat. Die halbe Gymnastikgruppe ist schon da und noch ein paar andere Runden. Die Trucker erkennt man daran, dass sie schweigend essen und das Geschehen auf dem überdimensionalen Bildschirm verfolgen, der über dem Essbereich angebracht ist. Es läuft Basketball.

Thorwald nickt ein paar Bekannten zu und hebt die Hand. Er bleibt an Annabels Seite, bis sie bequem sitzt.

»Danke«, sagt sie und hebt den Kopf, als sähe sie sich um. Manches kann sie noch erkennen. Die vielen Farben, die Reklametafeln, die indirekt beleuchteten Regale. »Es ist sauberer, als ich dachte.«

»Sie sehen nicht gut, oder?«, fragt Thorwald.

Annabel, die gerade versucht hat, die Einzelheiten seines Tattoos zu erfassen, greift sich an den Brillenbügel. »Oh«, sagt sie. »Man wird nicht jünger.«

Schnell nimmt sie die Speisekarte und hält sie sich vors Gesicht. Zum Glück gibt es von allen Gerichten hübsche bunte Fotos, die sicher nicht vom stolzen Koch geschossen wurden. Mikrowelle, schlussfolgert sie. Egal, sie hat ohnehin keinen Appetit.

Sie wendet ihm wieder das Gesicht zu. »Sie kann ich gut erkennen.«

Er fasst sich mit den Fingern an die Wange. »Ist auch schwer zu übersehen.«

Als Thorwald einen Silvaner ordert, zieht Annabel nach. Langsam fühlt sie sich in der Situation sicherer. Beim zweiten Glas erläutert sie ihm ihre These zur ungebrochenen Macht des ostelbischen Adels, der erst Hitler an die Macht brachte, dann heimlich die Geschicke der DDR lenkte und jetzt erneut über Treuhand und Reprivatisierung nach der Weltmacht greift. »In der Schule durfte man das ja nicht offen aussprechen, aber es ist wahr.« Beim dritten Glas Wein reicht der Mut. Sie fragt ihn erneut nach seinen Büchern.

Er hat sich für seinen Bauwagen ein Regal gezimmert, erzählt er, aus Holz, das auf den Baustellen liegen blieb, auf denen er als Handlanger arbeitet. »Jeder schenkt mir seinen Müll, die Leute wissen, ich kann was draus machen. Aus allem.« Die Bücher, ja. Seinen Eltern war es egal, ob er in die Schule ging oder nicht. Er schwänzte, was das Zeug hielt, und flog. Später versuchte er, etwas nachzuholen, ohne Kenntnisse, ohne Plan. Wenn er nicht arbeitete oder betrunken war, dann las er. Das meiste behielt er Wort für Wort im Kopf, er dachte, das wäre bei allen so. Einen Vergleich hatte er nicht, denn seine Kumpel fassten kein Buch an.

»Unglaublich«, haucht Annabel, als er ihr aus dem Gedächtnis eine Karte Ostelbiens zeichnet, erinnert aus einer Ausgabe von Max Webers *Die Lage der Landarbeiter im ostelbischen Deutschland von 1892*, die Thorwalds Großvater von irgendwoher hatte. Daneben stehen in dem selbst gezimmerten Regal eine Bibel, einige Perry-Rhodan-Hefte, Schillers Gedichte, eine Biografie von Johnny Cash, Bölls *Ansichten eines Clowns* sowie eine alte zwanzigbändige Ausgabe der *Neuen Deutschen Biographie*. Was er davon gelesen hat, kann er auswendig. Eidetisches Gedächtnis.

Annabel überlegt: »Wenn Sie im Garten fertig sind, Thorwald, hätten Sie dann Lust, mir mit der Bibliothek zu helfen? Die Regale sind noch fast leer. Und ich überlege die ganze Zeit schon, wie ich das schaffen soll, all die Bücher. Die anderen sind ja nie da.« Sie verstummt. Beklagen sollte sie sich nicht. Die anderen haben wahrhaftig einen guten Grund für ihre Abwesenheit.

»Die Kleine hat Krebs, heißt es im Dorf.«

Die Kleine! So hat Annabel noch nie an Nora gedacht.

»Die mit den Haaren auf den Zähnen.«

Annabel unterdrückt ein höchst unpassendes Kichern. Das trifft es schon eher. »Es handelt sich um einen Tumor, ja.«

Er pfeift einen langen, schrägen, abfallenden Ton. »Nicht gut, oder?«

»Nein«, bestätigt sie, »gar nicht gut. Im Dezember ist die Operation, dann wissen wir mehr. Die anderen tun immer so optimistisch, aber …«

»Mein Vater ist dran gestorben. Ist verdammt noch mal verreckt.«

»Oh, das tut mir leid.«

»Es war nicht gerade schade um ihn.« Thorwald zuckt mit den Schultern. Seine Miene unter der Tätowierung ist schwer zu erkennen. Doch Annabel kann sie inzwischen ganz gut lesen. Sie legt die Hand auf seine. »Es tut mir leid für *Sie*«, sagt sie. Sie sitzen beide da, ohne sich zu rühren. Ihr Glas ist noch nicht ganz leer. Annabel löst ihre Hand von seiner und ergreift es hastig. »Wollen wir Du sagen?«, fragt sie. Du sagen – das tun alle im Dorf. Es ist das Natürlichste von der Welt. Er hebt sein Glas. Sie trinken. Sie sehen sich an. Annabel steht auf. »Ich muss heim. Kommen Sie … kommst du morgen mal vorbei? Wegen der Bücher?«

»Ich wär sowieso gekommen, wegen der Bäume.«

Sie stolpert beim Aufstehen. Das liegt bestimmt am Wein. Sie lässt es zu, dass er sie unterhakt für den Rückweg. Was hat sie sich nur dabei gedacht, so viel Alkohol außerhalb des Hauses zu trinken? Sie kommt doch so schon kaum noch klar. Zum Glück geht er ganz langsam mit seinem seltsam gebrochenen Gang. Zum Glück kann sie ihr ganzes Gewicht auf ihn stützen. Zum Glück fragt er nichts und sagt nichts. Ruhig und sicher bringt er sie heim. Als sie vor dem Gasthaus zur Fröhlichkeit stehen und sie den Schlüssel schon in der Hand hat, dreht sie sich noch einmal zu ihm. Er riecht fremd, nicht unangenehm, ein bisschen nach Wein, ein wenig nach Schweiß, nach Rauch auch und nach etwas Unbekanntem, halb anheimelnd, halb wild. Wie die kleinen Katzen. »Ich werde blind«, sagt sie und küsst ihn rasch auf die farbige Wange, ehe sie nach drinnen flüchtet.

25

Luise hat sich angewöhnt, eine Packung Buntstifte dabeizuhaben für die lange Wartezeit während der Infusion. Dann zeichnet sie schlichte Bilder von dem Garten, den sie entstehen lassen wird. Stifte und Zeichenblock hat sie an der Tankstelle gekauft, in der Abteilung Kinderbeschäftigung. ›Sind wir schon da?‹ Sie lächelt, wenn sie diese Stimmen aus ihrer Kindheit im Kopf hört: die langen Autofahrten zu den Großeltern in Oldeslohe. Später die langen Fahrten in den Urlaub mit ihren eigenen Söhnen, nach Korsika, jedes Jahr. Auch die jammerten: ›Sind wir schon da?‹, lange vor dem Brenner, die ewige Po-Ebene hindurch bis zum rettenden Hafen in Genua. Irgendwann gingen einem die Lieder aus, die Spiele. ›Malt was, Kinder.‹

Keiner der beiden Söhne hat ihr Talent geerbt. Das hat Wolfgang immer gesagt. Einige ihrer Skizzen, vom Strand und der Festung bei Porto-Vecchio, hatte er stolz in sein Büro gehängt. Ihr war das eher peinlich gewesen. Jetzt zeichnet sie wieder. Es ist das Einzige, was man tun kann, klebend auf diesen eigenwillig geformten Plastikstühlen, die verzweifelt so tun, als wären sie Sessel. Zeichnen, sich Tee am Automaten holen, mit den Beinen baumeln, nicht an die Nacht in der Notaufnahme denken. Während der ersten Sitzungen haben sie viel geredet, gemutmaßt, gefragt. Jetzt schweigen sie viel.

Drei bis vier Stunden braucht das Gift, um in Noras Körper zu laufen, wo es sich auf alle Zellen stürzt, die sich schnell teilen. Die Krebszellen gehören dazu, aber auch auf anderes, zum Beispiel die Schleimhäute, die deshalb anschwellen und sich entzünden. Nachher müssen sie in die Apotheke, die neue Spezialzahncreme für Nora kaufen. Und das Mundwasser ohne Alkohol, eine extraweiche Zahnbürste, den Fettstift mit Salbei. Die Batterie von Cremes und Tinkturen zur Mund- und Intimpflege im Bad wird immer größer. Im Moment liegt Nora still, mit geschlossenen Augen. Spürt sie das Einströmen der Flüssigkeit in ihren Körper?

»Hübsch«, sagt der Mann auf der Liege links von Luise. Auch in seinem Arm verschwindet eine Kanüle. »Um Längen besser als das Zeug, das sie hier an die Wände gehängt haben.« Er hebt müde eine Hand, die Schläuche wackeln, er senkt sie wieder. Der lange Saal mit den wuchtigen Liegesesseln, getrennt durch die Metallgalgen, an denen die Infusionsbeutel und Plastikschläuche sich bauschen wie Medusen, bemüht sich, futuristisch zu wirken. Der Empfangstresen schwingt sich mit der Eleganz eines Raumgleiters dem Besucher entgegen, alles ist weiß verschalt, indirekt beleuchtet, mattiert, kommt heuchlerisch sanft daher. Es gibt nur die Farben Weiß, Grau und Apricot. Über jeder Liege hängt ein belangloser Druck mit einem abstrakten Motiv in denselben Farbtönen.

Luise merkt, wie verspannt sie dasitzt. Ihre beigefarbene Hose hat Flecken. Sie zupft die Enden der leger sitzenden Bluse darüber. »Das ist nur eine Fingerübung. Ein Pflanzplan.«

»Bemerkenswert. Ihre Linien vibrieren fast wie die des jungen van Gogh.«

»Guter Gott.« Nora öffnet die Augen. Sie sind noch immer groß und rund, liegen jetzt aber tief in Höhlen, die man früher gar nicht bemerkt hat. »Kannst du mal aufhören zu flirten und mir endlich noch etwas Eis beschaffen?« Sie flüstert nicht gerade. Ihr altvertrauter Ton, für einen Moment. Dann ist die Anstrengung zu viel, sie senkt die Lider wieder.

Franziska, die irgendetwas an der Anmeldung verhandelt, winkt und hebt die Nierenschale in ihrer Linken. Bin gleich da, formen ihre Lippen lautlos.

»Gleich, Tina«, murmelt Luise und drückt sacht Noras Hand. Der

Schreck über ihren Versprecher lässt sie einen Moment lang erstarren, in dem ihr Körper schmilzt wie einer der Eiswürfel, die man hier serviert.

»Bitte sehr, Ihre Bestellung.« Franziska schwenkt die Metallschale, dass die Eisbrocken klirren. Sie senken die Durchblutung im Mundraum, die Zellteilungsrate sinkt, das Gift schleicht vorbei und sucht sich andere Gegner. Die meisten hier lutschen irgendetwas. Im Aufenthaltsraum gibt es einen Gefrierschrank mit nummerierten Fächern. Um ihre Fassung wiederzugewinnen, fragt sie den Van-Gogh-Kenner: »Möchten Sie auch etwas?«

Franziska packt die extra für Nora zubereiteten Würfel mit der schwachen Salbeilösung, die sie in der Kühltasche mitbringt, aus. Sie hat auch eine Batterie von Noras Lieblings-Tonic-Water dabei, teuer aussehende kleine Fläschchen, anregend bitter. »Du musst was trinken«, sagt sie. Es ist ihr Standardsatz. Sie öffnet das Fläschchen vor Ort, das perlt und zischt und sein Aroma verbreitet. Es gluckert, als es über die Eiswürfel fließt. So hat Franziska das gelesen: Speisen und Getränke möglichst attraktiv und anregend anrichten.

Nora wendet den Kopf ab. »Da fehlen 4 cl Jack Daniel's, Angostura Bitter und eine Kirsche.«

Franziska ist unerbittlich. »Du weißt, dass du den Alkohol im Augenblick nicht verträgst.«

»Schätzchen, ich vertrage gar nichts im Moment.« Doch sie lässt sich breitschlagen und trinkt. Sie verzieht das Gesicht. Es tut weh wie alles, was ihren Mund passiert. »Hast du da wieder irgendein Pulver reingemischt?« Nora hat weiter abgenommen, auch wenn das unmöglich schien. Ihr Gewicht ist kritisch.

»Mein Pulver, oder die ernähren dich mit einem Schlauch durch die Nase. Bitte, Nora.«

»Okay, okay. Und für heute Abend hätte ich gerne einen Lachs Teriyaki mit buntem Salat. Verdammt.« Nora wird schlecht. Sie atmet. Und atmet. Franziska hilft zählen. Luise befeuchtet ein Taschentuch. Gegen die Übelkeit haben sie Medikamente. Aber langsam sieht es aus, als würden die nicht mehr wirken. Nora ist wie ein Wagen auf der Autobahn, der zu sehr beschleunigt wird. Alles klappert und vibriert, ein System nach dem anderen fällt aus, bald wird sie auseinanderbrechen.

»Es sind nur noch zwei Wochen.« Franziska hört, wie schal das klingt. Zwei Wochen sind lang, wenn man über einer Kloschüssel hängt und in seiner Panik den eigenen Magensaft inhaliert.

Luise starrt auf ihre Zeichnung. Eine Mädchenstimme fragt: Sind wir bald da? Nora muss noch durchhalten.

»Wollen wir ein Spiel spielen?«, schlägt Franziska vor. »Vielleicht Stadt, Land, Fluss?«

Nora will nicht.

»Wir nehmen berühmte Filmmonster als Kategorie«, schlägt Franziska vor, » oder Rocksänger oder Geschlechtskrankheiten.«

»Franziska!« Luise wirft einen raschen Blick nach links. Doch der Mann auf der Nachbarliege ist fort. Als hätte es ihn nie gegeben. Luise sitzt plötzlich an einer langen, immer länger werdenden Tafel; der Stuhl ihr gegenüber ist leer. Sie spürt einen leisen Schrecken in sich verebben.

Nora entscheidet sich für Filmmonster. »A«, stößt sie stöhnend hervor, als Franziska sie anstupst. Und als Luise, heftiger angestoßen, endlich »Stopp« sagt, flüstert Nora: »M«. Nach einer Minute klatscht Franziska in die Hände. Die Ausdenkzeit ist um. »Also?«

Nora hat Mothra, eine Monstermotte aus dem Godzilla-Universum. »Eine Motte als Monster?« Franziska hält die Japaner für bescheuert, aber sie selber hat nur »Mutant«, was von Nora als zu unspezifisch verworfen wird. Ein »Mutant«, das kann alles und nichts sein, seit den X-Men weiß man da mehr. Nora ist immer ein großer Fan der X-Men-Streifen gewesen. »Mystique wäre gegangen oder Magneto, du Versagerin.«

»Wir können nicht alle deinen exquisiten cineastischen Geschmack haben«, wehrt sich Franziska.

Nora muss lächeln. Sie liegt vorne. »Und du, Luise?«, fragt sie. Es liegt ein Hauch Herablassung darin. »Was für ein Monster hast du?«

Luise hat wieder begonnen zu zeichnen, mit schräg gelegtem Kopf und zitternden Fingern. »Moby Dick«, sagt sie und zieht die Umrisse eines großen Fisches. Als es still bleibt, schaut sie auf. »Was ist?«, fragt sie.

Manchmal denken alle, Luise ginge der Welt verloren. Dann wieder gibt es solche Momente. Franziska streckt die Arme aus und zieht sie an sich. »Ich liebe dich«, murmelt sie an Luises Hals.

26

Sie kommen mit großer Verspätung nach Hause und müssen sich Annabels Vorwürfe anhören. »Ich hab schon im Krankenhaus angerufen. Da hieß es, ihr wärt vor drei Stunden weg. Drei Stunden, Himmel! Dann die Polizei, die meinten, ich solle mir keine Gedanken machen, ihr wärt vielleicht bloß bei McDonald's vorbeigefahren. Das muss man sich mal vorstellen: McDonald's. Ich habe ihnen erklärt, dass wir keinerlei Fastfood zu uns nehmen. Und natürlich, dass ihr niemals so verantwortungslos wärt, euch in einem derartigen Fall nicht telefonisch zu melden.« Sie klingt noch immer sehr würdevoll. »Was die Leute sich nur denken. Fastfood. Die Autobahnpolizei, bei der ich anschließend nachfragte, konnte mir immerhin sagen, dass es auf der Strecke keinen Unfall gegeben hatte. Ich hab trotzdem die Notaufnahmen abtelefoniert. Aber da waren sie so unhöflich. Ihr könnt es euch nicht vorstellen.« Annabel muss sich setzen. Die Erleichterung wirkt nur sehr langsam.

Auch Nora wirkt blass, noch blasser als sonst. »Luise ist schuld, sie hat sich doch glatt verfahren, einfach falsch abgebogen auf dem Weg zur Apotheke. Wo wir schon hundertmal waren!« Sie schleppt sich ins Fernsehzimmer, muss sich am Türrahmen festhalten. »Am Ende lenkte sie in ihrer Panik auf die Zufahrt zum Stadtautobahnring. Und da standen wir dann! Eine geschlagene Stunde! Festgekeilt im Berufsverkehr! Wie die Fliege im Bernstein. Wir standen herum wie die Idioten, und es war ein Wunder, dass die nächste Ausfahrt doch irgendwann kam. Ich bin fertig mit der Welt.«

Sie steuert das Lager an, das sie ihr für die Dauer der Chemo hier eingerichtet haben unter dem Fenster zum Nussbaum. Das Ledersofa ist vollgekramt mit Handtüchern, Medikamentenpackungen, Schalen, Kleenex, Waschlappen. Der Couchtisch fungiert als Nachttisch. Anfangs hatte Nora Sehnsucht nach ihrer Suite im ersten Stock geäußert mit dem begehbaren Kleiderschrank und dem Kingsize-Bett. Seit sie das erste Mal nachts ihre Blase nicht mehr kontrollieren konnte, meidet sie das Zimmer. Es soll so schön bleiben, wie sie selbst nicht mehr ist.

Überhaupt ist sie so näher am großen Bad. Näher am Tagesgeschehen. Näher am Fernseher, der so wunderbar von allem ablenkt. Und Franziska hört sie trotzdem nachts rufen. Nora legt sich hin und schaltet das Programm ein.

»Soll ich dir was zu essen machen?«, ruft Franziska ihr nach, bekommt aber nur einen erhobenen Mittelfinger als Antwort.

»Ich habe kalte Tomatensuppe mit Kräuterpüree fertig«, sagt Annabel, stemmt die Hände auf die Knie und steht auf. »Ich hole sie gleich.«

»Es war dunkel und hat geregnet«, entschuldigt Luise sich. »Da sieht alles anders aus. Außerdem dachte ich für einen Moment … ach, nichts«, fügt sie hinzu, als sie nach der langen Pause, die sie macht, die Blicke von Annabel und Franziska auf sich fühlt. »Ich dachte nur gerade daran …« Aber auch diesen Satz vollendet sie nicht. Stattdessen geht sie ihren Mantel aufhängen. Dann schaut sie auf die Uhr. Es ist fast zehn. Die Tagesschau um acht hat sie verpasst. Aber es reicht für die Spätausgabe der heute-Nachrichten. Sie nimmt Annabel, die aus der Küche kommt, das Tablett ab und bringt es hinüber zu Nora. Franziska sieht die beiden dasitzen im blauen, zuckenden Licht des Bildschirms, während die Erkennungsmelodie ertönt. Nora rührt in der Suppe, Luise hat die Hände im Schoß gefaltet. So weit herrscht Frieden.

»Manchmal frage ich mich, was mit Luise los ist.« Franziska, die die Papiertüten aus der Apotheke auf den Tisch gestellt hat, hält im Ausräumen inne. Aus Luises vergessener Handtasche ragt der Zeichenblock. Fast ein Dutzend Gartenskizzen zählt Franziska, als sie ihn herauszieht und durchblättert. Dazu ein Bild von einem großen Fisch. In seinem Inneren ist eine Gestalt zu erkennen, mit nur ganz wenigen, zart-nervösen Strichen angedeutet und doch ganz klar. Es ist eine kleine Frau, die mit geschlossenen Augen daliegt. Sie sieht geborgen aus, aber auch sehr einsam. »Nora und der Wal«, entfährt es Franziska.

Sie zeigt das Bild Annabel. »Das ist echt gut.« Sie reißt es ab und sucht nach einem guten Platz dafür. »Aber war sie eigentlich immer schon so versponnen?«

»Sie trauert.« Annabels Stimme klingt erschöpft. Sie mustert die neuen Arzneimittel durch. »Sie hat ihren Mann verloren, ihr ganzes vertrautes Leben. Und jetzt das hier …« Sie bricht ab. Der Schreck von eben, als sie befürchtete, gleich alle drei verloren zu haben, sitzt noch zu tief. Ihre Gedanken schwirren wie ein aufgescheuchter Vogelschwarm herum, als wollten sie sich gar nicht wieder niederlassen auf den vertrauten Ästen, als hätten sie für den Moment jedes Vertrauen in die Solidität dieser Äste verloren. Und waren sie nicht auch brüchig?

Hilflos starrt Annabel auf die ganzen Pappschachteln in der Tüte. Salben, Suppositorien, Schmerzmittel, Antidepressiva. Und das sollte einem keine Angst machen. »Gib ihr doch etwas Zeit«, sagt sie. »Sie fängt sich schon.«

»So viele Jahre Glück, so viele Jahre Trauer.« Franziska erinnert sich. Das hat der korsische Wirt gesagt. Es ist erst vier Monate her. Sie betrachtet noch einmal das Bild: Die wie schlafend daliegende Frau, ist das wirklich Nora? Oder doch Luise selbst im Bauch des Fisches? Oder ist es ein einsames Kind? Sie hebt den Kopf, um den Raum zu mustern. Über der Eckbank könnte es sich gut machen. Da hätte sie es im Blick und könnte darüber nachdenken. Es wird ohnehin Zeit, dass sie den röhrenden Hirsch abhängen.

»Ist das ein weiteres Antibiotikum?« Annabel schüttelt den Kopf über ihren Fund. »Wollen die sie umbringen? Bald hat sie gar kein Immunsystem mehr.«

Franziska ist auf die Bank geklettert. Sie hat das Hirschbild abgenommen und umgedreht. Ein Wechselrahmen. Wenn sie den kitschigen Farbdruck herausnimmt und Luises Bild hineinsteckt … Sie probiert es aus. Das alte Passepartout ist fleckig, aber es passt. Beinahe jedenfalls. Franziska erklärt es für gut genug. »Wenn wir die Entzündungen in ihrem Mund nicht in den Griff kriegen, hat sie am Ende keine Zähne mehr.« Sie bemüht sich, das Bild beim Aufhängen möglichst gerade zu rücken. Dabei stößt sie an das Nachbarbild, will es vorm Herunterfallen retten, kommt aus dem Gleichgewicht und fällt gegen den Tisch. »Das Bild hängt schief.«

Annabel lässt vor Schreck die Papiertüte fallen. »Vorsicht!« Ihre aufgerissenen Augen hinter der Brille suchen den Angreifer. Das Loriot-Zitat erkennt sie nicht. »Übrigens kommt Petra morgen. Petra Wehner«, fällt es ihr ein, als sie versucht, den gerissenen Handlungsfaden wieder zu knüpfen. »Du weißt schon, die Friseurin. Sie macht Hausbesuche. Ich dachte, gerade für Nora wäre das praktisch.«

»Bist du verrückt? Nora wird ihre Haare niemals einer Dorffriseurin überlassen.«

»Petra sagt, für vier Kundinnen lohnt es sich erst richtig.«

»Annabel, diese Frau ist das größte Klatschmaul im Dorf. Wenn die vier Kundinnen sagt, meint sie nicht viermal frisieren, sondern vier Leben ausforschen. Unsere Leben.«

Annabel seufzt. »Ich weiß, die Stöcklein nennt sie die Bildzeitung am Ort. Aber es wäre wirklich praktisch für Nora.« Sie macht eine Pause. »Und für mich auch.«

»Deine Augen? Wird es schlimmer?«

Annabel überlegt. Natürlich wird es schlimmer, das wird es mit jedem Tag seit über einem Jahr. »Es ist, als würde eine Tür zugehen«, meint sie schließlich. »Aber ich bin nicht sicher, ob in meinen Augen oder in meinem Kopf.«

»Du darfst dich hier nicht eingraben«, erwidert Franziska scharf. »Du solltest öfter mit in die Stadt.«

»Ich gebe einen Sportkurs, erteile Nachhilfe, betreue eine junge

Katzenmutter mit vier Kindern, hole Milch und Eier und kenne mehr Dorfbewohner mit Namen als du. Ich glaube nicht, dass man das Vergraben nennen sollte.«

Franziska entschuldigt sich.

»Du verstehst nicht.« Annabel lächelt die Freundin an. »Die Tür, die sich da schließt, die verschafft mir Frieden. Ich finde nicht schlimm, was passiert. Die Welt wird kleiner, das ist gut. Ich richte mich damit ein.« Als Franziska nichts sagt, fügt sie hinzu: »Ich werde ganz bestimmt nicht zu den Rentnern gehören, die auf ihre alten Tage noch das Paragliding erlernen. Ich will das nicht. Weniger kann mehr sein.«

Franziska schnaubt. »Petra Wehner ist nicht gerade der Inbegriff von weniger ist mehr, du wirst es erleben.«

27

Im Nebenzimmer wirft Nora einen Seitenblick auf Luise, die der Nachrichtensendung mit derselben höflichen Aufmerksamkeit folgt wie einer Schultheateraufführung, bei der die eigenen Kinder nicht mitspielen.

»Sag mal«, beginnt sie plötzlich mitten in einen Bericht über die Freitagsdemonstrationen hinein. Sie stellt die Suppentasse weg. Was sie wissen möchte: Was war eigentlich Luises schlimmstes Erlebnis mit ihrem Mann? Und was das beste? Nora muss das jetzt wissen, sofort. Sie will die Ecksummen kennen, mit denen das einzige glückliche Paar, das sie kennt, sein Leben lang operiert hat. Vielleicht findet sie von da den Fehler in ihrer eigenen Gleichung mit Gabriel, kann sie neu berechnen, alles doch noch aufgehen lassen.

»Mit Wolfgang?«, fragt Luise. In ihren Augen und der Brille spiegeln sich die hektisch umspringenden, aufgeregten Fernsehbilder. Sie selbst sitzt reglos, doch sie denkt nach. Das schlimmste, das weiß sie sofort. Es war der Moment, als er ihr gegenüber am Tisch saß und dann umkippte, weg war. Der oder der Moment, in dem sie begriff, dass sie alle seine Kleider weggeworfen hatte. Was muss er von ihr denken?

»Und der beste?«, hakt Nora nach.

Auch der fällt Luise schnell ein. Es war der Moment, als sie ein Paar wurden, mit fünfzehn, nach langer, gleichermaßen verlegener wie stürmischer Werbung. Der Junge konnte sein Glück nicht fassen. »›Das schönste Mädchen der Klasse‹, hat Wolfgang gesagt.« Luise lächelt bei dem Satz. »›Und jetzt gehe ich mit ihr.‹« Stolz auf seinen Stolz sitzt sie da, die Wangen gerötet.

Nora ist in vielerlei Hinsicht verwirrt. Luise war eine zarte Mädchenschönheit, das war wahr. Doch seit ihrem ersten Kind sieht sie vor allem mütterlich aus. Nora muss manchmal an Tolstoi denken, wenn sie über Luise nachdenkt, an das, was er in *Krieg und Frieden* über seine Heldin Natascha geschrieben hat: die schönste Blüte, doch sie währt nur kurz, ist nur da, um die Bienen anzulocken. Nach der Heirat folgt das lange Matronentum der Mutterschaft. Das sei nicht traurig, meint Tolstoi, sondern der Plan der Natur. Klar, hat Nora früher hämisch gedacht. Von ›Du bist die Schönste‹ zu ›Mutti ist die Beste‹ mit dem Segen der Weltliteratur. Doch zum gepriesenen Lauf der Natur gehört dann wohl ebenso zwangsläufig, dass die Herren sich ohne Reue nach etwas Jüngerem und Schnittigerem zur Ergänzung umschauen. Man muss doch das ganze Bild sehen. Ob Wolfgang das je getan hat? Oder hat ihm seine späte Luise ebenso gefallen wie die frühe? Hatte er je wieder etwas Ähnliches gesagt: die schönste Frau?

Nora kann es einfach nicht glauben und denkt: Arme Luise. Denkt auch, dass dieses bisschen Glück ja nun schon sehr lange her ist. Und überhaupt: sich so abhängig zu machen vom Urteil eines Mannes. »Und später?«, versucht sie es. »Kam da denn gar nichts mehr?«

Luise versteht die Frage nicht: Später kam ihr ganzes Leben. Sicher, da gab es besondere Momente, vielleicht auch schwierigere, aber das war doch nicht die Sache daran. Die Sache war, dass sie zusammen waren.

»Ja, aber die ganze Routine?« Nora findet das tödlich. Luise findet, das sei es doch gerade: das Vertrauen, die Gemeinsamkeit.

»In manchen Bereichen des Alltags mag das ja ein Vorteil sein«, gibt Nora zu. »Aber im Bett zum Beispiel? Mal ehrlich.« Nora kann es sich nicht vorstellen. Sie stellt die Tomatensuppe weg.

»Darf ich?«, fragt Luise und schnappt sich Tasse und Löffel. »Im Bett«, erklärt sie zwischen zwei Löffeln, »na ja. Mal haben wir es aus tiefster Seele gemacht, mal aus Geilheit und mal, weil nichts im Fernsehen kam. So ist das halt, oder? Hauptsache, man macht es.«

Nora muss lachen und verschluckt sich. Wenn es nur nicht so verdammt wehtäte. Statt Fernsehen, das war wieder ganz die alte Luise, trocken, wie nur sie manchmal sein konnte. Nora war nie dahintergekommen, ob das Abgebrühtheit war oder Naivität.

»Vielleicht«, meint Nora hustend und mit Tränen in den Augen, »fehlt dir ja einfach eine Vergleichsgröße. Ich meine, du hattest ja nur Wolfgang.«

Luise, die zum Püree übergeht, gibt zu, dass das sein könne. Andererseits haben sie nicht hinter dem Mond gelebt, Wolfgang und sie. Sie haben auch all die Sachen gemacht, die in den Büchern stehen. Und sie hat nie das Gefühl gehabt, dass ihr etwas fehlt. »Und dann war da ja auch noch Diego.«

»Diego?«

»Diego war … ist der Verwalter der Ferienwohnungssiedlung, in der wir auf Korsika immer gewohnt haben. Du weißt doch, bei Porto-Vecchio. Es hat sich so ergeben, schon ziemlich am Anfang. Seine Frau lebt in der Hauptstadt, Ajaccio, weißt du, ein wunderschönes Städtchen. Sie ist da Lehrerin.«

»Lenk jetzt nicht ab, Luise.« Nora richtet sich auf, der Schmerz ist vergessen. »Willst du damit sagen, du hattest zwanzig, dreißig Jahre lang …?« Sie macht eine fragende Handbewegung in Richtung der Freundin.

Die wiegt den Kopf. »Lass mich überlegen, wir waren 1989 das erste Mal auf Korsika …«

»Und die ganzen Jahre hattest du was mit deinem italienischen Urlaubsstecher?«

»Korsika gehört zu Frankreich.«

Nora lässt sich in die Kissen sinken. »Und sagst uns nie ein Wort? Franziska?«, fällt es ihr ein. »Annabel?«

Luise schüttelt den Kopf. »Keiner von euch«, gibt sie zu. »Ihr kanntet doch Wolfgang. Ich wollte nicht, dass …«, sie sucht nach den passenden Worten, »dass ihr irgendwie herablassend von ihm denkt. Er war mein Mann. So solltet ihr ihn sehen. Ich hab ihn doch geliebt.« Sie hört den Satz, die Vergangenheitsform. Und sie zuckt zusammen.

»Und hattest die ganze Zeit einen Liebhaber.« Nora muss das sacken lassen. »Und?«, will sie schließlich wissen. »Wie war der? Ich meine: Seele, Geilheit oder gab es auf Korsika schlechtes Fernsehen? Mir kannst du es sagen.«

»Was kann sie dir sagen?« Franziska kommt herein, froh, zu sehen, dass die Suppe weg ist.

»Wir unterhalten uns nur über das Fernsehprogramm.« Nora gluckst. »Ich wollte wissen, ob sie den Tagesschausprecher attraktiver findet als den vom ›heute-journal‹.« Da kommt die Übelkeit. Sie springt auf und hastet ins Bad.

28

Petra Wehner rückt an mit ihrem silbernen Metallkoffer, und breitet ihr Instrumentarium auf dem Stammtisch aus. Mit in die Hüften gestemmten Händen sieht sie sich um. Die Jukebox erkennt sie sofort wieder. Sie weiß noch, bei den Maifesten, da war hier immer Tanz. »Einmal, da ist der Metzger-Schorsch vorne raus zum Rauchen. Und die Gerti ist aufs Klo und von da hinten raus, um ihn zu treffen. Als sie wieder reinkamen, hat sie sich immer noch die Bluse zugeknöpft. Haben sich beide wieder zu ihren jeweiligen Ehepartnern gesetzt, als wenn nix wäre. Hah!«

Petra redet ununterbrochen. Sie weiß, wer zu welcher Melodie mit wem geturtelt hat, wozu das führte und welche Kinder ihren Vätern nicht ähnlich sehen. »Die Jüngste vom Bürgermeister ist ja auch nicht von ihm. Die studiert jetzt übrigens in Bonn.« Sie schaut Franziska an. »Wollen wir?«

Franziska wirft einen Blick durchs Fenster auf Annabel, die ihnen das hier eingebrockt hat. Thorwald hat vor einer Stunde geläutet. Und jetzt steht Annabel wie festbetoniert neben dem Pflaumenbaum, die Bleistiftabsätze im Lehm versinkend, das Twinset um sich gewickelt, und schaut fröstelnd, aber unverwandt zu Thorwald hoch, der mit der Astschere auf der Leiter balanciert. Was treibt sie da nur?

Franziska zieht den Vorhang vor die Szene im Garten. Und hofft, dass wenigstens Nora vorerst im Fernsehzimmer bleibt, bei verschlossener Tür, wie abgemacht. Petra braucht das Chaos dort nicht zu sehen.

»Also dann.« Petra wirbelt den Frisierumhang in die Luft. Der gebauschte Stoff fliegt auf und senkt sich zusammen mit dem sofort wieder einsetzenden Geplauder um Franziskas Schultern. »Meine Güte«, unterbricht die Haarkünstlerin sich. »Was hast du denn damit die letzten Jahre gemacht?«

»Selbst geschnitten«, erwidert Franziska knapp. Sie verschweigt, dass es aus Geldgründen war. Sie übergeht, dass sie die Küchenschere verwendet hat. Petra wird ihre eigenen Schlüsse ziehen.

»Das sieht man.« Petra klimpert mit der Schere. »Da werde ich was wegnehmen müssen.«

»Nur das Nötigste«, befiehlt Franziska, so streng sie kann.

Während der nächsten Minuten hört man nur metallisches Klappern und gemurmelte Fetzen: »So schönes Haar«, »voller Spliss«. »Hast du mal ne Kur draufgemacht?«

Hat Franziska nicht. Petra murmelt weiter. Als Franziska nach unten schielt, erschrickt sie: So viel Haar auf dem Boden. Ihr wird ganz schlecht. Unwillkürlich fasst sie nach hinten. »Nicht bewegen.« Petra gibt ihr einen Klaps. »Schon fast fertig. Jetzt noch die Packung. Dann föhnen wir.« Dankbar für den Lärm des Haartrockners sitzt Franziska mit geschlossenen Augen da und schweigt.

»Toll!«, hört man Luises Stimme, als es wieder still ist. Auch Nora kommt an die Tür. »Du hast Stufen reingemacht«, stellt sie fest. Sie kommt näher. »Hasi, schon seit Jahren sag ich dir, Stufen geben mehr Volumen.«

Petra schlägt zusätzlich Strähnchen vor. »Das hab ich bei der Silke auch gemacht, vor der Hochzeit. Die hat jetzt doch endlich den Tommie geheiratet, wurde auch Zeit. Schwupp! ist sie schwanger. Ich sag dir, der wär ihr weggelaufen, wenn sie sich nicht endlich entschieden hätte. Aber schade ist es schon um die Stelle, die sie bei der Gemeinde hatte. Sie war beim Standesamt. Was die Geschichten gehört hat, unglaublich.«

Der Redeschwall erlaubt es Franziska, zu entkommen und den Umhang an die nächste Freundin weiterzureichen. Sie braucht eine Rauchpause.

Die Friseurin prüft Luises dünnes, weiches Kringelhaar und empfiehlt Farbe.

»Unbedingt«, sagt Nora und lässt sich endgültig auf der Eckbank nieder. Sie verwerfen Aubergine und Mahagoni, verweilen lange bei Apricot und kommen schließlich zu dem Schluss, dass ein leicht roséfarbener Sorbetton genau das Richtige wäre zu Luises rosigem Teint. Während sich die Entwicklung von Luises Kopf in ein Matsch-Monument, garniert mit Alustreifen, vollzieht, muss Nora im Bad verschwinden. Sie hören sie stöhnen. Petras Augen weiten sich.

»Das ist nur die Chemo«, sagt Luise.

»Also stimmt es«, stellt Petra fest. »Sie hat Krebs, ja? Na, ich find's toll, dass sie ihre Haare noch hat.« Petra bleibt munter. »Die Frau vom Helmut hat ihre alle verloren damals. Brustkrebs, alles wegoperiert; was sie da im Dirndl spazierenführt bei der Kirchweih, ist alles Silikon. Man sagt, er hat sich das sechstausend kosten lassen. Er steht halt auf Holz vor der Hüttn, der Helmut, sieht man ja an den Sekretärinnen, die er einstellt.« Sie hebt vielsagend die Augenbrauen. »So, das muss jetzt eine halbe Stunde einwirken. Die Haare sind ihr übrigens später wieder nachgewachsen, also dem Helmut seiner Frau. Allerdings kraus statt wie vorher glatt, schon komisch. Muss die Radioaktivität gewesen sein.« Sie holt Luft. »Kann ich einen Kaffee kriegen?« Luise raschelt samt Umhang in die Küche.

Nora kommt blass aus dem Bad. Der Schmerz hat zugenommen, die nächste Blasenentzündung ist da.

Franziska schaut auf die Uhr. Schon nach vier! Trotzdem versucht sie es zuerst bei Noras Frauenärztin. Dann, als dort niemand mehr ans Telefon geht, bei der alten Hausarztpraxis ihrer Freundin, wo sie in eine heftige Debatte mit der Sprechstundenhilfe gerät, die zäh das traditionelle Prozedere verteidigt: persönlich vorbeikommen, Probe abgeben, warten. Vor allem warten. Franziskas wortreiche Einwände verfangen nicht. Der Meinungsaustausch endet unentschieden. Wütend knallt Franziska den Hörer auf.

Luise bringt Kaffee für alle. Für Nora Tee.

»Warum nehmt ihr nicht unseren Doktor Knöchlein?«, fragt die Friseurin und langt nach ihrer Tasse. »Der macht auch Hausbesuche.«

Nora hebt die Brauen. Franziska weiß, was die Freundin sagen will. Sie hat eine Hightech-Super-Spezialkrankheit, das ist nichts für Dorfdoktoren. Aber es wäre doch nur für die Blasenentzündung. Er sollte ja nicht den Tumor entfernen.

»Der Pfarrer heißt Geist und der Arzt Knöchlein.« Nora schüttelt den Kopf. »Was für ein Kasperletheater.«

Ein Telefongespräch später ist es Tatsache: Der Mann mit dem seltsamen Namen kommt vorbei.

»Der Doktor Knöchlein ist ein ganz Netter.« Genüsslich schlürft Petra den Kaffee. »Ich meine, er hat ein Kind mit seiner Sprechstundenhilfe, aber fachlich ist er toll.«

»Ach«, fragt Luise, die schon mal wegen ihrer Krampfadern dort war, »ist das die Blonde am Empfang?«

»Nö, das ist seine Frau.« Zu mehr Erklärungen kommt Petra vorerst nicht, denn Annabel und Thorwald treten ein. Sie hat sich bei ihm eingehakt, weil eine Erblindende so etwas darf. Er platziert sie auf der Eckbank wie etwas sehr Zerbrechliches. Die Bäume, verkünden sie, sind endlich winterfest. Nach einem Kaffee wollen sie in die Scheune, sich die Bücher ansehen. »Thorwald kann so viele Dichtergeburtstage auswendig, es ist unglaublich.« Annabel hat rote Wangen, das kann an der Kälte liegen. »Das hat mich auf die Idee gebracht, alles chronologisch zu ordnen.«

»Was höre ich, Thorwald, du hast ja verborgene Talente.« Die Friseurin fixiert ihn über ihre Tasse hinweg. Franziska plant in Gedanken einen Krimi mit Doppelmord. Erst Annabel, dann die Friseurin. Vergraben wird sie beide unter der Pergola. Doch vorerst genießt die Friseurin ungehindert das Festmahl. Ihre Blicke flitzen durch den Raum wie Flipperkugeln, von einem Gesicht zum anderen, von einem Detail zum nächsten; nichts entgeht ihnen; ständig macht es ›ping‹ in ihrem Kopf, wieder eine Erkenntnis; die Gesamtgewinnsumme steigt mit jeder Bewegung. Sie hält die Kaffeetasse mit beiden Händen wie jemand, der sich nichts wegnehmen lässt.

»Die Romane? Chronologisch? Im Ernst?« Nora blickt skeptisch. »Hatten wir das nicht schon? Du weißt doch, dass Fontane dann neben den Frühromantikern stehen wird, oder?«

»Gott steh uns bei, Fontane in der Romantik, das müssen wir natürlich verhindern.« Franziska klingt galliger, als sie will. Sie fragt sich, was Petra über all das im Dorf verbreiten wird.

»Ihr seid so unkonstruktiv. Komm, Thorwald.« Annabel steht auf und geht würdevoll ab.

»Der ist jetzt oft hier, oder?« Petra schaut den beiden interessiert hinterher.

»Er hilft mir im Garten«, sagt Luise ahnungslos. »Ich habe so viele Pläne für nächstes Jahr, wissen Sie?«

»Der Thorwald ist ein ganz Netter. Krieg ich noch einen Kaffee?«

29

Thorwalds Vater, so erfahren die Freundinnen, habe seine Kinder geschlagen, meist mit dem Gürtel, auch mal mit einem Holzprügel. »Dem hat das Spaß gemacht, der war ein richtiger Sadist. Die jungen Katzen, die hat er immer über der geöffneten Mülltonne an die Wand geschmissen. Der Thorwald hat da zusehen müssen. Schon als ganz kleines Kind.«

Die Türklingel enthebt Franziska eines Kommentars. Der Arzt kommt, ein gut gelaunter Bär von einem Mann mit einem Kindergesicht, der sich nicht über den Friseursalon wundert, in den er platzt, einen Kaffee akzeptiert und mit wenigen einfühlsamen Fragen klärt, wie es um Nora steht. Franziska ist ihm dankbar, dass er in Petras Gegenwart nicht in die Details geht.

Dr. Knöchlein gibt Nora einen Teststreifen mit auf die Toilette und legt ihr, als sie wiederkommt, ein ganzes Bündel davon hin. »Damit können Sie das in Zukunft ganz schnell selbst klären. Sehen Sie hier die Farbtabelle? Da können Sie ablesen, wie schwer die Infektion ist. Alles in Rottönen sollten Sie mit einem Antibiotikum behandeln. Ich hab Ihnen hier mal eines mitgebracht.« Er holt eine Schachtel Tabletten aus der Tasche. »Ein Muster, das noch rumlag.«

»Ach.« Franziska ist erleichtert. Sie hat schon befürchtet, gleich losfahren zu müssen. Die nächste Apotheke ist über dreißig Kilometer entfernt.

»Und hier ist ein Rezept auf Vorrat für das nächste Mal.« Er unterschreibt und legt es auf den Tisch. »Ich gehe mal davon aus, dass Sie verantwortungsvoll damit umgehen.«

»Das ist so freundlich. Es wird uns die eine oder andere Odyssee ersparen.« Franziska nimmt es, um es an die Pinnwand zu stecken. Den einen oder anderen Vorteil birgt das Dorfleben offenbar doch.

Er lächelt. »Ist doch nicht nötig, dass wir Sie jedes Mal durch die Diagnosemühle drehen. Sie haben anderes um die Ohren.«

Wie zur Bestätigung springt Nora schon wieder auf. Sie greift nach den Tabletten und verschwindet im Bad. Petra und Luise müssen wohl oder übel den oberen Waschraum nehmen, um die Farbe aus den Haaren zu spülen.

Schon auf der Treppe hört man die Friseurin. »Ach, wie hübsch. Und ihr habt alle separate Zimmer?« Um Gottes willen, hatte sie gedacht, sie wäre in einer Lesben-WG? Franziska ist dankbar, als die Tür zufällt.

Der Arzt trinkt seinen Kaffee in aller Ruhe.

»Hoffentlich behält Nora die Pillen bei sich«, sagt Franziska. »Die Übelkeit ist das Hauptproblem.«

»Hat sie sehr abgenommen?«, fragt Dr Knöchlein. Franziska erzählt ein wenig von ihren Sorgen. Er ist ein guter Zuhörer, und er scheint Zeit zu haben. Am Ende hat sie eine Reihe von Zetteln, Empfehlungen und Internetadressen und zum ersten Mal seit Langem wieder ein gutes Gefühl.

Just als der Arzt sich erhebt und seine Tasche schließt, kommt Petra mit Luise im Schlepptau zurück.

»Wie geht es denn dem Kleinen, Doktor?«, fragt sie.

Franziska wird rot ob der Dreistigkeit. Doch zu ihrer Überraschung antwortet der Arzt ohne Verlegenheit mit einem kleinen Bericht von den Heldentaten seines unehelichen Sprösslings, ehe er sich endgültig verabschiedet.

Franziska begleitet ihn an die Tür; es ist das Mindeste, was sie tun kann, um ihm ihren Respekt zu erweisen. Sie hätte gerne etwas gesagt. Sie hätte die Frau gerne erwürgt.

Der Arzt zwinkert ihr zu. »Man darf sie nicht zu ernst nehmen. Es ist ein Spiel.«

»Und alle machen mit«, beklagt sich Franziska.

»Wenn man hier leben will, gehört es dazu. Sie sollten das wissen, Frau Weidinger. Sie gehören doch auch dazu.«

Nein, das tut sie nicht. Der alte Trotz bäumt sich in Franziska auf. »Ich fand schon immer, es ist ein Scheißspiel.«

»Es ist die einzige Unterhaltung, die sie hier haben.«

»Das mag vor der Erfindung des Internets so gewesen sein.« Franziska will sich nicht beschwichtigen lassen. »Aber auch da gab es für solche Bedürfnisse schon Queen Elizabeth und das *Goldene Blatt*.«

Doktor Knöchlein lacht. »Sie zerreißen sich vielleicht das Maul über Sie. Aber sie werden Sie niemals hängen lassen. Das ist der Deal.«

30

Abends sitzen sie zum ersten Mal in der Bibliothek, an dem Feuer im neuen Kaminofen, das dieser Oktoberabend wunderbar rechtfertigt. In einer der Anbaukammern haben sie ein Hirschfell gefunden, das jetzt zu ihren Füßen liegt. Es ist natürlich ironisch gemeint, funktioniert aber. Der Raum wirkt gediegen und gemütlich. Es riecht überwältigend nach frischem Holz.

Franziska betrachtet die Freundinnen. Nora ist in eine dicke Decke eingewickelt und noch immer feucht vom Bad. Doch es geht ihr besser. Ihr Schopf, unterstützt von neuen Strähnchen in dreierlei Blond, steht wie eine Flamme. Annabel, die nach Thorwalds Weggang doch noch unter die Schere fand, sieht tatsächlich weiblicher aus, ganz wie sie es sich gewünscht hat. Weiblicher! Der Wunsch hatte Petra beinahe zum Gurren gebracht. Aber sicher doch, ein wenig Weiblichkeit für die neue Gymnastiklehrerin, warum auch nicht. Wo der Thorwald doch so ein Netter war. In Franziskas Kopf war die Skizze einer Kriminalgeschichte gereift, in der eine Friseurin von rachedurstigen Kundinnen gemeinschaftlich gemeuchelt wird. Ganz ähnlich wie in *Mord im Orient-Express*, nur ohne Zug.

Dabei bedrückt Franziska der Gedanke, dass die Friseurin richtigliegen könnte mit ihren Spekulationen. Dass Annabel sich für diesen Mann tatsächlich interessieren könnte. Mit ihr, der Freundin, hat sie nicht darüber geredet. Das war früher anders. Hatten sie nicht früher ganze Nachmittage damit verbracht, über ihre Männergeschichten zu sprechen? Also meist über ihre, Franziskas Männergeschichten natürlich. Weil Annabel es eben ihrerseits vorzog, keine zu haben.

Ihr Verhältnis zu Männern war ja rein konjunktivisch. Franziska hatte das so akzeptiert, aber umso mehr hatten sie doch ihrer Fantasie freien Lauf gelassen. Was hatten sie nicht geklatscht und gekichert, erwogen und gelästert. Jetzt hat Annabel ihr etwas von sich schließenden Türen erzählt. Aber von der neuen Tür, die da vielleicht in ihr aufgehen will: nicht ein Wort. Was hat sich verändert?

Luise sieht womöglich noch fremder aus nach diesem Nachmittag. Die neue Frisur zeigt viel mehr von ihr: das runde Gesicht mit dem Schleier von Sommersprossen, der jetzt erst richtig auffällt. Die länglich geschnittenen Augen. Und immer, wenn Nora das Fernsehprogramm erwähnt, muss sie plötzlich kichern. Dann wieder ist sie so abwesend. Beides ist Franziska unheimlich. Man müsste sich mal wieder richtig mit Luise unterhalten. Aber da ist im Moment Nora. Überhaupt Nora und ihre Launen.

Alles liegt an C3PO, das weiß Franziska, aber sie ist keine Heilige. Manchmal denkt sie, es wäre schön, wenn das alles etwas weniger Kraft kosten würde. Wenn sie mal wieder einen Tag am Computer für sich hätte, gleich vom Morgen an, open end. Sie vermisst das Gefühl, einen offenen Horizont vor sich zu haben und sich darauf zutreiben zu lassen, nur sie und das Boot ihrer Fantasie. Sie vermisst einen Tag, an dem sie sich gar nicht erst anzieht, barfuß durchs Haus läuft und vor einer Wand anhält, weil ihr gerade ein Gedanke kommt, an dem sie stehend in der Küche die kalten Spaghetti vom Vortag isst, am Nachmittag auf dem Bett liegend dem Rauch ihrer Zigarette nachschaut und der Stubenfliege, die ihm ausweicht, als gäbe es nichts Wichtigeres zu tun. Um dann zu tippen bis tief in die Nacht. Kein Termin, keine anderen Menschen mit ihren Ansprüchen, keine Verpflichtungen. Was Franziska angeht, so ist nichts schwerer zu ertragen als eine Reihe von durchstrukturierten Tagen.

Noch zwei Wochen, sagt Franziska sich, das ist für eine Freundschaft doch nicht zu viel verlangt. Sie muss Nora tragen, sie ertragen, Nora festhalten. Denn Nora, die kantige, gallige, unbesiegbare Nora: Sie droht zu verschwinden. Wie hältst du die eigentlich aus?, das ist

Franziska früher an der Uni manchmal gefragt worden. Für sie ist das nie eine Frage gewesen. Sie liebt Nora. Sie liebt sie alle. Sie sagt es sich innerlich ganz laut. Es ist, sie gesteht es sich ungern ein, im Moment mehr Beschwörung als Gewissheit. Aber sie will es so. Franziska hebt ihr Glas, Bleikristall mit Goldrand, ohne Zweifel Teil einer alten Mitgift. Es ist gefüllt mit Salbeitee, dem einzigen Getränk, das Nora derzeit gut verträgt: »Auf uns!«

Nora mustert die ersten Buchreihen, die die Regale schmücken. Dabei stellt sie fest, dass es wohl doch nicht das chronologische Ordnungssystem geworden ist. Sie kann drei Bände des Japaners Kobo Abe entdecken, gefolgt von dem Briten Gilbert Adair, Ilse Aichingers Erzählungen und von Woody Allens *Ohne Leit kein Freud*. Es sah schwer nach dem guten alten Alphabet aus. Hatte sie es sich doch gedacht. Wie weit her konnte es schon sein mit der Bildung dieses Mannes. Laut fragt sie: »Was macht eigentlich dieser Golem so oft bei uns?«

Die anderen verstummen. »Also«, setzt Franziska an, peinlich berührt.

»Er ist doch sehr nett und hilfreich.« Luise nickt bekräftigend.

»Ja, ja, im Garten vielleicht.« Nora reckt das Kinn. »Aber ich bin dagegen, ihn ins Haus zu lassen.«

»Wieso?« Franziska versucht es mit einem Scherz. »Hast du Angst, dass er dir auch auf die Unterwäsche pinkelt?« Sie will sich das nicht bildlich vorstellen, scheitert und muss kichern, obwohl sie sich dafür ohrfeigen könnte. »Entschuldigt, das war geschmacklos.«

Aber Nora schnappt zu, als hätte sie nur auf eine Gelegenheit gewartet. »Was findest du bloß an dem Kerl, Annabel?«

»Was ich an ihm …? Also, wer sagt denn, dass ich …?« Annabel wird dunkelrot.

»Etwas mehr Weibliches.« Unbarmherzig ahmt Nora Annabels Stimme nach, als sie Petra ihre Vorstellungen für den Haarschnitt vermittelte. »Also ehrlich, Hasi, wenn du auf deine alten Tage auf die Pirsch gehen willst, meinen Segen hast du. Aber der?« Sie nippt an ihrem Tee. »Der jagt einem doch nun wirklich eine Gänsehaut über den Rücken.«

Annabels Stuhl fällt um, so abrupt steht sie auf. »Das höre ich mir nicht an.« Sie geht zur Tür, wo sie sich noch einmal umdreht: »Thorwald ist ein sehr höflicher, angenehmer Mann. Und er ist *nicht* primitiv. Du hast Vorurteile.« Die Scheunentür fällt sehr nachdrücklich ins Schloss.

31

Eine Weile hört man nur das Holz in den Flammen knacken. Das Feuer fühlt sich nicht mehr so warm an wie eben noch. Die Erste, die wieder Worte findet, ist Franziska. »Sie war lange allein«, sagt sie zu den Freundinnen, »anders als wir.«

Niemand erwidert ihren Blick. Nora mustert weiter das Bücherregal. Peter S. Beagle steht neben William S. Burroughs. Da fehlt doch was? Ah, jemand – wer wohl? – hat Büchner falsch einsortiert. Der Fehler befriedigt sie in gewisser Weise. Sie sagt: »Aber es gibt eine Grenze, über die sollte man nicht gehen. Beziehungsweise nicht unter ein bestimmtes Niveau. Da sind wir uns doch wohl einig, oder?«

Erstaunt über die Mienen der Freundinnen fährt sie fort: »Herrgott, er hat keinerlei Bildung, er zieht sich an wie ein Obdachloser. Er hinkt. Er spricht nicht mal richtig.«

»Er spricht nicht richtig?«

»Er stottert.«

Das ist Unfug, Thorwald spricht leise, unerwartet leise für einen so großen Mann, und er ist wortkarg, doch er stottert nicht. Aber darum geht es Nora auch nicht. »Jetzt verteidigt ihr ihn vielleicht. Aber wer von uns hätte so einen je auch nur mit der Feuerzange angefasst?« Die Freundinnen schweigen betreten. Sind wir so alt und bedürftig geworden? So heruntergekommen? Herrgott. Das würde sie gerne sagen. Doch ihr Bauch krampft sich zusammen. Ist das der Krebs oder die Wut? Beides frisst an ihr und frisst.

»Ihr mögt das ja vielleicht niedlich finden. Aber ich sage: Sie wirft sich weg. Und ihr tut nur deshalb nichts dagegen, weil ihr im Grunde nicht glaubt, dass es wirklich passieren wird. Gebt es zu: Ihr findet es unvorstellbar. Und das ist es auch.«

»Sie war über dreißig Jahre lang allein.« Franziska versucht es erneut. »Wir haben keine Ahnung, wie einsam sie gewesen sein mag. Und sie verliert ihr Augenlicht.«

Nora weiß gar nicht, woher die Aggression kommt, die da gerade in ihr um sich beißt und schnappt, die sich wölbt und wütet und hinaus will wie ein gefangenes Tier.

Sie hält sich doch, mit aller Kraft kämpft sie jeden Tag. Sie lässt sich nicht gehen, schminkt sich, sogar wenn ihr schwarz vor Augen ist vor Schwindel. Sie zieht sich gut an, auch wenn sie alles im nächsten Moment vollkotzt. Sie explodiert mehrmals täglich vor Durchfall, ihr Mund eitert und blutet, ihr Bauch ist verbrannt von den Strahlen. Aber lässt sie sich gehen? Nein. Sie hält durch. Sie bleibt sie selbst. Warum können die anderen das nicht auch? Ist das zu viel verlangt?

»Und wenn sie ihn einfach liebt?« Das ist Luise. Die Meisterin der unerwarteten Bemerkung.

»Ach, Hasi.« Nora kann nicht an sich halten. »Sogar du hast dir deinen heißen französischen Hausmeister für den Urlaub aufgehoben und einen Notar geheiratet.«

Luise sitzt starr da. Sie scheint etwas zu sehen, was sie vorher noch nie gesehen hat.

Franziska versteht gerade die Welt nicht. »Welcher Hausmeister?«, will sie wissen. »Wovon redet ihr da?«

»Kein Grund, sich zu schämen, du hast alles richtig gemacht.« Nora hat das dumpfe Gefühl, dass sie gerade etwas sehr falsch gemacht hat, aber sie mag nicht aufhören. Sie kann nicht. Franziska ignorierend, greift sie nach Luises Hand. »Alles ist gut. Du hast dich jedenfalls nicht verramscht.«

»Ich bin kein Ramsch.« Annabel steht wieder in der Tür. War vielleicht nie weg. Hat sie etwa alles gehört?

»Ich bin kein Ramsch«, wiederholt sie. »Und Thorwald ist auch keiner.« Sie hält inne. Denkt an Ulf, der fand, sie schulde ihm etwas. Ulf, der, als sie ihn zuletzt gegoogelt hat, Direktor eines Museums in einer Ruhrpottstadt war. Er hat ein sehr geschmackvolles Facebook-Profil, ganz Mann mit Niveau. Schwer zu sagen, was sie übersehen hat. Sie wünscht, sie könnte es den Freundinnen erklären, oder nein, sie wünscht es nicht. Sie hat es nicht nötig. Sie verbittet sich vielmehr diese als Mitgefühl getarnte Herablassung. Sie sagt: »Auch wenn ihr das nicht sehen könnt mit euren dummen, bornierten Ansichten. Und ja, ich war allein, anders als ihr. « Sie schaut Nora an. »Ich bin eben nicht wie du, ich hab mir keine Männer als Haustier gehalten, bloß so gegen die Langeweile.«

Nora schnappt nach Luft. Franziska will vermitteln, aber Annabel setzt nach. »Mehr waren die doch nie für dich. Wo hast du Gabriel übrigens gelassen? Hast du ihn im Tierheim abgegeben? Oder hast du ihn gleich einschläfern lassen?«

Jetzt ist es Nora, die aufspringt. »Das muss ich mir nicht bieten lassen.« Mühsam kämpft sie sich aus der Decke, die einen rauschenden Abgang nicht zulassen will, und stürzt zur Tür.

»Musste das sein?« Mit vorwurfsvollem Blick zu Annabel steht Franziska auf, um der Freundin zu folgen. »Meine Güte, sie steht kurz vor der künstlichen Ernährung.«

Annabel bleibt hart. »Tut mir leid, aber nur, weil man Krebs hat, braucht man sich nicht aufzuführen wie das letzte Ekel.« Damit lässt sie sich wieder in ihren Sessel fallen.

Sie schaut zu Luise hinüber, die in ihrem Sessel sitzt, als hätte jemand sie geschlagen. »Oder?«

32

»Danke. Das ist sehr aufmerksam.« Annabel nimmt die Decke entgegen und wickelt sie sich um die Beine. Die Luft, die vom Teich her kommt, ist feucht und kühl, und das Grillfeuer wärmt nur ihre Knie. Dafür ist die Atmosphäre atemberaubend, so, wie sie es sich von Anfang an vorgestellt hat. Selbst sie kann noch erkennen, dass die sinkende Sonne eine goldene Straße über das Wasser legt. In der Ferne lässt das späte Licht etwas aufleuchten, vermutlich abgeerntete Getreidefelder. Das Schilf am Ufer hört sie machtvoll rauschen. Den Nebel, der aus den Wiesen steigt, spürt sie auf der Haut. Er bringt in ihr die Töne von Claudius' *Abendlied* zum Schwingen.

Thorwald kann solche Dinge nicht beschreiben, er kann sie nicht für sie in Worte fassen. Trotz seiner Belesenheit fehlt es ihm an eigener Ausdrucksfähigkeit, das hat Annabel schon gelernt. Aber er kann sie wahrnehmen und genießen, tröstet sie sich. Sie sitzt mit all der Schönheit nicht alleine da.

Vorhin hat er ihr eine kleine Führung durch sein Reich gegeben, in dem er alles selber gemacht hat. Der Bauwagen: von ihm ausgebaut mit einer perfekt auf den Raum abgestimmten Inneneinrichtung. Zum Hochbett führt eine Treppe hinauf, bei der jede Stufe ein drehbarer Behälter ist für Dinge des täglichen Bedarfs.

Einen Moment ist ihr eng geworden da drin. Mit ihm so nah. Aber seine Stimme blieb sanft, er hat sie keinen Moment berührt und nicht daran gehindert, wieder ins Freie zu streben. Der Moment geht vorbei. Und Annabel atmet dankbar auf. »Das hast alles du gemacht?«

Das Ufer ist von ihm mit Pflanzen angelegt, auf die ein Freund ihn aufmerksam gemacht hat, der sich mit Naturschutz auskennt. Damit Lebensraum für Vögel und Insekten entsteht. Den Grillplatz, auf dem sie sitzen, hat er mit alten Steinen vom Dorfplatz gepflastert, die bei den Sanierungsarbeiten im Rahmen von »Unser Dorf soll schöner werden« übrig geblieben sind. Am liebsten aber mag sie den Grillofen, den er gemauert hat. Denn an einer Stelle hat er, scheinbar unmotiviert, statt der sorgsam in Form und Größe aufeinander abgestimmten Steine einfach einen großen Brocken eingesetzt, der alle Maße sprengt. Er ist uneben und rund wie ein riesiger Flusskiesel und steht heraus. Es gibt keinen Grund für sein Dasein. Aber das ist gerade der Reiz. Annabel kann es nicht erklären, aber es gefällt ihr, und sie kann nicht aufhören, mit der Hand wieder und wieder über die Rundung des Steins zu gleiten.

Die Abweichung von der Norm, denkt sie, kann so schön sein.

Die getigerte Katze spielt zu ihren Füßen. Thorwald hat sie sich ausgesucht bei einem seiner Besuche; das kleine Tier war seine Hosenbeine hinauf bis fast zum Bund geklettert, und als er es dort abpflückte, um es sich vor die Nase zu halten, schien es in seiner Faust verschwunden. Annabel hielt unwillkürlich die Luft an, als die beiden einander in die Augen schauten. Thorwald erntete ein Fauchen und einen Hieb über die Wange. Annabel hatte schon eingreifen wollen, aber er legte das Tierchen einfach in seinen Schoß und streichelte es mit der freien Hand, immerzu, ihr ganzes Gespräch über. Annabel weiß nicht mehr, worüber sie geredet haben. Am Ende des Gesprächs war der kleine Kater eingeschlafen. »Gib du ihm einen Namen«, hatte Thorwald gesagt.

Annabel hat ihn Saladin genannt nach dem Sultan aus *Nathan der Weise*. Ein wenig pompös vielleicht, aber doch irgendwie hübsch. Der kleine Kater erforscht sein neues Reich erst einmal nur rund um ihre Füße. Jetzt springt er unermüdlich nach den letzten Eintagsfliegen.

»Zander«, sagt Thorwald, als er ihr das fertig gegrillte Filet auf den Teller legt. »Hab ich im Frühjahr eingesetzt.« Dem Kater wirft er den Fischkopf hin.

»Ist er dafür nicht noch zu klein?«, fragt Annabel besorgt. Gräten können Kindern gefährlich werden. Unbesorgt um solche Fragen macht Saladin sich über seinen Anteil her.

Annabel widmet sich ihrem eigenen Stück. »Hm, das schmeckt köstlich.«

»Das Rezept ist von einem Bosnier, mit dem ich mal gearbeitet hab. Nimm dir mehr Zitrone.«

Annabel nimmt und versucht, nicht daran zu denken, wie viel Knoblauch da wohl dran ist. Er isst ja dasselbe und wird sie deshalb nicht riechen. Trotzdem versucht sie, beim Trinken unauffällig Mund und Zähne zu spülen.

»Schön hast du es hier.« Der Satz fällt in eine lange, verlegene Pause.

»Es ist nichts Besonderes.«

»O doch, Thorwald, gerade das ist es. Es ist etwas ganz Besonderes.« Er sitzt da, und sie kann nicht einmal sagen, ob er rot wird, wegen des verdammten Tattoos. Sitzt einfach da. Wenn er doch nur irgendwas täte. Sie kann nur reden, tun kann sie in dieser Situation überhaupt nichts. Jede Bewegung, jede Aktion würde sie herauskatapultieren aus der Sicherheit des Lebens, das sie sich aufgebaut hat. Also sitzt sie ebenfalls da, in ihre Decke gewickelt. Zum Glück macht das Katerchen seine Faxen. Das Feuer zuckt über die Szenerie. Es könnte alles wunderschön sein. Aber ist es nicht möglich, dass sie am Ende seine Stimme an ihrem Ohr hören wird, die auf einmal gar nicht mehr sanft klingt? Besser vielleicht, das Risiko nicht einzugehen. Besser, alles bleibt, wie es ist: er hier, sie da – und der schöne Sonnenuntergang, der jetzt in düsterorangene Farben übergeht. Das ist ja für sich schon ein Erlebnis. Alles andere – sie ist ja verrückt. Das bisschen Sex. Es ist den Aufwand doch nicht wert. »Ich sollte jetzt nach Hause.«

Annabel weiß, er ist nicht derjenige, der aus dem Wörtchen »sollte« seine Schlüsse zieht. Konjunktiv II, Irrealis. Ihr Nachhilfeschüler hätte gesagt: geschwindelt. Und sie weiß es. Aber Thorwald hakt nicht ein. Es bleibt ihr nichts anderes übrig, als zu gehen. Sie bückt sich, um wenigstens Saladin zu streicheln. Dann steht sie auf.

Wie selbstverständlich löscht er das Feuer, räumt das Geschirr zusammen, bringt den Kater in den Wagen und schließt alles ab. Nur für sie, um sie zu begleiten. Sie legt die Decke zusammen, weitere Hilfe lehnt er ab.

»Soll ich morgen kommen, damit wir mit den Büchern weitermachen?«, fragt er, während sie in die Dämmerung schlendern.

»Es sind nur noch die Kinderbücher übrig. Und das eilt nicht. Franziska meint, dass keine Kinder auf den Hof kommen sollen, solange Nora krank ist. Wir werden das Vorlesen verschieben müssen, bis es ihr besser geht. Zumindest bis nach der OP.«

»Wann ist die Operation?«

»In einem Monat etwa. Wir bekommen den Termin nächste Woche nach dem MRT, wenn klar ist, wie groß C3PO … wie groß der Tumor noch ist.« Annabel klingt nicht so mitfühlend, wie sie es gerne wäre. Sie kann nicht umhin, zu überlegen, welche OP wohl vonnöten wäre, damit Nora Kinder in der Scheune überhaupt für eine gute Idee hielte. Ihr fällt keine ein.

»Weil, ich hab mir überlegt.« Er macht eine Pause. »Wir haben ja die Regale hinten auf der Galerie dafür frei gelassen.«

»Ja«, fällt sie ein, »das ist auch so was. Franziska denkt, wir hätten für die Kinderbücher besser einen Bereich gleich unten genutzt.«

»Nein, das ist gerade gut. Weil nämlich, ich dachte mir, da, wo noch der zweite Zugang nach oben fehlt, da könnte man doch eine Rutsche bauen. Kinder mögen so was.«

»Eine Rutsche?« Sie runzelt die Stirn. Das war ungewöhnlich, klang aber besser als die Indoor-Hebebühne, über die Nora mit Franziska geredet hatte. »Muss das nicht der TÜV abnehmen?«

»Ich hab einen Kumpel, der sich da auskennt.«

Das ist das Wunderbare am Dorfleben, denkt Annabel, jeder kennt jemanden, der sich mit etwas auskennt. Ihr empfindliches Gewissen sagt ihr, dass das Schwarzarbeit ist, aber irgendwie passt der Begriff nicht. Es ist eher eine Art Naturaltausch, eine völlig eigene, hier gültige Wirtschaftsform.

Sie bemerkt ihr Gartentor erst, als sie mit der Hüfte dagegenstößt. Dabei hat sie sich eigentlich schon am Milchhäuschen verabschieden wollen. Die anderen brauchen nicht zu wissen, wo sie hingeht und mit wem. Nicht, dass sie sich schämt. Nein, sagt Annabel sich, nicht, dass ich mich schäme. Die Fenster sind erleuchtet, aber sie kann nicht sagen, ob jemand hinter den Scheiben steht. Sie muss sich die Blicke der anderen vorstellen. Sie stellt sie sich nicht freundlich vor.

Noch ehe sie etwas sagen oder sich rühren kann, fühlt sie sich umfasst. Es ist eine unerwartete Geste, die sie nach Luft schnappen lässt. Zu schnell, zu ungeschickt, zu ähnlich … Panik springt in ihr auf. Unwillkürlich windet sie sich frei. »Thorwald, ich …« Aber er ist schon weg.

33

Als Annabel, ihre Aufregung mühsam kaschierend, in den Gastraum schlüpft, sitzt Franziska vor ihrem Laptop und führt gelangweilt den Finger über das Mausfeld wie ein Kind, das seinen Kakao mit dem Zeigefinger umrührt. »O mein Gott!«, ruft sie theatralisch. »Das weltweite Netz hält derzeit den Atem an über der Frage, welches Halloween-Kostüm Heidi Klum und ihr Mann dieses Jahr wohl tragen.« Sie nimmt einen weiteren Schluck. »Diese Welt hat den Untergang verdient.«

»Also, ich fand ›Durch den Monsun‹ damals gar nicht schlecht.« Nora sitzt auf der Eckbank und lackiert ihre Fingernägel. Sie hebt die Hand, um das Ergebnis zu überprüfen. Zwischen den Fingern sieht sie Annabel. Ihr Gesicht wird ausdruckslos. Dann beißt sie sich auf die Wange. Sie haben vor einer Woche schon Frieden geschlossen. Es ist ein wackeliger Frieden. Sie geht alle Bemerkungen durch, die sie machen könnte, und verwirft sie um des Waffenstillstands willen. »Luise hat gebacken«, sagt sie schließlich.

»Danke, ich hab schon gegessen.« Annabel bemüht sich, gelassen zu klingen. »Wie geht's?« Es klingt lahm.

»Danke der Nachfrage.« Nora nimmt eine letzte Korrektur an der Farbe ihrer Nägel vor, dann verschließt sie das Nagellackfläschchen. »C3PO ist um ein Drittel geschrumpft und tritt am 22.12. den Rückflug in sein Heimatsternbild an. Am siebten ist das vorbereitende Gespräch mit Professor Bienstein. Das ist der interstellare Reiseleiter.« Sie schaut auf. »Der Operateur«, fügt sie sicherheitshalber hinzu.

»Ich gratuliere.« Annabel sucht in sich nach ein wenig Freude über die gute Nachricht. Da drin in ihr gibt es genug der seltsamsten, zwiespältigsten Gefühle, ganz wunderbare sind auch dabei; die Kunst liegt darin, welche für Nora abzuzweigen. Sie schämt sich, dass ihr das so schwerfällt. Nora springt dem Tod von der Schippe, und sie fühlt nichts dabei. Annabel räuspert sich: »Dann haben wir ja was zu feiern.«

»Möge die Macht mit uns sein«, bestätigt Franziska. »Und du? Wie geht es dir so?«

»Oh, ich genieße mein Leben im Hier und Jetzt«, sagt Annabel.

Nora beißt sich auf die Lippen. »Annabel, es tut mir ...«, setzt sie an.

Die unterbricht sie. »Das haben wir doch geklärt.« Sie bemüht sich um ein Lächeln. Sie will es doch. »Im Ernst, ja, wir sollten das feiern.«

Die Schlusstöne der Tagesschau-Erkennungsmelodie erklingen. Luise kommt herein.

»Was für ein Timing«, ruft Annabel froh. Mit Luise im Raum ist es immer einfacher, sich nicht anzugiften. Es liegt Erleichterung in der Luft, doch auch eine gewisse Erschöpfung. Die Überlegungen, wie die Party aussehen könnte, verlaufen halbherzig. Am Ende stecken sie Kerzen auf den von Luise gebackenen Stollen und legen eine Star-Wars-DVD ein. Annabel und Nora setzen Brillen auf, um das Geschehen auf dem Bildschirm – in Annabels Fall zumindest ansatzweise – verfolgen zu können, Luise und Franziska legen zum selben Zweck die Lesebrillen ab.

Es läuft Teil zwei, jedenfalls für ihre Generation, »der mit dem Eisplaneten«. So hat Nora sich das gewünscht. Sie schläft ein, kaum dass der erste Imperial Walker zu Boden geht, Luise in ihrem Sessel schnarcht nach einer weiteren halben Stunde. Franziska hebt stumm fragend die Fernbedienung. Annabel winkt ab. Soll die Kiste laufen. Die plötzlich einsetzende Stille würde am Ende nur jemanden wecken. Sie wechseln in den Gastraum.

»Hattest du einen guten Tag?«, fragt Franziska.

Annabel überlegt. Ja, sie hatte einen guten Tag. Ihr Tag war gut gewesen, als sie mit Thorwald zum Baumarkt mitgefahren war, um neue Schleifscheiben zu kaufen, die er für irgendetwas braucht. Er war gut gewesen, als sie am See gesessen und Fisch gegessen hatten. Er war zu jedem Zeitpunkt besser gewesen als jetzt. Dieser Umstand macht sie traurig. Aber das kann sie Franziska nicht sagen. Und das wiederum macht Annabel noch trauriger. Also sagt sie nur »Ja.«

»Das ist doch schön.« Franziska reibt sich über das Schienbein. Sie trägt dicke Wollsocken unter ihrem langen Indienrock. Wollsocken sind bei den kalten Böden im Haus das Beste. Aber die Fußkettchen darunter drücken, und die Glöckchen klingeln nicht. »Heh«, ruft sie, als sie Annabels Gesicht sieht, »ich *meine* es so: Das ist doch wirklich gut.«

»Kennst du dieses Gefühl?«, fragt Annabel. »Dieses Gefühl, dass man sich wo ganz selbstverständlich fühlt? Man ist nicht zu viel, nicht zu wenig, nicht zu fad, nicht zu schrill, man macht sich nicht mal Gedanken darüber. Man sagt irgendwas, der andere versteht es. Er und du – das passt einfach wie, wie …«

»… Cinderellas Fuß in den Schuh«, bietet Franziska an.

»Aschenputtel«, korrigiert Annabel, die Kinderlose, die ihre Märchenkenntnisse nicht durch Anglizismen aus Disney-Filmen verwässert hat.

Kennt sie das? Franziska ist sich nicht sicher. Die Phase der Verliebtheit, die so heftig war, dass sie dachte, Philipps Vater heiraten zu müssen, ist so lange her, dass sie nicht mehr sicher sagen kann, wie sie sich damals fühlte. Sie weiß nur noch genau, wie sie sich später gefühlt hat, als er ihre Schreibversuche albern nannte und den Wunsch, Schriftstellerin zu werden, weltfremd. Als er meinte, sie solle es doch einfach zugeben, wenn sie nur Hausfrau sein wolle. Da hätte sie sich den Fuß abgehackt, nur um den drückenden Schuh wieder loszuwerden.

Und wie war es danach mit Dirk gewesen, dem Bildhauer? Der sein schwarzes Haar hüftlang trug und sommers wie winters Ledersandalen und der nach Zimt gerochen hat? Sie schienen viel gemeinsam zu haben – vom Lebensraum abgesehen. Er war aus Berlin und verließ die Stadt nie, denn dort, sagte er, spielte einfach die Musik. Die Fahrt zu ihm hatte sie sich allenfalls einmal im Monat leisten können. Ihr alter Ami brauchte für die Strecke fast sieben Stunden.

An diesen seltenen, kostbaren Wochenenden zogen sie durch die Nacht, tranken, tanzten, diskutierten sich mit anderen Künstlern die Seele aus dem Leib. Es hieß, sie wären ein tolles Paar. Bis sie herausfand, dass er an all den anderen Abenden mit anderen Frauen herumzog. Mit irgendjemandem musste er ja trinken und tanzen und über die Kunst reden und schlafen, wenn sie nicht da war. Nach dieser Entdeckung machte sie Schluss, aber da waren fünf Jahre vorbei.

Am meisten erschüttert Franziska noch immer, dass es am Ende kaum wehtat. Als hätte sie immer schon gewusst, dass es nicht ihr wirkliches Leben war, nur eine Art Pauschaltourismus-Version einer Beziehung, ein Ferienzimmer im Club Bohème inklusive Abendunterhaltungsprogramm. Sie war misstrauisch geworden, so misstrauisch, dass sie sich bei der nächsten Beziehung mit einem Dozenten für Musik an der Uni München schon nach wenigen Wochen fragte, was sie denn da eigentlich tat, schon wieder auf der Autobahn. Sie weiß noch genau, sie stand an der Raststätte Greding, gestrandet mit einem Keilriemenriss, oder war es ein gerissener Geduldsfaden? München und der Mann dazu erschienen ihr wie eine ferne in der Abgashitze schillernde Fata Morgana. Als das Auto repariert war, kehrte sie nach Hause zurück, und dort blieb sie.

Selbstverständlich, angenommen, mühelos – hatte sie sich je so gefühlt? Nicht nur wie auf Urlaub, im besten Fall, oder, im schlimmsten, ausgesetzt und fehl am Platz? Wie hätte der richtige Platz aussehen sollen, der richtige Partner? Hat sie im Grunde je ernsthaft erwogen, bei einem Mann ein Zuhause zu finden?

»Ich weiß nicht«, gibt sie ehrlich zu. »Eigentlich ist mir so nur immer dann zumute, wenn wir zusammen sind. Waren.«

Von unten hören sie Nora stöhnen.

34 Nachdem die Bestrahlungen vorüber sind, kehrt ein vorsichtiger Alltag ein. Die restlichen drei Katzen finden Abnehmer über einen Anschlag am Schwarzen Brett des Gemeindehauses. Annabel übergibt sie den künftigen Besitzern zusammen mit einer genauen Pflegeanleitung und dem Hinweis, dass sie Nathan, Recha und Daja heißen, kann aber dennoch nicht verhindern, dass sie den Weg in ihr neues Leben als Blacky, Muschi und Peterle antreten.

Die Umbauarbeiten sind abgeschlossen. Bei einer feierlichen Eröffnung wird die letzte Schutzfolie von den Innenseiten des Aufzugs entfernt, dessen Kabine mit Sperrholzplatten und Luftpolsterfolie gegen die Folgen des Umzugs geschützt worden war. Sie verspritzen ein wenig Sekt bei der offiziellen Fahrt und vergnügen sich den Rest des Tages damit, die Luft aus der Folie ploppen zu lassen. Für eine Party bringen sie, auch eingedenk ihres jüngsten missglückten Feierversuches, einfach nicht mehr die Energie auf.

Es fällt ein früher Schnee, der unerwartet lang liegen bleibt und alle in eine kindliche Stimmung versetzt. In Annabels Gymnastikrunde diskutiert man über Plätzchensorten. Sie ist dazu übergegangen, einen CD-Player zu den Stunden mitzubringen, um Musik zu den Übungen abzuspielen. Es wäre eine Hilfe gewesen, wenn Thorwald ihn bedient hätte, doch der kommt seit dem Vorfall am Gartentor nicht mehr. Dafür besuchen die Freundinnen in pflichtschuldiger Geschlossenheit Annabels Stunden, seit die Bestrahlung vorbei ist.

Auch zu einem Vortrag mit Diskussion im Rathaus, den Sibylle hält, die Gemeindearchivarin, treten sie gemeinsam an. Annabel besteht darauf. Es geht schließlich um die mögliche Neugestaltung des Milchhäuschens als Heimatmuseum, das ist für jeden Dorfbewohner Pflicht. Luise, die einen Skype-Termin mit ihren Söhnen hat, wird darauf verpflichtet, nachzukommen. Franziska gelingt es mit Verweis auf ihre Arbeit nicht, ein ähnliches Zugeständnis herauszuschlagen. »Die Archivarin will dich schon so lange kennenlernen. Ich glaube, sie hofft, dass du die Dorfchronik schreibst.«

»Neue Berufsaussichten, Schätzchen?«, fragt Nora anzüglich.

»Ach, halt den Mund.«

Die Archivarin Sibylle Hagen ist eine überschlanke Frau, die auch außerhalb ihrer Aerobikstunden gern neonfarbene Sportkleidung trägt. Sie kann es gar nicht erwarten, im Anschluss an den Vortrag Franziska ins Gespräch zu ziehen.

Franziska erwehrt sich des Wortschwalls durch Fragen. Und eine Frage hat sie ja in der Tat, auf die die Antwort sie wirklich interessiert. Wie sich herausstellt, weiß Sibylle von dem überwachsenen, inzwischen komplett verfallenen Haus auf dem Aussichtspunkt über dem Dorf. Es gehört zu der Kapelle und war, wie sie sagt, einst ein Pesthaus. Forschungen in den Archiven des Bistums haben das vor Jahren zweifelsfrei ergeben. »Obwohl es ja im Grunde immer klar war«, hört Franziska Sibylle ausführen. »Ich meine, es ist eine St.-Rochus-Kapelle, und Rochus, das ist nun mal einer der Pestheiligen.«

Die Pest, denkt Franziska elektrisiert, das gäbe der Erzählung von dem Mädchen Fanny, die seit Wochen in ihr wächst und wächst, einen ganz neuen Hauch. Ihre Gedanken beginnen dorthin zu wandern; sie stößt sich ab vom Stand der Konversation wie ein Schwimmer vom Beckenrand und krault in langsamen Zügen die Bahn ihrer Geschichte hinauf.

Sibylle referiert indessen weiter über die Pest, die in immer neuen Wellen über die Gegend kam, vom Dreißigjährigen Krieg bis 1771, die letzte noch um 1834.

»Meine Güte, und ich dachte, die Pest gehört ins finstere Mittelalter.« Nora, die für die geistesabwesende Franziska einspringt, klingt nicht wirklich erschüttert.

»Du hast doch auch Camus gelesen«, wirft Annabel ein. »Der Roman *Die Pest*, in Oran, das war zwanzigstes Jahrhundert.«

»Und mindestens so unerfreulich wie Camus' Schreibstil.«

»Also ich hab ihn immer gern gelesen, lieber als Sartre jedenfalls, der war so frauenfeindlich.« Annabel überlegt. »Obwohl er mit der Beauvoir ja eine ganz progressive Beziehung hatte.«

»Ach, Hasi, das hat die Gute sich doch nur eingebildet. Weil sie glaubte, dass ein Philosoph sich auch beim Ficken was denkt.«

»Äh, ich kann dir alte Stiche zeigen«, bietet Sibylle Franziska mit verstörten Seitenblicken zu den Freundinnen an. »Du kannst jederzeit vorbeikommen. Dann demonstriere ich dir, wie das Ensemble da oben früher aussah, als alles noch in Gebrauch war.«

Nora schubst Franziska mit dem Ellenbogen; die schafft es, sich weit genug zu konzentrieren, um sich zu bedanken.

Die Archivarin strahlt. »Einer muss die Geschichte dieser Landschaft aufschreiben.«

»Tun Sie es«, gibt Franziska zurück.

»Ich?« Die Archivarin lacht unsicher, aber geschmeichelt. »Dass Sie mir das zutrauen …«

Ehe Franziska sich da herauswinden kann, hört sie hinter sich Annabels Stimme: »Nora? Nora, alles okay?«

Alarmiert dreht sie sich um. Nora steht ganz still da und ist blass. Sofort ist sie an ihrer Seite, legt den Arm um sie, um einen möglichen Schwächeanfall abzufangen. »Hast du Schmerzen?«, flüstert Franziska. »Ist dir nicht gut?«

»Siehst du den Typ dort hinten?«, gibt Nora statt einer Antwort zurück. Sie macht eine kaum merkliche Geste in Richtung des Buffets. Franziska bemerkt einen Mittsiebziger, der seine Gabardinehosen unter dem medizinballrunden Bauch trägt, darüber einen lebhaft gemusterten Pullover im Stil der Achtzigerjahre.

Annabel reißt vergeblich die Augen hinter der Brille auf. »Wer soll das sein?« Auch Franziska kennt ihn nicht.

Nora legt sich die Hand über die Stirn. »Mit dem hatte ich mal was. O Gott! Bringt mich hier raus.«

Franziska mustert den Typen noch einmal. Er steht breitbeinig da, die Hände selbstbewusst in den Hosentaschen. Beim Lachen lehnt er sich im Kreuz zurück. »Bist du sicher? Aber wann bloß? Wo?«

»Na hier, in den Ferien, bei dir. Vor fast vierzig Jahren.«

»Ist das dein Ernst?« Franziska versucht, sich zu erinnern. Doch so sehr sie sich bemüht, sie kann sich kein Bild vor Augen holen von jenem gemeinsamen Sommer bei ihren Eltern, das Nora beim Flirten gezeigt hätte, Nora verliebt, Nora beim Herummachen mit der Dorfjugend. »Aber wie …?«

»Bei euch hinten im Garten«, sagt Nora und lacht auf, als sie das Gesicht der Freundin sieht. »Im Stehen ans Gewächshaus gelehnt. Jetzt guck nicht so. Petra Wehner hat es doch erklärt. Er ist vorne raus zum Rauchen und ich hinten durch die Tür neben den Toiletten. Das haben damals alle so gemacht. Achtung, er schaut her.« Sie tritt einen Schritt zurück hinter ihre Freundinnen. »Bringt mich hier weg«, verlangt sie noch einmal. »Das Letzte, was ich gerade brauche, ist ein fröhliches Wiedersehen mit einem One-Night-Stand.«

»Oh, ich bin sicher, er ist ein ganz Netter«, ahmt Franziska Petra Wehners Tonfall nach. Aber sie stellt gehorsam ihr Glas weg und gibt Nora Geleitschutz.

Annabel bleibt allein zurück. Dreht ihr Glas zwischen den Fingern. Erwidert Begrüßungsworte und lächelt in unscharfe Gesichter, die auftauchen und verschwinden. Ja, sie ist auch da. Ja, ja, man macht halt so weiter. Ein gelungener Abend, das findet sie ebenfalls. Allemal. Und Prost. Wer hat das gesagt? Egal.

Eine Weile studiert sie das verschwommene Umrissbild der Menge. Dann bemerkt sie in einer Ecke einen großen Mann. Sie erkennt Thorwald sofort, alleine an der Art, wie er dasteht. Sie würde ihn auch erkennen, wenn er die anderen nicht so überragte. Sie geht zu ihm hinüber. Die Farben seiner Tätowierung wirken in dem Kerzenlicht noch düsterer. »Du kommst nicht mehr in die Gymnastik.«

Er antwortet mit einem undeutlichen Laut.

»Das solltest du aber. Ich seh doch, dass du stärker hinkst. Das Kreuzbein?« Sie legt die Hand auf die entsprechende Region bei sich selbst.

Er nickt widerwillig nach kurzem Hinsehen. »Liegt an der Kälte.«

»Ich könnte dir ein paar Übungen zeigen, die vielleicht helfen.«

»In der Gymnastik?«

»Ich könnte auch bei dir vorbeikommen. Dann kann ich Saladin mal wieder sehen.« Er starrt in sein Glas. »Ich weiß nicht, ob das was bringt«, sagt er.

»Es kommt doch wohl auf einen Versuch an, oder?« Annabel schaut ihn so lange an, bis er den Blick erwidert. Sehen kann sie seine Augen nicht bei dem Licht, aber sie spürt sie. Zeit vergeht. Zeit, in der Annabel solche Angst bekommt, dass er Nein sagen könnte, dass er Ja sagen könnte, dass sie für all das den Mut gar nicht aufbringen wird, so viel Angst, dass sie, als er sich aufrafft, nach einem Termin zu fragen, atemlos ausstößt: »Jetzt.«

Er erhebt keine Einwände und holt ihren Mantel.

Sie gehen wortlos, doch wie auf Verabredung schnell. Erst nebeneinander her, dann nimmt er ihren Arm, es geht wie von selbst. Auf dem einsamen Dorfplatz begegnen sie Luise, die aus der Nebengasse einbiegt, die zum Kindergarten führt. »Ich wollte doch nachkommen«, sagt Luise, die Wangen rot von der kalten Luft.

Annabel schüttelt den Kopf. »Aber zu Hause liegt doch in der ganz anderen Richtung?«

»Ich hab einen Umweg gemacht, ich war wohl in Gedanken.« Luises gute Laune ist nicht zu erschüttern. »Wo sind die anderen?« Als sie erfährt, dass alles schon vorbei ist und Nora und Franziska auf dem Heimweg sind, macht sie ohne weitere Fragen kehrt und läuft in Richtung des Gasthauses. Nach ein paar Schritten bleibt sie stehen. »Nächste Woche ist doch der Bazar«, sagt sie in die Nachtluft.

»Am Kindergarten hab ich die Anschläge gelesen. Meint ihr, da findet man auch ein Tweed-Jackett?« Sie geht weiter, ohne die Antwort abzuwarten.

Annabel und Thorwald können darüber jetzt nicht nachdenken. Wie auf Verabredung warten sie, bis Luise außer Sicht ist, dann hasten sie in Richtung des Bauwagens. Annabel weiß nicht genau, was unterwegs passiert, wie sie die Zeit übersteht, bis sie da sind, bis er ihr die Stufen hinaufgeholfen hat, die Tür aufgesperrt, bis er sich endlich aus dem Mantel geschält und ihr den ihren abgenommen hat. Wo er sie hingelegt hat: keine Ahnung. Ewigkeiten stehen sie da einander gegenüber, so fühlt es sich zumindest an, die Distanz zum anderen unüberwindbar. Jeder ist festgepflockt an seinem Platz. Alles scheint vergeblich, undurchführbar, dumm. Annabel kann nichts sagen, sich nicht bewegen, nicht den kleinen Finger kann sie rühren. Kaum dass sie atmet.

Bis sie die Hand hebt und ihm ins Kreuz legt. Wie das gegangen ist, darüber kann Annabel jetzt nicht nachdenken. »Da?«, fragt sie mit trockenem Mund. Er fühlt sich heiß an unter dem Hemdstoff, einige Grad heißer, als Annabel dachte, dass ein Mensch sich anfühlen könnte. Auch seine Hände sind sehr warm. Annabel spürt es auf ihren Hüften, und das ist ein gutes Gefühl. Auch als er durch ihre Haare fährt, ist das gut. Als er sie an sich zieht und sie ihn einatmen kann, immer noch fremd, aber immer noch nicht unangenehm, ist alles gut. Es fühlt sich absolut richtig an, wie seine Linke über ihre Schulter wandert und seine Lippen über ihre Wange. Und auch, was danach geschieht, findet alles ganz und gar Annabels Zustimmung.

DER WINTER VON NORAS LANGEM SCHLAF

35

Annabel hat zu Weihnachten immer auf einen ordentlich dekorierten Vorgarten geachtet. Sie hat jedes Jahr einen neuen Satz Christbaumkugeln in einer geschmackvollen, modischen Farbe gekauft, sie hat gut gekocht, ihre Serviette nach der Anleitung aus einem Youtube-Video in Christbaumform gefaltet und sich zum Essen eine Klassikplatte aufgelegt. Weihnachten war eine stets wiederkehrende Routine. Und trotzdem jedes Mal schön. Jetzt gab es noch etwas in ihrem Leben, das sich wiederholte. Und dabei schön ist. Annabel findet, daran hätte sie eher denken können, dass es Dinge gibt, die mit der Wiederholung besser statt schlechter werden. Thorwald ist nicht wie Ehe, er ist wie Weihnachten. Je näher er kommt, umso größer die Vorfreude.

Jetzt hat sie einen Bauwagen zu schmücken und ein ganzes Gasthaus. Und sie tut es mit dem ganzen Schwung des Fests der Liebe. Es kann gar nicht genug Weihnachten sein dieses Jahr. Sie schreibt mit ihrer akribischen Lehrerinnen-Schrift lange Einkaufszettel für ausgefallene Plätzchen- und Gebäckrezepte, über deren Realisierbarkeit sie mit Luise feilscht. Sie hat einen Katalog gefunden, aus dem sie Lichterketten bestellt, große Goldsterne, Wachsmodeln, Engelsfiguren, Kerzenhalter, Tischsets, Laubsäge-Hirsche und Gewürzkränze. Die Gärtnereien liefern Tannenzweige und Mistelsträuße, Stechpalmen und Amaryllis, nicht zu vergessen die roten und rosafarbenen Weihnachtssterne. Trotz ihrer Augen versucht sie sich auch an handwerklichen Übungen, »schönen Traditionen«, wie sie sagt, wie dem Vergolden von Nüssen oder dem Anfertigen von Strohsternen.

Franziska schützt ihr Altersheim-Trauma vor. »Ich habe genug Sterne gebastelt für vier Leben. Ich bleibe beim Wörterzusammenleimen.« Immerhin erklärt sie sich bereit, die Einkaufszettel abzuarbeiten. Und sie summt mit, wenn Luise beim Backen die Lieder des Kirchenchores probt.

Nora setzt der wachsenden Verweihnachtung des Haushaltes offenen Spott entgegen. Wenn sie stürbe, wäre es ihr ja egal, aber so, wie es aussah, wurden hier und heute die Standards für die nächsten Jahre verhandelt. »Nur, dass ihr es wisst: *Ein* beleuchtbares Rentier, und ich bin weg.«

»Etwas Punsch?«, versucht Franziska es diplomatisch.

»Weißt du noch, in unserer ersten WG?«, sinniert Nora, am heißen Gewürzwein nippend, während sie zusieht, wie Annabel versucht, goldenen Zwirn um einen Stapel schlecht übereinandergelegter Strohhalme zu wickeln. »Da haben wir an Heiligabend unsere Yuccapalme mit Tampons behängt und dazu Pink Floyd gehört.«

»Und was sollen wir jetzt nach den Wechseljahren aufhängen«, fragt Franziska. »Zahnprothesen? Selbst Ironie hat ein Verfallsdatum, meine Liebe.«

Mit dem Fortschreiten des Sauwetters, das prompt mit dem Dezember einsetzt, Wolken, so lastend und dicht, dass man sich den blauen Himmel dahinter gar nicht mehr vorstellen kann, wächst in ihnen allen der Wunsch nach Licht. Selbst Nora wird weich. Franziska bringt von jedem Einkauf mehr Kerzen mit. Begeistert zünden die Freundinnen sie an, nachdem sie Annabel zuliebe in brandsichere alte Einweckgläser gestellt wurden. Eine für jeden Tisch, eine für jedes Fenster. Eine für jeden Tag, den Nora noch warten muss. Das Haus leuchtet.

Am Nikolausabend kommt Annabel mit einem sternengeschmückten Rupfensack zu Tisch und überreicht daraus jedem eine gefüllte Socke. Franziska bekommt ayurvedischen Tee, Luise ein edles Set Buntstifte und Nora einen Kulturbeutel von Yves Saint Laurent.

»Den werde ich mit ins Krankenhaus nehmen«, sagt Nora. »Vielleicht wird es ja mein Glückskulturbeutel.«

»Es wird schon alles gut gehen«, sagt Luise und unterdrückt tapfer die Erinnerung an die Notaufnahme.

»Wenn wir jetzt alle schön unsere Teller aufessen.« Nora prostet ihr ironisch zu.

»Es *wird* gut gehen.« Franziska wiederholt den Satz lauter, fester. Sie schaut in die Runde.

»Schätzchen«, sagt Nora, »ganz ehrlich, ich hatte nie etwas anderes geplant.« Sie betrachtet die fünfte Socke, die aus dem Sack ragt, der neben Annabel auf der Bank liegen geblieben ist. »Und was hast du dir selber geschenkt?«

»Ach, die ist für Thorwald.« Annabel schiebt das Kinn vor. »Ich bringe sie ihm morgen vorbei.«

Nora langt hinüber und tastet die Wolle ab. Sie fühlt etwas Schmales, Längliches. »Was ist da drin, eine Uhr?«

Annabel wird rot.

»Du willst das also echt durchziehen?«, fragt Nora. »Bitte versteh mich nicht falsch, Schätzchen.« Sie greift nach Annabels Hand. »Ich gönn dir den Spaß, ehrlich.«

Sie schaut die beiden anderen an, als suche sie dort Beistand, ehe sie ungewohnt vorsichtig fortfährt. Annabel sei eine begehrenswerte Frau, klug, attraktiv, geistreich.

So weit die Captatio Benevolentiae, denkt Annabel und hebt die Brauen. Jetzt kommen die Argumente.

Und Thorwald sehe auch gar nicht mal so übel aus, wenn man ihn in die richtigen Kleider stecke.

»O Nora, er ist doch kein Tanzbär.«

Natürlich nicht, gibt Nora rasch zu. Seine Idee mit der Rutsche sei sogar gut, originell, witzig. Sie lässt diese Adjektive eine Weile sacken. Sie stellen ihr größtmögliches Zugeständnis dar. Nein, nein, das mit der Rutsche soll man ihn machen lassen. Alle hätten etwas davon. »Aber, Annabel.« Ihre Stimme wird eindringlicher. Sie rede nur aus Erfahrung. Männer zu finden sei einfach. Das Problem sei, sie später wieder loszuwerden. »Wenn sie erst mal auf deinem Sofa sitzen, Schätzchen, kriegst du sie kaum wieder runter. Schon gar nicht, wenn sie die Chance auf ein bisschen Pflege wittern. Was ich meine, ist …«

»Sprich dich nur aus.«

Nora hört die Gefahr nicht. Was sie meinte, war, dass niemand Thorwald einen Vorwurf machen könne, Herrgott, der Mann lebe in einem Bauwagen und könne sein Glück sicher kaum fassen. Aber das hieße ja nicht, dass Annabel den Rest ihres Lebens mit ihm verbringen müsse. Und da waren diese romantischen Gesten gefährlich. Sie vernebelten einem das Hirn, ließen einen die Realitäten aus dem Blick verlieren. »Verstehst du, was ich meine?«, sagt Nora. »Du musst eine gewisse Distanz halten. Innerlich. Sonst fängt er an, Forderungen zu stellen, dich unter Druck zu setzen. Ich kenne das. ›Du liebst mich doch‹, heißt es zuerst ganz harmlos. Und danach, dann wird es brutal.«

Annabel spürt bei diesen Worten unwillkürlich die Tränen in sich aufsteigen und schluckt sie weg. Nora wusste gar nichts. Nichts von schönen Anfängen und noch weniger von brutalen Enden. Und überhaupt: Aber es ging hier nicht um Ulf. Es ging um Thorwald. Aus der Geschichte lernen, war gut. Doch es hieß nicht, auf einem schlimmen Erlebnis hängen zu bleiben, oder? Annabel muss es sehr laut denken, um sich Mut zu machen. Nichts wird sich wiederholen. Sie kennt Thorwald. Thorwald hat Ulf zu Geschichte gemacht. Tür zu, Tür auf. Das Christkind steht davor.

»Sagt doch auch mal was«, fügt Nora an die anderen gewandt hinzu. »Ihr wollt doch auch nicht, dass Annabel als Frau Hauskrecht endet und seine Rente zahlt. Am Ende will der noch hier einziehen.«

»Und wenn nun *ich* das wollte?«, fragt Annabel.

»Das willst du nicht, Hasi.« Nora ist sich da sicher. Ohne jeden Zweifel.

Annabel kann das sehen. Und diese Gewissheit macht sie wütender als alles andere. Alles, was sie sagen könnte, wäre umsonst. »Ja, sagt ruhig ihr auch mal was«, fällt es ihr ein, als ihr das allgemeine Schweigen auffällt.

»Ach, die beiden wollen doch nur den Weihnachtsfrieden wahren.« Nora versucht es ein letztes Mal. »Aber ich will verhindern, dass du dich unglücklich machst.«

Annabel betrachtet die Geschenksocke, aus der eine rot-weiß geringelte Zuckerstange ragt. »Du meinst das ehrlich«, sagt sie.

Nora atmet auf. »Das tue ich.«

»Und siehst du: Das ist das Schlimmste daran.« Annabel steht auf. Keiner sagt was, als sie das Geschenk nimmt, sich anzieht und geht.

36

Annabel hat den Weg eigentlich erst am nächsten Tag machen wollen, bei Helligkeit, sodass sie wenigstens Umrisse erkennen kann. Die Route ist ihr inzwischen wohlvertraut, aber kurz vor dem See endet der Asphaltbelag, dem sich so leicht folgen lässt, und der Pfad ist von da an weich und jetzt nach dem vielen Regen rutschig. Sie flucht, wenn sie daran denkt, dass im Schirmständer neben der Tür mindestens drei der alten Spazierstöcke von Franziskas Vater stehen. Annabel glaubt schon seit Längerem, dass sie ihr gute Dienste leisten könnten. Aber sie ist noch zu eitel. Oder vielleicht dachte sie auch, wenn sie erst zum Stock griffe, würde es wahr werden und ihr Augenlicht sich mit offizieller Bestätigung endgültig aus dem Staub machen. Außerdem ist keiner der Stöcke weiß, wie es sich für eine Blinde doch gehört. Jetzt würde sie jeden davon gerne nehmen.

Sie schreit auf, als sie an einer Wurzel hängen bleibt und stürzt. Nur auf das linke Knie, doch das tut weh. Ihre Finger sind matschverschmiert. Sie kann nichts dagegen unternehmen, in der freien Rechten, die nach einem Taschentuch suchen könnte, hält sie den Sack mit der Nikolaussocke, die unbedingt heil bleiben muss.

Als sie die Stufen des Bauwagens ertastet hat und klopft, als sich die Tür öffnet, umspült Thorwalds Sorge sie wie warmes Wasser. Und sie hat nicht mehr die Kraft, etwas anderes zu tun, als sich darin treiben zu lassen. »Es ist zu dumm«, sagt sie immer wieder, während er ihr die Finger sauber macht, den Mantel auszieht, die verschmutzte Hose, die kleine Wunde reinigt und verpflastert, sie ins Bett packt wie ein Kind. Es ist so lange her, dass sie ein Kind war. Da thront sie jetzt unter der Daunendecke mit einer Tasse Glühwein in der Hand. Endlich muss sie weinen. Dann fällt ihr wieder ein, warum sie hier ist.

Als sie ihm die prall gefüllte Socke in die Hand drückt, starrt er sie erst verständnislos an, dann ist er es, der sich die Augen wischt. Es ist das erste Nikolausgeschenk, das er erhält.

»Nicht mal als kleiner Junge?«, fragt Annabel. Andächtig holt er die Zuckerstange heraus und legt sie auf die Bettdecke, dann die Mandarine, die Walnüsse, alles in eine sorgsame Reihe. Es gibt noch einen Schokoladen-Nikolaus und Mandeln, dazu eine Schokokugel mit einem Strahlenkranz aus wimpernfeiner Goldfolie, die sich leise dreht, als er sie an ihrem Aufhänger hochhält. Was Annabel macht, macht sie gründlich. Ganz unten wartet das Päckchen. Keine Uhr.

»Manche kann ich auswendig«, sagt sie, während er das schmale Büchlein auswickelt, das sich darin verbirgt. *Liebesgedichte. Die schönsten der Welt.* »Die anderen musst du mir vorlesen.«

Sie beginnen sofort damit, aneinandergeschmiegt, die Katze an den Füßen. »Ich hab mich in dein rotes Haar verliebt«, beginnt Thorwald. Und es macht überhaupt nichts, dass Annabel nie rothaarig gewesen ist.

37

»Thorwald?«, fragt Annabel später. »Du hast doch ein Haus, hast du mal erzählt?«

Ja, Thorwald hat ein altes Haus geerbt. Es stellt sich heraus, dass er es an Freunde vermietet hat. Derzeit lebt dort der Bosnier, von dem das Zander-Rezept stammt, zusammen mit einigen anderen Wanderarbeitern, die während der Ernte auf den Feldern arbeiten und sich dazwischen mit allem durchschlagen, was sie an Arbeit finden können. »Ich verlange kaum was«, sagt Thorwald vorsichtig. »Sie haben ja sonst nichts.« Viele von ihnen hätten davor in ihren Autos übernachtet. »Und es hat ja auch keine Zentralheizung.« Wie sich herausstellt, verlangt er gar keine Miete; es wäre ihm nicht richtig vorgekommen.

Annabel stellt das keinen Moment infrage. »Dann ziehst du eben zu mir.«

Die sich ergebende Stille ist so laut, dass Saladin aufwacht und sie verdutzt ansieht.

Auch Annabel liegt still da und zählt: eins, zwei, drei … Doch die Panik schlägt nicht ein. Sie streckt die Hand aus und krault die Katze. Sofort setzt lautes Schnurren ein. So ist das, denkt sie: übergangslos. Mit einem Mal bist du glücklich.

»Das gäbe Streit mit den anderen«, sagt Thorwald. »Das will ich nicht.«

»Ach so?« Annabel hätte viel darum gegeben, sein Gesicht in die Hände nehmen und es studieren zu können. Sie weiß ja nicht einmal genau, welche Augenfarbe er hat. Ihre Welt ist mit der Zeit nicht nur unschärfer geworden, auch die Farben verschwinden zunehmend aus ihr. Das meiste wirkt grau. So grau wie der Gedanke, dass das hier ein Nein ist. Ein Mann, der ihren Wunsch nach einer dauerhaften Bindung abweist. Wie ungemein ironisch das doch wäre.

»Warum zieht du nicht hier ein?«, fragt Thorwald.

»Das würdest du wollen?« Sie rückt ein wenig näher, schiebt ihre Zehen unter seine Waden, ihr Knie zwischen seine Schenkel, schlingt ihre Arme um ihn. Überall, überall kann sie ihn spüren, von oben bis unten. Er hat sie gefragt, ob sie mit ihm leben will. Das ist etwas so Großes, dass sie es nicht einmal schafft, sich darüber zu freuen. Dazu muss sie es erst einmal unterteilen in kleinere, freubare Teile. »Erst einmal bleibe ich heute Nacht.«

Annabel übernachtet zwei Nächte bei Thorwald, danach ist ihr klar, dass Nora in einem recht hat: Das Konzept der Romantik hält dem Leben zu zweit in einem Bauwagen auf Dauer nicht stand. Nicht in ihrem Alter jedenfalls. Ihr Rücken tut weh von der fremden Matratze, sie ist schon zweimal auf den Stufen zum Bett gestolpert. Dass man sich nach jedem Stauraum bücken oder recken muss, ist mühsam. Und wenn sie sich in der Küche umdreht mit ihren schwerer gewordenen Hüften, fegt sie jedes Mal die Pfannen vom Regal. Ihre Stützstrümpfe und der BH liegen immer woanders, weil es keinen Platz für sie gibt, einmal sogar auf den Herdplatten. Wo das doch so feuergefährlich ist! Und nirgendwo ist ein Rauchmelder installiert! Als ihr Mobiltelefon klingelt, bittet sie Thorwald, eine SMS für sie zu tippen: »Brauche eine Pause. Melde mich.« Dann stellt sie es aus. »Ich brauch Ruhe, um eine Lösung für unser Problem zu finden«, erklärt sie ihm und hat die Antwort doch schon im nächsten Moment: Thorwald wird zu ihr ziehen, Streit oder nicht. Ja, das wird Diskussionen geben, aber Diskussionen gehören nicht zu den Dingen, vor denen sie sich fürchtet. Sie ist mit Wagenladungen von pubertierenden Schulklassen fertiggeworden und mit dem Hickhack der Lehrerzimmer. Und damals hat sie keine Rückenschmerzen gehabt und kein verletztes Selbstwertgefühl und keinen Thorwald, für den zu kämpfen es sich lohnt. Sie wird das angehen, am besten heute noch, am besten sofort. Sie hat vierzig Jahre verloren mit einer sinnlosen Angst. Sie hat keine weitere Zeit mehr zu verlieren. Die Freundinnen werden ihr vermutlich vorwerfen, dass sie ihr Projekt verrät. Doch das Leben entwickelt sich nun einmal unaufhaltsam weiter. Annabel ist Historikerin, sie kann Entwicklungen argumentativ rechtfertigen.

Außerdem wird sie nicht einfach herumstreiten. Sie wird ganz pragmatisch vorgehen. Sie besitzt schließlich ein Druckmittel: Sollte sie aus dem Vertrag aussteigen, den sie vor dem Notar damals geschlossen haben, dann stünde alles auf der Kippe. Die anderen müssten sie auszahlen, und es ist alles andere als klar, ob ihnen das nach all den aufwendigen Umbauten möglich ist. Sie würden das Haus verkaufen müssen.

»Dann könnt ihr sehen, wo ihr mit eurer überrenovierten, fehlsanierten Immobilie bleibt«, das wird sie sagen, jawohl! Es wäre vielleicht nicht ganz so pragmatisch und taktisch klug. Aber wie sie sich auf Noras Gesicht freut! Nora, mit ihren Sticheleien die ganze Zeit. Nora, um die alle herumtanzen. Nora, ständig geht es um Nora. Und Franziska lässt sie einfach machen. Steht, wenn es drauf ankommt, immer auf Noras Seite, immer. Es ist nie anders gewesen, denkt Annabel. »Siehst du: Du hattest ganz recht«, wird sie zu Nora sagen. »Am Ende entscheidet allein das Geld.«

Annabel staunt über sich selbst. Ihr fallen Sätze von makelloser Brutalität ein. Wo war all die Jahre nur diese Wut? Noch auf dem Weg zurück ins Dorf ist sie davon überzeugt, dass sie die Invektiven allesamt auf ihre Widersacherinnen schleudern wird wie Blitze des Zeus. Sollen sie das Haus doch zum Verkauf ausschreiben, jawohl. Man wird ja sehen, ob der Glasaufzug den Marktwert wirklich gehoben hat. Sollen sie doch in Heime umziehen und verrotten. Sie hatte Thorwald, was hatten die? Außer ihrer leisen Verachtung für sie?

Annabel geht so schnell, wie ihre Augen es zulassen. Sie darf sich nicht einholen lassen von den Zweifeln und der Scham, die schon an der Tür ihres Gewissens kratzen.

Als sie im Gasthaus zur Fröhlichkeit ankommt, ist alles ganz anders.

38

»Nora ist weg.«

Luise und Franziska sitzen in der Gaststube. Sie wirken, als ob sie da schon sehr lange säßen. Der Fernseher läuft nicht. Der Kaffee ist kalt. Franziska sieht übernächtigt aus, Luise blass. Seit über zwanzig Stunden, sagen sie, gibt es von der Freundin kein Lebenszeichen. »Und du bist auch nicht an dein Handy gegangen.«

»Ich war bei Thorwald.« Was sie sonst noch zu sagen geplant hatte, kann sie jetzt nicht loswerden. Aber der Unmut rumort noch in ihr. »Seid ihr sicher, dass sie nicht einfach einen Einkaufsbummel macht?« Und wieder dreht sich alles um Nora, denkt sie.

»In ihrem Zustand?«, fragt Franziska. Ihre Stimme klingt schrill. Sie ist über zwanzig Stunden auf den Beinen gewesen, ist herumgefahren, hat Leute befragt. Dass sie sich keine Sorgen machen soll, hat sie einmal zu oft gehört. Luise springt auf und läuft zum Fenster. Es ist dasjenige, das zum Garten zeigt. Niemand weiß, was sie dort zu sehen hofft. Nach einem kurzen Blick setzt sie sich wieder. Ihre Füße streifen über den Boden, auseinander, zusammen, auseinander, zusammen, in schnellem Takt.

»Geht sie denn nicht an ihr Handy?« Annabel ist nicht so schnell bereit, ihre frischgebackene, schöne Realität aufzugeben für – ja, für was? Was treibt Nora da? Es kann ihr doch nichts zugestoßen sein? Der Furor, mit dem sie ankam, reicht noch für einen sofortigen Anruf. »Es ist ausgestellt.« Das haben die anderen schon gewusst.

Nora war am Morgen nach Annabels Weggang zu ihrem Gespräch mit dem Professor aufgebrochen, der ihre Operation durchführen würde. Sie ist nicht zurückgekommen, hat nicht angerufen, niemand hat sie gesehen.

»Sie fehlt seit zwei Tagen?« Annabel fasst es nicht. Ihr gut vorbereiteter Text ist vergessen. »Hast du die Polizei angerufen?«

Franziska hebt die Brauen. »Und ob ich das habe. Dreimal darfst du raten, was sie gesagt haben.«

»Probiert's bei McDonald's?« Annabel presst grimmig die Lippen aufeinander. »Was anderes fällt denen auch nicht ein, was?«

Franziska seufzt. »Nicht, dass ich es da nicht auch noch versucht hätte. Ich habe überall angerufen, wo sie sein könnte, an den unmöglichsten Orten. Am Ende bin ich wieder bei der Polizei gelandet. Aber sie ist erwachsen, ein freier Mensch. Immerhin wollen die Beamten jetzt mal mit dem Professor reden.«

»Mit uns will er nicht sprechen«, wirft Luise ein. »Arztgeheimnis, sagt er.« Ihre Füße hören nicht auf, sich zu bewegen, rasch und verstohlen. »Ein Geheimnis.«

»Das ist doch Unfug.« Annabel kann es nicht glauben.

»Er hat es mir sogar ins Gesicht gesagt.« Franziska sieht verzweifelt aus. »Ich hatte Nora dort abgesetzt und bin einkaufen gegangen. Sie wolle mich nicht dabeihaben, sagte sie. Wegen der ekligen Details.«

Weiter, denkt Annabel, weiter.

Franziska starrt zwischen ihre Knie, wo sie ihre Hände knetet. »Ich hab mich etwas verspätet, okay? Ich war in einer Buchhandlung, da stand so ein Bildband über Stonehenge und Umgebung, es gab auch Kaffee, da hab ich ein bisschen die Zeit vergessen. Aber sie hätte ja anrufen können!« Aufgeregt fährt sie sich durch die Haare. »Als ich wiederkam, war sie weg. Schon über eine Stunde, das haben sie mir immerhin verraten. In einem Ton, als ob ich schuld wäre. Der Arzt kam mir arrogant, sagte, er dürfe sich nicht äußern. Die Sprechstundenhilfe fühlte sich schon wie Mutter Teresa, nur weil sie mir schließlich gnädig mitteilte, dass Nora ein Taxi bestellt habe.«

»Und? Wo ist sie hin?«, fragt Annabel. Dann fällt es ihr ein, natürlich. »Die in der Taxizentrale sagen einem das ja auch nicht.«

Zum ersten Mal hellt Franziskas Gesicht sich für einen Moment auf. Jetzt kam der gute Teil. »Als die Sprechstundenhilfe kurz verschwand, schnappte ich mir ihr Telefon und rief bei dem Taxiunternehmen an.« Mit verstellter Stimme fuhr sie fort: »›Hier Praxis Bienstein, die Patientin, die vor einer Stunde mit Ihnen gefahren ist, hat eine Aktentasche vergessen, sieht teuer aus. Ist die Dame noch im Wagen?‹«

»Du hättest mehr Krimis schreiben sollen.« Annabel klopft ihr auf den Arm. »Und, war sie noch im Wagen?«

Franziska fingert nach einer Zigarette, deshalb ist es Luise, die antwortet. »Nein, war sie nicht. Aber sie hat sich zum Bahnhof bringen lassen. Kannst du dir das vorstellen: zum Bahnhof!«

Franziska hat eine Kippe und Feuer gefunden. Niemand sagt etwas wegen des Rauchens im Haus. »Ich hab mich bedankt und gemeint, ich würde versuchen, sie dort ausrufen zu lassen. Dann bin ich hin. Sie war schon weg.« Franziska zieht mit der Zigarette einen Rauchhorizont, in dem sie Nora verschwinden sieht wie Anna Karenina im Dampf der Lokomotiven. »Ich konnte nur noch ein Foto vom Abfahrtsplan machen, um zu sehen, welche Züge sie zwischen ihrer Ankunft dort und meiner genommen haben könnte.«

Annabel lässt sich das Foto auf Franziskas Laptop zeigen. »Ich kann das nicht lesen«, sagt sie und schiebt das Gerät mit der Hand weg. »Lies vor.«

Und Franziska setzt ihre Lesebrille auf und liest vor, die ganze, lange Liste. Es waren auch drei Regionalzüge dabei, die Nora in Richtung Heimat hätte nehmen können, falls sie einfach sauer auf die Freundin gewesen wäre, die sie hat warten lassen. Aber dann wäre Nora längst hier. Zwei Tage.

»Ihr hättet mich holen sollen«, sagt Annabel. »Ihr hättet vorbeikommen und mich abholen sollen. Müssen«, verbessert sie sich. Niemand antwortet. »Ihr habt wohl gedacht, dass ich wütend bin«, fährt sie fort. »Aber das war doch nur ein Disput.«

Sie versucht, die Gesichter der Freundinnen zu erkennen. »Oder glaubt ihr, ich bin zu gar nichts mehr nütze?«

Sogar in Luise kommt Leben bei diesem Satz. Sie hebt zwar nicht den Kopf, doch sie rutscht auf der Bank an Annabels Seite und nimmt ihre Hand, nimmt sie mit der Linken und streichelt sie mit der Rechten, wieder und wieder.

Franziska setzt sich ebenfalls neben Annabel. »Entschuldige«, sagt sie. Sie erklärt nicht, wofür. Es muss als Genugtuung reichen, denkt Annabel, reichen für vierzig Jahre auf dem zweiten Platz. Sie nimmt die Entschuldigung an. »Wie sieht der Fahrplan aus?«, will sie wissen. »Lies den doch bitte auch vor.«

39

Mit den Zügen hätte Nora nach München fahren können, nach Stralsund, nach Basel, nach Hamburg und nach Prag.

»Was sollte sie in Stralsund?«, fragt Luise sich laut. In Gedanken sieht sie Noras Gestalt in gepflegter Freizeitkleidung, weiße Hosen, Segelschuhe, Ringelshirt, Wind in den Haaren. Hört Noras Stimme: Hasi, ich war noch nie an der Nordsee. »Es ist die Ostsee«, murmelt sie unwillkürlich. Dann bemerkt sie die Blicke der anderen. »Stralsund«, erklärt sie lauter, »das liegt an der Ostsee.«

Keiner möchte dazu etwas sagen.

»Scheiß auf die Polizei.« Franziska springt auf und drückt ihre Zigarette aus. »Bis wir auf die warten ... Ich fahr da jetzt noch mal hin. Das kann der Herr Professor nicht mit uns machen.«

Das Unternehmen trägt alle Züge eines Notfalleinsatzes. Als sich nach ein paar Kilometern herausstellt, dass Franziska im Eifer des Aufbruchs ihre Hausclogs anbehalten hat, mit denen sie immer wieder von den Pedalen rutscht, muss Luise das Steuer übernehmen. Sie wirkt zerstreut und unsicher, als wären sie den Weg nicht vor wenigen Wochen noch regelmäßig gefahren. Das muss am Stress liegen. Zwei, drei Mal verpasst sie die richtige Abzweigung um ein Haar. Auf den alarmierten Zuruf von Franziska hin reißt sie das Steuer jeweils im letzten Moment scharf herum. Alle schüttelt es auf ihren Sitzen durch. Annabel, hierfür nicht blind genug, schließt ergeben die Augen. Erst als sie nach zwei Stunden auf dem Parkplatz der Praxis aussteigen, fällt es ihr ein: Sie hat völlig vergessen nachzusehen, ob der Herd ausgestellt ist!

Die Sprechstundenhilfe tut ihr Bestes, hält aber dem lautstarken Trio nicht stand. Nach nur wenigen Minuten – »Aber es ist wirklich nur ein ganz kleines Zeitfenster« – sitzen sie vor dem Professor, einem Mann mit schmalen Händen und einem Gesicht, das in scharfe, gepflegte Falten gelegt ist. Sein dunkles Haar ist an den Schläfen silbern und dicht. Wie sie bald sehen, fährt er gerne mit beiden Händen hindurch. Bei manchen ihrer Fragen verharren alle zehn Finger in den Schopf verkrallt.

Er gibt zu, dass die Polizei schon da war und dass er deren Fragen erschöpfend beantwortet hat. Nicht verwandten Personen gegenüber darf er aber nicht über seine Patienten sprechen. Obwohl er ihre Sorge versteht, natürlich tut er das, kann er keine Details preisgeben.

»Wie wäre es dann mit der großen Linie?«, will Franziska wissen. »Haben Sie ihr irgendetwas mitgeteilt, das ihre Reaktion verständlich macht?«

Der Professor schließt die Augen. Er hat viele Patienten, manchen muss er schwierige Eröffnungen machen. Damit sind unausweichlich Emotionen verbunden. Schwer vorherzusehen und manchmal schwer zu ertragen.

Vorsichtig sagt er: »Ich habe Patienten, die empfinden die Notwendigkeit, ein dauerhaftes Stoma zu legen, als Zumutung, andere akzeptieren es als die rettende Lösung, die es nach Lage der Dinge darstellt. Das lässt sich nicht vorhersagen.«

»Ein Stoma?« Franziska bekommt eine Ahnung von dem, was hier vorgegangen sein könnte. Warum Nora fort ist und wieso ihr Smartphone sich tot stellt. Wegen eines künstlichen Darmausgangs, die verdammte Kuh! Dann hätte sie eben einen Plastikbeutel am Bauch, in den ihr Kot plumpst. Davon geht doch die Welt nicht unter.

Der Arzt weiß, es gibt keine Regeln dafür, was geschehen muss, damit jemand so etwas Irrationales tut, wie einfach mitten im Gespräch aufzustehen und zu verschwinden. Genauso wenig, wie man Krankheitsverläufe vorhersagen kann. Es gibt nur Wahrscheinlichkeiten.

Das, fährt er fort, habe er auch Frau Müller zu erklären versucht. Die Menschen denken nämlich immer, sagt der Arzt, bei Krebs gehe es um Realia, um die letzten Dinge, Leben und Tod, also um Angelegenheiten, wie sie konkreter kaum vorstellbar waren. Dabei gehe es bei genauerer Betrachtung nur um Statistik. »Wenn ich zum Beispiel einem Patienten mitteile, dass seine Krankheit unerwarteterweise so und so verläuft, und dieser mich fragt, ob er sterben wird, dann kann ich dazu nicht sagen Ja oder Nein, verstehen Sie?«

»Moment«, hakt Franziska ein. »Reden wir hier von Nora?«

Der Arzt schaut sie an. »Ich darf nicht mit Ihnen über Frau Müller sprechen«, sagt er und betont jedes Wort vorsichtig. »Wir reden hier über Statistik.« Er wirft ihr einen vorsichtig flehenden Blick zu. «Und die Statistik sagt: Von allen untersuchten Patienten, die denselben Befund hatten wie Frau Müller, sind nach zwei Jahren siebzehn Prozent noch am Leben.« Er verstummt.

»Siebzehn?«, entfährt es Luise, während Franziska fieberhaft überlegt.

»Wollen Sie damit sagen …?«, beginnt Annabel.

Doch der Mediziner hebt die Hände. Er hat nichts gesagt, er wird ihnen auch nichts sagen. Das darf er gar nicht. Seine Hände wandern über die Tischplatte und suchen dann wieder Halt in den Haaren. Die Sprechstundenhilfe kommt herein. Zeit für den nächsten Patienten.

Die ganze Heimfahrt über schimpft Franziska auf den unglaublich feigen Arzt, auf seine unerträglich arrogante Helferin, die moderne Medizin, auf alles. Beschweren will sie sich bei der Ärztekammer, verklagen wird sie ihn, die ganze Bande. Sie tut alles, um nicht über die Zahl nachdenken zu müssen: siebzehn.

»Er wollte doch nur…«, fängt Annabel an, aber Franziska unterbricht sie giftig. »Ich wette, er hat einen Alarmknopf unter dem Tisch. ›Vorsicht, Patient bricht in Gefühle aus.‹« Pause. Dann ein letztes Aufbäumen. »Er kommt mir mit Statistik!«

»Was hätte er denn tun sollen?«, fragt Luise endlich behutsam.

Danach ist es still. Alles, was es zu sagen gäbe, müssten sie Nora sagen, und Nora ist nicht bei ihnen. Alle Fragen, auf die es Antworten braucht, könnte nur Nora beantworten. Aber Nora ist nicht da. Und die Angst wächst, wächst in der Stille; ohrenbetäubend füllt sie den Wagen.

Der Feierabendverkehr auf der Autobahn zwingt ihnen seinen trägen Rhythmus auf. Wortlos hocken sie da, während die Scheiben langsam beschlagen und sie in einen Käfig aus Nebel sperren, der im Rot der Rück- und Bremslichter immer wieder aufleuchtet wie ein stummer Alarm. Irgendwann dreht Franziska den Schalter des Gebläses auf höchste Leistung. Das Heizungsrauschen bleibt das einzige Geräusch, das und das Ticken des Blinkers, als die Ausfahrt in Sicht kommt und sie endlich abfahren.

»Gasthaus zur Fröhlichkeit«, grüßt es durch die Windschutzscheibe. Franziska dreht den Zündschlüssel und bleibt sitzen. Siebzehn Prozent.

»Kommst du?«, ruft Luise schon an der Haustür und schüttelt den Schirm aus, den sie über Annabel gehalten hat.

Ja, denkt Franziska, komm! O bitte, Nora, komm. Komm einfach nach Hause.

Sie reden nicht viel in den nächsten Tagen. Alle arbeiten verbissen. Franziska schreibt. Luise kocht die Äpfel ein, die sie von allen Seiten geschenkt bekommen haben. Eine Flut von Äpfeln, kaum zu bewältigen. Sie kocht ein bis in die Nacht. Eine Kerze nach der anderen muss aus ihrem Einmachglas weichen. Es wird dunkler im Haus.

Erst denkt Annabel, dass es daran liegt, dass sie kaum noch etwas anderes wahrnimmt als dunkle Umrisse: an der Jahreszeit, an den fehlenden Kerzen, an der Traurigkeit, mit der sie eine nach der anderen hat ausgehen sehen. Irgendwann steht sie im Bad vor dem Spiegel und weiß, die Lichter sind alle an, das an der Decke, die beiden rechts und links neben dem Waschbecken, die umlaufende indirekte Beleuchtung. Sie hat die Schalterstellung mit den Fingern mehrfach überprüft. Es kann nicht anders sein. Sie steht inmitten einer Flut von

Licht. Sie kann sogar seine Wärme auf ihrer Haut fühlen. Aber sie steht da und starrt: ins Nichts. Ihr Gesicht im Spiegel ist fort. Da ist nur Bräune, eine Ahnung von Schatten, wenn sie den Kopf dreht. Angekommen, denkt Annabel. Sie ist in diesem Moment nicht erschrocken, nur ein wenig erstaunt, dass es ausgerechnet Nora ist, die mit ihrem Verschwinden das letzte Licht aus ihrem Leben mitgenommen hat. Wer hätte das gedacht?

Am dritten Tag klingelt die alte Frau Stöcklein. Sie macht gerade ihre Runde, um allen Bescheid zu sagen, dass die Hennen derzeit nicht legen. Das passiert von Zeit zu Zeit, kein Mensch kann sagen, warum. Und dass sie auf dem Weg dem Postboten begegnet ist. Er hat ihr das Päckchen anvertraut. Sie ist sicherheitshalber direkt gekommen, um es zu übergeben. Es ist ja ein gar nicht so kleines Paket. Und aus der Schweiz, mit all den fremden, schönen Marken.

Keine der Freundinnen bittet sie zum Öffnen mit hinein.

In dem Päckchen ist ein verplombter Behälter mit Asche. Und ein Brief.

40

Liebe Franziska, schreibt Nora, liebe Luise, liebe Annabel,

ich sitze gerade in einem Hotel in Basel und warte darauf, dass die Sterbehilfeorganisation »Rubikon« meinem Begehren stattgibt. Ich war schon bei einem Arzt, der den Befund bestätigen muss, den ich mitgebracht habe. Eine schriftliche Erklärung habe ich ebenfalls abgegeben. Am Ende ist alles nur Verwaltung. Ach ja, mein Testament liegt bei Gericht; ihr werdet von meinem Anwalt hören.

Es ist gar nicht so übel hier, ich habe mir eine Suite gegönnt. Wenn ich wollte, könnte ich die Whirlpool-Funktion der Badewanne nutzen. Ich habe mich aber für den Fernseher entschieden. Sie haben einen Videokanal mit alten Liebesfilmen, vielleicht versuche ich es mit »French Kiss«, der ist so schön substanzlos. Die Minibar lässt auch keine Wünsche offen; nachher ordere ich mir noch eine Flasche Champagner. Unten in der Boutique habe ich mir ein ganz superbes Nachthemd gekauft, nilgrün, ihr solltet es sehen.

Na, vielleicht werdet ihr es noch sehen. Sie filmen einen bei der Einnahme, wisst ihr, um zu dokumentieren, dass alles legal zuging, falls jemand sie verklagt. Aber das werdet ihr nicht tun, ja? Ihr akzeptiert meine Entscheidung. Und lasst das Band lieber löschen.

Seid mir nicht böse, bitte. Nein, ich weiß, ihr seid es, ihr seid böse, stinksauer seid ihr. Aber das kann ich nicht ändern. Es geht hier nicht um euch, es geht um mich. Als dieser Arzt, der mir doch nur hätte sagen sollen, dass C3PO ready to take off ist, mir plötzlich eröffnete, sie hätten jetzt doch kleine Knoten in der Leber und der Lunge gefunden, da war eigentlich alles klar. Er hatte mich einbestellt, um darüber zu reden, dass man diese Knötchen, quasi lauter niedliche kleine R2-D2, gleich mitentfernen sollte. Alles in einem Aufwasch. Aber als ich nachhakte, wo die denn so plötzlich herkämen und ob da womöglich noch mehr seien, wurde er immer vager. Zückte irgendwelche Tabellen mit statistischen Kurven. Ich erspare euch den Verlauf des Gesprächs. Im Ergebnis lautete es: Der Tumor hat gestreut, den Orten nach zu urteilen in großem Umfang und unaufhaltbar. Wie gesagt, ich hatte mich bereits entschieden, als er anfing, von palliativer Behandlung zu sprechen, von meiner Lebensqualität. Niemand interessiert sich für jemand anderes Lebensqualität, Baby. Wenn gar Ärzte anfangen, das zu tun, dann bist du am Arsch. Ich meine, was für eine Lebensqualität soll das denn sein: eine Sieben-Stunden-OP, anschließend noch einmal Chemo und Bestrahlung, sprich heulen und kotzen wochenlang, nur, um damit maximal noch ein, zwei Jahre herumzuschlurfen, mit einer Vagina, die aussieht wie ein Atomwaffentestgelände, für immer unbewohnbar, und einem Scheißebeutel, der einem vorm Bauch baumelt. Könnt ihr euch mich so vorstellen?

Ich weiß alles, was ihr sagen werdet. Ich kann es hören. Aber ihr kennt mich. Ich habe mich noch nie gescheut, harte Entscheidungen zu treffen. Und diese hier ist die richtige, die einzig richtige. Der einzige Akt der Feigheit, den ich begehe, das gebe ich zu, ist der, euch nicht mit einzubeziehen. Die Kraft für die Diskussionen, die dazu nötig wären, habe ich nicht mehr.

Aber ich werde mir vorstellen, dass ihr da seid, morgen, wenn der Arzt zugestimmt hat und ich in die angemietete Wohnung gehe, in der mir das Medikament gereicht wird. Sie haben mir Fotos davon gezeigt. Die Einrichtung dort scheint mir ein Fall für Oscar Wilde zu sein: »Die Tapete ist schrecklich. Entweder sie geht oder ich.« Nun, in meinem Fall ist die Sache klar: Ich werde mich verabschieden.

Sie fragen einen kurz vorher noch einmal, ob man das wirklich will. Ich werde Ja sagen. Ohne zu zögern. Dann werde ich mir vorstellen, dass ihr da seid und dabeisitzt: Luise mit ihren tollen neuen Haaren und Annabel, die so tut, als könnte sie noch sehen und mir kurz vor Schluss noch was erklärt. Und du, Franziska. Liebe Franziska. Denkt gut von mir.

Mit der Urne könnt ihr machen, was ihr wollt, sie im Dorffriedhof beisetzen oder sie an das Familiengrab in Friesen schicken. Ich würde es vorziehen, in eurer Nähe zu sein. Das war ich mein ganzes Leben lang. Und für den Tod kann ich es mir auch nicht anders vorstellen. Lebt wohl,

eure Nora.

41

Franziska hat den Brief von Nora neben der Tastatur liegen. Wieder und wieder muss sie ihn lesen, um ihre Gedanken in Stellung zu bringen, um die richtigen Antworten zu finden, um auch ja alles zu sagen, was es hierzu zu sagen gibt. Und das ist eine Menge!

Der Bildschirm leuchtet seit Stunden; mittlerweile ist er die einzige Lichtquelle im Zimmer, im ganzen Haus, vielleicht das letzte Licht im Dorf. Franziska hat die Zeit vergessen. Oder wünscht sich vielmehr, dass die Zeit sie vergäße. Dass die Zeit, die hinter Noras Existenz einen irreversiblen Schlussstrich gezogen hat, ihr strenges Regiment aufgibt und den Überblick verliert. Damit alles noch einmal überdacht werden kann. Alles zurück bis zu dem Moment, in dem Nora noch da ist und man mit ihr noch reden und schimpfen und rechten kann. Sie überzeugen kann, überreden zur Not, sie einfach überwältigen. Die Zeit, in der Franziska sagen kann: »Heh, du.« Und es kommt eine Antwort.

Aber die Zeit lässt, nur weil man sie aus den Augen verliert, kein Stück nach. Sie saust nach vorne und nimmt alles mit: Nora bleibt tot, und Franziska wird müde. Noch kämpft sie, man sieht es auf dem Schirm: Die Buchstabenreihen bilden sich rasend schnell. Franziska tippt hastig, ihr Anschlag ist nah am Sichüberschlagen, oft genug tippt sie fehl, haspelt Wörterbrei. Orthografie: egal. Wortgrenzen: überflüssig. Groß- und Kleinschreibung: für die Katz, wenn die das will. Regeln sind Franziska nur im Weg. Sie läuft geradezu Sturm dagegen, stellvertretend für die eine unerbittliche Regel, die Nora gerade aus ihrem Leben herausdekliniert hat.

Immer wieder gerät sie an die falschen Tasten, und es ploppen Menüfenster auf, die sie nicht gerufen hat und hysterisch wieder wegdrückt. Nein, sie will keine Grafiken einfügen. Und sie hat auch keinen Einzug vom rechten Seitenrand definiert. Wieso wird jetzt alles einzeilig? Weg damit! Doch sie wird es in der Hektik nicht los. Stattdessen versinkt ein ganzer Absatz im Text-Nirwana, unwiederbringlich. Franziska beißt sich auf die Lippen. Fängt von vorne an. Franziska kämpft.

Eigentlich beherrscht sie ihr Instrument; sie schreibt im Zehnfingersystem, noch immer schnell, keine Spur von Gicht. Dass sie die Tastenbeschriftung nicht mehr lesen kann: geschenkt, sie tippt eh blind. Im Moment aber blindwütig, am Rande des Systemabsturzes. Drückt hier, sucht da, richtet eine wachsende Verwüstung an. Wütend löscht sie alles wieder: Absatz, Schrift, Format, am liebsten würde sie ihre Gedanken gleich mitlöschen. Denn sooft sie ansetzt, sooft muss sie erkennen: Sie kann Nora nicht antworten. Kann sie nicht widerlegen, kann die Freundin nicht wieder herbeiargumentieren. Es ist alles vergebens.

Eben ist Nora noch da gewesen. Eben hat Franziska sie noch berührt. Mit ihr geredet. Wie viel hat sie ihr Leben lang mit Nora geredet. Jetzt kann sie nur noch an sie denken. Aber an Nora denken und mit ihr reden, das ist immer noch eins. Also redet Franziska mit fliegenden, tippenden Fingern. Alle Wörter müssen aus ihrem Kopf. Auch wenn Nora nicht da ist, um sie zu hören. Solange sie mit Nora redet, mit ihr schimpft und rechtet, solange ist Nora wenigstens als gedachte Gesprächspartnerin immer noch irgendwie da. Franziska kann sie sogar hören neben und über der wütenden Stimme in ihrem Kopf: Die Stimme ihrer Freundin, die ihr widerspricht, die sich erklärt, die sie provoziert, sie auslacht, egal. Alles, was die Nora in ihrem Kopf sagt und tut, ist besser als die bleierne Stille, die von dem Paket ausgeht, das drunten in der Gaststube steht.

Franziska schreibt also gegen die Erschöpfung an. In dem Moment, in dem sie aufgibt und ins Bett sinkt, wird Nora verschwinden.

Wenn sie innehält, dann mitten im Satz. Damit alles schön in der Schwebe bleibt. Die Pause nutzt sie, um ans Fenster zu treten. Um sich eine Zigarette anzuzünden. Um in den Büchern zu blättern, die sich aufgeschlagen auf ihrem Nachttisch türmen. Begonnen, als Nora noch lebte. Wie soll sie die jetzt einfach weiterlesen?

Obenauf liegt *Ein Satz an Herrn Müller,* ein Roman in nur einem einzigen Satz, mit dessen Hilfe der Autor in langen Gedankenschleifen um die 1001 Aspekte seines Lebens schweift. Franziska hat das bisher für ein rein formales Experiment gehalten: Wie schafft man es, alles, was man zu sagen hat, in einen Satz zu packen, ohne je abzusetzen?

Es geht sehr gut, hat sie festgestellt. Vermutlich, weil man im richtigen Leben ja auch unaufhörlich denkt und mit sich selber redet. Sie jedenfalls tut das. Sie kann sich nicht erinnern, dass die Stimme in ihrem Kopf je stumm gewesen wäre. Oder dass sie je etwas anderes getan hätte, als die richtigen Worte zu suchen für alles, was Franziska sieht und hört. Der Sonnenuntergang, den sie mit vierzehn von der Rückbank eines Autos aus sah und der sie überwältigte, einfach so: Wo ist der richtige Ausdruck für den Türkiston, der über der Röte schwebt? Einer, der so vibrierte vor Schönheit, wie sie selbst es innerlich tat im Angesicht des Abendhimmels? Ehe das nicht gelingt, kann Franziska nicht einschlafen, schweift in Gedanken irgendwohin ab, lässt das Badewasser kalt werden und beim Abspülen die Teller fallen. Erst wenn sie das Wort gefunden hat, den Ausdruck, die Phrase, entspannt sie sich. Dann kommt das Nächste. Ein lebenslanger Satz ist das alles.

Aber jetzt leuchtet ihr das alles noch viel mehr ein. Der Herr Müller, an den der Satz in dem Buch gerichtet ist, ist nämlich ebenfalls tot. Bisher hat sie das überlesen. Aber jetzt will es Franziska scheinen, dass der Sprecher des Satzes genau in ihrer Situation ist: Hört er auf zu reden, hört der Satz auf, dann ist derjenige, dem er gilt, erst so richtig tot. Das Buch wurde beendet, der Punkt gesetzt. Alles gedruckt und ediert. Herr Müller ist damit tot.

Und Frau Müller ist auch tot. Denn, und auch das wird Franziska erst jetzt und mit Schrecken klar: Nora hieß ebenfalls Müller, und das ist ihr bisher beim Lesen gar nicht aufgefallen. Nicht einmal hat sie bei der Lektüre des toten Herrn Müller an die lebende Frau Müller gedacht und daran, dass sie sterben könnte. »Grenzt das nicht schon an Fahrlässigkeit, Nora? Sag du doch mal.«

›Hasi, du spinnst.‹ Vergebens wartet Franziska auf diesen Kommentar, den sie ja unmöglich selbst abgeben kann. Nora ist tot. Mausetot, sobald Franziska aufhört, mit ihr zu reden. Zum Glück hat sie ihr noch so viel zu sagen.

Franziska hat nämlich Ansichten zum Tod, zum Freitod zumal, er fällt sozusagen voll in ihr Gebiet. Sie hat ihr halbes Leben darüber nachgedacht. Die Ausbildung für das Altersheim hat das nur noch verstärkt. Und Franziska ist dafür, jawohl. Der Mensch hat ein Recht, seinen Tod zu gestalten, ebenso, wie er sein Leben gestalten kann. Im Grunde ist der Tod ja nur das letzte Kapitel des Lebens. Warum sollte man ausgerechnet da aufhören, man selbst zu sein und seine Entscheidungen zu treffen? Nein, Franziska ist sich sicher: Der Mensch darf abwägen. Was ist gut, was ist schlecht, was lohnt die Mühe oder lohnt sie sich insgesamt eben nicht mehr.

Mehr als einmal schon ist es ihr selbst so vorgekommen, als wäre das alles hier, dieses ganze Leben, gottverdammt mühsam. Und stets hat sie sich vorbehalten, die Konsequenzen zu ziehen, sollte die Bilanz ins Negative rutschen. Bislang sind das Erwägungen. Im Licht dieser Erwägungen allerdings fragt Franziska sich jetzt, warum es ihr so elend geht mit Noras Sterben. Nora hatte gute Gründe. Franziska kann nichts anderes tun, als ihr das zuzugestehen. Sie hat genau die Wahl getroffen, die Franziska auch für sich reklamieren würde, für die sie in mehr als einer Diskussion schon mal auf die Barrikaden gegangen ist.

Nora hat Nägel mit Köpfen gemacht, hat sie rechts überholt. Hat sie zur Theoretikerin gestempelt. Das ist ärgerlich. Aber nicht der Grund für Franziskas Ärger, für die ganze Wut, und die ist groß. Seien wir ehrlich, richtiggehend beleidigt ist sie.

»Hast du unsere Freundschaft überhaupt in die Rechnung einbezogen?«, will sie von Nora wissen. »Wir haben die Chemo zusammen durchgestanden, verdammt, wir waren ein Team. Wir hatten ein Recht darauf, dass du uns einbeziehst. Uns vertraust. Das war doch der Plan für den Gasthof zur Fröhlichkeit.«

So wollten sie das: sich aneinander festhalten. Nora aber hat losgelassen. Nur, weil sie mehr zu leiden hatte? Oder lag es auch daran, dass sie das Band weniger spürte, das sie alle zusammenhielt? Oder ist es so, dass die ganze Freundschaft am Ende nichts nützt, weil jeder allein stirbt? Aber nein: »Du schreibst, dass du dir am Ende vorgestellt hast, wir wären da, sogar, dass du dir weder das Leben noch den Tod anders denken kannst als mit uns gemeinsam.« So ist es, und so ist es gut. »Aber warum, zum Teufel, hast du uns dann nicht wirklich teilhaben lassen? Warum saßen wir in der Schweiz nicht an deinem Bett, heh?«

»Du hast uns nicht auf die Probe gestellt.« Franziska fährt mit dem Fingernagel über die Fensterscheibe, sie weiß selbst nicht, warum. Das Geräusch ist angenehm, es befriedigt sie. Mit dem linken Zeigefinger tippt sie: »Du hast uns einfach nicht vertraut.«

Ihr Nagel bricht ab. Sie fährt über die Stelle: Gänsehaut. Sie wird eine Nagelfeile brauchen. Sie hasst Nagelfeilen. Wie als Kind nimmt sie den Finger in den Mund und schabt mit dem Nagel über die geriffelte Kante ihrer Schneidezähne. Unwohlsein. Diese Fragen sind nicht mehr zu klären. Nora ist nicht mehr da. Nora hat sich umgedreht und ist gegangen. Sie hat sie zum Sterben nicht gebraucht.

»Und dass wir dich zum Leben brauchen könnten, darüber hast du nicht nachgedacht«, murmelt sie. Nimmt den Finger aus dem Mund. Haucht gegen die Scheibe. Eine flüchtige Spur, die sie rasch mit dem Finger durchkreuzt, ehe sie von selbst vergeht. Sie sollte das Fenster vielleicht mal öffnen und lüften. Sie lässt es bleiben. »Was sollen wir denn jetzt machen«, fragt sie, »so ganz ohne Abschied?« Sie sagt nicht: Feigling. Aber sie denkt es. Nicht, weil Nora sterben gegangen ist. Weil sie nicht Adieu gesagt hat.

Franziska hat auch Ansichten zum Abschiednehmen. Die häuft sie alle auf Noras Haupt. Und schämt sich dafür. Nora hatte genug damit zu tun, aus dem Leben zu gehen, auch ohne sich noch mit anderer Leute Haltungen auseinanderzusetzen. Sie ist nicht nach Vorschrift gestorben, auch nicht nach Lehrbuch. Sie hat es allein gemacht und so, wie sie es für sich für richtig hielt. Ich meckere, denkt Franziska. Aber was sie auch denkt, es ändert sich nichts an der einen Tatsache: Nora ist weg. Und Franziska hat ihre Hand nicht halten dürfen.

»Du hast mich allein gelassen.« Franziska drückt ihre Zigarette aus, geht am Computer vorbei und legt sich ins Bett, wo sie tut, was man tut, wenn einem endlich, endlich die Worte ausgehen. Sie weint.

42

Annabel ist ein Gegner des Plans. Noras Urne einfach im Garten zu begraben, das kommt ihr blasphemisch vor, auch wenn sie Atheistin ist. Im Garten beerdigt man Meerschweinchen, tote Amseln oder den Familienhund. Dafür gibt es einsehbare Gründe, Annabel liebt ihre Katze und mag nicht mit der Vorstellung leben, sie einst einer Tierkörperverwertungsanlage zu überlassen. Bestimmt wird die Dreifarbige eines Tages im Garten ihren letzten Ruheplatz finden. Aber für Menschen gibt es angemessene Orte und eigene Traditionen. Sie alle haben Nora geliebt und wollen sich nicht von ihr trennen, gut. Aber soll die Freundin am Ende unter einem selbst gebastelten Holzkreuz zwischen »Blacky« und »Purzel« zu liegen kommen?

Die Entscheidung fällt schließlich mit zwei Stimmen gegen eine, und Annabel beugt sich als Demokratin diesem Beschluss. Sie stellt sogar Thorwald als Totengräber zur Verfügung. Er hat lange genug als Gemeindearbeiter gearbeitet, da gehörte auch der Friedhof zu seinem Aufgabengebiet, die Kieswege, die Bäume, die Komposthaufen. Und wenn es einen zu beerdigen gab, dann hob er für den Bestatter die Grube aus, schaufelte hinterher wieder alles zu und arrangierte die Kränze darauf so, dass es ein Gesicht hatte. Zum Leichenschmaus war er immer geladen; er kam etwas später, wenn die Stimmung meist schon umgeschlagen war von tränenselig zu erinnerungstrunken, mit Erde unter den Nägeln, aber im weißen Hemd.

»Meine These ist«, erklärt Annabel, während sie untergehakt an Thorwalds Arm durch den Garten geht, »meine These ist, dass Rituale ganz wichtig sind. Man tut etwas immer wieder auf die gleiche Weise und an derselben Stelle. Das ist wichtig.«

Vorsichtig geleitet Thorwald sie über die rutschigen und schlammigen Stellen. »Alles, was man macht, ist besser als das, was man nicht macht«, bestätigt er. »Bleib mal da stehen.« Er sondiert mit der Schaufel den Boden. »Ist zum Glück nicht hart gefroren.« Annabel hört das feuchtkalte »Tschk«, wenn da Erde ist, das »Klck« von Steinen und dieses »Rrpff«, wenn es durch Gras und Wurzeln geht. Ob noch viel Schnee liegt? Ob Raureif die Zweige und Gräser überzieht? Sie hätte Handschuhe mitnehmen sollen. Ohne Thorwalds Nähe wird ihr rasch kalt. Sie hebt den Kopf ein wenig und spricht lauter, um ihn wenigstens mit der Stimme zu erreichen. »Nimm Friedhöfe zum Beispiel; die gibt es nun mal schon sehr lange. Das macht sie selbst dann zu etwas Heiligem, wenn man nicht an Heiliges glaubt, verstehst du?« Es gibt einen neuen Laut, hohl, so wie Boden nicht ist.

»Halt das mal.« Thorwald drückt ihr die Schaufel gegen den Arm.

»Ich glaube einfach, dass es uns allen sehr gut täte, wenn wir uns an etwas festhalten könnten, das ein bisschen größer ist als eine Laune.« Sie tastet nach dem Schaufelgriff, glatt wie poliert, gerundet für eine Hand, die größer ist als ihre. Thorwalds Wärme wohnt noch im Holz. »Eine Augenblickslaune oder eine von Franziskas bunten Ideen. Verstehst du? Franziska in Ehren. Aber sie ist nicht Moses. Oder Cheops. Wir brauchen etwas, das, wie soll ich es sagen …«

»… alt ist«, ergänzt Thorwald ihren Satz. Seine Stimme klingt ein wenig gepresst und kommt von unten. Offenbar bückt er sich gerade. Sie kann spüren, dass er Kraft aufwendet.

»Altehrwürdig«, präzisiert Annabel. »Warum sollen wir das Rad neu erfinden? Die mitteleuropäische Bestattungskultur …« Sie hört wieder das reißende, rupfende Geräusch, das sie vom Unkrautjäten so liebt, nur mächtiger. Als würde etwas sehr Altes aus dem Boden geholt werden. Dann ein Knarren. Metallene Scharniere, ein dumpfer Aufschlag. Danach fühlt die Stille sich neu an. Alle Geräusche erhalten mit einem Mal einen Hall wie einen Heiligenschein. Und aus dem Boden steigt eine Kälte auf, dichter, schwerer und älter als die der Luft.

»Was ist das?«

»Eine Kartoffelmiete, wie es aussieht«, stellt Thorwald fest. »Wusste gar nicht, dass ihr so was habt.« Er betrachtet das Loch, das sich unter dem Lukendeckel auftut: Eine Holztreppe führt hinunter, er zählt acht Stufenbretter, eines davon ist gesplittert, der Rest sieht modrig aus.

Der Boden besteht aus nackter, festgeklopfter Erde. Im Hintergrund kann man erkennen, dass ein primitives Steingewölbe aufgemauert wurde. An den meisten Stellen ist der Stein allerdings verdeckt von einem dichten Belag aus Spinnweben, Staub, Wurzelwerk und Erde. Nahe des Einstiegs versuchte sogar ein kleiner Farn sich von dem Restlicht zu ernähren, dass durch die Ritzen der Abdeckung dringt. Zwei Balken stützen die Mitte des Gewölbes. »Eher schon ein eigener Keller«, präzisiert Thorwald seine Einschätzung.

»Das Haus selber hat keinen Keller«, stellt Annabel fest. »Braucht es ja auch nicht bei all den Anbauten, Kammern und Scheunen.«

»Er ist auch leer«, meint Thorwald. Nachdem er sich auf die Knie niedergelassen hat, um weiter hineinzuspähen, fügt er hinzu: »Ist zusammengebrochen.« Stück für Stück beschreibt er Annabel, was er sieht: den ebenen Grund, die Feldsteine, vermutlich aus den umliegenden Äckern gegraben, die sich zum Mauerwerk fügen, das alte Holz. In ihrem Kopf fügt sich das alles zu einem Bild, das über das Gehörte hinausgeht.

»Wo sind wir genau?«, will sie wissen.

»Bei der Weide. Zwischen dem Küchenfenster und dem Platz, wo Luise eine Bank hinhaben will.« Was er nicht sagt: Es ist ein schöner Ort, von dem Baum überwölbt, geradezu behütet. Getrennt vom restlichen Garten durch die jetzt verwaisten Beete, begrenzt vom Haus, den Fichten im Hintergrund, dem Räucherhäuschen und der Teichwanne. Ein friedlicher Ort. Annabel kann es spüren.

Als Annabel ein, zwei Schritte nach vorne macht, hält Thorwald sie am Ellenbogen zurück. »Nicht. Die Stufen. Ich muss das erst richten.« Er sagt es so, als wäre es schon so gut wie geschehen.

Annabel nickt. »Kannst du auch einen Tisch bauen und eine Bank?« Sie war ja gegen den Plan, aber mit dem hier ändert sie ihre Meinung. Es ist etwas anderes, als Noras Urne unter einen Büschel Gänseblümchen zu schieben. Es riecht altehrwürdig, es klingt auch so. Es fühlt sich richtig an.

»Du meinst, wie in einer Kapelle?« Damit hat er das Wort ausgesprochen, das in ihrem Kopf herumgeisterte. Jetzt ist es in der Welt und passt. Thorwald überlegt. »Das geht.«

»Gut«, sagt Annabel und nimmt seinen Arm. Sie müssen es den anderen erzählen. Das Votum fällt diesmal einstimmig aus. Thorwald erhält den Auftrag zum Ausbau einer Gruft hinter dem Gasthaus zur Fröhlichkeit. Er nimmt sich Zeit dafür. Zuerst säubert er das Mauerwerk und überprüft es, dann verstärkt er die Träger, ergänzt sie durch stabilisierende Querstreben im Fachwerkstil. Auf einen Estrich verzichten sie einvernehmlich. Der festgestampfte, trockene Erdboden passt genau in den Raum. »Erde zu Erde«, wie Annabel sagt.

Als Treppe holt Thorwald alte Stufen aus einem Abrisshaus, auf das Freunde ihn aufmerksam machen. Die Baustelle dort ruht über den Winter. Der Besitzer hat nichts dagegen, dass Thorwald sich bedient. Das Holz ist fast schwarz und seidenglatt vom Gebrauch über mehr als hundert Jahre. In der Mitte haben Füße Mulden gegraben. Am schönsten ist die gerillte Holzkugel, die das Ende des Geländers schmückt.

Annabels Finger kennen die Rillen samt ihrer Unebenheiten bald auswendig. Sie sitzt gern im Schuppen hinter dem Bauwagen, wo Thorwald sich seine Werkstatt eingerichtet hat, lauscht den Geräuschen von Hammer und Säge, dem Zischen des Schleifpapiers und Thorwalds Atem, der mal lauter wird und mal leiser, aber immer im selben Rhythmus, und der nicht innehält. Eine Schnur, die niemals reißt: Annabels Ariadnefaden.

»Ich bin zu alt, um mich abzuschuften«, sagt er und arbeitet permanent.

»Nimm dir Zeit«, bestätigt Annabel. Sie sagt es, so liebevoll sie kann.

Es ist ein wenig feucht im Schuppen, deshalb heizen sie den Kanonenofen. Annabel hört nun auch das Knistern der Flammen, sie spürt die scharfe Hitze an ihren Knien, die Kühle um die Knöchel. Manchmal, wenn plötzlich der Lärm aussetzt, spürt sie kurz danach die Wärme von Thorwalds Hand, die über ihr Gesicht streicht. Sie greift danach und hält sie fest. Riecht daran: Harz, Holz, Erde, Rauch, Schweiß. All das gehört zusammen und vermischt sich mit dem glatten Gefühl unter ihren Fingern, wenn sie danach wieder über die Oberfläche der Urne streicht, die in ihrem Schoß ruht.

»Du weißt, dass ich dich liebe, oder?«, sagt sie dann und lässt ein klein wenig offen, wen sie meint. Thorwald, natürlich, an erster Stelle. Aber da ist auch für Nora Platz. Ein kleiner, offener Türspalt.

Die Arbeiten dauern, und das ist gut so. Aber Nora ist die ganze Zeit gut aufgehoben.

»Schau es dir an«, ist Annabel fast versucht zu sagen. Sie möchte die Urne hochheben, um ihr alles zu zeigen. Als wäre Nora ein Kind, das man auf die Baustelle des künftigen Eigenheimes mitnimmt. »Dein Zuhause. Es wird dir gefallen.«

Den Tisch finden sie auf dem eigenen Dachboden. Dort, wohin alles aus ihren früheren Leben verbannt worden ist, von dem sie sich noch nicht trennen können. Der Tisch stammt aus Noras Wohnung. Sie und Gabriel müssen einander zum Essen daran gegenübergesessen haben, ein wenig zu weit auseinander vermutlich, um so richtig zusammenzukommen. Er ist fast vier Meter lang, und für einen Altar strahlt er genau die richtige feierliche Distanz aus. Und jetzt muss er sich nicht mehr auf zwei Personen konzentrieren. Der Tisch gehört Nora allein.

Die Bank holen sie aus dem Gastraum, ihrem Wohn- und Esszimmer. Damit entsteht unter der hinteren Fensterfront Platz für ein Sofa. Bislang gab es diesen Luxus nur im Fernsehzimmer. Franziska ist zuerst dagegen. Noras Weggang, der so wehtut, sollte nicht so schnell mit positiven Veränderungen verbunden sein. Sie verweigert eine Fahrt in die Stadt ebenso wie einen Bummel durch das Internet. Schließlich ist es die ahnungslose Petra, die ihnen zur Lösung verhilft. Ihre Cousine baut um und trennt sich von alten Möbeln. Darunter ist auch ein Biedermeiersofa mit rot geblümtem Damastbezug. Das will Luise haben. Annabel findet die anmutig geschwungenen Lehnen reizvoll. Und auch Franziska kann nichts mehr dagegen einwenden, dass die stämmigen Söhne der Cousine ihnen das Möbelstück ins Haus tragen. Die Welt hat sich um ein weiteres merkliches Stück verändert.

Thorwald lässt Tisch und Bank so lange ein, bis sie fast so dunkel wie die Treppe sind. Jetzt riecht es in der ehemaligen Miete nach Stein und Erde, nach Asche, Männerschweiß, Holz und Wachs. Blumen kommen dazu, weil man das auf Gräbern und in Kirchen so macht: Man stellt Vasen auf und kümmert sich um wechselnde Bestückung. Annabel lässt es sich nicht nehmen, die Sträuße selbst zu schneiden; sie tastet nach den schönsten Blüten und arrangiert sie so lange, bis alles sich richtig anfühlt. »Lass dir Zeit«, sagt Thorwald, der mit einer Zeitung danebensitzt. Er sagt es, so liebevoll er kann.

Fehlt nur noch der Weihrauch. Er stammt aus Franziskas jahrmarktbuntem Räucherstäbchensortiment, dennoch ist Annabel mit diesem letzten Requisit einverstanden. Überhaupt hat sie sich mit dem ganzen Plan ausgesöhnt. Nora hat nun einen Platz in ihrer Nähe. Und sie haben eine Tür, durch die sie gehen können, um Nora dahinter zu finden.

Für den Beerdigungskaffee kommt Thorwald ganz selbstverständlich mit ins Haus. Es ist das erste Mal, dass er mit ihnen in der Küche sitzt. Mit Erde unter den Nägeln, doch im weißen Hemd. Einmal springt er noch auf, um sich die Hände zu waschen, als er sieht, dass Franziska das gute Geschirr herausholt. Sie stellt Schnapsgläser dazu. »Luise, Schätzchen«, sagt sie. »Ist da nicht noch ein Whiskey unter der Theke?«

Luise holt ihn. Teller hinstellen, Tassen, Servietten suchen, sich zurechtsetzen, Flaschen aufschrauben, im Raum herumsehen, all die alltäglichen Verrichtungen. Und bei all dem ist Nora nicht mehr dabei.

»Ich kann es nicht glauben«, sagt Luise. »Sie ist einfach weg.« Der einzig mögliche Satz. Und auch er klingt falsch. Annabel hält unter dem Tisch Thorwalds Hand.

43

Luise schleicht über den Flur. Franziska räumt, Annabel kehrt, die beiden fuhrwerken im Duett durch das Erdgeschoss, sie ist unbeobachtet. Das verschafft ihr eine gewisse Befriedigung. Auf Zehenspitzen nähert sie sich der Tür zu Noras Zimmer. Es ist groß und hell und kalt. Es erinnert Luise an das Schlafzimmer ihrer Eltern, das immer der schönste Raum im Haus war, voller Morgenlicht, mit wunderschönen Vorhängen und einem Überwurf aus demselben geblümten Stoff auf dem Bett. Doch es war unbeheizt. Luise hat das nie ganz verstehen können: Warum gerade die beiden Menschen, die in ihrem Kinderleben wie nichts sonst für Wärme und Geborgenheit standen, in einem so kalten Raum lebten. Als Erstes dreht Luise die Heizung auf.

Dann atmet sie tief ein. Ein Geruch nach Frau. Nach Puder und Parfum, nach Stoffen und nach Feinem: Feinwaschmittel, Feinleder, ein duftendes Feinerlei. Das war Nora für die Nase. Da, in der Birkenholzkommode, ist das Fach mit den Dessous, das die Katze im Sommer entweiht hat. Darüber gibt es eine Schmuckschublade, genau wie bei ihrer Mutter. Nora hat mehr und alles auf rotem Samt: die Ringe in Steckbetten, die Ohrringe zu Paaren in ausgeschlagenen Fächern. Die Ketten sind in Säckchen geborgen, zumindest die Perlen und das schwere Gold. Als warteten sie nur darauf, dass Panzerknacker kämen und sich die Säcke über den Rücken würfen. Schätze eben.

Der Modeschmuck hängt separat innen an der Kleiderschranktür. Was für ein Rasseln, wie von Klapperschlangen, auch wenn man sie noch so verstohlen öffnet. Aber die Schlangen beißen nicht. Nora hat immer alle souverän gebändigt und sich umgehängt, selbst die fettesten und kapitalsten. Nie hat sie Angst gehabt vor dem Biss der Mode.

Luise gönnt ihnen allen nur einen kurzen Blick. Lieber gleitet sie mit ihrer Hand über die Kleider, langsam, von ganz links nach ganz rechts, keines auslassend, das ist wichtig. Wie gut sich das anfühlt: Angora, Seide, Leinen, Filz, fischkaltes Polyester, Falten, Rüschen, knubbelige Borten, Brokat, Pailletten, die man mit und gegen den Strich streicheln kann. Über die Schulter, den Arm entlang und wieder hinauf. Noras schöne Häute.

Luise summt, dennoch hört sie das leise Knistern, mit dem ihre trockene Hand über die Stoffe streift, und muss sich schütteln. Wo hat sie nur die trockene Haut her? Verwundert hebt sie die Hände, die ihr gerade sehr fremd vorkommen, und dreht sie vor den Augen. Die Haut ist welk, die Innenseiten ein Irrgarten von Falten, kaum dass man die Lebenslinie findet in dem Chaos. Wann ist das denn passiert? Sie wird zu viel im Garten gearbeitet haben, daher auch die Flecken und die seltsam geriffelten Nägel, das muss es sein. Sie denkt nicht weiter darüber nach. Lieber vergräbt sie auch ihr Gesicht im Stoff und atmet tief ein. Ahh: *Lavendel, Oleander, Jasmin, Vernell*! Sie spürt den hohen, jubelnden Schlusston des Verses tief in sich drin.

Mutti ist eine so schöne Frau mit so schönen Kleidern. Eigentlich darf Luise sie nicht berühren. Das ist streng verboten. Aber manchmal schleicht sie sich eben heimlich herein. Ob Nora böse wäre? Aber Nora ist nicht da. Nora hat sich aufgelöst und ist nun ganz aprikosenfarbener Traum und Trésor von Chanel und Pelze und Samt. Und jetzt wird es im Zimmer auch warm. Wie viel Platz hier ist. Tanzen könnte man.

Luise erinnert sich an etwas, hält inne und stellt sich auf die Zehenspitzen, um mit den Fingern oben auf den Schrank zu kommen. Es gelingt knapp. Doch so angestrengt sie auch herumtastet: Dort liegt nichts. Keine Hefte, keine seltsamen, irritierenden und doch so wahnsinnig interessanten Journale. Nora hat keine Geheimnisse, wie Mutti und Vati welche hatten. Und das ist besser so für Luise. Sie ist sehr zufrieden und wischt sich den Staub an den Hosenbeinen ab. Bei Nora lauert nichts.

Jetzt kann sie sich in aller Ruhe und ohne Reue einen Schal aussuchen. Sie wählt einen grün-rot-violetten mit Fransen und einem persischen Muster wie ein Paradiesgarten. Dazu muss man sich Parfum auflegen, nur einen Hauch natürlich, hinter die Ohren, so hat sie das gelernt. Hinter die Ohren, warum auch immer, aber dort scheint das rosige Geheimnis des Frauseins nun einmal zu wohnen. Deshalb vermutlich müssen die Mädchen dort alles immer so gründlich mit dem Waschlappen schrubben, ehe sie so weit sind, es stattdessen parfümieren zu dürfen.

Zwei weitere Tropfen an die Handgelenke, »an den Puls«. Die Stimme hat sie noch im Ohr. Das klingt bedeutungsvoll und wichtig: An den Puls, das ist wie an den Quellen des Lebens. Mit großer Ehrfurcht vollzieht sie auch dieses Ritual. Legt dann zwei goldene Armbänder um, die sich nur langsam erwärmen und mit ihrem Gewicht bedeutungsvoll an den Handgelenken ziehen. Jetzt noch ein, zwei, drei der langen Rasselketten über den Schal. Luise betrachtet sich im Spiegel.

Auch hier stimmt etwas nicht. Der Schrank von Nora gibt ihr Bild verzerrt wieder, viel runder und breiter. Das muss an den Rundbögen liegen, mit denen die einzelnen Türen vorne abschließen, runde weiße Schleiflackbögen mit eingelassenen Lämpchen, die aber immerhin ein sehr schmeichelhaftes apricotgelbes Licht auf alles werfen.

Trotzdem schade, dass sie so rund aussehen muss. Versuchsweise hebt sie die Arme: Früher waren da schmale Gelenke gewesen, an denen die goldenen Bänder breit und weit herabhingen wie viel zu große Sklavenketten. Auch dass die Zöpfe ab sind, findet Luise schade. Sie kann sich beim besten Willen nicht erinnern: Wo sind sie geblieben, die Zöpfe? Das muss doch Tränen gegeben haben, Vorwürfe und Wut. Solche Mädchenzöpfe verschwinden doch nicht einfach so? Hat sie sich denn gar nicht gewehrt? Aber sosehr sie auch in sich forscht, sie kann keine schlechten Gefühle finden, keine unangenehme Erinnerung an Streit oder Gewalt. Wenn es sie gegeben hat, ist sie lange vergangen. Die Zöpfe sind weg, stattdessen sind da diese leicht gelockt ihr Gesicht rahmenden kinnlangen Haare, die sie jetzt probeweise hinter die Ohren streicht.

Luise lächelt sich zu. Ja, sie ist schön. Nicht so schön wie Annabel mit ihren gemeißelten Wangenknochen und den Augen wie blaue Teiche. Nicht wie Franziska mit ihrer Mähne und dem Tänzerinnenkörper. Nicht so schön wie Nora, der elegante Kobold. Auch nicht wie Mutti mit der Bienenkorbfrisur und der weichen Müdigkeit um die Augen. So schön wie die Haut auf Pudding ist sie immer gewesen und so zart. Man musste einfach den Finger ausstrecken und sie ganz, ganz sanft streicheln. So, wie Luise jetzt über ihre eigene Wange fährt.

Luise tanzt. Luise singt. Als sie müde wird, legt sie sich in Noras Bett, das so wunderbar verbotene. So, wie Schneewittchen sich in die Zwergenbetten legte, nur besser: Denn dieses Bett ist riesig und Luise winzig klein. An einer Stelle hebt sie die Tagesdecke an, die schön gemusterte, brokaten schimmernde, aber ach so schwere. Es ist fast Arbeit, sich da hineinzugraben. Luise lässt nicht nach, bis sie das weiche Fleisch der Federbetten gefunden hat und sich so richtig hineinkuschelt. Hat sie es doch gewusst: So kalt das Zimmer ist, so seltsam fern die Pracht und nur leise verheißungsvoll der Geruch – im Kern wohnt doch die Zärtlichkeit. Die Wärme. Und dahin hat sie sich vorgewühlt.

Luise schafft sich Platz. Sie zerrt und baut und hat bald eine kleine Betthütte beisammen aus Decken, die Wände sind und Dach und Vorhänge und Tür und Bett im Bett. Darin wohnt sie jetzt ihr Lebtag und hält das Stübchen fein sauber. Und wenn sie nicht gestorben ist …

Luise hat Lektüre dabei. Sie öffnet das Buch mit ihren goldgeschmückten Händen, blättert und streichelt die Seiten, begrüßt die vertrauten Illustrationen und beginnt zu lesen: Es war einmal …

44

Ende Januar klingelt das Telefon im Gasthaus zur Fröhlichkeit. Franziskas langjährige Agentin ist am Apparat. »Wegen dieser Kindersache, die du mir vorgestellt hast.«

»Ja?« Franziska hält den Atem an.

»Also, ich habe das bei einigen Verlagen herumgereicht. Ich bin selber nicht firm in dem Bereich, das weißt du. Die Kinderbuchbranche ist Neuland für mich.«

»Danke, dass du das für mich machst«, antwortet Franziska reflexartig und schraubt ihre Erwartungen herunter.

»Deswegen kann ich das nicht richtig einschätzen. Aber wie es bis jetzt aussieht, sind alle interessiert, die den Probetext gelesen haben.«

Franziska schnappt nach Luft. Dann versucht sie sich zu beruhigen. Interesse ist unverbindlich, das heißt noch gar nichts. Schon des Öfteren hatte ein Verlag sein »Interesse« an einem ihrer Manuskripte bekundet, und es war am Ende nichts, aber auch gar nichts dabei herausgekommen. Allerdings war es noch nie mehr als ein Verlag gewesen.

»Bist du mit dem Manuskript schon fertig? Ich würde gern den vollständigen Text verschicken.«

Alles in Franziska drängt dazu, »Nein« zu sagen. Im Moment herrscht immerhin noch Interesse, das war ein Zwischenreich, aber ein hoffnungsvolles, so etwas wie Morgendämmerung. Waren die Absagen da, dann wäre der allzu vertraute Alltag wieder eingekehrt. »Ich weiß nicht …«, sagt sie.

»Du *weißt* es nicht?« Die Agentin klingt ratlos. »Du bist die Verfasserin, du solltest es wissen.«

»Ich meine, ich weiß nicht, ob ich das schon aus der Hand geben kann. Es ist noch nicht rund, wenn du verstehst. Ich bin noch nicht zufrieden damit, wie ich den Elternkonflikt gelöst habe, und die Peripetie klemmt noch.«

Die Agentin seufzt. »Von wie viel Text sprechen wir denn?«

Franziska beißt sich auf die Lippen, gibt aber am Ende zu, dass es sich um das Gesamtmanuskript handelt. Im ersten Entwurf aber nur. Eine totale Rohfassung.

»Schick es mir, ich mache mir dann selbst ein Bild.« Die Agentin lässt sich auf keine Diskussion ein. Franziskas Einwände schmettert sie ab. »Schick es mir bis Ende der Woche. Wenn es nichts taugt, werden wir eben mit der Leseprobe in die Auktion gehen.«

»Auktion? Was für eine Auktion?«

Die Stimme der Agentin klingt nach Stirnrunzeln. »Ich habe doch gesagt, dass es mehrere Interessenten gibt. In solchen Fällen wird eine Auktion angesetzt und das Projekt an den Meistbietenden gegeben. Aber darüber reden wir, wenn es so weit ist. Nicht vergessen, die Datei zu schicken.«

Franziska bleibt erschüttert zurück. Interesse, das hat sich so unverbindlich angehört, Interessenten, das klingt – irgendwie professionell. Fast bedrohlich. Klingt nach verkaufsoffenen Sonntagen in Musterhaussiedlungen. Es klingt ernst. Gar nicht nach ihr. Sie weiß nicht recht, was sie davon halten soll.

Sie ruft nach Annabel, ruft nach Luise, doch bekommt keine Antwort. Also steht sie auf – mit schmerzendem Kreuz, wie so oft neuerdings. Sie reibt sich das Iliosakralgelenk, nein, sie fühlt sich nicht wie jemand, der möglicherweise gerade einen erfolgreichen Start hinlegt. Erfolgreiche Autoren haben keine Kreuzbeschwerden, oder? Noch eine Frage, die jemand ihr beantworten müsste. »Wo steckt ihr, Mädels?«

Niemand in Annabels Zimmer, keiner da bei Luise, nur überall Blätter mit Skizzen, die in der Zugluft flattern, als Franziska weitereilt. Sie steuert den Anbau an. Niemand da bei Nora. Das steril wirkende

Zimmer, das schon zu Noras Lebzeiten verlassen und überhaupt nur kurz bewohnt worden war, wirkt wie eine Ohrfeige. Sie sinkt auf Noras Kingsize-Bett, streicht gedankenlos die leicht zerknitterte Decke mit der Hand glatt. Was hat sie sich gedacht: dass Nora stirbt und sie wird reich und berühmt?

Die werden dich lieben, Hasi, hört sie Noras Stimme.

Du weißt doch, wie es ist, Nora. Sie führt den Dialog mit der Freundin lautlos. Wann immer die Herren in den Anzügen kommen und es ernst wird, sitze ich da und frage mich, wann ich wieder zum Spielen raus darf. Und die riechen das.

Sie weiß, Nora würde ihr da nicht widersprechen, aber vielleicht würde sie sagen: Das ist Kinderbuch, da darf man unreif und verpeilt sein. Das gehört da quasi zum Markenprofil. Nora würde lachen und sich eine anstecken.

Franziska klagt: Am Ende werde ich immer aussortiert.

Nora kneift die Augen gegen den Rauch zusammen. Am Ende erst? Es ist das Gefühl, mit dem du *antrittst*, Schätzchen. Mach was dagegen.

Auf dem Nachttisch liegt noch eine Packung mit russischen Zigaretten. Franziska schnappt sie sich und flüchtet aus dem Raum.

Die Küche ist leer, der Gastraum ebenfalls, der Fernseher schweigt. In der Scheune drüben kein Licht. Nervös zündet Franziska sich eine an. Kratziger Parfumgeruch. Mach was dagegen. Es klingelt.

Mit gerötetem Gesicht reißt Franziska die Tür auf. »Stellt euch vor …« Sie verstummt, als sie Petra Wehner erkennt.

Sie hat nachgedacht, erklärt die Friseurin. Annabel habe beim Weihnachtskonzert erzählt, die kranke Freundin sei in der Klinik. Vor zwei Wochen bei der Gymnastik habe sie gesagt, die Freundin sei gestorben. Das müsse dann ja um Silvester gewesen sein, oder?

Franziska ist so konsterniert, dass ihr keine Antwort einfällt. Mach was dagegen, sagt die Stimme in ihrem Kopf.

Petra Wehner steckt das schwarze Notizbüchlein ein, in dem sie die Termine nachgeschlagen hat. »Kann ich einen Kaffee haben?«

»Ich bin gerade allein«, sagt Franziska, »die anderen sind … irgendwo.«

»Dann leiste ich dir Gesellschaft.« Petra ist schon in der Gaststube. »Hier hat sich wenig verändert«, stellt sie fest. Da sitzt sie. Franziska flüchtet in die Küche. Als sie mit der Kanne wiederkommt, hat sie die Umrisse einer Geschichte. Es ist nur eine flüchtige Skizze, ihre Agentin würde nicht darauf bieten, aber es muss genügen.

»Nora ist in der Klinik gestorben«, sagt sie. »Es war ein leichter Tod am Ende, zum Glück, nach all dem, der Bestrahlung, der Chemo. Der Operation. «Sie bemüht sich um ihren Altenheimton. »Am Schluss war es ein Segen. Ihr Herz hat einfach ausgesetzt. Milch und Zucker?«

Petra nimmt beides und will wissen, wann das passiert ist. Ihr schwarzes Büchlein liegt wieder auf dem Tisch. Franziska zweifelt nicht daran, dass es die maßgebliche Dorfchronik enthält. Sibylle Hagen hätte da einen Schatz für ihr höchst lückenhaftes Archiv.

»An Silvester«, sagt Franziska. Silvester ist gut, Silvester erklärt wunderbar, warum keine von ihnen auf der Straße war, um Raketen abzuschießen und Neujahrsgrüße auszutauschen. Silvester ist außerdem ein schönes Wort, sie hatte mal eine Katze, die so hieß. »Die Klinik hat uns kurz vor Mitternacht angerufen.« Sie drückt ihre Zigarette in der Untertasse aus. »Dreiundzwanzig Uhr siebenundvierzig«, sagt sie mit Blick auf das schwarze Buch. Petra Wehner entgeht die Ironie der Geste ganz offensichtlich, denn sie schreibt gewissenhaft mit und notiert die genaue Zeit, zu der Franziskas Sohn Philipp einst das Licht der Welt erblickt hat. Es ist der einzige Zeitpunkt, den Franziska sich je gemerkt hat.

»Die Arme. Sie war so eine Lebhafte, nicht wahr?« Petra bläst auf ihren Kaffee. »Wusste genau, was sie wollte. Hat klare Ansagen gemacht, schätze ich.« Sie taxiert Franziska von der Seite. »Sie hat dich Hasi genannt. Euch alle.« Sie macht eine Pause. »Manchmal habe ich mich schon gefragt, wie ihr das so aushaltet.«

Franziska setzt sich stocksteif hin. »Sie war toll.« Mehr wird ihr nicht dazu über die Lippen kommen.

»Oh, war sie bestimmt. Wann war denn die Beerdigung?«

Franziska weiß, sie darf jetzt nicht zögern. Sie muss Nora anständig unter die Erde bringen. Das Mausoleum in ihrem Garten ist total illegal. Aber es ist das, was sie aufrecht hält. Annabel und Luise sitzen immer wieder lange dort. Luise erneuert jede Woche die Blumen. Annabel schimpft wie ein Rohrspatz und weint dann, beides tut ihrem Teint gut. Petra wird ganz bestimmt nicht diejenige sein, die ihnen das wegnimmt. Rasch sagt Franziska: »Na, drei Tage später, wie gesetzlich vorgeschrieben halt. Am dritten, ja. Am 3. Januar.«

»Aber nicht hier bei uns. Oder?« Petras Stimme, die alle Stufen mitfühlenden Verständnisses erklommen hat, erreicht bei dem Wort ›Oder?‹ eine unangenehme Höhe.

»Nora war nie so ganz hier angekommen, weißt du.« Franziska fixiert Petra scharf. Soll sie darin ruhig eine Kritik an sich selbst bemerken, an dem ganzen Dorfsumpf, zu dem sie beiträgt. »Sie konnte nie wirklich mit den Leuten hier und hat verfügt, dass sie in das Familiengrab in Friesen kommt.«

»Und ihr wart natürlich dabei.«

»Natürlich«, bestätigt Franziska viel zu schnell, wie ihr sofort klar wird.

Petra lässt ihr keine Zeit, darüber nachzudenken: »Aber eure Autos standen doch die ganzen Feiertage auf dem Hof. Die alte Stöcklein ist sich da ganz sicher.« Ungeniert zieht sie ihr Büchlein zurate. »Alle Wagen, vom 30. Dezember bis zum 4. Januar.«

»Ach, ist das so.« Franziskas Magensäurepegel steigt. Sie sieht Frau Stöcklein, die mit dem Fernglas auf der Lauer liegt, auf dem Kopf eine karierte Sherlock-Holmes-Mütze, hinter ihr Petra Wehner mit Stift und schwarzem Notizbuch, die murmelt: Wir erwischen sie schon noch. Früher oder später erwischen wir alle. Das hier ist absurd, sagt sie sich, einfach nur absurd. Am absurdesten ist, dass sie echte Angst hat. Wie der Verdächtige in einem dummen Fernsehkrimi holt sie umständlich eine weitere Zigarette aus der Packung, ehe sie langsam sagt: »Wir haben die Bahn genommen und ein Taxi. Es war ja nicht das beste Wetter.« War es richtig, das Wetter zu erwähnen? Sie könnte wetten, dass Petra im Gegensatz zu ihr alles über das Wetter des letzten Monats weiß.

In dem Moment klackt das Türschloss. Annabel und Luise kommen herein, dick eingewickelt in Schals und Mützen.

»Petra ist da«, ruft Franziska ihnen entgegen, laut und deutlich, damit auch Annabel die Situation rasch begreift. »Sie möchte wissen, wie es auf der Beerdigung von Nora war, ihr wisst schon: am 3. Januar in Friesen.«

»Ach«, sagt Luise und verschwindet in der Küche.

Annabel setzt sich nach einigem Umhertasten und lockert ihren Schal. Franziska stupst sie unter dem Tisch mit dem Fuß. »Petra wundert sich, dass unsere Autos die ganze Zeit dastanden. Ich hab ihr erklärt, dass wir mit der Bahn gefahren sind. Bei so einer weiten Strecke das Beste.«

»O ja, sehr weit«, bestätigt Annabel.

»Und angesichts des Wetters.«

Petra ist voller Verständnis für diese Entscheidung. »Friesen, liegt das in Friesland, ja? Das muss wirklich weit sein. Bestimmt seid ihr über Nacht geblieben.«

»Ibis-Hotel«, antwortet Franziska schnell. Beim Lügen kommt es auf die Details an. Und auf das Auslassen derselben. Deshalb verschweigt sie souverän, dass es sich bei Friesen um einen Stadtteil von Kulmbach im Frankenwald handelt und nicht um eine Gemeinde an der Nordsee. »Es lag in einem Gewerbegebiet, aber es war ja nur für eine Nacht.«

»Soso.« Petra betrachtet die Einrichtung. Ihr Blick bleibt an Annabel hängen, die den Kopf erhoben hält wie ein witternder Hund. »Wir sollten bald mal wieder nachschneiden.« Sie greift nach Annabels Haaren und prüft die Spitzen. »Das ist mir neulich schon aufgefallen, als du zum Teich unterwegs warst.«

»Teich?«, fragt Franziska alarmiert.

»Na, sie hat ja nun nicht gefehlt bei Thorwalds traditionellem Neujahrs-Karpfenessen.« Petra hilft den Freundinnen auf die Sprünge. »Am 4. Januar, wie immer. Ich bin ja nie eingeladen. Aber mein älterer Bruder war da, der Günther.«

»Stimmt, ich war nicht mit zur Beerdigung.« Annabel stößt es schnell und tonlos aus. »Wegen, wegen meiner Augen. Und weil ich gern weiß, dass der Herd aus ist.« Sie atmet ein, atmet aus. »Wegen der Haare«, wechselt sie das Thema, »hättest du nächsten Samstag Zeit?« Um keine Pause aufkommen zu lassen, befragt sie die Friseurin eindringlich zu möglichen Plänen für silberblonde Strähnchen. »Früher war ich ja gegen Strähnen. Die Schulleiterin hatte welche, und hätte ich mir auch welche machen lassen, wäre ja wohl klar gewesen, dass ich sie nachahme. Sie hätte das als Ironie auffassen können oder, noch schlimmer, als Affront, denn sie war wirklich nicht besonders attraktiv. Meine These ist ja …« Annabel redet ohne Punkt und Komma.

Franziska nutzt die Atempause, um aufzustehen und die Kanne abzutragen, ehe Petra um Nachschub bitten kann. Annabel fährt fort mit einer Darstellung der historischen Entwicklung des Lehrerstands und seines Autoritätsverlustes von den preußischen Reformen bis heute. Franziska ist sich nicht sicher, dass das alles nur geschieht, um die Friseurin von Nora abzulenken.

Als Petra Wehner sich verabschiedet hat, sinkt Franziska erleichtert in sich zusammen. Auch Luise wagt sich wieder aus der Küche. »Was wollte sie denn?«

»Diese Hyäne«, klagt Franziska. »Schnüffelt hier herum und fragt, wo Nora begraben liegt. Sie hat sogar die Stöcklein ausgequetscht.«

»Kann sie uns Ärger machen?«, will Luise wissen. Die anderen schweigen.

»Vielleicht sollten wir die Miete ausräumen«, schlägt Annabel vor. »Alles verschwinden lassen. Wir könnten die Urne ja irgendwo in der Bibliothek aufstellen. Da findet sie kein Mensch.«

»Oder gleich in der Abstellkammer bei den leeren Blumenvasen«, sagt Franziska bitter. »Ach«, macht Luise, »wie in der Geschichte von Poe? Ihr wisst doch noch: Wo versteckt man einen Brief, den niemand finden soll, am besten?« Sie klatscht in die Hände und zeigt die leeren Handflächen: »In der Briefablage.«

»Dir ist schon klar, dass Poe da einen Denkfehler gemacht hat, oder?«, fragt Annabel. »Da sucht jeder als Erstes, vor allem die Polizei. Die muss das sogar machen, es ist Vorschrift.«

»Und dir ist schon klar, dass Luise einen Scherz gemacht hat?«, kontert Franziska und verstummt dann. Aber vielleicht hat Annabel recht, und sie sollten ihr kleines Mausoleum aufgeben. »Es war dumm. Wir haben einfach nicht genau nachgedacht.«

»Ich will das aber nicht«, sagt Luise.

»Keine von uns will das.« Annabel klingt erstaunlich sicher. »Aber wir werden gut aufpassen müssen, was wir sagen.«

»Sie wird wohl kaum nach Friesen fahren und den Friedhof überprüfen, oder?«, meint Franziska. »Zumal sie dafür nach Friesland fahren würde.« Sie muss kichern. Ihre Anspannung löst sich. »Okay, wir warten ab. Bleiben wir einfach bei unserer Geschichte.«

»Und wenn sie sich bei der Polizei erkundigt?«, will Annabel wissen. »Oder ihre Freundin vom Einwohnermeldeamt einschaltet?«

Als Franziska Luises ängstliches Gesicht sieht, unterbricht sie die Freundin. »Kein Problem. Dann sagen wir einfach, die Urne ist nie hier angekommen. Es war doch kein Einschreiben, mit dem sie kam, oder? Im Notfall steht unsere Aussage gegen die von ›Rubikon‹.« Sie macht ihre Stimme fest und sicher, wie damals im Altersheim, vor allem bei den Demenzpatienten. Das war das empfohlene Vorgehen: Sicherheit geben, freundlich bleiben. Am besten ablenken. Das funktioniert bei allen Menschen, nicht nur bei Kindern und Dementen, auch bei ganz gesunden Erwachsenen. Das Ausdiskutieren von Dingen, hat Franziska festgestellt, wird hoffnungslos überschätzt.

»Ich habe übrigens eben einen Anruf von meiner Agentin bekommen«, beginnt sie daher. »Mein Buch wird wohl verkauft werden.«

Luise umarmt sie. »Herzlichen Glückwunsch. Das hast du dir doch so gewünscht.«

»Du wirst dir etwas zum Anziehen kaufen müssen«, sagt Annabel.

»Für die Pressefotos. Du hast nie gut auf dein öffentliches Auftreten geachtet.«

»Ach, weißt du, vielleicht wird es ja wieder ein Ladenhüter, dann kann ich mir die Ausgaben sparen.« Um ihrer Verlegenheit Herr zu werden, greift Franziska nach der Post, die Annabel und Luise mit hereingebracht haben. Ein Umschlag mit der Adresse einer Anwaltskanzlei lässt sie innehalten. Sie reißt ihn auf. »Noras Testament wird eröffnet.«

Annabel, die gerade begonnen hat, auszuführen, dass Rot Franziska zwar gut steht, aber eine zu politisch aufgeladene Farbe ist, unterbricht sich und fragt: »Wann müssen wir hin?«

Franziska starrt auf den Brief. »Nur ich bin vorgeladen.«

45

Franziska verbindet mit Anwälten Vorstellungen von Dickens'scher Verschrobenheit. Sie erwartet bleiche, skrofulöse Gestalten, die in düsteren Regallabyrinthen umherschleichen, um hier und da ein staubiges Konvolut herauszuzerren und dann in düsteren Kammern bei Kerzenschein darüber zu brüten, während in irgendwelchen ungreifbaren Sphären die Prozesse sich weiterschleppen über hundert Jahre und länger, bis am Ende niemand mehr weiß, worum es geht. Ihre Scheidung verlief zwar anders, sie wurde von einer tüchtigen jungen Dame in hellem, funktionalem Ambiente kurz und bündig erledigt, und keiner der Beteiligten hatte auch nur eine Sekunde vergessen, worum es hier ging. Aber reale Erfahrungen kommen nun einmal nicht gegen die Bilder spannender Lektüre an.

Immerhin erinnert das Wartezimmer der Kanzlei am ehesten an einen ägyptischen Totentempel. Viel kostspielige Leere, spiegelnder dunkler Marmor, dunkelrote Wände, eine teure Espressomaschine und ein großer goldener Gong in der Wandmitte über dem Lesetisch, dessen Funktion unklar bleibt. Franziska sucht vergeblich nach dem Klöppel und greift dann zu Lektüre. Die Hochglanzmagazine preisen Dinge an, die kein normaler Mensch sich leisten kann, Franziska jedenfalls nicht. Sie blättert sich durch ein Golf- und ein Yachting-Magazin, greift dann nach einem Journal, das es sich zur Lebensaufgabe gemacht hat, über hochwertige Schweizer Uhren zu berichten, und ertappt sich dabei, dass sie sich nach einer Brigitte oder einer Sport Bild sehnt. Sie steht kurz vor einer ernsten Depression.

Der Anwalt, ein Mann unbestimmbaren Alters mit einer von Muttermalen überwucherten Stirnglatze, nimmt Platz vor einem hochglanzpolierten Mahagoni-Bücherregal, auf dessen spärlich besetzten Brettern sich ausschließlich Gesetzesblatt-Sammlungen in Kunststoffordnern verlieren. Gibt es einen öderen Anblick für Leser? Franziska sehnt sich nach einer Zigarette.

Er eröffnet ihr, dass zwei entfernte Nichten von Nora Pflichtteile erhalten und dass eine Spende an den Heimatverein von Birkenbach getätigt wird, um den Umbau des Milchhäuschens in ein Museum zu unterstützen. Das war genau Noras Humor. An der Stelle ist Franziska so weit, in Tränen auszubrechen. »Und ich soll die Spende verwalten?«, fragt sie sich schnäuzend. Ein Laut, den das sie umgebende Ambiente noch nie gehört zu haben vorgibt.

»Nein, Sie sind die Haupterbin.« Der Anwalt erläutert, dass das ein Aktienpaket umfasst, »nichts Weltbewegendes, im Moment liegt der Wert des Portfolios bei etwas über 200 000 Euro. Dazu kommt der Wagen, die Anteile an der Immobilie in, äh, Birkenbach, die Frau Müller hielt. Und natürlich das Haus in Friesen.«

»Was für ein Haus?« Franziska ist fassungslos.

»Was für ein Haus?«, wiederholt er in der halben Geschwindigkeit. »Nun, ich nehme an, das Elternhaus von Frau Müller.« Er sucht in seinen Unterlagen. »Hier steht es: Ein Zweifamilienhaus, Baujahr 1979, renoviert in den Neunzigern, mit Doppelgarage und tausend Quadratmeter Gartengrundstück.«

»Geben Sie es den Nichten, um Himmels Willen.« Franziska ist verzweifelt. Hier sitzt sie, wird von allen Seiten zugeschüttet mit Glück, und Nora ist tot. Und sie ist doch gar nicht so weit. Vor allem will sie kein Haus. Will Noras Familiengeschichte nicht und alles, was dranhängt.

»Sind Sie sicher?«

Franziska ist sich sicher.

»Vielleicht sollte ich Sie darauf aufmerksam machen, dass Frau Müller ihr Erbe an eine Bedingung geknüpft hat.« Er hält inne und legt die Spitzen seiner Finger aneinander. »Es kann nur angetreten werden, wenn Sie sicherstellen, dass«, er neigt sich über seine gespreizten Finger hinweg zum Schriftstück vor, um genau zu zitieren, »dass in dem Haus in Birkenbach ausschließlich die drei ursprünglichen Besitzerinnen wohnen. Neue Bewohnerinnen sind als Mieterinnen zugelassen, nach einstimmiger Beschlussfassung. Jedoch keine, äh, Männer. Ja, so steht es hier.«

Franziska sitzt da und denkt nach. Es ist mehr Geld, als sie je im Leben auf einmal besessen hat. Sicher, es wird eine Auktion für ihr Buch geben, aber was wird dabei herausspringen? Schlimmstenfalls gar nichts. Und wie viel bekommt man schon für ein Kinderbuch? Aber da ist noch Annabel.

»Dann nicht«, sagt sie endlich. Sie seufzt. »Obwohl ich das Auto gerne gehabt hätte. Aber nein, nein danke.«

Der Anwalt schaut sie müde an. Er hat viel menschliche Unvernunft gesehen. Mühsam neigt er sich wieder vor und sucht den entsprechenden Passus im Text. Seine Stimme ist noch immer völlig emotionslos. »Für diesen Fall verfügt meine Mandantin, dass Sie das Erbe dennoch erhalten. Hier steht, ich zitiere: ›Ich wollte nur sicher sein, dass du es nicht des Geldes wegen machst, Hasi.‹« Angeekelt lehnt er sich zurück. Manchmal ist es nicht leicht, sich sein Auskommen in Würde zu verdienen.

Franziska düst in gutem Tempo nach Hause mit dem Wagen, der nun offiziell ihr gehört. Sie stapft um das Haus, zieht die Luke auf und steigt hinunter in das Mausoleum, wo sie Nora so lange beschimpft, bis ihr nichts mehr einfällt, und sie bemerkt, dass ihr kalt wird. »Du dumme Nuss«, flüstert sie zum Abschied. »Ich vermisse dich so.« Ihr Blick fällt auf eine kleine C3PO-Fanfigur. Wer hat die hier hingestellt: Annabel, Luise? Oder gibt es schon Mitwisser? Sie greift in ihre Tasche und legt die angebrochene Packung russischer Zigaretten daneben. Zurück im Haus ist sie erschöpft.

Nein, sagt sie den anderen, es ist nichts Besonderes vorgefallen.

Sie bekommt den Wagen und etwas Geld. Sie erwähnt das Milchhäuschen. Sie weiß nicht, wie sie das Gespräch anfangen soll. Schließlich folgt sie Annabel, als die sich in ihr Zimmer zurückzieht, klopft an den Türrahmen, um sich bemerkbar zu machen, bleibt dort angelehnt stehen und reibt den linken Fuß an der rechten Wade. »Nora hat sich Gedanken gemacht«, sagt sie. »Über Thorwald und dich.«

Annabel, die vor ihrem Frisiertisch sitzt, schnaubt. Sie sitzt dort aus alter Gewohnheit. Der runde Spiegel ist nur noch eine Glasplatte, die einmal ihr Bild enthalten hat. Manchmal betastet sie ihn. Jetzt greift sie nur nach ihrer Bürste und zieht sie energisch durch ihr kurzes silbernes Haar, das sich elektrisch auflädt und um ihr Kinn herumknistert. »Wenn Nora hätte verhindern wollen, dass aus Thorwald und mir was wird, hätte sie nichts Besseres tun können, als zu sterben.« Unvermittelt legt sie die Bürste wieder weg und beginnt zu weinen. Sie denkt an alles, was sie Nora hat an den Kopf werfen wollen nach dem Nikolaustag und was jetzt unausgesprochen in ihr gärt und fault. Manchmal, wenn sie in der Miete sitzt, platzt etwas davon aus ihr heraus. Aber jetzt, da Nora nicht mehr mit ihr streiten kann, tut das Aussprechen auch nicht mehr gut. Und für ihre Bitten um Vergebung gibt es ebenfalls keinen Adressaten mehr. »Jedes Mal, wenn er über Nacht bleibt, muss ich daran denken, dass das nur geht, weil sie ja jetzt nicht mehr da ist. Und ich höre, was sie dazu gesagt hätte.« Sie holt tief Luft. »Ich könnte sie umbringen.«

»Nora hat sich gewünscht, dass er kommt.«

»Du willst mich hochnehmen.«

»Ein starkes Wort.« Franziska versucht es mit einem Lächeln, das Annabel nicht mehr sehen kann. »Nein, im Ernst. Es war ihr so wichtig, dass sie es in ihrem Testament erwähnt hat. Der Anwalt hat mir den Passus verlesen.«

»Du meinst das ernst, du meinst das wirklich ernst. O Gott.« Annabel schlägt die Hand vor den Mund.

Franziska meint es sehr ernst. Die Sache liegt ihr am Herzen, was ihr das Lügen erleichtert. Dass Nora bereut und explizit geschrieben hat, dass Thorwald ihr Nachmieter werden soll. Dass sie ein Depot von 50 000 Euro für Umbauten explizit in Thorwalds bewährte Hände legt, klingt aus ihrem Mund am Ende mehr als nur plausibel, es klingt bewegend, ein würdiges Finale für einen Roman über Freundschaft. Noch besser nur, wenn es aus dem Mund der Sterbenden selbst gekommen wäre, während sie dahingeht, umringt von den treuen Gefährtinnen. Im Hintergrund ein roter Abendhimmel mit dramatischen Flammen; vermutlich, weil jemand den Herd angelassen hat.

Annabel weint, und Franziska ist ohne die geringste Scham stolz auf sich.

»Dann bauen wir die Rutsche.« Annabel bekommt langsam wieder Farbe. »Sonst braucht für ihn nichts extra arrangiert zu werden. Er wird bei mir wohnen. Seine Werkstatt kann er sich im Anbau einrichten, da steht im Erdgeschoss so viel leer. Wie viel Speisekammern und Hauswirtschaftsräume brauchen wir schon? Ich meine: Du bügelst ja nicht einmal. Und den Bauwagen behält er eh für den Sommer.« Sie errötet, als klar wird, wie viele Gedanken sie sich schon dazu gemacht hat. »Aus Noras Raum könnten wir ja ein Gästezimmer machen.« Ihre Stimme klingt fragend, um Verzeihung bittend. »Irgendwann?«

»Das können wir«, sagt Franziska. »Ja, ich denke, das können wir. Irgendwann.«

DER FRÜHLING VON FRANZISKAS KLEINEM RUHM

46

Es ist ein schwieriger Moment, als Thorwald am ersten Morgen im Feinrippunterhemd bei ihnen am Frühstückstisch sitzt.

»Ist das nicht ein bisschen frisch?«, fragt Franziska.

»Der Kachelofen heizt super«, antwortet Thorwald. »Ich hol nachher noch mehr Holz.«

Dagegen ist wenig zu sagen, und Franziska schämt sich. Als er sein Brötchen in den Kaffee brockt und die vollgesogenen Krümel auflöffelt, ist sie froh, dass Annabel blind ist.

»Sind da noch mehr Drachen?«, will Luise wissen. Sie hat bemerkt, dass Thorwald nicht nur im Gesicht tätowiert ist. Seine Arme, von lebenslanger Arbeit im Freien selbst im Winter noch braun, die Schultern und der Nacken sind mit verschiedenen Bildern verziert, teils schwarz-weiß, teils in vom Alter gebleichten Farben sitzen sie auf seinen Muskeln, die unter der faltig und lose gewordenen Haut noch hart sind.

Thorwald will eben Luises Frage beantworten, als Annabel ihm ins Wort fällt. »Mir ist plötzlich kalt. Kannst du mir bitte meine Strickjacke aus dem Schlafzimmer holen, Schatz?« Solange er weg ist, streicht sie vielsagend Butter auf ihren Toast. Dabei stützt sie die Ellenbogen auf den Tisch und verbraucht viel Raum. Viel Raum und viel Butter. Sie streicht energisch und gründlich. Das kratzende Geräusch ist das Einzige, was man hört. Als Thorwald wiederkommt, bricht sie ihr Schweigen für einen überschwänglichen Dank. »Das war sehr zuvorkommend, mein Schatz.« Die Botschaft liegt im gut betonten »mein«.

Das Telefon klingelt. Einen Moment zuckt Franziska. Es könnte ihre Agentin sein, die Interessenten könnten abgesprungen sein, die Auktion sich zerschlagen haben. Doch sie harrt aus, bis Luise sich erbarmt. »Thorwald, ist noch Kaffee in der Maschine?«, fragt sie zuckersüß und hält ihren Becher hin. Als er brav aufgestanden und mit ihrer Tasse nebenan in der Küche verschwunden ist, neigt sie sich zu Annabel. »Was sollte das eben?«, zischt sie halblaut.

Annabel schiebt die Unterlippe vor. »Dieser Diego auf Korsika, das war auch praktisch ein Gärtner und Handwerker.« Mehr kann sie nicht sagen, denn Thorwald kommt mit der vollen Tasse zurück. »Das war sehr zuvorkommend«, ahmt Franziska Annabels Ton nach. Die schnaubt verärgert.

Annabel hat schon den Mund aufgemacht, um etwas zu sagen, da kommt Luise wieder. »Das ist Noras Fernsehsender«, sagt sie. »Sie wollen den Beitrag über unser Wohnprojekt immer noch drehen. Kann ihnen bitte jemand sagen, dass sie das lassen sollen?«

Franziska geht ans Telefon. Wieder einmal hört sie Noras spöttische Stimme: Bitte sag mir, dass du das tust. Sag mir, dass du die einmalige Chance auf Fernsehwerbung für deine Bücher nicht ergreifen wirst. Sie beißt sich auf die Lippen.

Als sie zurückkommt, ist ihr Gesicht ausdruckslos. »Sie wollen jetzt einen Nachruf für Nora daraus machen. Sie war ihre bekannteste Redakteurin, sagen sie. Und sie hätte ein wichtiges Erbe hinterlassen, auch wenn sie selbst nicht mehr davon profitieren kann: die Idee eines würdigen Alterns.«

Zunächst herrscht Stille am Tisch. »Also hast du abgesagt?«, fragt Luise. »Ich meine, wir haben doch schon genug Interesse an Noras Verbleib.«

Annabel widerspricht: »Natürlich hat sie zugesagt, oder? Die sind doch nicht daran interessiert, wo Nora begraben liegt? Die wollen ihr Erbe zeigen. Das Haus und all ihre Ideen.« Sie blickt in die Runde. »Thorwald hat auch eine ganze Menge davon umgesetzt. Und es toll ergänzt, finde ich. Schon allein für ihn würde ich mir das wünschen.«

Franziska setzt sich wieder. »Ich habe Ja gesagt.« Weil es jetzt für Nora ist, erklärt sie den Freundinnen. Dadurch ist es nicht mehr nur irgendein dummes Architektur-Feature über vermeintliche Paradiese. Die Regisseurin hat ihr erklärt, sie hätten lange überlegt, ob die Sache durch Noras Tod nicht hinfällig geworden wäre, einfach zu traurig. Kein Happy End. »Aber das Alter hat nun mal kein Happyend«, sagt Franziska. »Am Ende steht immer der Tod.«

Hast du die Rede lange geprobt, Hasi?, hört sie Nora ironisch fragen.

»Wir haben uns darauf geeinigt, dass das miterzählt werden soll«, fährt Franziska fort. »Kein Kitsch.«

»Es kommt eben darauf an, was man aus der Zeit macht, die einem bleibt«, stellt Annabel befriedigt fest. »Trotz allem.«

»Genau«, sagt Franziska. »Und ich finde, das können wir sehr gut zeigen. Wir sind besser als ein Haufen alternder Prosecco-Wachteln.«

Also, ich wollte nie mehr sein als das, sagt Noras Geist in ihrem Kopf.

Thorwald holt eine von den blauen Flaschen aus dem Getränkekühlschrank, den Nora zu ihren Lebzeiten in der Speisekammer eingerichtet hat. Sie füllen vier Gläser, wie in alten Zeiten. »Auf die Homestory.«

»Auf uns.«

Annabel ist die Erste, der noch etwas einfällt. »Ich finde ja, Thorwald sollte vorher die Rutsche fertigstellen. Die hat Nora sich ja gewünscht.«

»Das kann er gerne«, beginnt Franziska langsam. Das Thema, das sie nun anschneiden muss, ist heikel. Denn die Geschichte, die mit dem Beitrag erzählt werden soll, ist die von vier Freundinnen, die sich ihren Lebenstraum verwirklichen und eine Frauen-WG gründen. So hat die zuständige Redakteurin es in dem Telefonat ausdrücklich formuliert. Vier Frauen, dann drei. Von Männern war nicht die Rede. Männer hatten keinen Platz in der Geschichte, die die Homestory erzählen will. Das galt ganz unabhängig davon, ob sie tätowiert waren oder nicht oder welchen Schulabschluss sie hatten. Das alles will Franziska sagen, kann es aber nicht, stattdessen lächelt sie Thorwald entschuldigend an. »Es wird ein Nachruf auf Nora. Und eben eine Frauengeschichte.«

Das leuchtet Annabel ein. Doch dass Thorwald in dieser Geschichte keinen eigenen Platz haben sollte, das leuchtet ihr ganz und gar nicht ein. Das kann nur eine bildungsbürgerliche Verschwörung sein, eine geplante Demütigung, zu der sie nicht ihre Hand reichen wird. »Soll ich vielleicht so tun, als wäre er der Gärtner? Ist es das, was du willst?«

Thorwald will Holz hacken gehen und nicht ins Fernsehen. Aber darum geht es nicht, findet Annabel und hält ihn am Unterhemd fest.

»Worum geht es dann?«, fragt Luise.

»Darum, dass ihr zu mir steht. Zu mir und Thorwald.« Annabel bleibt bestimmt. »Oder geniert ihr euch etwa für uns?«

»Himmel, kein Mensch geniert sich. Und es geht gar nicht um euch, es geht um Nora. Darum, dass diese Homestory ihr Baby war und erscheinen soll, um an sie zu erinnern. Also ziehen wir es durch zu den Bedingungen, die man uns stellt, okay?«

Nach einer ganzen Weile und vielem Hin und Her ist es schließlich okay.

Das Fernsehen kommt Anfang April mit einem Aufnahmewagen mit großem Logo, mit meterweise Kabeln, mit Kameras und Lampen und Gestellen mit raschelnder Silberfolie und mit einem Aufwand, der das halbe Dorf zusammentreibt. Frau Stöcklein gießt die Geranienkästen, die im Februar jahreszeitgemäß leer stehen, den ganzen Vormittag lang und mit Inbrunst. Andere Dörfler sind nicht so dezent und stellen sich direkt an den Zaun, um etwas von der Abwechslung mitzubekommen. Annabel geht hinaus und erklärt alles ihren Gymnastikkursteilnehmern, die erklären es den anderen. Selbst der Pfarrer lässt es sich nicht nehmen, vorbeizuschauen und der leitenden Redakteurin die Hand zu schütteln. Er ist mal für den Kirchenfunk interviewt worden, von daher kennt er sich aus.

Franziska hat alle Hände voll zu tun mit Fragen beantworten, Steckdosen ausfindig machen und Kaffee kochen.

Als es klingelt und Petra Wehner dasteht, ein großes Blech Kuchen in der Hand und mit der Auskunft, dass sie im Auto noch die beiden großen Warmhaltekannen vom Sportverein hat, hätte Franziska viele Gründe, dankbar zu sein. Doch auf dem Weg zu Petras Kofferraum bedrängen sie ganz andere Gefühle. Als sie zurück ins Haus kommt, gibt Petra gerade ein Statement »aus der Sicht des Dorfes«, was ja auch hochinteressant ist, wie die Regisseurin findet. Es gehe ja auch um das Neubürgertum, um Integration und um den heimeligen Faktor der Dorfexistenz. »Bringen Sie den Kuchen doch noch einmal rein. Diesmal mit mehr Licht.« Sie ruft nach dem Beleuchter.

Einige Kinder nutzen die Gelegenheit, durch das offene Hoftor in den Garten zu streifen. Luise eilt ihnen nach.

Eines deutet auf die Badewanne voll grünen Schleims. »Ist das ein Schwimmbad?« »Nein, nur eine Wanne. Für Froschkönige.«

Ein anderes deutet auf den Kirschbaum. »Kann man da schaukeln?« Luise betrachtet den ausladenden Ast. »Hm, du hast recht, da könnte Thorwald eine Schaukel hinmachen.«

Ein drittes hat die welken Blumen auf dem Deckel der Kartoffelmiete entdeckt. »Warum steht da eine Kerze?« »Oh«, sagt Luise, »da ist unsere Katze begraben. Wir haben ihr die zweitschönste Beerdigung der Welt bereitet. Kennt ihr das Buch von der allerschönsten Beerdigung?« Sie lotst die Kinder in die Scheune, wo Thorwald gerade letzte Hand an die Rutsche legt und sich gut einfügt irgendwo zwischen *Wo die wilden Kerle wohnen* und *Siegfried mit dem Drachen*. Die Bilder von Luise, die den Kindern vorliest, werden rührend, ein guter Zwischenstopp in der Passage über die gelungene Lichtdramaturgie in der Scheune, bedingt durch die offene Dachkonstruktion mit der Galerie und die bis zum Boden reichenden Lichtbänder. »Auf herkömmliche Gauben und Dachfenster konnte dadurch völlig verzichtet werden.«

Zu spät bemerkt Franziska, dass in dem ganzen Durcheinander auch Petra Wehner in den Garten gefunden hat, wo sie rauchend herumgeht, keinen halben Meter von der Miete entfernt. Wenn sie auf den Boden schaut, kann ihr die Kerze nicht entgehen.

Petra lacht noch, als sie ihr Gesicht der näher kommenden Franziska zuwendet, und stampft einmal mit dem Fuß auf. »Es klingt hohl.« Sie stampft noch einmal. »Klingt nach der Miete von deiner Oma Friederike.« Sie lacht, wirft ihre Kippe weg. »Wollen wir wetten?«

»Untersteh dich.« Franziska läuft schneller. Doch Petra hat den Riegel schon gefunden und den Deckel aufgestemmt. Franziska bleibt nichts anderes übrig, als ihr nach unten zu folgen.

Der Anblick bringt Petra dazu, sich zu setzen. Franziska sinkt neben sie. »Ihr habt sie tatsächlich …« Petra atmet wollüstig ein. Ihre Augen leuchten, als ihr Blick über die Urne gleitet, die Blumen, die Kerze, die Zigaretten. »Ihr seid verrückt.«

»Wenn du einem Menschen etwas sagst«, fängt Franziska an. »Wenn du den Behörden auch nur ein Wort sagst …«

»Bist du verrückt? Das hier geht doch die Polizei nichts an.« Petra nickt grimmig. »Die mischen sich eh in viel zu viel ein.« Wieder atmet sie hörbar. Tief ein, tief aus. »Keine Sorge. Ich wollte es nur wissen.«

Eine Weile sitzen sie stumm nebeneinander. »Was ist das für ein Figürchen?«, fragt Petra.

»Das ist C3PO, ein Roboter aus dem Film Star Wars.«

»Kenn ich. Und?«

»So hat Nora ihren Tumor genannt. C3PO.«

»Sag ich doch, verrückt.« Eine Weile genießen beide den Moment tiefer Stille und, was Petra angeht, tiefster Zufriedenheit. »Und?«, fragt sie endlich. »Habt ihr sie …?« Sie lässt den Satz ausschwingen. »Ich meine, nicht, dass ich es euch vorwerfen würde. Es ist ein offenes Geheimnis, dass die alte Stöcklein ihrem Josef am Ende das Kissen aufs Gesicht gedrückt hat. Im Ernst«, sagt sie, »der ist stückweise gestorben. Erst haben sie ihm die Zehen abgenommen, dann den Unterschenkel, dann das Bein. So in dem Stil. Am Ende saß er im Rollstuhl, keine Beine mehr, der linke Arm ab, von der rechten Hand war nur noch der Daumen da. Und auf der Zunge hatte er eine Geschwulst.

Gestunken hat das.« Die Erinnerung lässt sie das Gesicht verziehen. Ihr Blick fällt auf die Gedächtnispackung russischer Kippen, doch dann entscheidet sie sich für eine von ihren eigenen. Sie inhaliert lange und genussvoll. »Er war halt starker Raucher, der Josef. Und als Mensch nicht einfach.« Sie zieht noch einmal nachdenklich. »Bei genauer Betrachtung war er ein ziemlicher Saubär.«

»Da kam ja einiges zusammen.« Franziska kann sich die Ironie nicht verkneifen.

Petra nickt. »Am Ende muss man die Stöcklein verstehen. Es war nicht auszuhalten. Aber er hatte ja den Herzschrittmacher, der hätte gearbeitet bis zum bitteren Ende.« Sie drückt die Kippe aus und schaut Franziska an, als wollte sie sagen: Und ihr?

»Im Ernst?«, fragt Franziska, seelisch noch mit den Stöcklein-Intima beschäftigt. »Du denkst im Ernst, wir hätten Nora …«, sie sucht nach Worten. Sterbehilfe fällt ihr ein. Aber das ist zu nah an der Wahrheit. Von der Schweiz soll hier keiner erfahren. Sie will nicht, dass die Leute sich darüber das Maul zerreißen und diskutieren, ob Noras Entschluss richtig gewesen ist oder falsch. »Du spinnst doch.«

Petra wedelt mit der Hand. »Ich sag nur, beim Josef war es das Beste. Und überhaupt geht das keinen was an, nicht wahr?«

Sie zwinkert der entgeisterten Franziska zu. »Wir müssen wieder hoch«, meint sie dann. »Die sind noch lange nicht fertig.«

Franziska nickt und steht auf. »Ich gehe zuerst. Kannst du noch Kaffee machen?«

»Kleinigkeit. Du wirst noch sehen, was ich alles kann.«

47

Franziska wartet und versucht zu vergessen, dass sie es tut, was noch schwieriger ist, als zu versuchen, nicht an rosa Elefanten zu denken, nachdem man dazu aufgefordert wurde. Sie hat ihr Manuskript losgelassen und abgegeben, na gut, es war am Ende nur ein Mausklick, doch die symbolische Bedeutung dieses Klicks war enorm. Seitdem herrscht Stille, im Internet und in den Telefonleitungen. Keine Nachricht von der Agentin. Franziska ist allein mit ihren Hoffnungen und Befürchtungen und hilflos einem Frühling ausgeliefert, der mit gnadenloser Opulenz Einzug hält.

Sie sagt sich, dass sie froh ist um die ereignisarme Zeit nach all der Aufregung, um die Ruhe, die ihrer Seele Raum gibt, sich von allem zu erholen. Sie sagt sich, dass sie das ohnehin alles kennt. Irgendjemand wird das Manuskript kaufen. Dann wird ein Lektor es lesen, es mit herzlosen Anmerkungen und unverständigen Kommentaren versehen. Dann wird sie heulen und wüten und innerlich mit der Welt rechten, sich aber schließlich nach drei Tagen hinsetzen und einen konstruktiven Weg suchen, die Kritik zu nutzen. Der Text wird besser werden. Sie wird ihn erneut loslassen. Er wird ein Buch werden, ein Lebewesen mit einem Cover-Gesicht, mal mehr, mal weniger hässlich, das seine Karriere in den Buchläden antritt und um Aufmerksamkeit buhlt, zusammen mit den vielen, den viel zu vielen anderen Titeln. Es werden ein paar Rezensionen kommen, vielleicht ein paar Anfragen für Lesungen. Sie wird ein bisschen herumreisen und vor fremden Menschen sitzen, wird Fragen beantworten wie die, woher sie ihre Ideen nimmt. Dann wird alles vorbei sein.

Wozu sich also aufregen. In der Gegenwart herrscht willkommener Frieden.

Der April ist ungewöhnlich warm, und der Garten entwickelt sich. »Das solltest du sehen«, sagt Franziska unten in der Kartoffelmiete zu Nora. »Auch wenn du kein Pflanzenfan warst.« Und Nora kichert und antwortet: Als ob du je einer gewesen wärst. Erzähl mir nichts, Hasi, ruf lieber deine Agentin an und mach ein bisschen Druck.

Franziska verlässt die Miete und blinzelt in die Sonne. Nein, sie ist kein Pflanzenfan, aber auch sie sieht, was Thorwald geleistet hat. Auf Luises Geheiß hat er eine Rambler-Rose an den alten Zwetschgenbaum gepflanzt, die sich das alterssilberne Holz hochkämpft. Die Pergola ist noch kahl, aber sie wird von Wein beschattet werden, dessen Triebe sich jetzt schon so schnell strecken, dass man zusehen kann. Luise, nimmersatt, hat zu dem lichtgrünen Laub noch eine Kletterrose gesetzt und an deren Seite eine Clematis, die das dunkle Purpur ihrer Blütensonnen mit dem Rot der Rose verweben soll. Die Üppigkeit der Idee gefällt Franziska.

Gerade pflastert Thorwald einen Weg vom Haus zur Pergola, den Annabel mit dem Stock gut ertasten kann. Er setzt ihn aus Fundsteinen zusammen, langsam und bedächtig, bis die verschiedenen Formen, Farben und Oberflächen sich zueinander fügen. Narzissen säumen das Räucherhäuschen, erste Tulpen, die Blütenköpfe noch geschlossen, in Farbe getunkte Speere. Anemonen selbst noch unter den Tannen.

Franziska hört Annabel kreischen. Thorwald hat sie auf die Schaukel gesetzt, die er am Ast des Kirschbaums angebracht hat. Die Kinder, die am Tag der Homestory zu Besuch waren, hatten recht: Es ist der perfekte Schaukelast.

Eine Weile fliegt Annabel hin und her, selbstvergessen, von Thorwald geduldig immer neu angeschubst. Dann muss sie plötzlich runter. «Mir ist schwindelig. Mir wird schlecht«, protestiert sie. Thorwald führt sie zu Franziska, die sich auf der neuen Rundbank neben der

Miete niedergelassen hat, unter der frühlingsgrün flirrenden Weide, die sich über sie neigt und einen Raum schafft wie eine Kapelle.

»Unter einem echten, lebendigen Baum herrscht eine ganz andere Luft, findest du nicht?«, fragt Annabel, die sich beruhigt hat und demonstrativ einatmet. »Das nimmt man mit allen Fasern wahr.«

Mit schlechtem Gewissen drückt Franziska ihre Zigarette aus. Auf der Schaukel sitzt inzwischen Luise und baumelt mit den Beinen.

Aufmerksam lauscht Annabel in ihre Richtung. »Manchmal«, sagt sie, »hab ich Angst, dass er Luise attraktiver findet als mich. Sie haben so viel gemeinsam, den Garten und alles.« Sie wendet das Gesicht in Franziskas Richtung. »Meinst du, sie mag ihn?«

Franziska unterdrückt den ersten Gedanken, der in ihr aufkommt, während sie Thorwalds hinkende Gestalt mit den Augen verfolgt. »Er liebt dich«, sagt sie stattdessen. »Das kann jeder sehen. Er hat doch nur Augen für dich. Oh, entschuldige. Das war taktlos von mir.« Sie fasst nach der Hand der Freundin.

Die macht sich los. »Aber ich sehe es nicht. Das ist es ja. Ich bin blind. Ich bin eine alte, blinde, fette … ach.« Ihr treten Tränen in die Augen. »Es ist kein Wunder, wenn er sich nach anderen umschaut. Er könnte doch jede haben.«

Franziska ist versucht einzuwenden, dass das eine kühne These ist. Aber Annabels Gedanken sind schon weitergehastet. »Ich weiß nicht einmal, welche Farbe seine Augen haben.« Ihr Kopf pendelt suchend, als wollte er die Farbwellen aus dem Äther einfangen.

»Tja, ich weiß auch nicht«, gibt Franziska zu. »Wenn man Thorwald ins Gesicht sieht, bleibt man nicht unbedingt an den Augen hängen.« Sie hält inne. »Frag ihn doch einfach.«

Annabel schiebt die Lippen vor. »Das kann ich doch nicht. Doch jetzt nicht mehr. Wir *wohnen* zusammen. Das wäre peinlich.« Als er kommt, streckt sie ihren Arm nach ihm aus. Sie hat seine Schritte auf dem Gras schon von Weitem gehört.

Lächelnd sieht Franziska ihnen nach, als sie sich für eine Siesta zurückziehen. »Und du?«, fragt sie, nachdem sie zu Luise hinübergeschlendert ist, die auf der Schaukel sitzt und mit den Fußspitzen Kreise ins Gras zeichnet. »Auch reif für einen Mittagsschlaf?«

Luise blinzelt in die Sonne. »Ich schlafe nicht«, antwortet sie. »Eigentlich kaum mehr.«

»Du meinst: tagsüber?«, vergewissert Franziska sich.

»Nein, auch nachts. Ich schlafe nicht.«

»Das kann gar nicht sein.« Franziska ist sich ganz sicher. Sie hat die letzten Wochen oft bis tief in die Nacht am Computer gesessen. Inzwischen kennt sie die nächtlichen Geräusche des Hauses gut, und aus Luises Zimmer dringt fast stets ein lautes Schnarchen.

»Das bin ich nicht«, wehrt Luise ab. »Das muss Thorwald sein.«

»Thorwald? Nicht im Ernst.« Franziska kennt auch die Geräusche aus Annabels und Thorwalds Zimmer.

»Doch, doch, der schnarcht wie ein Indianerstamm.«

Franziska muss lachen, als sie sich das bildlich vorstellt. Das ist hübsch. Luise sollte es zeichnen. Darin steckt etwas, vielleicht die Idee zu einem Bilderbuch. ›Die Schnarchler‹. Klein, aber mächtig, weil sie mit ihrem Schnarchen den Boden erbeben lassen können, wenn sie sich zusammentun. »Schnarcht wie ein Indianerstamm, das hab ich auch noch nicht gehört.«

»Aber so sagt man.«

Franziska will nicht streiten. Sie hat eine Frage auf dem Herzen und sucht einen Weg, sich heranzutasten. Vielleicht ist es ja der richtige Moment, um endlich mit Luise zu sprechen. »Nein, im Ernst«, meint sie. »Erzähl doch, was machst du so? Was treibt dich um? Geht es dir gut?« Kein origineller Einstieg. Sie macht eine Pause. »Nora hat uns ja alle so lange beschäftigt.« Eine weitere Pause. Der nächste vorsichtige Schritt. »Ich war gerade wieder unten bei ihr.« Als Luise nicht reagiert, fügt sie hinzu: »Ich habe die Jacke dort hängen sehen. Das Tweed-Jackett, du weißt schon.« Sie will den Namen Wolfgang nicht aussprechen. »Das, das du vom Weihnachtsbasar mitgebracht hast.«

»Ach das.« Luise hätte nicht unbeteiligter klingen können.

»Du hast es in die Miete gehängt.« Franziska geht unwillkürlich in die Knie, um Luise in die Augen sehen zu können. »Warum?«

Luise zuckt mit den Schultern. »Ich weiß nicht, warum ich das gemacht habe. Ich weiß überhaupt nicht mehr, was ich mit dem Ding mal wollte.« Sie schaut beiseite. »Ich denke nicht so viel nach wie ihr.«

Franziska versucht, ihren Blick einzufangen, aber Luise lässt ihn über den Garten schweifen. »Ich finde, wir sollten eine Mauer haben statt des Zauns, findest du nicht? Zumindest zu den Nachbarn. Eine rote Ziegelmauer. Das könnte hübsch aussehen.« Sie rutscht von der Schaukel und lässt Franziska zurück, die bemerkt, dass ihre Beine in der Hocke taub geworden sind. Mühsam und fluchend zieht sie sich am Schaukelseil hoch. Gerade noch sieht sie Luise im Haus verschwinden. Kurz darauf wird im ersten Stock die Balkontür geöffnet, aber niemand kommt heraus.

Franziska humpelt zurück zur Pergola. Sie hat den ereignislosen Frieden gelobt. Sie wird diesen Frieden genießen. Mit diesem Vorsatz schließt sie die Augen. Über ihr setzt ein sägender Schnarchton ein: der Sound von Luises Schlaflosigkeit.

Fast hätte sie das Räuspern überhört. Als sie die Augen öffnet, muss sie blinzeln. Vor ihr steht ein Mann, der ihr vage bekannt vorkommt. Der Medizinballbauch und das breitbeinige Lachen – richtig, das war der One-Night-Stand, vor dem Nora an jenem Infoabend im Rathaus flüchtete, als es um die Zukunft des Milchhäuschens ging. Soweit sie es beurteilen kann, trägt er denselben altmodischen Pullover wie damals. Bei Tageslicht kann sie sehen, dass sein dunkelbraunes Haar gefärbt ist.

Sichtlich verlegen stellt er sich vor. Er heißt Siegfried Hauskrecht. Er ist Thorwalds Bruder. »Der älteste«, erklärt er. »Ich war lange weg. Hatte dann einen Malerbetrieb drüben in der Kreisstadt. Fünf Angestellte«, fügt er hinzu und wippt einmal hoch auf die Ballen.

»Wollen Sie zu Thorwald?«, fragt Franziska und überlegt, ob sie wirklich hineingehen und stören soll. »Der ist nämlich gerade …«

Siegfried schüttelt den Kopf. Er will nicht zu seinem Bruder, mit dem er sich auch nicht sonderlich versteht. Er scheint zu überlegen, ob er das erklären soll, belässt es dann aber dabei. Nein, nicht der Thorwald treibt ihn her. »Die Petra hat mir erzählt …«, fängt er an.

Franziska schnappt nach Luft.

Rasch hebt er die Hand. »Darf ich sie sehen? Nur einmal kurz.«

Die Treppe bebt unter seinen Schritten. Erst jetzt, als er hinter ihr in die Miete hinabsteigt, fällt Franziska auf, dass er fast noch größer ist als sein Bruder. Breitbeinig nimmt er vor dem Tisch Aufstellung, die Hände nicht mehr in den Hosentaschen, sondern vor dem Bauch gefaltet wie am Altar. Das Kinn hält er an die Brust gepresst. »Soll ich Sie allein lassen?« Franziska würde dem Moment liebend gerne entkommen.

Mit Dackelblick sieht er sich nach ihr um. Von dem zurückgelehnten Lachen im Milchhäuschen keine Spur mehr. »Darf ich?«, fragt er und greift in die Tasche. Sein Blick wandert zu den Gegenständen, die schon dastehen. »Petra meinte, ihr würdet hier Sachen für sie ablegen.«

Franziska zuckt ergeben mit den Schultern.

Er holt den Gegenstand heraus. Ein Lebkuchenherz, wie man es auf Jahrmärkten bekommt, mit Zuckerrosen und einem Spruch. Das Bändel ist schon ausgebleicht. Er streichelt es mit der Hand und wickelt es sorgsam um das Backwerk, ehe er es vorsichtig auf dem Tisch platziert. »Ich hab sie ja nicht wirklich gut gekannt«, sagt er. »Ich meine …«

»Ich weiß«, hilft Franziska ihm. Nur einmal kurz. Im Stehen, am Gewächshaus. Herrgottnochmal. Und jetzt bekommt er feuchte Augen. Nora hat es wirklich draufgehabt, einen bleibenden Eindruck zu hinterlassen.

»Am nächsten Tag hab ich ihr das hier gekauft. Ich hab mich aber nie getraut, es ihr zu geben.« Tatsächlich hatte er sich nie getraut, sie auch nur anzusprechen, die ganzen Ferien lang. Hat nie gewagt, sie anzurufen, hat nie einen Brief an sie zu Ende geschrieben. Er seufzt tief. »War vermutlich besser so.«

Jetzt, wo er gesagt hat, was er vierzig Jahre lang sagen wollte, zieht es ihn weg. Er verabschiedet sich rasch. Sein Gewicht lässt die Leiter beben und Erdreich rieseln. Franziska zählt bis zehn für einen satten Vorsprung. Sie möchte ihm nicht noch einmal begegnen. Als sie selbst geht, wirft sie einen raschen Blick zurück. Die meisten der weißen Zuckerbuchstaben sind zerbrochen, viele Fragmente abgefallen und in den Ecken der Folie zu Staub zermahlen worden. Das, was draufsteht, kann man trotzdem noch lesen: Meinem Schatz.

Ihr letzter Blick gilt dem Tweedjackett, das einsam über der Banklehne hängt.

48

Als Thorwald unter die Decke schlüpfen will, sieht er, dass Tränen in Annabels Augen stehen. Und dass sie den Bettzipfel fest in beiden Händen hält, wie um etwas unbedingt verbergen zu wollen.

»Was hast du?«, fragt er und zieht sanft die Decke weg.

Annabel lässt los und weiß nicht, wohin mit ihren Händen. Alles an ihr scheint ihr schutzbedürftig, alles unansehnlich. Schließlich entscheidet sie sich für ihre Scham.

»Was ist da?«

»Die Haare sind grau.« Annabel schluchzt. »Und ich habe Krampfadern. Und ich bin alt.«

Thorwald zieht ihre Hände fort und zu sich. »Du bist so eine schöne Frau.« Jetzt weint Annabel laut. Mit beiden Händen umklammert sie seinen Hals wie ein Kind.

»Glaubst du mir nicht?«, fragt er ratlos.

Endlich kann sie aufhören zu weinen. Sie wischt sich die Feuchte vom Gesicht. »Doch«, sagt sie. »Doch, ich glaube dir. Das ist es ja, weshalb ich weinen muss. Weil es so schön ist.« In dem Moment, in dem sie es sagt, beginnt es zu stimmen.

Erschöpft seufzt sie auf und schmiegt sich an ihn. Drückt ihren faltigen Bauch an seinen, legt ihren welken Schenkel über seine, streichelt ihn mit ihren alten knotigen Händen. Sie kann es nicht mehr sehen. Er sieht es nicht als unansehnlichen Verfall. Er sieht sie anders. Und darum ist auch alles anders. Nach einer Weile sagt sie leise: »Glaubst du, Nora hat sich entschieden, wie sie sich entschieden hat, weil es in ihrem Leben niemanden gab, der ihren Körper so gesehen hat wie du meinen? Mit Liebe?«

Thorwald überlegt. »Kann man nicht wissen«, sagt er.

Annabel nickt. »Ich sehe dich«, sagt sie. Sie richtet sich auf und streichelt über sein Gesicht. Es ist nichts zu spüren von der Tätowierung, der Maske, die ihn den größten Teil seines Lebens vor den anderen verborgen hat. »Ich kann alles an dir sehen.« Zufrieden legt sie sich wieder hin. Nach einer Weile fragt sie: »Welche Farbe haben eigentlich deine Augen?«

»Grün«, sagt Thorwald. Annabel nickt. Befriedigt. Grün. Gut. Das hat sie schon geahnt. Bald schläft sie ein.

49

»Komme gleich!«, erwidert Franziska, als sie Annabel rufen hört. Sie schaltet den PC aus, streckt sich und versucht, ihre Gedanken wieder auf die Gegenwart einzustellen. Nachdenklich krault sie die Katze, die für ihr zweites Kindbett Franziskas selten bearbeiteten Ablagekorb erwählt hat. Diesmal sind es drei Kätzchen: ein schwarzes, ein rotes, ein dreifarbiges. Das vierte starb bei der Geburt und wurde in der Miete beigesetzt. Die lebenden schnurren.

Draußen leuchtet der Nussbaum. Annabel hat schon recht, man muss in der Nachbarschaft von großen Bäumen leben. Von alten Bäumen, die schon vor einem da waren und nach einem da sein werden. Die in der Erde wurzeln wie in der Zeit, die sich mit der Luft austauschen und dem Licht und mit allem in Verbindung stehen, das sie umgibt. Sogar mit ihr, sie kann es spüren, wenn sie sich die Zeit dazu nimmt. Jetzt gerade kann sie spüren, dass der Baum mit ihr redet und dass sie ihn beinahe versteht.

»Franziska, bitte!« Es klingt dringend, aber in ihrem Zimmer ist Annabel nicht.

»Etwas weiter links«, hört Franziska es von draußen, von der anderen Hausseite. Sie scheinen alle im Garten zu sein. Franziska geht hinüber in Luises Zimmer, zu dem die Tür offen steht. Auch die Balkontür ist weit geöffnet. Luise selbst ist nicht da; die Freundin steht drunten im Garten und dirigiert Thorwald, der mit dem kleinen Bagger ein Loch gräbt für einen Baum, der mit noch umwickeltem Ballen danebensteht. Von Annabel keine Spur. Franziska tritt zurück ins Zimmer. Sie bemerkt ein paar von Luises Bildern, die an die Raufasertapete gepinnt sind. Die meisten zeigen das Haus und den Garten, auf vielen kommen Tiere vor, auf manchen ist der Mond zu sehen. Auf schwer zu beschreibende Weise wirken sie alle märchenhaft und nicht realistisch trotz der vielen Details. Franziska wünscht sich nicht zum ersten Mal, dass Luise die Illustrationen zu ihrem Buch machen würde, aber die Freundin hat den Vorschlag rundweg abgelehnt. Als Franziska es mit einem Trick versuchte und anfing, ihr aus dem Geschriebenen vorzulesen in der Hoffnung, dass Luise vielleicht unbewusst anfinge, von der Handlung angeregt zu zeichnen, wurde sie ebenfalls enttäuscht: Luise erwies sich als zerstreute Zuhörerin, und bald schon schnarchte sie im Lesesessel der Bibliothek wie ein ganzer Indianerstamm. Franziska hat es aufgegeben. In Luise geht nur hinein, was Luise aufnehmen will. Und das scheint immer weniger zu sein. Es ist doch Annabel gewesen, die von einer Tür im Inneren gesprochen hat, die sich langsam schließe. Der Ausdruck trifft für Franziska jedoch viel besser auf Luise zu. Noch einmal sieht Franziska sich im Zimmer der Freundin um, das genauso wenig auskunftsfreudig ist wie Luise selbst.

Ein drittes Mal hört sie Annabel rufen und findet sie endlich in der Küche. Die hält den Autoschlüssel in der hocherhobenen Hand. Da baumelt er vor Franziskas Nase. An dem ledernen Anhängertäschchen hängen einige Eiskristalle.

»Den hab ich im Kühlschrank gefunden«, verkündet Annabel. »Im Eisfach unter dem Spinat. Luise ist den Wagen zuletzt gefahren. Sie ist einkaufen gewesen.«

Richtig, Franziska erinnert sich, der Schlüssel war weg. Sie hatte nicht viel darauf gegeben; es existierten zwei Exemplare, sodass sie einfach das andere weiterbenutzt hat. Sie hat darauf gesetzt, dass das verlorene schon irgendwann auftauchen wird. Und da ist es jetzt.

»Das ist doch der Klassiker, oder?« Annabel muss sich setzen. »Der Schlüssel im Eisfach. Das liest man überall!«

Franziska tut es ihr nach. »Du meinst: Demenz? Luise?« Sicher, o ja, da gibt es ein paar Sachen, die passen würden: Luise verfährt sich oft, sogar auf Strecken, die sie eigentlich im Schlaf kennen sollte. Damals haben sie das auf den Stress mit Nora geschoben. Sie ist seit Wolfgangs Tod manchmal völlig geistesabwesend. Dann ihre ausweichende Art. Jetzt, wo sie darüber nachdenkt, fällt Franziska ein, was sie im Altersheim gelernt hat: dass die Kranken ihre Defizite spüren, sie wissen, dass sie nicht mehr richtig funktionieren, und versuchen mit allerlei Tricks, das möglichst lange vor ihrer Umwelt zu verbergen. Sie weichen aus, lügen und sind erstaunlich findig, wenn es um Ausreden geht. Sie muss an Luises Gesichtsausdruck denken, als sie sagt: »Das war nicht ich. Das war Thorwald.« Ein listiges Kind, das sich vor den bösen Erwachsenen verbirgt. Aber vielleicht hat Luise da einfach nur einen Scherz gemacht.

Sie kommt schließlich gerade aus Luises Zimmer. Und nichts dort weist auf eine wachsende Desorientierung hin. Typisch für Demenz wäre es, wenn am Schrank ein Zettel geklebt hätte mit der Aufschrift »Schrank«. An der Tür ein weiterer mit der Aufschrift »Tür«. Wenn am Türstock dann einer angebracht wäre mit dem Vermerk: »Draußen: 1. Thorwald, 2. Franziska (langes Haar), 3. Annabel (blind)«. Im Grunde müsste alles ein einziger Zettelwald sein. Es ist aber nur schlampig. Und außerdem, auch das fällt ihr ein, kann Luise mit all ihren Elektrogeräten umgehen: dem Fernseher, der Kaffeemaschine, der Music-Box und dem Herd. Sie kocht, und das nicht schlecht. Zugegebenermaßen gibt es bei ihr meistens Spaghetti mit Soße, aber sie hat Kinder großgezogen und ist auf deren Geschmack eingestellt, vielleicht ist das eine ganz normale ›déformation professionelle‹.

»Nein«, sagt Franziska langsam. »An Demenz glaube ich nicht. Du bist doch diejenige, die immer sagt, sie trauert und man muss ihr Zeit geben. Vielleicht braucht sie einfach noch mehr Zeit.«

»Sie ist mir und Thorwald mal vor Weihnachten entgegengekommen, nach dem Milchhäuschen-Vortrag im Rathaus, du erinnerst dich?«, fragt Annabel. »Sie hatte mit ihren Söhnen geskypt und versprochen, nachzukommen. Ist sie aber nicht. Sie ist völlig ohne Peilung durch den Ort geirrt. Hat was von einem Bazar und einem Jackett erzählt.«

»Das Tweedjackett.« Franziska fröstelt plötzlich. An das erinnert sie sich zufällig genau. Das Originaljackett war einst das Lieblingskleidungsstück von Wolfgang. Luise hatte es voreilig weggeworfen. Und es danach bereut. »Eine Weile schien ihr das sehr wichtig zu sein.«

»Allerdings«, sagt Annabel und nickt. »Luise scheint echt darunter zu leiden, dass sie ihrem Mann die Jacke nicht mit ins Grab gegeben hat. Das hast du doch auch gemerkt. Gib's zu, im Geiste hast du schon die Szene geprobt, in der wir Thorwald einen roten Bart umbinden und ihn in einen Sarg legen als Wolfgang. Damit Luise ihm das verdammte Jackett hineinreichen kann. Und er hätte ihr mit verstellter Stimme seinen Segen gegeben.«

»Seine Stimme klingt ganz ähnlich wie die von Wolfgang. Er hätte sie gar nicht groß verstellen müssen.« Franziska ist peinlich berührt, wie nahe Annabel der Wahrheit kommt. Ja, sie hatte in der Tat über eine derartige Inszenierung nachgedacht, die Luise erleichtern und sie wieder zu ihnen zurückholen würde.

»Haha.« Es ist schwer zu sagen, ob Annabel amüsiert ist oder aufgeregt. »Dann hätte er ihr bei der Gelegenheit auch gleich die Affäre mit Diego vergeben können.« Sie überlegt. »Andererseits schien sie das nie zu quälen, nur die verdammte Jacke. Was ich auch komisch finde.«

»Guter Punkt«, gibt Franziska zu. »Aber das kostbare Jackett hängt jetzt in der Miete und setzt Staub an.« Nichts scheint Luise mehr sonderlich wichtig. Es ist, als versänke alles jenseits des Gartens, selbst Wolfgang, in einem ungewissen sorbetfarbenen Nirgendwo.

»Wirf es weg«, rät Annabel.

Franziska traut sich nicht. Weiß Gott, was dann passiert. Sie kann das nicht einordnen. Manches spricht für Demenz, doch andererseits verlieren die Erkrankten ihr Gedächtnis in chronologischer Reihenfolge: Das zuletzt Dazugekommene verschwindet zuerst. Es ist das

Langzeitgedächtnis, das sich mit seinen Inhalten behauptet. Die frühen Erinnerungen bleiben auch am längsten. Dazu passt zwar, dass Luise kindlich wird. Aber falls es wirklich das Gedächtnis ist, das bei Luise nachlässt, sollten gerade die langjährige Liebe zu Wolfgang und alles, was mit ihm zusammenhängt, ihr am längsten präsent sein. Viel länger jedenfalls als der Garten. Es passt einfach nicht zusammen.

Die dreifarbige Katze kommt herein. In ihrem Gefolge tappt der inzwischen schon fast halbwüchsige Nachwuchs herein und beginnt die Gaststube zu erforschen.

Annabel, angestupst, beugt sich vor und krault die Mutter. »Oje, sie ist schon wieder schwanger, glaub ich. Irgendwie vergesse ich immer, sie sterilisieren zu lassen.«

»Vergesslich werden wir wohl gerade alle. Vielleicht sollten wir uns über einen tiefgefrorenen Schlüssel nicht allzu sehr aufregen?«

Franziska fragt nur zur Probe. Sie weiß selber: Da ist noch mehr als der Schlüsselbund. Aber es ist schwer in Worte zu fassen, was nicht stimmt. Hätte Annabel nicht davon angefangen, sie hätte das Gefühl noch lange nur wie aus den Augenwinkeln beäugt, es im Ungefähren ihres Bewusstseins treiben lassen, eine vage Stimmung, der man jederzeit ausweichen kann. Jetzt, da Annabel ihm einen Namen gegeben hat, auch wenn es der falsche sein mag, geht das nicht mehr.

Einen Moment lang schweigen sie, verfolgen die Katze mit Blicken, denken an die Wäscheschublade, an Nora. Dann an einen Arzttermin für Luise. Wie soll man ihr das erklären: Hasi, lass dich mal untersuchen. Wir glauben, du wirst dement?

»Vielleicht«, beginnt Franziska. Annabel beginnt zeitgleich: »Warten wir noch.«

»Ja.« Sie sind erleichtert. »Warten wir noch ein wenig ab.«

»Nächsten Monat hat sie Geburtstag.« Sie wissen selbst nicht genau, welche Hoffnung oder welche Erkenntnis in diesem Umstand verborgen liegt. Trotzdem fühlen sie sich besser.

Zurück in ihrem Zimmer tritt Franziska vor den Spiegel und betrachtet ihr eigenes Gesicht. Wie viel von ihr selbst ist eigentlich noch übrig? Die Furchen von der Nase zum Mund, die Querfalten auf der Stirn, sie alle sind tiefer geworden, sind jetzt das Erste, was man wahrnimmt, oder? Dann sind da noch die vielen Flecken, wo kommen die nur her? Sie greift in ihre Haare, die auch nicht mehr so schwer und voll sind wie einst. Sie trägt sie inzwischen meistens zum Zopf gebunden, gerne als altmodischen Zopfkranz, das lange Ende aufgesteckt zu einem Knoten. Dutt hat so etwas früher geheißen. Und wenn sie als Kind so einen sah bei einer alten Frau, so einen Dutt, dann hat sie sich immer gewundert, dass ein Gebilde aus Haar so verfilzt und dabei so dünn und zerbrechlich aussehen kann wie ein vorjähriges Vogelnest. Na, so weit ist es bei ihr noch nicht. Dennoch sieht sie alt aus.

Wenn sie allerdings genauer hinsieht, kann sie in dem Spiegelbild von heute zugleich all die früheren Franziskas erkennen: das stille Kind, das so viel liest, die ernste Studentin, die junge Mutter, so erschöpft und verwundert, die aufgeregte junge Frau bei ihrer ersten Lesung – wie farbige Schatten, wie Echos und Folien überlagern und ergänzen sie das, was nur die Augen sehen. Sie sind mehr als Erinnerungen. Alle sind sie gleichzeitig da.

Franziska hat die physikalischen Theorien nie begriffen, die behaupteten, dass es so etwas wie Zeit gar nicht gibt. Wie soll das möglich sein, wo doch Alter und Tod unumkehrbar sind? Was sie aber im Spiegel wahrnimmt, ist der perfekte Beweis dafür: Sie erscheint einerseits hoffnungslos gealtert, zugleich sind alle Stadien ihrer Entwicklung unauslöschlich gegenwärtig in einem vieldimensionalen, zeitlosen Bild. Möglicherweise, denkt sie, geht es Luise ja ähnlich. Sie sieht Wolfgang noch immer. Und sich neben ihm, in jüngeren Jahren. Vielleicht sind bei ihr die Grenzen zwischen diesen Bildern nur dünner geworden.

50

»Eins muss man zugeben«, sagt Franziska, die eben den Briefträger verabschiedet hat. »Seit die Homestory gelaufen ist, haben wir viel mehr Post.« Sie wirft die Umschläge auf den Stammtisch und stellt das Paket, in dem, wie sie weiß, die ersten fünf Belegexemplare ihres Buches warten, unauffällig auf einen Stuhl und schiebt ihn unter die Tischplatte. Dort öffnet sie die Sendung leise und, wie sie hofft, unbemerkt. Da ist es: Ihr Buch ist Realität. Unberührt liegt es da, vielfach, neu, glänzend. Es riecht nach Leim und Papier. Ihr Werk. Vorsichtig löst sie ein Exemplar aus der Folie. Um das Rascheln zu übertönen, sagt sie: »Die Leute glauben irgendwie echt, sie kennen dich, wenn sie dich auf der Mattscheibe sehen.«

Ihr gegenüber sitzen Annabel und ihr Nachhilfeschüler Lars. Beide heben den Kopf.

»Mama sagt, ihr bildet euch mordsmäßig was drauf ein«, erklärt er.

»Ach, sagt sie das.« Franziska, die eben erwogen hat, ihm ein Exemplar ihres Romans zu schenken, legt das Buch unauffällig in den Karton zurück und drückt ihn zu.

»Wer schreibt denn alles?«, will Annabel wissen.

Mit schnellen Bewegungen sortiert Franziska die Kuverts auf drei Haufen. »Die Üblichen, die Üblichen«, murmelt sie dabei. »Auf den ersten Haufen lege ich alte Bekannte, die sich mit einem Mal an uns erinnern und vorschlagen, man könnte sich doch mal wieder auf einen Kaffee treffen.«

»Weißt du noch, Klaus-Dieter?« Annabel muss kichern. Sie hatten den Kommilitonen zuletzt im vorigen Jahrtausend gesehen, in einem

Seminar über expressionistische Großstadtlyrik. Er war ihnen nur des starken schwäbischen Dialektes wegen im Gedächtnis geblieben, mit dem er Heyms *Der Gott der Stadt* vorgetragen hatte. Keine hatte ihn näher gekannt. Und auf einmal hält er in seinem jagdgrünen Opel Corsa vor ihrer Tür, als hätten sie nur auf ihn gewartet. Unter dem Vorwand, er plane Ähnliches wie ihre WG, lässt er sich erst das Haus zeigen und dann auf dem Sofa nieder, wo er verkündet, hier fehle doch ein wenig die männliche Hand.

»Ich dachte schon, der steht nie wieder auf«, gibt Franziska zu.

»Aber als Thorwald vom Holzmachen reinkam, war er dann ganz schnell wieder weg.« Annabel ist voller Stolz.

»Und die anderen beiden Haufen?«, will Lars wissen, der fürchtet, allzu rasch zur Frage der Aktiv- und Passiv-Satzkonstruktion zurückkehren zu müssen.

»Auf dem zweiten Haufen liegen Anfragen von Baufirmen oder Privatleuten, die tatsächlich so was Ähnliches wie wir vorhaben«, erklärt Franziska, während sie die einzelnen Adressen durchgeht und die Schreiben aufreißt. »Sie wollen wissen, wie wir es rechtlich organisieren, fragen nach architektonischen Details, nach Erfahrungen mit dem Dorfleben. Oh, und die hier wollen wissen, ob wir psychologisch betreut werden.« Laut liest sie vor. »›Haben Sie eine Supervision?‹«

»Ich bin im Turnkreis immer sehr diskret«, meint Annabel. »Ich rede nie über unsere häuslichen Angelegenheiten.«

Franziska lacht. »Die meinen einen professionellen Zuhörer, nicht den Dorffunk.«

»Und der dritte?« Lars gibt nicht auf.

»Oooh«, sagt Franziska, die gerade einen dezent roséfarbenen Umschlag geöffnet hat, aus dem eine Visitenkarte fällt mit dem Emblem eines silbernen Amors. Escort-Service für Damen über sechzig. »Die übrigen sind Menschen, die sich sorgen, dass wir Bedürfnisse haben, die aufgrund der aktuellen demographischen Entwicklung womöglich unerfüllt bleiben.« Sie sieht Annabel die Brauen hochziehen. »Du nicht, Annabel, du hast ja Thorwald.«

Annabel wird rot. »Lars«, ermahnt sie rasch ihren Schüler, »jetzt konzentrier dich mal ernsthaft.« Sie stürzen sich wieder in die Arbeit, die es bedeutet, den Satz: »Im Zoo bewirft ein Orang-Utan das Krokodil mit Steinen« ins Passiv zu setzen.

»Er hat das Krokodil mit Steinen beworfen?«, hört Franziska den Jungen mutmaßen, während sie die restlichen Schreiben überfliegt. Nicht alle Angebote sind so professionell wie das des »*Escortservice für Damen Silberner Amor*«, manche eher hausgemacht und derb, und der Verfasser, der glaubt, dass sie alle miteinander nur einmal ordentlich … gehörten, schien gar nicht vorzuhaben, diesen Liebesdienst selbst an ihnen zu versehen. Wenn ein simples Feature über Architektur schon so etwas auslöste … Franziska beschließt, den Bücherkarton nach oben zu tragen, ohne jemandem davon zu erzählen. Sie und ihr Buch brauchen erst einmal ein wenig Quality-Time zu zweit, ehe sie Dritte in diese Beziehung lassen.

»Nein, Lars«, erklärt Annabel gerade. »Im Aktiv tut jemand was. Im Passiv erleidet jemand etwas. Und jetzt schau den Satz noch einmal an: Wird da etwas getan oder erlitten?«

Lars als aktiv Leidender unter der Nachhilfe findet einen Ausweg aus der Passiv-Falle: »Da riecht was angebrannt.«

»Mein Kuchen«, jammert Franziska. »Der ist doch für Luises Geburtstag morgen. Ich wollte einen Frankfurter Kranz machen.« Sie hastet in die Küche.

»Mama macht dann immer Blechkuchen«, sagt Lars, der nur zu gerne aufsteht, um ihr zu helfen. Auch Annabel tastet sich den beiden hinterher. »Sie sagt, das geht einfach am schnellsten für die ganzen Leute.«

»Wir feiern im kleinen Kreis«, klärt Franziska Lars auf, während sie nach einem Topflappen sucht, um die Ofentür aufzubekommen, aus der es heiß hervorqualmt. »Nur wir vier.«

»Und der Kindergarten?«, fragt Lars.

»Der Kindergarten? Na, die sind gerade drüben in der Scheune wie jeden Mittwoch, zum Vorlesen«, erwidert Franziska zerstreut. Der

Biskuit steht auf der Herdplatte und sieht jämmerlich aus. Die rauchenden Trümmer des Turms zu Babel. Falls der je brannte.

»Von denen ist doch für morgen ein Singspiel einstudiert worden.« Seine Glanzleistung in puncto Passiv bleibt unbemerkt. Als keine der beiden Freundinnen antwortet, fügt er hinzu: »Mein kleiner Bruder ist dabei. Ich mache die Lichtregie.«

»Die Lichtregie.« Franziska will es nicht glauben. Ein Singspiel. Mit zwanzig Kindern und einer unklaren Anzahl Mütter und Geschwister. Und Lichtregie. In ihrem Heim.

»Und wann wolltet ihr uns das mitteilen?«

»Aber die Luise, ich meine, die Frau Fürst weiß das doch«, wehrt Lars ab.

Annabel meint vorsichtig: »Sie wollte uns vielleicht überraschen.«

»Oder sie hat tatsächlich komplett den Verstand verloren.« Franziska pfeffert die Topflappen in die Spüle. »Ein Singspiel.«

»Um ehrlich zu sein«, meint Annabel kleinlaut, »wird die Gymnastikgruppe auch vorbeischauen, um zu gratulieren. Keine Sorge«, fügt sie rasch hinzu, »die bleiben nicht lange, sie sind ja nicht mehr die Jüngsten. Und ich habe Thorwald schon gesagt, dass er den Sekt besorgen soll. Und etwas Silvaner für später.«

Das macht weitere zwanzig Personen, falls nicht jemand seinen Ehegatten mitbringt. Franziska ächzt. »Haben wir noch jemanden vergessen?«

»Es ist doch ein runder Geburtstag, und Luise ist Mitglied im Sportverein und Fördermitglied im Kirchenchor – das hat sich so ergeben«, rechtfertigt Annabel sich. »Wir brauchen jede Hilfe für die Organisation der Liederabende. Jedenfalls hat Luise damit ein Anrecht auf ein Geburtstagsständchen.«

»Kommt die Blasmusik auch?« Doch die Ironie verpufft.

»Sie wollten, aber ich meinte, das wäre nicht nötig. Wir haben uns auf ein Trompetensolo geeinigt. Also drei Trompeter. Diejenigen, die eh Nachbarn sind, werden aber wohl zum Gratulieren kommen.«

»Das gehört sich so«, sagt Lars und klingt ganz wie seine Mutter.

Franziska lässt sich gegen die Arbeitsplatte sinken und starrt ihr qualmendes Kuchenhäufchen an, als könnte es sich in Brot und Fisch für jede Menge Erleuchtete verwandeln. Sie hätte es wissen müssen. Als ob es nicht schon in ihrer Kindheit so gewesen wäre. Geburtstag, das bedeutete offenes Haus von zehn Uhr früh bis in die Abendstunden; es bedeutete Kochen und Backen den lieben langen Tag, um die nie abreißende Gästeschar zu versorgen; es hieß, keinen ruhigen Moment zu haben, weil jederzeit ein neuer Gratulant hereinschneien konnte. Wie hatte sie glauben können, das hätte sich geändert. Nur, weil sie sich nicht zugehörig fühlt, bedeutet das noch lange nicht, dass die anderen sie aus ihren Klauen lassen.

Annabels Hand tastet nach ihrer Schulter. »Thorwald wird grillen«, sagt sie begütigend, »wir verlegen alles in den Garten. Es ist ja ein wunderbarer Mai. Notfalls«, sie überlegt, »notfalls gehst du einfach zeitweise rein. Oder wir sagen, du bist auf Lesereise.«

»Klar«, murmelt Franziska, »in Berlin, London, Paris und Rom.«

Lars, dem das Küchengespräch zu langweilig geworden ist, hat inzwischen den Bücherkarton gefunden.

»Mann, haben Sie das geschrieben?«, fragt er und hält ein Exemplar hoch.

»Ja«, sagt Franziska und nimmt ihm das Buch weg. »Und sag deiner Mutter, da bilde ich mir mordsmäßig was drauf ein.«

51

Die Vorbereitungen für den Geburtstag laufen jetzt, da sie nicht mehr im Verborgenen stattfinden müssen, auf Hochtouren. Thorwald baut Tische und Bierbänke auf. Getränke werden kalt gestellt, Salate angeliefert von Nachbarinnen, die Bescheid wissen. Und es wissen alle Bescheid. In der Scheune entsteht eine Bühnenkulisse, und Lars hantiert mit einem Scheinwerfer.

Franziska fühlt sich nicht verpflichtet, an alldem teilzunehmen. Sie hat sich in ihr Zimmer zurückgezogen und verfolgt nur hier und da durchs Fenster die verschiedenen Anlieferungen, die ihren friedlichen Hof erreichen. Aus einem klapprigen Lieferwagen hieven Freunde von Thorwald Brocken von in Planen eingeschlagenem Fleisch.

Franziska wühlt lustlos in ihrer Post, bis sie einen bekannten Absender entdeckt: Gabriel Thiess. Während sie die wütenden Zeilen überfliegt, ist ihr zwar klar, dass Gabriel hier mit Nora hadert. Aber adressiert ist der Text an sie. Egoistisch, steht da, unfähig zu lieben. Notwendig alleine verreckt. Mit leeren Händen dastehen. Sie muss sich auf die Lippen beißen. Hört ihren Sohn Philipp, damals vor so vielen Jahren, hört seine Stimme so laut wie je zuvor: Ich hasse dich. All die Wut. Was haben sie getan?

Was ist, Hasi?, fragt Nora über ihre Schulter gebeugt. So klar und vertraut ist die Stimme, dass Franziska zusammenzuckt und unwillkürlich das Blatt so faltet, dass ein Zuschauer es nicht lesen kann.

Nora lacht. Aber ich bin doch gar nicht hinter dir, Schätzchen, ich bin da, wo der Text auch ist: in deinem Kopf. Sie zündet sich eine Zigarette an, legt den Kopf in den Nacken und bläst den Rauch nach oben. Ich hab ihn abserviert – er hasst mich. Kein Grund zur Aufregung. So ist das Leben eben.

In meinem Kopf wird nicht geraucht, versucht Franziska aufzubegehren. Das geht so auf die Augen.

Auch noch Tränen? Etwa wegen Gabriel? Nora lässt nicht locker.

»Es erinnert mich nur…« Franziska zögert. Aber es ist Nora. Nora muss man die Wahrheit sagen. »Es erinnert mich an Philipp. Als er damals ging, hat er mich ähnlich beschimpft. Er war so zornig. Am Tag vorher hat er noch geschrien: Ich hasse dich.«

Und das fandest du ungerecht?, hakt Nora nach.

»Ich fand es – verletzend. Unfair, ja. Aber am schlimmsten war der Gedanke, dass er recht haben könnte. Dass ich wirklich hassenswert war.«

Hast du ihn weggestoßen? So wie ich Gabriel?

»Nein.« Franziska schüttelt heftig den Kopf. »Ich hab ihn doch geliebt. Ich hab vielleicht nur nicht so gründlich überlegt, was er braucht. Ich hab einfach gelebt, wie ich es mir dachte. Ich hab …«

… ihn nicht so geliebt wie dich selbst, willst du sagen. Und? Ist das ein Verbrechen?

»Du bist wirklich unerträglich.«

Nora lacht.

Unschlüssig dreht Franziska den infamen Brief in den Händen.

Was willst du tun?, stichelt Nora. Mit Gabriel reden? Die Dinge klarstellen bei einem Tässchen Kaffee? Nora beugt sich vor und flüstert ihr ins Ohr: Hörst du, was ich sage: Wir verletzen einander. Es gehört zum Leben. Es ist nicht zu verhindern. Das macht keinen zu einem schlechten Menschen, mich nicht, dich nicht.

»Ach, jetzt sind wir also bei mir.«

Aber da waren wir doch schon die ganze Zeit. Nora bläst Rauch aus und verschwindet darin. Wie gesagt, wir befinden uns in deinem Kopf.

Franziska sitzt da mit dem Brief in der Hand, geschrieben auf weißem Papier mit gallegrünen Gedanken. Die Wahrheit, denkt sie, eine gemeinsame Wahrheit, das ist ein Luxus, ein hart erarbeitetes, rares Gut, das wir nur mit denen teilen, die wir wahrhaftig lieben.

Sie wünscht Gabriel nichts Böses. Aber zu den Menschen, mit denen sie an dieser gemeinsamen Realität arbeiten will, gehört er nicht. Sie muss ihn lassen. Luise, Annabel und sie dagegen, das wird ihr in dem Moment klar, haben ein Stück Arbeit vor sich. Denn eine verbindliche Wahrheit in der Frage, wie es Luise geht, die werden sie brauchen. Nach dem Geburtstag.

52

Luises Geburtstagsfeier am darauffolgenden Tag erlebt gerade mit der Darbietung von »Mein kleiner grüner Kaktus« durch den Kirchenchor – in getragener Moll-Tonart – einen weiteren Höhepunkt. Thorwald steht hinter dem improvisierten Grill, einer riesigen Metallwanne, und wendet Stücke eines halben Schweines. Kinder drängen sich um die Schaukel und spielen Fangen auf der Wiese, während ihre Mütter in kleinen Grüppchen über die Wege schlendern. Auf Stühlen und Bänken unter der Pergola sitzen Neunzigjährige, die nach der Hand desjenigen greifen, den sie ansprechen, um ihren Namen und ihre Erinnerungen an ihn weiterzugeben. »Ich bin die Frau Luft. Deine Mama und ich waren zusammen auf der Landwirtschaftsschule. Ich weiß noch genau, wie du mit deiner Schultüte in der Gaststube gestanden hast.«

»Ich bin der Harrer-Schorsch. Bei mir haben alle hier Trompete gelernt. Vierzig Jahre lang. Das Orchester hab ich damals gegründet. Dein Vater war von Anfang an dabei. Ich hab immer gedacht, er sollte dich auch schicken, aber das hat er nicht.«

Franziska ist bereits bis an ihre Grenzen gerührt und erschöpft, als Sibylle Hagen, die Archivarin, an sie herantritt. »Kann ich dich mal sprechen?« Sie dreht ihr Sektglas zwischen den Fingern.

»Oh, geht es um die Unterlagen?« Franziska hat völlig vergessen, die vielen Kopien von alten Bildern und Dokumenten zurückzugeben, die Sibylle für sie gemacht hat. Sie weiß nicht einmal, wo in dem ganzen Durcheinander in ihrem Arbeitszimmer sie liegen könnten. Und, fällt es ihr im selben Augenblick ein, sie hat ebenfalls vergessen, Sibyllе in einem Vor- oder Nachwort irgendwie für die Unterstützung zu danken. Rasch erbietet sie sich, alles zusammenzusuchen.

Doch die Archivarin wehrt ab. Noch immer dreht sie ihr Sektglas, schnell und als könnte sie nicht ohne Weiteres damit aufhören. Ihre Finger sind dürr wie ihre ganze Figur, die auch heute in Radlerhosen und einem neonfarbenen Sportshirt steckt, so dürr, dass der Ehering am rechten Ringfinger schlackert. »Es ist eher etwas Privates«, erklärt sie und sieht sich um. »Könnten wir kurz reingehen?«

O Gott, denkt Franziska. Sie hat etwas geschrieben und will wissen, was ich davon halte. Angestrengt behält sie ihr Lächeln bei. »Gehen wir in mein Zimmer.«

»Wer hat Hunger?«, ruft Thorwald im selben Moment. Frau Stöcklein kommt verspätet, aber mit ihrem berühmten Kartoffelsalat. Petra liest ihrem Mann die Leviten dafür, dass er nachmittags schon beim sechsten Schoppen ist, ein Mädchen ist in die Badewanne voller Entengrütze gefallen und heult, weil die Mutter trotz der guten Ratschläge aller Umstehenden vergeblich versucht, ihm das Grün aus den rosafarbenen Prinzessinnenkleidern zu wischen. Die Blasmusikanten haben entdeckt, dass sie rein zufällig doch ihre Instrumente dabeihaben, und setzen mit dem Chor zusammen an zu »Die Glocke ruft« von den Donkosaken. Zittrig, doch mit glücklichem Lächeln macht der alte Herr Harrer sich ans Dirigieren.

Franziskas und Sibylles Fehlen wird nicht bemerkt. Selbst Annabel und Luise denken erst wieder an die beiden, als sie nach der Verabschiedung des letzten Gastes müde und glücklich ins Haus zurückkehren. Sie finden Franziska mit angespanntem Gesichtsausdruck am Stammtisch sitzend, auf dem sich halb ausgepackte Geschenke und schmutziges Geschirr unberührt stapeln. Sibylle Hager sitzt an ihrer Seite und starrt auf die Tischplatte.

»Sibylle«, sagt Franziska ohne Umschweife über den gesenkten Scheitel der Archivarin hinweg, »hat um Asyl bei uns gebeten.« Rasch fährt sie fort. »Ihr Ehemann ist ein gewalttätiger Arsch, und wir haben ein Zimmer frei. Haben wir doch«, fügt sie hinzu, als sie Luises und

Annabels überraschte Gesichter sieht. Sie hat schon über alles nachgedacht, es fügt sich einfach perfekt, sie muss es nur erst allen in Ruhe erklären. Sie will gerade weiter ausholen, als ein Polizeiwagen vor dem Haus vorfährt.

»Was wollen die?«, fragt Luise alarmiert. »Ist das wegen Nora?«

Beunruhigt hebt Annabel den Kopf. »Wir müssen die Urne verstecken.«

Sibylle schüttelt den Kopf. »Die sind nicht wegen der Urne da«, meint sie und räumt damit Franziskas letzte Zweifel darüber aus, dass Petra das gesamte Dorf über ihr Mausoleum informiert hat. Sibylle steht auf, um durch die Gardine zu verfolgen, was draußen vorgeht. »Wie ich es mir dachte: Mein Mann kommt.«

»Dein Mann ist Polizist?«, fragt Luise, bleibt aber ohne Antwort.

»Du gehst am besten nach oben.« Franziska verabschiedet Sibylle mit einem Nicken. »Die Treppe hoch und durch den Korridor in Noras altes Zimmer.« Sie bemüht sich um ein Lächeln zu den Freundinnen. »Wir wollten doch immer mal Gäste aufnehmen. Es steht ja sogar in Noras Testament.« Sie versucht, zuversichtlich zu wirken.

Sie weiß, die Archivarin hat sie nicht aus reiner Sympathie als Helferin ausgewählt oder weil sie bei einer Außenseiterin am ehesten Verständnis für ihren Schritt zu finden hofft, sondern weil Sibylle eine Autoritätsperson benötigt, jemand mit öffentlichem Ansehen, bei dem ihr künftiger Ex-Mann nicht wagen wird, aus der Rolle zu fallen. Dr. Knöchlein hat bereits zwei Frauen, für die er sorgen muss. Der Pfarrer fühlt sich bei Trennungsfragen verpflichtet, zu vermitteln. Bleibt die Prominenz aus der Großstadt. Franziska beobachtet, wie der Mann seine Uniform zurechtrückt und die Wagentür zuknallt, ehe er breitbeinig auf das Haus zukommt. Im selben Moment fragt sie sich, ob der Glanz ihrer öffentlichen Rolle ausreichen wird.

»Es klingelt«, sagt Luise überflüssigerweise. Ihre Augen sind dunkel vor Angst.

Franziska geht öffnen. Als Sibylle Hagens Mann hereinkommt, stehen alle einen Moment schweigend da. Franziska hört den Text, den sie sich in ihrem Kopf zurechtgelegt hat mit all ihrem gerechten Zorn und beflügelt vom Schwung dieses Tages. »Ach, Herr Hagen, wie nett. Wollen Sie auch unserer Luise gratulieren? Leider ist der Grill schon aus. Aber Salat und Kuchen können wir Ihnen anbieten. Die Sybille? Jetzt, wo Sie es sagen: keine Ahnung, wo sie steckt.« Er würde nicht einmal bemerken, wie sie sich über ihn lustig macht und wieder vor der Tür stehen, ehe er zu sich kommt. Noch schweigt sie und betrachtet ihn mit geneigtem Kopf. Hagen ist durchtrainiert, hat die Sorte aufgepumpter Muskeln, die eher im Fitnessstudio als bei der Arbeit entstehen. Sein Haar ist kurz und sorgsam geschnitten, sein Kinn glatt rasiert, und seine Haut glänzt fast quälend sauber. Geschrubbt und poliert. Er stinkt nach Rasierwasser und verlogener Ordentlichkeit. Und, aus der Nähe, nach harten Alkoholika. Der Mann ist ihr zuwider, sie hasst ihn stellvertretend für Sibylle. Er tut nicht viel mehr, als sich umzusehen, reckt den Hals, als könnte er seine Frau in einer Ecke oder hinter einer offenen Schranktür entdecken. Doch schon das genügt. Jede Geste atmet Trotz, Wut und Vorwurf. Der ganze Mann ist gebündelte, pure Aggression. »Wo ist sie?« Er macht keine Umschweife.

»Wer?« Mehr bringt Franziska nicht heraus. Sie hat sich nicht für einen Feigling gehalten, aber das Wort bereitet ihr Mühe. Und der Ton kommt weder voll noch satt. Von Ironie keine Spur. Seine überwältigende Physis macht ihr schmerzlich bewusst, dass sie alt ist, steif und verwundbar. Es ist zwanzig Jahre her, dass sie einen Sport betrieben hat, und Jazztanz ist keine Kampfsportart. Sie hat die Angst nicht erwartet, doch jetzt ist sie da, klein, schäbig, körperlich. Aber sie ist nicht gewillt, klein beizugeben. Sie überragt diese geballte Muskelmasse um einen halben Kopf und drei Jahrzehnte Lebenserfahrung. Also schiebt sie nach: »Suchen Sie das Geburtstagskind?«

Luise, durch die Bemerkung an die eigene Existenz erinnert, stößt einen erstickten Laut aus, schnappt sich einen Stapel Teller und entschwindet in die Küche.

Annabel, die genug von der Atmosphäre spürt, um vor Nervosität zu beben, wendet fragend den Kopf zu Franziska.

»Schau bitte nach Luise«, sagt die. »Sie ist in der Küche.«

»Sie entschuldigen mich«, verkündet Annabel sehr förmlich und geht ebenfalls hinaus. Franziska steht dem Mann allein gegenüber.

Er bleibt bei seinem barschen Ton: »Wo ist meine Frau?«

Franziska erwägt kurz, ihm an den Kopf zu werfen, dass Sibylle jetzt eine der ihren ist und dass er sich verpissen soll. »Sie ist gegangen«, sagt sie dann. »Und das sollten Sie auch.«

»Ist sie nicht.« Das kam ein ganzes Stück lauter. Er macht einen Schritt auf sie zu.

Franziska verschränkt die Arme. »Was bringt sie auf die Idee, dass Ihre Frau nicht heimgegangen sein könnte?«, fragt sie. »Fühlt sie sich dort vielleicht nicht wohl?«

»Das geht sie einen Scheißdreck an.«

»Einen Scheißdreck, mmh.« Franziska tut, als ließe sie sich das Wort auf der Zunge zergehen. Dann sagt sie: »Aber Sie haben recht, Ihre Probleme interessieren mich nicht. Deswegen schlage ich auch vor, Sie behelligen mich nicht damit und verschwinden jetzt. Aus meinem Haus.« Den letzten Halbsatz sagt sie ein wenig lauter.

Er ignoriert die Aufforderung und bleibt stehen, wo er steht, sehr dicht vor ihr.

»Ihnen ist klar, was Hausfriedensbruch bedeutet, ja?« Franziska löst ihre Arme und versucht eine gelassene Pose. Als er nicht reagiert, wiederholt sie: »Ich sage es nur noch ein Mal ...« Sie will hinzufügen: raus!

Aber da hat er sie bereits am Handgelenk gepackt.

Eine ungeheure Wut schießt in ihr hoch. »Lass mich los!« Sie zerrt an seinem Griff.

»Ich will meine Frau.«

»Sie ist nicht hier.«

»Verlogenes altes Miststück.«

»Gehen Sie jetzt.« Noch einmal versucht Franziska es unter Aufbietung ihrer Würde. Im nächsten Moment hat sie sich vorgeneigt und ihn in die Hand gebissen. Er lässt los.

Ungläubig starren sie beide auf die roten Abdrücke in seinem Handballen.

Dann spürt sie seine Finger in ihren Haaren, und alles schaltet plötzlich in Zeitlupe um. Sie weiß: Ihr Kopf wird zur Seite gezerrt. Sie sieht, wie sein Arm nach hinten ausholt, seine Faust ist geballt. Seine Augen, weit aufgerissen, scheinen sie gar nicht zu sehen. All das findet statt und ist zugleich nicht wahr.

Unwillkürlich hebt Franziska ihre Arme. Zugleich weiß sie, es wird wenig nützen, der Knochen wird brechen wie nichts. Wie bei Sibylle, die so oft vermeintliche Sportverletzungen hatte. Es wird sehr wehtun, das ist der einzige Gedanke, der Franziskas Kopf ausfüllt. Sie weiß nicht, was ihn zögern lässt. Vermutlich weiß er es selbst nicht genau.

53

»Hallo, Timo.« Das ist Thorwalds Stimme. Er kommt durch die Küchentür herein, verschwitzt und verräuchert, Asche an den großen Händen, die er sehr langsam mit einem Tuch abwischt, während er den späten Gast betrachtet. In seinem Gesicht regt sich nichts. »Wie geht es meiner Schwester?«

Timo Hagen, Sibylles Mann, hat Franziska schon beim Erscheinen des Tätowierten losgelassen. Verlegen wischt er sich die Hände an der Hose ab, scheint ein wenig zu sich zu kommen. Zögernd schaut er zu Franziska, seiner Beute, dann zu Thorwald und tritt schließlich einen Schritt zurück. »Oma geht's gut«, brummt er missmutig.

Franziska schiebt sich in Richtung Küchentür an Thorwald vorbei, der sie nicht zur Kenntnis zu nehmen scheint. Er behält seinen Großneffen im Auge. Franziska sieht, dass er drei Schritte auf den Polizisten zu macht. Sogar sein Hinken wirkt unheilvoll. »Setz dich«, sagt er. Es klingt nicht, als gäbe es eine Alternative. Thorwald mag gelitten haben unter der Gewalt in seinem Leben, aber er hat ihre Sprache zweifelsfrei gelernt.

In der Küche stößt Franziska auf ihre beiden aufgelösten Freundinnen. Annabel zerdrückt mit dem Nudelholz weißes Pulver auf der Arbeitsplatte, Luise weint und rührt mit einer schmutzigen Kuchengabel in einem Glas Schnaps.

»Was treibt ihr da um Himmels willen?«, fragt Franziska.

»Wir dachten, wir bieten ihm was zu trinken an«, erklärt Annabel ganz außer Atem von der Anstrengung. »Mit dem Restvorrat von

Noras Tavor drin.« An Luise gewandt fragt sie: »Löst es sich auf? Kann man es noch erkennen?«

Luise rührt und rührt und kann nicht mehr aufhören, das meiste spritzt auf die Tischplatte.

»Seid ihr verrückt?« Franziska nimmt Luise das Glas weg und schüttet den Inhalt ins Spülbecken.

Luise lässt die Gabel nicht los, als wäre sie eine Waffe, ein Anker. »Er soll weggehen«, flüstert sie.

Annabel wendet den Kopf dorthin, wo sie Franziska vermutet. »Das war deine Idee. Was hast du dir dabei gedacht?«

»Alles war so schön«, klagt Luise wie ein kleines Kind.

Franziska versucht, sie in den Arm zu nehmen. »Es tut mir leid«, sagt sie. »Aber Sibylle war so verzweifelt. Und jemand muss ihr doch helfen und wir sind …« Sie hält inne. Ja, was sind sie?

»In solchen Fällen ruft man die Polizei«, erklärt Annabel. »Die sind für so was ausgebildet. Was ist, wenn Thorwald was passiert? Er ist doch nicht der Jüngste! Ist der andere groß? Er hat groß geklungen.« Auch in ihrer Stimme schwingt Panik. Franziska wagt nicht, ihr zu erklären, dass der Besucher uniformiert ist und bewaffnet. Sie schiebt die beiden Freundinnen aus der Küche. »Gehen wir nach oben.«

Ein letzter Blick durch den Türspalt in Richtung Gaststube zeigt ihr, dass sie etwas Luft haben. Der Polizist sitzt da wie ein gescholtener Schüler, mit gesenktem Kopf. Doch sein Blick ist düster, und seine Finger auf dem Tisch tun einander Gewalt an. »Beeilt euch, und leise.« Sie wählen die hintere Tür in den Anbau und nehmen den Aufzug nach oben, der lautlos mit ihnen hinaufgleitet. Das ›Pling‹ beim Öffnen der Tür lässt sie alle zusammenzucken. Sibylle sitzt auf Noras Bett und schaut ihnen angstvoll entgegen.

»Es tut mir sehr leid …«, setzt sie an und macht Anstalten aufzustehen.

»Du gehst da jetzt nicht runter.« Franziska drückt sie zurück aufs Bett.

»Aber wenn er kommt?« Luise steht mit dem Rücken an der Wand.

Ihre Finger gleiten ganz von selbst über die Tapete, finden die Stelle, an der zwei Bahnen aneinander liegen und beginnt zu kratzen.

»Ich hab eine Idee«, sagt Franziska und wendet sich wieder zur Tür.

»Du hast schon die letzte Idee nicht mit uns besprochen«, Annabel flüstert unterdrückt. »Franziska?« Suchend streckt sie die Hände nach der Freundin aus. Ihr Flüstern wird zischend. »Franziska?«

Es ist Sibylle, die Annabels durch die Luft fahrende Hände einfängt und beruhigend drückt. »Sie ist weg«, sagt sie. Keine der beiden Frauen löst ihre Finger aus denen der anderen.

Franziska schleicht in ihr Zimmer, um den Fußboden nicht zum Knarren zu bringen. Mit fliegenden Fingern durchwühlt sie das Durcheinander auf ihrem Schreibtisch. Sogar die Katze wird von ihrer Nervosität angesteckt und springt mit einem Maunzen von der Ablage auf das nächste Bücherregal. Nachdem sie Franziska eine Weile beobachtet hat, beginnt sie mit der Evakuierung ihrer Jungen. Eins nach dem anderen packt sie am Nacken und trägt die dafür eigentlich schon viel zu großen, protestierenden Wesen aus dem Zimmer.

Franziska nimmt auch das auf ihr Gewissen. Was hat sie sich nur gedacht? Der ganze Schwung des schönen Plans droht sich in eine Woge von Reue zu verwandeln, die gegen die rasch erodierende Küste ihres Egos anbrandet. Aber sie hat noch ihre Idee.

Du hast immer eine Idee, Hasi, sagt Nora, die mit überkreuzten Beinen und einem Whiskey auf dem Bücherregal sitzt. Immer eine neue Idee, einen neuen Job, ein neues Buch, ein neues Leben, stimmt's? Eines so dünn gezimmert wie das nächste.

»Halt die Klappe«, murmelt Franziska. »Ich hab uns in dieses Haus gebracht, und das ist gut.«

Nora lacht. Bis jetzt, Schatzi, bis jetzt. Was ist dein nächster Zug?

Aber Franziska hört ihr nicht mehr zu. Sie hat gefunden, was sie sucht. Jetzt gibt es eine Chance. So leise sie kann, kehrt sie zu den anderen zurück. Sie legt einen Schlüssel in Sibylles Schoß.

»Die Wohnung ist in Kulmbach. In einem Haus, das Nora gehört hat. Ich möchte es ihren Nichten überschreiben, bin aber noch nicht dazu gekommen, die Formulare auszufüllen.« Gelobt sei ihre Schlamperei. »Du kannst dort bleiben, solange es nötig ist. Die Adresse hab ich dir hier auf den Zettel notiert.« Dann hält sie den zweiten Schlüssel hoch. Es ist der von Noras Sportwagen. Sie wird ihn vermissen. »Du gehst über die Scheune raus«, sagt sie. »Hinten durch den Garten. Wir haben zum Glück heute Morgen alle Autos draußen in der Brunnengasse geparkt, damit der Hof für das Singspiel des Kindergartens frei ist. Es ist der orangefarbene Zweisitzer.« Auch dieser Schlüssel wechselt den Besitzer. »Leise jetzt.«

»Ich geh mit«, sagt Luise und stößt sich von der Wand ab. Zu ihren Füßen liegt ein Häufchen Papierflocken. »Ich will auch in die Scheune. Ich will zu meinen Büchern.«

»Luise«, beginnt Franziska. Aber die Freundin wendet sich wortlos ab.

Sibylle ist zu nervös, um auch nur Danke zu sagen. Sie umklammert die Schlüssel so fest, dass ihre Knöchel weiß werden. Ihr Ehering klackt dagegen. Plötzlich zieht sie ihn ab und drückt ihn Franziska in die Hand. »Verscheuert ihn«, sagt sie, »bitte. Ich will ihn nie wieder sehen oder berühren.«

Franziska betrachtet den Ring in ihrer Hand. Er wiegt schwerer als ihr eigener damals. Als sie den nach der Scheidung zum Juwelier getragen hatte in der Hoffnung, einen weiteren Monat die Miete zahlen zu können, war sie mit 27 Mark 80 wieder herausgekommen. Es hatte gerade für den neuen Roman von Christoph Ransmayr gereicht. »Versprochen«, sagt sie, »wir hauen ihn im Autohof so richtig auf den Kopf.« Keine der anderen lacht.

Franziska geht mit Annabel langsam die Treppe hinunter, Hand in Hand. Ihre Gedanken sind bei den Flüchtenden. Sibylle und Luise müssen jetzt in der Scheune sein, jetzt an der Tür. Franziska zählt innerlich bis zehn. Jetzt sollten sie den Gartenzaun erreicht haben, jetzt auf der stillen Straße stehen unter dem leuchtend dunklen Himmel der blauen Stunde. Jetzt sollte sie den Schlüssel ins Schloss gesteckt haben. Franziska drückt ermutigend Annabels Hand und betritt mit ihr gemeinsam den Gastraum. Sie nimmt allen Mut zusammen. »Dauert das noch lange?«, verlangt sie zu wissen. »Wir möchten nämlich langsam fertig werden mit dem Aufräumen. Oder wollen Sie uns helfen?«

Sibylles Mann springt wie gestochen auf, hält sich aber nach einem Seitenblick auf Thorwald an seinem Platz hinter dem Tisch.

Annabel sekundiert der Freundin. »Oder sollen wir uns andere Hilfe holen?«, ruft sie einen Tick zu laut mit leicht kippender Stimme. »Ich kann jederzeit die Polizei rufen.« Sie zieht ihr Smartphone aus der Tasche und hält es hoch. Eine Computerstimme verkündet: »Sie haben 1-1-0 gewählt.«

Es ist einen verblüfften Moment lang still, ehe Franziska der Freundin zuraunt: »Er ist die Polizei, Annabel. Er hat eine verdammte Uniform an.«

»Das kann ich mir nicht vorstellen.« Annabel ist völlig überzeugt, wie von all ihren Thesen. Ein Polizist würde nie eine Blinde bedrohen. »Ich habe nur gute Erfahrungen mit unseren Beamten.«

Franziska muss sich trotz der Anspannung auf die Lippen beißen. Doch Sibylles Mann ist weder gerührt noch belustigt.

»Mein Neffe will sich gerade verabschieden.« Thorwald steht ebenfalls auf. »Stimmt doch, Timo.« Was er noch sagen will, geht im Aufschrei des Polizisten unter: »Da ist sie!« Timo Hagen rumpelt aus der Bank und stößt die beiden Freundinnen zur Seite. Hinter ihnen ist die Tür zum Fernsehzimmer offen, und durch das Fenster sieht man die Scheune, in der eben das Licht angeht.

»Timo! Lass sie in Ruhe!«

Alle drei stürzen sie hinter dem Mann her, der jünger und schneller ist als sie alle. Sie holen ihn erst in der Tür der Scheune ein, wo er stehen geblieben ist.

Luise kommt gerade die Rutsche heruntergesaust, eine Plüschausgabe von Elmar, dem Elefant, im Arm, die sie vom Kindergarten zum Geburtstag bekommen hat. Die Fahrt hat ihr Kleid hochgeschoben, sodass die Kompressionsstrümpfe und die pfadfinderzeltgroße Unterhose zu sehen sind. Aber ihre Wangen sind gerötet, und ihre Augen leuchten. Sie summt vor sich hin, als sie aufsteht und an dem stummen Quartett vorbei zur Leiter geht, um gleich noch einmal die Fahrt anzutreten. »Wenn ihr auch wollt, müsst ihr euch hinten anstellen.«

54

Der Streit beim nächsten Frühstück ist unerfreulich.

»Was hast du dir nur dabei gedacht?!«

Annabels Frage ist der Auftakt zu einer mehrfach von Neuem ansetzenden Litanei über die Illoyalität und Gefährlichkeit von Franziskas Verhalten. Sie hat Entscheidungen getroffen, die sie nie alleine hätte treffen dürfen, sie hat alle in Gefahr gebracht. Sie hat Luise so Angst gemacht, dass ihr Verhalten noch seltsamer geworden ist. »Jetzt kommt sie nicht mal mehr zum Essen runter.« Annabel trommelt mit den Fingern auf den Tisch, bis Thorwald ihre Hand nimmt. Fest umschließt sie die seine.

»Sie schläft wahrscheinlich nur aus«, versucht Franziska wenigstens einen Vorwurf vom Tisch zu schaffen, gegen die anderen lässt sich leider nichts sagen.

»Und dieser schreckliche Mensch ermordet wahrscheinlich gerade Sibylle. Und dann vielleicht uns.«

»Thorwald«, sagt Franziska bittend. »Sag doch auch mal was, es ist schließlich dein Neffe.«

Doch der hat seine Seite gewählt und schlürft seinen Kaffee.

»Das war unverzeihlich, Franziska, unverzeihlich und unreif.«

Erbittert starrt Franziska in ihren Kaffee. Ob Annabel recht hat oder nicht, ist ihr im Moment egal, sie fühlt sich wie eine abgekanzelte Schülerin. Wer ist Annabel, dass sie ihr eine Betragensnote ausstellen darf: Die Schülerin Franziska Weidinger erwies sich im Laufe des Schuljahres als unreif und unverantwortlich. Ihr Vorrücken ist daher gefährdet. Sie mag nichts mehr erwidern und greift nach der Post. Ein dickes Kuvert ihres Verlags ist dabei und darin etwas, was sie noch nie zuvor gesehen hat: eine Planung ihrer Lesereise, inklusive Zugverbindungen und reservierter Hotelzimmer. Entgeistert geht sie die Liste der Buchhandlungen und Schulen durch, in denen sie aus ihrem Roman vorlesen soll. Sie muss zweimal umblättern, das gesamte Bundesgebiet ist vertreten. Fantastisch. Aber: Wie soll sie das schaffen, ganz alleine? Sie müsste mit jemandem darüber reden. Annabel jedoch hat gerade ein ganz anderes Thema. Ihr Gesprächsbedarf dabei ist nicht geringer als der von Franziska.

»Wenn dieser Mensch jetzt wiederkommt? Wenn er uns stalkt? Uns verfolgt? Was, wenn wir eines Morgens die Katze tot auf der Fußmatte finden?«

Nun fühlt Thorwald sich doch bemüßigt, Annabels galoppierende Ängste zu zügeln.

»Timo ist kein Dummkopf. Außerdem ist da noch das Dorf. Sibylle hat hier Verwandtschaft.«

»Die haben ihr offenbar in all den Jahren nicht geholfen«, wendet Annabel ein.

»Weil Sibylle nie um Hilfe gebeten hat. Sie hat die Zähne zusammengebissen, das war ihre Entscheidung. Damit ist jetzt Schluss. Timo muss sich den Leuten stellen. Er wird sich beruhigen.«

»Und wenn nicht?« Annabel ist nicht so leicht zu beruhigen.

»Dann wird, wenn du so weitermachst, Luise noch sehr lange nicht zum Frühstück kommen.« Es tut Franziska gut, den Vorwurf zurückzuschmettern. Langsam erscheint das Reisen ihr etwas attraktiver. Wenigstens wäre sie dann in Gesellschaft von Menschen, die sie zu schätzen wissen. Wildfremden Menschen zwar, aber möglicherweise war sie bisher einfach zu vorurteilsbehaftet.

Ihre Ankündigung, die nächsten Wochen weg zu sein, wird allerdings nicht gut aufgenommen?

»Und jetzt, wo du uns das alles an den Hals geholt hast, willst du einfach weg und verreisen? Was wird aus mir? Und Luise?«

»Du hast Thorwald doch gehört. Birkenbach hat alles im Griff.

Mich inbegriffen, aber das werde ich jetzt ändern.« Franziska steht auf. Auf einmal hat sie große Lust, zu packen.

»Also für Sibylle hast du dich zuständig gefühlt, aber für Luise und mich jetzt nicht. Du hast es lieber spannender, neuer, ja?«

Franziska verzieht sich in ihr Zimmer. Annabel hat nicht völlig unrecht: Es war ihre Idee, hier zusammenzuziehen, und jetzt ist sie auf der Flucht. Aber sie hat sich für Nora zuständig gefühlt, und Nora hat ihr eine lange Nase gedreht und sie verlassen. Sie hat sich auch für Annabel zuständig gefühlt, und die hat sich für Thorwald entschieden. Für Sibylle hat sie sich nur ein paar wilde Minuten lang verantwortlich gefühlt, und was war das Ergebnis?

Sogar dein eigener Sohn, sagt Nora, die hinter der Tür auf sie wartet. Der hat sich auch lieber an den Vater gehalten.

Ich dachte, du bist stolz auf mich, weil ich ihn gehen ließ, knurrt Franziska innerlich und zerrt ihren Koffer unter dem Bett hervor. Ich dachte, du willst, dass ich meine Karriere endlich offensiv angehe?

Nora zieht an ihrer Zigarette. Manchmal erscheinen die Dinge eben in einem neuen Licht, findest du nicht?

Genau, denkt Franziska. Und ich betrachte mich jetzt im brandneuen Licht des erfolgreichen Autorentums. Du willst, dass ich endlich mal an mich glaube. Gut, das tue ich hiermit, und die anderen können mich.

55

Franziska steigt in das Taxi, ohne sich umzusehen. Sehr gerade sitzt sie auf der Rückbank, während der Fahrer ihren Rollkoffer und die Reisetasche verstaut. Mit einem Kopf voll zorniger Argumente fährt sie ab und rechtet innerlich noch immer, als sie ihr Gepäck auf den Bahnsteig des kleinen Provinzbahnhofs zerrt, wo vorerst alles zum Stillstand kommt. Das also ist die Szenerie ihres großen Aufbruchs. In der Luft schwebt das typische Bahnsteigaroma von Eisenoxid, sonnenwarmem Stein und Urin, an das sie sich von den Interrail-Ticket-Reisen ihrer Jugend erinnert. Inmitten der sonnigen, leicht melancholischen Leere zwischen bröselndem Beton und Unkraut signalisiert nur das dreiteilige Mülltteilungsensemble, dass hier noch Menschen vorbeikommen. Dazu die eilig durchlaufenden Digitalbuchstaben der Fahrplananzeige. Die Laufbuchstaben verkünden: Verspätung.

Für Franziskas von zu Hause mitgeschleppten Zorn gibt es wenig Zielscheiben. Außer ihr wartet nur eine Gruppe Syrer auf den Zug, die intensiv etwas diskutiert und vermutlich auf dem Weg zu einem der Ämter in der Kreisstadt ist. Einer der jungen Männer unterbricht sich und hilft ihr, ihre überladenen Koffer in Parkposition zu bringen. Franziska schaltet ihr inneres Wüten notgedrungen für ein »Dankeschön« ab.

Auf einer Bank bemerkt sie zwei gelangweilte Teenager-Mädchen, die, ohne einander eines Blickes zu würdigen, mit überlangen Fingernägeln auf ihren Smartphones herumklicken. Ha, digitale Zombies, völlig abgenabelt von der Realität, stellt Franziska genau in dem Moment befriedigt fest, als die beiden synchron den Kopf heben. »Guten Tag, Frau Weidinger.« Ja, darf ein Mensch nicht mal in Ruhe seine Idiosynkrasien pflegen?

Beschämt fragt Franziska sich, ob sie jetzt eine dieser Alten geworden ist, die über »die heutige Jugend« den Kopf schütteln, weil früher alles besser war und die Welt, die nicht ihren Vorstellungen folgt, dem Untergang geweiht ist.

Du warst schon immer so, sagt Nora, die hinter der Bank steht und provozierend außerhalb des Raucherbereichs an ihrer Zigarette saugt. Du hast einfach zu früh Oswald Spengler gelesen.

Nein, widerspricht Franziska. Ich habe einfach nur Ideale.

Welche?, fragt Nora. Sich nicht die Beine rasieren, andere Leute nach dem Weg fragen müssen, weil man kein Smartphone hat?

Immerhin rede ich mit meinen Mitmenschen. Franziska wirft ihr Haar zurück und wendet sich den Gleisen zu.

Du redest mit Toten, Hasi, stellt Nora klar. Die nur in deinem Kopf existieren. Im Übrigen tust du das immer öfter.

Schmollend verschränkt Franziska die Arme. Dann löst sie sie wieder. Sie wird sich jetzt dem Leben entgegenwerfen, das wird sie tun. Sie wird sich auf das, was vor ihr liegt, freuen.

Und das tut sie auch: Franziska freut sich über das fast pünktliche Eintreffen des Zuges. Über das gute Wetter in München und die Tauben, die über den Stachus fliegen. Über den Blumenstrauß mit der Begrüßungskarte des Verlags auf ihrem Zimmer. Sie freut sich über die gut gefüllte Buchhandlung am Nachmittag und die konzentrierten Gesichter der Kinder, die ihr lauschen. Sie hört ihre Stimme beim Lesen und freut sich über die Geschmeidigkeit des Textes, den sie verfasst hat. Die findige Buchhändlerin hat Scones gebacken, dazu gibt es Cream und schwarzen Tee mit Milch für eine echt englische Teatime. Die Kinder finden alles genauso exotisch, wie die Heldin Fanny im Roman es fand, als sie mit zehn Jahren als Flüchtlingskind allein nach England kam. Und auch das freut Franziska.

Nach der Lesung lässt sie sich noch ein wenig durch die Innenstadt treiben, stöbert in einem Antiquariat, setzt sich in ein Café und freut sich noch immer. Da niemand da ist, dem sie es mitteilen könnte, sagt sie es sich selbst. Sie nimmt sich vor, am Abend zum Essen auszugehen, in ein erfreulich schönes Restaurant. Ein weiteres Kapitel in einem Leben der Freuden. Doch auf dem Rückweg zum Hotel wird sie müde. Angezogen legt sie sich für einen Moment aufs Bett – und wacht in den frühen Morgenstunden wieder auf, in derselben Stellung, in der sie eingeschlafen ist, fröstelnd und ein wenig verloren in dem fremden Raum. Sie schaltet den Fernseher ein und schaut irgendeinen Sender, bis das Frühstücksbuffet eröffnet.

Franziska freut sich trotz des kleinen Rückschlags tapfer weiter. Auf dem Weg zur ihrer Schullesung verläuft sie sich und gerät bei der verspäteten Ankunft in den mörderischen Strom der Schüler, die beim Pausenklingeln auf die Gänge drängen. Wie ein Lachs auf dem Weg zum Laichplatz kämpft sie sich fluss- bzw. treppaufwärts und kommt leicht zerzaust im Lehrerzimmer an. Aber sie freut sich.

Nach ihrem Auftritt erreicht sie nur knapp den Zug und muss, frisch angekommen, vom Bahnhof direkt zur Abendveranstaltung. Auf dem nächtlichen Weg ins Hotel entdeckt Franziska ein interessantes Museum. Sie freut sich darauf, es anderntags zu besichtigen, bis sie ihren Zeitplan konsultiert, der ihr sagt, dass sie morgens sofort weitermuss. Es geht in die nächste Stadt. Und in die übernächste, in einem bunten Reigen. Franziska freut sich von einer Waldorfschule zu einem Familiennachmittag des Hausfrauenbundes, von einem Literaturarchiv zur Eröffnung einer Toys-'R'-Us-Filiale. Ein Abend bei den Freimaurern. Ein Morgen im Studio eines Frühstücksradios. Der Familiennachmittag einer Kirchweih. Ein Lese-Festival im Zelt, ein Comic-Buchladen, das Anglistik-Institut einer Universität, ein Keller-Theater, der Altstadtfreunde-Verein, der CSU-Frauenverband. Franziska ist völlig erschöpft von so viel Freuen. Die Erfolgserlebnisse nutzen sich ab; sie lässt sie wie die Blumensträuße, die sie bekommt, in den Hotelzimmern zurück, ratlos, was sie mit ihnen tun sollte. Vergessen welken sie irgendwo vor sich hin. Die unangenehmen Momente dagegen beginnen immer stärker aufzublühen. Und Franziska reagiert allergisch.

Ein Mann weist sie auf einen Druckfehler auf Seite fünf hin. Ein Kulturdezernent will ihr unbedingt von seiner Scheidung erzählen. Ein Laudator gibt ihren Beruf mit »Hausfrau« an. Jemand findet die Kussszene am Ende pornografisch. Sie wird gefragt, ob sie auch auf Geburtstagsfeiern auftritt. Ein Hotel hat ihre Buchung verschlampt.

Alles kein Grund, vom Balkon zu springen. So sieht es Nora. Franziska hält dagegen, dass sie nicht mal einen Balkon hat. Typischer Fall von halb leerem Glas. Die weite Welt, so kommt es ihr vor, ist im Grunde wie Birkenbach: Sie tritt ihr zu nah. Und sie selber passt ihrem Gefühl nach nicht recht hinein. Vielleicht hätte sie es früher ausprobieren müssen. Kraft durch Freude klappt bei mir nicht, behauptet sie störrisch. Es kostet mich einfach zu viel Kraft, mich zu freuen.

Du kannst nicht mit Erfolg, das ist es, konstatiert Nora und zuckt mit den Schultern. Andernfalls wärst du seit jeher ehrgeiziger gewesen.

Ich kann nicht mit *Menschen*, stellt Franziska klar. Ich bin introvertiert. Und schüchtern.

Du bist wählerisch, präzisiert Nora.

Meinetwegen, mault Franziska. Dann *will* ich eben nicht mit Menschen. Irgendwelchen Menschen. Mir war schon das Altersheim zu viel. Mir ist das Dorf zu viel. Ihr waren ihre Beziehungen zu viel, denkt sie, aber nur sehr heimlich. Und das hier geht nun wirklich über ihre Kraft.

Du konntest immer gut mit uns, gibt Nora zu bedenken.

O ja! Man hat ja gesehen, wie wunderbar das lief. Gerade an dir. Du hast dich doch als Erste grußlos verzogen. Franziska sitzt in Duisburg und ist fast am Ende ihrer Kräfte, als ihr das herausrutscht.

Ab da schweigt Nora beleidigt, und Franziska bleibt nur ihr Trotz, um die Tournee-Odyssee zu bewältigen. Er reicht ungefähr bis Ludwigshafen.

Dort, im zwanzigsten stilvollen Café sitzend, eine modische Mokka-Kreation und eine kulturell hochinteressante Zeitschrift vor sich auf dem Tisch, ohne ein Wort darin zu lesen, ist sie mürbe. »Du«, würde sie gerne sagen. Doch da ist niemand. »Du, mir tun die Knochen weh.« Und: »Mann, ich bin so müde, ist das das Alter?« Sie hätte gern jemanden gehabt, den sie fragen kann: »Dort vorn im Schaufenster das Rote, sollte ich das mal anprobieren?« Oder: »Hast du die Kleine in der vierten Reihe gesehen, die so versunken zuhörte, dass ich fast dachte, sie steckt sich gleich den Finger in den Mund?« Und sie würde liebend gern zu jemandem sagen, was ihr schon die ganze Zeit durch den Kopf geht: »Auf der Karte hier stehen Bison Wings, was soll das sein: die frittierten Verschlussringe von Red-Bull-Dosen?« Und dieser jemand würde lachen und sie verstehen.

Die Freundinnen fehlen ihr, ihr Zuhause fehlt ihr. Der Anblick des Gartens fehlt, der ihr guttun könnte, gerade nach den Lesungen, die sie mit einem zunehmenden Gefühl der Leere zurücklassen, zugleich aber völlig überdreht, sodass sie sich stundenlang herumwälzt, ehe sie einschlafen kann. Tagsüber ist sie müde, und in ihrem linken Ohr hat es zu pfeifen begonnen. Ihr Kreuz ist fast völlig steif. Ihr gewohntes Bett fehlt ihr und sogar das Schnurren der ewig schwangeren Katze. Ihr fehlt das Wissen, dass es allen gutgeht, und die Aussicht auf Tage ohne Terminplan. Ihr fehlt ihr Ich, und das ist dort, wo sie sich gerade aufhält, nicht so recht zu spüren.

Sie hat es mit dem Ruhm versucht. Ich habe es versucht, sagt sie zu Nora, die stumm bleibt. Im Grunde ist er nur eine weitere Fernbeziehung, oder? Nora antwortet noch immer nicht. Also hievt Franziska, die in ihrem Leben noch kein Mobiltelefon besessen hat, sich aus ihrem Sessel und marschiert zur Rezeption. Sie fragt nach einem Laden, in dem man solche Telefone kaufen kann. Der Verkäufer in dem irritierend leeren Shop, in dem nur Blister mit abstrakten Dingen an den Wänden hängen, die ansonsten von unverständlichen Werbeaussagen verziert werden, fragt sie, was ihr Smartphone denn alles können soll. Irritiert antwortet sie: »Telefonieren?«

Auf dem Zimmer probiert sie nervös die Neuerwerbung aus. Immer wieder wird das Display dunkel, bevor etwas passieren kann. An dem Ding sind Knöpfe, die man schon versehentlich drückt, wenn man es nur hält. »Hallo?«, brüllt sie endlich, als sie Annabels Stimme hört. Doch es kommt kein Kontakt zustande. Als sie ratlos auf das Kästchen starrt, klingelt es. Wie kann jemand jetzt schon die Nummer haben? Vor Schreck ganz starr berührt sie das Annehmen-Symbol. »Sie müssen wischen«, hat der Verkäufer ihr gesagt. »Nicht tippen, nicht drücken, wischen.« Franziska wischt. Vergebens. Irgendwie wischt sie falsch. Noch einmal ruft sie bei Annabel an.

»Wer ist es denn?«, fragt Thorwald, als Annabel zum dritten Mal abnimmt.

Annabel lauscht angestrengt. »Es muss Franziska sein. Ich kann sie fluchen hören. Unsere digitale Prinzessin auf der Erbse,.«

Am Abend versucht Franziska es wieder. »Verzeih mir bitte«, sagt sie. Sie sitzt in einer Vinothek in Frankfurt, um sich etwas Schwung für den Abend anzutrinken. Und es ist ihr egal, dass jeder ihre feuchten Augen sehen kann.

56

Nach einigen Tagen hat sich Franziskas Organismus an den digitalen Fremdkörper gewöhnt. Stabile Kontakte werden möglich. Sie wählt die heimische Nummer vor dem Frühstück und nach den Schullesungen, nach dem Mittagsschlaf und vor den Abendauftritten und manchmal noch danach. Sie muss wissen, wie es zu Hause geht, was Luise macht. Und ob Annabel ihr noch böse ist.

Annabel hat gleich verziehen, sie ist nicht nachtragend, das war sie nie. Aus ihrem bald wieder so lebhaft wie immer einsetzenden Geplauder erfährt Franziska, dass ihr Sportwagen von einem Abschleppwagen des ADAC zurückgebracht wurde, dass Sibylle sich gemeldet hat und auf dem Weg nach Südfrankreich ist, wo eine Studienfreundin von ihr lebt, die eine Pension am Meer betreibt und Hilfe brauchen kann. Dass Sibylles Mann eine Abreibung bekommen hat, keiner weiß genau, von wem, und dass er seither im Autohof sitzt und trinkt. »Wenn man sich das vorstellt, ein Polizist«, sagt Annabel. »Ich konnte es nicht glauben.«

»Habt ihr noch Angst?«, fragt Franziska und erfährt, dass Thorwald noch mal mit Timo geredet und Entwarnung gegeben hat.

Luise hingegen macht beiden Sorgen. Sie besteht seit dem Vorfall darauf, eine Mauer um den Garten zu ziehen, aus roten Ziegeln. Was kostspielig würde, auch wenn Thorwald glaubt, beim Abriss einer alten Mühle in der Nachbarschaft billig Baumaterial zu bekommen. Vor allem ist es keine Lösung, ihr einfach nachzugeben. Sie könnten das zwar tun, aber es hieße doch, bloß an den Symptomen herumzudoktern.

»Es tut mir so leid«, sagt Franziska und kommt zum wiederholten Mal an den Ausknopf. »Es tut mir so leid«, wiederholt sie, nachdem sie neu gewählt hat. »Was sagt Doktor Knöchlein?«

Sie erfährt, dass der Arzt gesagt hat, er sei nicht berechtigt, mit nicht verwandten Personen über Luises Gesundheitszustand zu sprechen oder sie auf deren Initiative hin zu untersuchen. Doch dafür hat er eine einfache Lösung gefunden. »Er wird auf einen Kaffee vorbeikommen.« Annabel seufzt erleichtert. »Luise wird gar nicht mitbekommen, dass er sie begutachtet.«

»Er ist ein Schatz«, stellt Franziska fest. »Wann kommt er?«

Sie selbst wird zu dem Zeitpunkt in Dortmund sein, sagt ihr Terminkalender. Sie verflucht ihn.

»Und wie geht es dir so auf deiner PR-Tour?«, erkundigt Annabel sich. »Erzähl doch mal. Du bist ja die erste Prominente, die ich kenne.«

Franziska muss lachen. Sie ist dankbar, weil die Frage anzeigt, dass die Freundin ihr wirklich verziehen hat, dankbar auch, weil sie selbst so verwirrt ist. Wie geht es ihr? Sie ist nichts von all dem gewohnt, die gehobenen Hotels, die gepflegten Restaurants, in die sie manchmal von den Veranstaltern ausgeführt wird, die kleinen Ansprachen. »Manche machen Selfies von mir und sich.«

»Hast du etwas Neues zum Anziehen gekauft?«, fragt Annabel streng. »Du weißt, ich hab es dir schon oft gesagt. Gerade als Frau muss man in der Öffentlichkeit total auf sich achten. Damit man keine falschen Botschaften sendet. Rosé wäre gut.«

»Rosé macht mich blass, Annabel.« Sie einigen sich auf taubenblau.

»Ich muss los«, sagt Franziska. »Du fehlst mir.«

Sie liegt lange wach in dieser Nacht.

Es ist sehr früh, als ihre Agentin anruft. Die erste Auflage ist verkauft, nach nur zwei Wochen, der Verlag druckt eine größere nach.

»Das heißt?«, fragt Franziska.

Die Agentin lacht. »Dass es weitergeht.«

»Ich muss verlängern«, sagt Franziska später am Telefon zu Annabel. »Wie es aussieht, noch einmal sechs Wochen.«

»Hast du das rosafarbene Kleid gekauft?«, fragt Annabel. »Und besorg dir unbedingt etwas Concealer. Ohne Concealer ist man nichts in unserem Alter.«

Statt diese These anzuzweifeln, gibt Franziska der Freundin die Adresse des übernächsten Hotels, in dem sie absteigen wird. Dort kann sie Concealer hinschicken, was immer das ist. »Und wie geht es Luise?«

»Luise? Na, sie schaukelt. Sie malt. Sie redet wieder mit mir. Wir schauen jeden Abend zusammen die Nachrichten.«

»Gut«, sagt Franziska und findet nichts gut daran, so weit weg zu sein.

»Was dein Buch angeht«, sagt Annabel, »Thorwald hat es mir vorgelesen. «

»Ach ja?«, antwortet Franziska. »Ja klar, es ist ja noch nicht als Hörbuch raus. Daran hatte ich gar nicht gedacht.«

»Ich find's jedenfalls toll«, sagt Annabel.

»Danke«, sagt Franziska. Es ist das erste Kompliment seit Wochen, das sie einfach annehmen kann. Sie plaudern noch eine Weile, bis Franziska sich getröstet genug fühlt, ihren Rückenschmerzen und der Schlaflosigkeit in einem weiteren fremden Bett entgegenzutreten. Auf dem Kopfkissen liegt ein Stück Nobelschokolade. Aber das reicht nicht als Trost. Noch sechs Wochen. Sie greift nach der Fernbedienung, schaltet das Erste ein und wartet auf die Spätausgabe der Tagesschau.

DER SOMMER VON LUISES ZWEITER KINDHEIT

57

Sechs Wochen später sitzen Franziska und Annabel Dr. Knöchlein in seiner Praxis gegenüber. Es ist ihr erster Besuch dort, und sie fühlen sich ein wenig unsicher, weil sie nicht wissen, ob die Frau am Empfang seine Gattin ist oder die Mutter seines Sohnes. Sie bedanken sich fast überschwänglich dafür, in das Behandlungszimmer geleitet zu werden.

Der Arzt hat eine Menge Papier vor sich liegen, Notizen zu den Fragen, die er Luise gestellt, und zu den Versuchen, die er unbemerkt dabei mit ihr angestellt hat. Einiges davon lässt Franziska sich reichen, um es durchzublättern. Er hat wenig ausgelassen, soweit sie es beurteilen kann. Gut verborgen in einer allgemeinen Plauderei hat er von ihr erfahren, welcher Wochentag ist, welches Jahr und welcher Monat.

»Luise ist orientiert«, fasst Franziska das Gelesene zusammen. »Das ist nichts Neues.«

Er bestätigt es. »Sie weiß absolut, wer gerade Kanzlerin ist und dass der Amazonas-Urwald brennt. Sie hat auch eine Meinung dazu.« Dr. Knöchlein lächelt. »Sie schaut ja nicht umsonst jeden Tag Nachrichten, und ich würde sagen, sie versteht alles, was sie sich da ansieht.«

»Was ist das?«, fragt Franziska und zeigt auf eine Wortreihe, die mit zustimmenden Häkchen versehen ist. »Blau, Oslo, Schmetterling? Was soll das bedeuten?«

»Das ist eine beliebige Wortfolge, die ich am Anfang des Gesprächs ausgegeben habe und die sie eine halbe Stunde später wiederholen sollte. Sie konnte es, ohne zu zögern.«

»Flügelt ein kleiner blauer / Falter, vom Wind geweht«, murmelt Franziska. »Ein perlmuttener Schauer / glitzert, flimmert, vergeht.«

Annabel fällt ein: »So mit Augenblicksblinken, / so im Vorüberwehn / sah ich das Glück mir winken: / glitzern, flimmern, vergehn.« Sie lächelt. »Das ist von Hesse. Wir haben es im Einführungskurs interpretieren müssen.« Kurz streichelt Franziska ihr über die Schulter. Annabel streift dankend die Hand mit der ihren.

Dr. Knöchlein zuckt mit den Schultern. Sein Urteil steht fest. »In meinen Augen handelt es sich nicht um Demenz. Aber natürlich sollten Sie eine zweite Meinung einholen.«

In der für ihn typischen, vorausschauenden Art hat er auch bereits die Adresse eines Neurologen herausgesucht. »Der wird sie zuerst zu einem CT schicken, dort sind die Wartezeiten lang, ich habe Ihnen also schon mal eine Überweisung geschrieben. Melden Sie sich da zuerst an, und gehen Sie dann mit den Unterlagen zu dem Kollegen.« Er schiebt ihr alles hin. »Aber ich sage voraus, dass es nichts ergeben wird. Da ist etwas mit ihrer Freundin.«

»Ja, nicht wahr«, hakt Franziska ein.

»… aber meiner Ansicht nach handelt es sich eher um ein psychisches Problem.«

»Ein psychisches Problem?«, echot Annabel zweifelnd. »Meine These ist ja, dass es keine psychosomatischen Krankheiten gibt. Das ist eine Erfindung der Pharmaindustrie, um die Leute zu verunsichern und noch mehr Psychopharmaka verkaufen zu können.«

These, Synthese, Prothese, denkt Franziska und behält es für sich. Eingehend mustert sie die an der gegenüberliegenden Wand hängende Bildtafel. Sie stellt in schönen bunten Bildern das menschliche Innenohr dar. Soll der Arzt das allein mit Annabel ausdiskutieren.

Aber psychisch, das Wort liegt auch Franziska quer. Psychisch, das ist in ihren Augen ein Synonym dafür, dass man nicht mehr weiterweiß. Wenn sich keine körperliche Krankheitsursache finden lässt, dann kommt unweigerlich die Frage: »Hatten Sie in letzter Zeit Stress?« Und wenn man die bejaht, handelt man sich hochgezogene Augenbrauen ein und die stumme Aufforderung, sich zu schleichen, weil man an allem selber schuld ist, ein Versager, der es nicht hinkriegt, ohne Stress zu leben, ein Weichei. Jedenfalls ist man niemand, dem ein seriöser Mediziner weiterhelfen will. Psychisch, das heißt in jedem Fall, man ist auf sich gestellt.

»Was genau meinen Sie mit psychisch?«, fragt sie schließlich. »An was für eine Krankheit denken Sie dabei?«

»Nicht alles, was im menschlichen Körper oder der Seele schiefläuft, hat einen Namen«, sagt er. »Ich weiß nicht einmal, ob ich es eine Krankheit nennen würde.« Vorsichtig erläutert er ihnen, dass die Patientin seiner Ansicht nach einen Beschluss gefasst hat, den Beschluss, bestimmte Dinge einfach nicht mehr zur Kenntnis zu nehmen beziehungsweise sie nicht mehr auf angemessen erwachsene Weise zu verarbeiten.

»Luise soll an einem Beschluss leiden?«, fragt Annabel entgeistert.

Franziska studiert die Wunder des Innenohres.

»Frau Fürst hat vor Kurzem ihren Mann verloren?«, fragt der Arzt.

»Vor knapp einem Jahr«, bestätigt Annabel.

»Und jetzt die beste Freundin. Eine davon«, korrigiert er sich rasch. »Und sie scheint zu verdrängen, was damit zusammenhängt.« Er führt aus, dass Luise seinem Eindruck nach in eine Zeit strebt, die vor den schmerzlichen Verlusterfahrungen liegt. »Wie lange war sie denn mit ihrem Mann zusammen?«

Franziska runzelt die Stirn. »Sie begann mit ihm zu gehen, als sie sechzehn war.«

»Fünfzehn«, korrigiert Annabel, »wenn man die romantischen Vorgefechte mitrechnet. Aber im Grunde kennt sie ihn, seit sie zwölf ist, da kam er in ihre Klasse.«

»Das würde einige ihrer kindlichen Züge erklären, finden Sie nicht?« Er lehnt sich zurück, die Hände hinter dem Kopf verschränkt, einen Fuß über das andere Knie gelegt.

»Sie sagen, Luise regrediert vorsätzlich in ihre Kinderzeit?« Franziska will es nicht glauben.

Dr. Knöchlein schnalzt mit der Zunge, ohne seine lockere Haltung aufzugeben. »Vorsätzlich ist da kaum das richtige Wort. Ich glaube nicht, dass Ihre Freundin das bewusst macht. Oder dass sie auch nur eine Wahl hat. Sie tut einfach das, was im Rahmen ihrer Möglichkeiten liegt, so wie wir alle.«

Da fährt Franziska auf. »Sie wollen sagen: Luise *muss* das machen? Sie gibt ihre geistige Gesundheit auf, weil sie sonst das Leben nicht aushält? »Aber …« Franziska bringt es nicht fertig, ihren nächsten Gedanken auszusprechen. Dann tut sie es doch, muss es einfach aussprechen. »Dann geht es ihr nicht gut bei uns?« Sie zieht sofort den Schluss daraus. »Wir haben ihr nicht geholfen. Wir waren mit Nora beschäftigt und haben sie im Stich gelassen. Ich habe sie im Stich gelassen«, präzisiert sie. »Ich habe ihr diesen Schreck mit Timo eingejagt.«

»Frau Weidinger, Frau Weidinger, Frau Weidinger«, bremst der Arzt sie ein. Er hat die Hände wieder auf den Tisch gelegt, sich vorgeneigt und beide Füße auf den Boden gestellt. Trotzdem muss er ihren Namen dreimal wiederholen, ehe ihr Redestrom innehält. Annabel hat längst nach ihrer Hand gegriffen und drückt sie fest.

»Sehen Sie es doch mal andersherum.« Sein Blick wandert langsam von einer zur anderen. »Sie vertraut Ihnen beiden so sehr, dass sie es wagt, in ihrer Gesellschaft zum Kind zu werden.«

Er schickt ihnen probeweise ein Lächeln. Sie nehmen den Satz zögerlich an, drehen und wenden ihn in ihren Köpfen. Beklopfen, beschnuppern und belauschen ihn, lecken versuchsweise daran. Soll ihnen das schmecken? Ist es verdaulich?

Hand in Hand gehen sie aus dem Behandlungszimmer. Im Vorraum erwartet Franziska ein Schreck. Auf der Wartebank vor der Blutabnahme sitzt Timo Hagen vorgeneigt, den Kopf gesenkt, die Hände zwischen den Knien. Als er aufsieht und sie erkennt, grüßt er nach kurzem Zögern. Er scheint noch etwas sagen zu wollen, doch dann senkt er einfach wieder den Kopf.

»Wer war das?«, fragt Annabel auf dem Weg hinaus.

»Der Polizist«, sagt Franziska. »Wie es aussieht, hat Thorwald recht. Er hat gebellt, aber beißen wird er wohl nicht.«

»Er kann einem fast leidtun, wenn man drüber nachdenkt«, sagt Annabel, die wirklich nie nachtragend ist, keinem gegenüber. Franziska will so weit nicht gehen. Timo löst eine Menge Gefühle in ihr aus, Mitleid ist nicht dabei.

Daheim öffnet sie, mit einiger Mühe und unter Flüchen, das Skype-Programm ihrer Freundin. Sie hat Glück und erwischt einen von Luises Söhnen online. Er hört sich alles an, was Franziska zu sagen hat, gibt grünes Licht für jede anstehende Untersuchung, wirkt aber nicht allzu erschüttert. Vielleicht wirkt eine kindlich werdende Mutter nicht bedrohlich, wenn ein Ozean dazwischenliegt.

»Ich weiß, ihr habt Mama anders gesehen«, sagt er. »Aber für mich und meinen Bruder war sie immer vor allem eins: unglaublich stur.«

58

Unglaublich stur. Franziska wiederholt die Worte später am Abend gegenüber Annabel, als sie die Gaststube lüften und reinigen. Luise ist draußen mit Thorwald: Sie wässern die beiden neu gepflanzten Bäume. Am Zaun entlang stapeln sich die ersten Paletten mit Ziegelsteinen, bezahlt aus Noras Erbe. Weiter drüben, beim Gebüsch neben der Badewanne, macht Franziska Glühwürmchen aus. Dort draußen ist alles friedlich. Hinter ihr fuhrwerkt Annabel mit einem Besen unter den Tischen herum. Es klackert und kracht, Stuhlbeine quietschen. Sachen fallen herunter. Das ist schon eher ein Bild ihres Innenlebens.

»Glaubst du, das stimmt?«, greift Franziska die Frage auf, die sie umtreibt. »Glaubst du, sie flüchtet wirklich in eine Zeit vor allen Verlusten? Dann wäre sie jetzt geistig, was sagtest du bei Dr. Knöchlein, zwölf?«

»Du weißt aber schon«, sagt Annabel und hält mit der Arbeit inne, »dass Luise eine Schwester hatte? Sie starb als Kind, ziemlich genau, als Luise zwölf war, glaube ich.«

»Eine Schwester? Bist du sicher? Woher weißt du das? Wieso zum Teufel weiß ich nichts davon?«

»Ihre Söhne haben es mir erzählt, irgendwann beim Beerdigungskaffee. Wir kamen ganz nebenbei darauf. Sie nannten sie ›die tote Tante Tina‹. Es schien kein großes Geheimnis zu sein.«

»Trotzdem hat Luise nie mit uns darüber gesprochen«, beharrt Franziska.

»Sie hat auch nicht mit uns über Diego geredet«, wendet Annabel ein.

»Aber über die Abtreibung, die sie mit achtundvierzig hatte. Und über Wolfgangs Schlafapnoe.« Franziska klingt fast trotzig triumphierend. »Wir haben über alles Wichtige gesprochen.«

»Stimmt. Sie hat uns auch erzählt, dass die Zwillinge fast von der Schule flogen, weil sie die Fenster der Cafeteria eingeschlagen hatten.«

»In total bekifftem Zustand, genau«, bestätigt Franziska. »Wolfgang hat das nie erfahren. Und genau das meine ich. Über das, was wichtig war, haben wir geredet. Am Ende auch über Diego.«

Aber über Tina nicht. Sie denken es beide. Und sie wissen, das bedeutet nicht, dass Tina unwichtig war.

»Meine These«, sagt Annabel nach einer Pause, »ist ja, dass sie sich deshalb so jung an Wolfgang geklammert hat. Um den Verlust ihrer Schwester zu kompensieren.«

Es ist die erste These Annabels, die Franziska auf Anhieb für absolut plausibel hält. »Wie ist sie eigentlich gestorben?«

»Leukämie«, sagt Annabel und stellt den Besen in die Ecke. Er fällt um und knallt in das Häufchen zusammengekehrten Schmutzes, das aufwolkt. »Diese Tina lag wohl lange im Krankenhaus.«

Franziska vermeidet, sich die ganze traurige Szenerie vorzustellen. »Lass, ich mach das«, sagt sie und geht Handbesen und Schaufel holen. Als sie alles aufgekehrt hat, richtet sie sich mit einem zur Gewohnheit gewordenen kleinen Seufzer auf. Sie kann sich noch bücken, aber sie merkt es jedes Mal, wenn sie es tut. »Du weißt das alles fast ein Jahr«, sagt sie zu Annabel. »Wieso hast du nie einen Ton gesagt?«

Annabel hat sich auf die Eckbank gesetzt. »Erst Wolfgang, dann Nora. Es schien mir nie ein besonders passendes Thema zu sein.«

»Die tote Tina«, murmelt Franziska. Von draußen klingen die Stimmen der beiden Gärtner herein. »… die Ziegelmauer …«, hört sie Luise sagen. Sie klingt nicht mehr angstvoll, eher vorfreudig. Trotzdem bereut Franziska noch immer, ihr den Timo-Schrecken bereitet zu haben. Die Obsession der Freundin für diese Mauer beunruhigt sie noch aus einem anderen Grund: In ihrem Roman findet die Heldin

Fanny ihr geheimnisumwittertes Pesthaus in einem alten verlassenen Garten, der vor der Welt versteckt ist durch eine hohe Ziegelmauer. Und nun fragt Franziska sich mit einer kleinen, abergläubischen Faser ihres Wesens: Hat sie diese Mauer vorausgesehen? Oder hat sie sie gar herbeigeschrieben?

Annabel überlegt. »Wenn Doktor Knöchlein richtigliegt, dann wäre Luise jetzt höchstens elf.«

Franziska geht vom Fenster zur Jukebox und studiert die Liederliste. Was könnte passen zu diesem Moment: »Zwei kleine Italiener«? »Es würde ihre Vorliebe für die Rutsche erklären, findest du nicht?«

Annabel unterbricht Franziskas unentschlossenes Studium der Musiktitel. »Komm mal mit.« Sie zieht die Freundin am Ärmel die Treppe hinauf und in Luises Zimmer.

»Wir sollten das nicht.« Franziska flüstert unwillkürlich. Durch die offene Balkontür kann sie hören, dass Luise noch immer draußen mit Thorwald plaudert.

»Sie müssen irgendwo in den unteren Fächern sein«, sagt Annabel und weist auf Luises massive Eichenwohnwand. »Schwere Fotobände mit Stoffeinband.«

Unschlüssig mustert Franziska das Regal. In einer Vitrine lagern Muscheln aus vergangenen Urlauben neben einer großen Amethystdruse, die die Freundinnen ihr einmal in einer esoterischen Phase geschenkt haben. Dazwischen tummeln sich die Porzellan- und Glasfiguren der Elfen, die Luise Zeit ihres Lebens gesammelt hat. Sie war keine obsessive Sammlerin, so wie sie nichts in ihrem Leben mit großem Nachdruck betrieben hat, außer ihrem Familienleben. Vielleicht ein Dutzend Figürchen ist zusammengekommen, tanzt, neckt, spielt und versteckt sich dort vor Franziska. Auf den Borden darunter stapeln sich Sudoku-Hefte und Malpapier.

»Siehst du die Alben?«; fragt Annabel. »Als ich ihr damals beim Einräumen geholfen habe, hab ich sie ganz nach unten gestellt.« Sie lässt sich in dem kleinen Sessel nieder, es ist derselbe, in den sie Luise am ersten Tag genötigt hat, jetzt neu gepolstert mit einem fein gestreiften Biedermeierstoff. Annabel sitzt sehr gerade und lauscht auf Franziskas Herumkramen. »Das, das ich meine, hat einen Stoffeinband mit Rosendessin.«

»Ich hab's, glaub ich.« Franziska zieht das Fotoalbum heraus, auf das die Beschreibung passt.

»Mach es schon auf.«

»Immer mit der Ruhe.« Sie muss erst einmal verschnaufen. Dann zieht sie sich den Stuhl von Luises Schreibtisch neben den Sessel und schlägt das Buch so auf, dass Annabel mit hineinschauen könnte, könnte sie noch sehen. Franziska braucht einen Zeugen für die Indiskretion, die sie begeht.

Das Album ist alt, älter als ihre eigenen, kunststoffbezogenen. Es stammt nicht von Luise, sondern, wie die Inschrift auf der Innenseite verrät, die in einer altmodischen, fast sütterlinartigen Handschrift ausgeführt ist, noch von Luises Mutter. Es beginnt mit dem Bild eines Säuglings in einem Kinderwagen. Luise oder ihre Schwester. Dann folgen viele Menschen in Schwarz-Weiß mit Kassenbrillengestellen, in Hemd und Krawatte die Männer, die Frauen mit Bienenkorb-Frisuren, kurzen Röcken und Handtaschen, die zu ihren Schuhen passen. Franziska erkennt niemanden und blättert rasch weiter.

»Ich erinnere mich an das Bild, weil es rausgefallen war«, sagt Annabel, »Es zeigt die ganze Familie vor ihrem Haus. Vater, Mutter, ein paar Tanten und Onkel, jede Menge Kinder und am Rosenbogen angebunden ein Foxterrier.«

»Ich weiß nicht«, murmelt Franziska. Sie blättert. »Dein Gedächtnis in Ehren, aber ...« Sie hält inne: Da ist es. Im selben Moment erkennt sie, was Annabel gemeint hat. Das Bild liegt lose zwischen den Seiten, ein Gruppenporträt, auf dem sie auf den ersten Blick Luise mit ihren Sommersprossen und den Rattenschwänzen ausmachen kann. Sie hat sich hingehockt, um den Hund zu streicheln. Aber das ist es nicht, was Annabel ihr zeigen will und was Franziskas Herz jetzt zum Klopfen bringt. Es ist die Mauer, die sich durch den Bildhintergrund zieht. »Der Garten war mit Ziegeln ummauert.«

Annabel ist erleichtert. »Hab ich doch richtig gesehen. Ich war mir erst unsicher. Ich hatte es auch vergessen und dann …«

Während sie weiterredet, blättert Franziska mit angehaltenem Atem die alten, brüchigen Seiten des Albums um, zu Bildern von Grillfeiern, von Herren, die ihre Jacketts abgelegt haben, um sich in Liegestühlen auszustrecken, von Kindern in Sandkästen.

»Was ist?«, drängelt Annabel, als sie bemerkt, dass Franziska nicht antwortet. »Was ist? Was siehst du?«

»Ich sehe unseren Garten!«, ruft Franziska aus. »Es ist fast gespenstisch: Alles ist da.« Auf den Bildern sind all die Neuerungen zu finden, die Luise im Garten des Gasthauses zur Fröhlichkeit eingeführt hat: Der Pflaumenbaum mit der Rose darin, die Pergola mit Weinlaub. »Sogar die Bohnen«, beendet Franziska ihre Aufzählung und fährt mit den Fingern über das Bild, wo sich eine vertraute Konfiguration von Bohnenstangen, Gladiolen und Sonnenblumen zeigt. »Sie baut sich alles nach. Den Garten ihrer Kindheit.« Sie sucht weiter. »Sogar eine Baumschaukel gab es.«

»Wir sollten Thorwald das Foto zeigen.« Annabel denkt gerne praktisch. »Damit er weiß, wie die Mauer auszusehen hat.«

»Und da …« Franziska hält inne. Steht auf. Geht ans Fenster. Aber sie täuscht sich nicht. Die zwei neuen Bäumchen, die aussehen wie zwei Moosröschensträuße am Stiel, einer weiß blühend, einer rot, auch sie gab es schon in Luises Kindheitsgarten. Dort standen sie nahe der Hausmauer, im Hier und Jetzt hat Luise sie neben das Räucherhäuschen gestellt. Franziska läuft nach unten.

»Was ist? Wo willst du hin?«, ruft Annabel ihr nach.

»Etwas ausprobieren«, ruft Franziska über die Schulter zurück. Draußen steuert sie auf Luise zu, die gerade an den Bäumchen herumzupft. Einen Moment nur zögert sie, holt sorgsam tief Luft. Dann sagt sie: »Schneeweißchen und Rosenrot.« Sie hält inne. »Daran erinnern mich die Bäume. An das Märchen von den zwei Schwestern. Schon die ganze Zeit hab ich mir das gedacht.«

Luise antwortet nicht, doch sie lächelt.

Franziska stemmt demonstrativ munter die Hände in die Hüften und schaut sich um. »Das ist hübsch«, stellt sie fest. »Wenn sie erst größer sind, werden sie prima Schatten geben.«

»Oder vor Regen schützen«, sagt Luise leise und nickt. Ihr Blick wandert zu der noch leeren Fläche zwischen den Bäumen.

Franziska weiß, was die Freundin dort sieht. »Ja«, sagt sie, »ja, auch vor Regen. Das wird sicher gut.«

Oben in Luises Zimmer sitzt Annabel allein und ratlos. Die Hand fährt über das Foto, das Franziska hat aufspringen lassen, das sie selbst aber nicht sehen kann. Vergeblich streichen ihre Finger umher und suchen die Szenerie zu ertasten, die sich unter der glatten Oberfläche verbirgt, ein Moment, für immer vergangen, für alle Zeiten konserviert, vor ihr für immer verborgen.

Das Bild zeigt in Farbe, zum Gelbstich verblasst, zwei Mädchen in einem Sandkasten. Sie spielen, obwohl es in diesem Moment regnen muss. Die Tropfen sind nicht zu erkennen, doch im Hintergrund steht eine Frau im Tellerrock, die einen aufgespannten Schirm über sich hält. Die Mädchen spielen versunken und trotz des Regens ungestört, denn ihr Sandplatz wird beschirmt von zwei Bäumen, deren Blüten auf der Fotografie gut erkennbar sind: der linke blüht weiß, der rechte rot.

59

Die Oper – für Annabel ist alles an diesem Tag Vorfreude: schon das Herausholen und Lüften ihres blauen Samtkleides, in das sie noch immer hineinpasst. Das Haarewaschen, mit Extra-Spülung, Föhnen und Kämmen, dazu das teure Gel. Sie verzichtet darauf, sich von Franziska schminken zu lassen, doch pudert und parfümiert sie sich sorgsam. Sie spürt beim Anziehen die Kälte des Futterstoffes, der um sie gleitet, und genießt, wie er sich langsam erwärmt. Dann kommt das Umräumen all ihrer kleinen Besitztümer aus der Alltags- in die Abendhandtasche. Das vorsichtige Sichzurechtruckeln in den selten getragenen Lackschuhen.

Als sie fertig ist, lauscht sie auf das Knistern und Gleiten, mit dem Thorwald in seine neu gekauften Sachen schlüpft. Sie ist beim Aussuchen und Einkaufen dabei gewesen; sie hat vor ihrem inneren Auge genau gesehen, was sie will: ein Hemd mit Stehkragen und gefältelter Brust und einen schwarzen Gehrock. »Gefällt es dir noch?«, fragt sie jetzt. Sie kann hören, wie er sich vor dem Spiegel dreht. Ein Zylinder wäre schön gewesen, denkt sie, aber Thorwald ist kein Tanzbär.

»Ich hab nicht gewusst, dass ich so aussehen kann.«

Sie lächelt. »Ich hab noch was für dich. Vorab zum Geburtstag.« Das Geschenk hat Franziska ihr besorgen geholfen. Sie hat den Laden ausfindig gemacht, Annabel hingefahren und geduldig gewartet, bis sie alle Modelle durchgetastet hat. »Nimm den mit dem Wolfskopf«, hat Franziska geraten. Aber Annabel hat sich für einen schwarzen Stock mit einem schlichten runden Silberknauf entschieden. »Weil du doch auch schwer gehst«, sagt sie. »Jetzt haben wir beide einen. Aber deiner ist schöner.«

Ihr Blindenstock gleicht eher einer dünnen Antenne. Er besteht aus Kunststoffelementen, innen mit einem Gummizug verbunden wie die Stangen eines Igluzeltes. Mit einer Bewegung zusammenlegbar zur Größe eines Taschenschirms. Kein lackiertes Edelholz, kein glänzendes Metall. Er ruht in ihrer Tasche und soll heute Abend auch dort bleiben. »Damit wenigstens einer von uns Stil zeigt.«

Er nimmt sie am Arm, und sofort fühlt sie sich geborgen. Ihr ganzer Körper und auch ihr Gesicht entspannen sich. Sie strahlt, als sie an seinem Arm zum Wagen geht wie eine Braut. Selbst die Fahrt ist ein Genuss, sie summt das Rheingold-Motiv, hört die tastenden, suchenden Laute der Bläser am Beginn der Ouvertüre, die sie so liebt. Kurz denkt sie an den Herd, dann vergisst sie ihn wieder. Neben ihr sitzt Thorwald, und sie fahren durch den Abend, schönen Dingen entgegen.

»Hast du das Reclam-Bändchen mit dem Libretto?«, fragt sie.

»In der Tasche.«

Das Opernhaus voller Menschen summt seinerseits wie ein Bienenstock. Es ist ein Vorgeschmack auf das Stimmen der Instrumente nachher im Orchestergraben, bei dem sich langsam aus der Kakophonie die Bruchstücke der Melodie erheben werden. Bis alles verstummt. Ansetzt und abhebt. Die Vorfreude kribbelt in Annabel.

Sie hat nicht geglaubt, dass sie noch einmal in die Oper gehen würde. Der lange Weg, die vielen Hindernisse. Und jetzt ist sie hier, und an ihrer Seite Thorwald. Sie hat einzig mit ihm hingehen wollen. Franziska hatte sich angeboten. Aber was soll sie mit jemandem, der innerlich an der Musik leidet und sich insgeheim darüber lustig macht, dass Frauen Wellgunde und Flosshilde heißen.

»Keinen Ton werde ich sagen«, hat Franziska geschworen.

»Ich kann dich denken hören«, hat Annabel erwidert. Blinde können so was. Sie hat abgelehnt. Nicht mal als Schützenhilfe hat sie Franziska dabeihaben wollen. Wie hätte das ausgesehen: als fürchte sie sich, mit Thorwald gesehen zu werden?

»Ich hab mich vor den Leuten bei den Lesungen gefürchtet«, hat Franziska gesagt. »Und ich konnte sie sehen.« Wie muss das sein, hat sie sich gefragt, in einer unsichtbaren Menge allein. Annabel ist nicht allein, sie hat Thorwald. Er ist ihr Schutz. Nicht das Problem. Oder?

Ob die anderen ihn anstarren? Annabel hat die Frage lange gewälzt und dann verdrängt. Erst jetzt, wo die Stimmen der anderen sie umbranden, wo sie die brausende Gegenwart einer Außenwelt spürt, an die sie in ihrem vertrauten Birkenbach lange nicht mehr gedacht hat, erst jetzt kriecht die Sorge langsam wieder hoch. Die Leute, die hier verkehren, haben Inszenierungen jeglicher Art gesehen, sie sind vertraut mit drastischen Bühnenbildern, exotischen Kostümen und archaischen Masken. Sie zucken nicht, wenn auf einer Leinwand ein Hasenkadaver in Zeitlupe verwest. Aber im Zuschauerraum gilt eine konservative Etikette, einem Menschen wie Thorwald ist kaum einer von ihnen auf Augenhöhe begegnet. Annabel packt den Arm ihres Gefährten ein wenig fester. »Kauf uns ein Programm, ja?«, bittet sie. »Und lies mir daraus vor.«

In einem Moment der Verzagtheit erwägt sie, dafür eine Nische auszusuchen. Hinter einem aufgeschlagenen Heft kann man sich gut verbergen, bis das Licht ausgeht und die Musik wieder alle gleichmacht.

Aber Thorwald hat Durst, und sie steuern einen der Stehtische in der großen Halle an. Annabel sieht die zehn Meter Raum über ihr nicht, nicht die Wölbung mit dem goldenen Mosaik und den schwebenden Musen. Doch sie hört den riesigen Raum, die Menschenmenge ringsum, diese wogende, unbeherrschbare Dynamik. Sie horcht und horcht und filtert, doch sie bekommt kein Signal, das ihr erhellt, was um sie herum vorgeht. Ist es das allgemeine Geplauder, sanft bewegtes Gemenge, aus dem hier und da die üblichen Besserwisser und Selbstdarsteller herausstechen? Hat man sie beide bemerkt? Werden sie gesehen? Was für Gesichter zieht man wohl? War das da eben ein »Unglaublich?« Ein »Hast du das gesehen?« Bezieht sich einer der aufgefangenen Satzfetzen auf sie beide? Hat man schon einen Kreis der

Leere um sie gezogen? Oder ist sie paranoid? Ihre feierliche Vorfreude wird mehr und mehr von Furcht untergraben. Hat da jemand gesagt: »Pervers«?

Thorwalds warme Hand ist über den Tisch gewandert und erfasst ihre. »Alles okay?«

Sie nickt und versucht ein Lächeln. »Und bei dir?«

»Sag ich dir, wenn ich die Musik gehört habe.«

Auf dem Weg in ihre Loge ist fast alles wieder gut. Sein Arm, die Nähe seines Körpers, der sie überragt, sein so vertrauter schwerer Gang. Sie hört seinen Stock über den Teppich gleiten.

»Annabel Weißhaupt!« Sie hört die Stimme und wendet sich unwillkürlich in die Richtung, aus der sie kommt. Ein Mann, schwerer Bass, rheinische Tonart. »Ich glaube es ja nicht. Nach all den Jahren.«

»Andreas?« Sie hat es geraten. Die Reaktion ihres Gegenübers bestätigt sie aber rasch. Ein ehemaliger Kollege, Andres Binzig, Mathe und Physik. Ging vor ihr in Rente. Eine Entscheidung, die er nie bereut hat, wie er gleich und wortreich erläutert. Er reist viel, Afrika vor allem, seine Leidenschaft; er spielt Golf, sein Handicap ist minus sechzehn. »Und du?« Die Frage kommt unerwartet nach dem langen Wortschwall. »Wie geht es dir so?«

»Ah ja«, ist sein Kommentar, als sie erläutert, sich aufs Land zurückgezogen zu haben. »Nun ja, schön, schön, hübsche Gegend. Hab ja im Fernsehen gesehen, wie ihr da so lebt.« Er verstummt. »Und dein Begleiter«, hört Annabel ihn fragen, »auch ein Lehrer?«

Annabels Denken setzt aus, aber nur für einen Moment.

»O nein«, erwidert sie. »Der war bis vor Kurzem Harpunier auf einem Walfänger.« Damit zieht sie ihren Blindenstock hervor, lässt ihn ausfahren, hakt sich bei Thorwald ein, der sie sofort wieder mit seiner schützenden Nähe umgibt, und Seite an Seite, souverän ihre Stöcke setzend, begeben sie sich zu ihren Plätzen. Im Dunkel der Loge dankt Annabel im Stillen Nora für die Inspiration, die sie ihr gewesen ist.

60

Es ist Juli, als Annabel sich einen Einkaufskorb nimmt und in den Garten geht. Thorwald sitzt an seinem Weiher, er muss mal wieder nach dem Rechten sehen. Luise und Franziska sind bei einem Kernspin-Termin, zu dem Luise nicht eine Frage gestellt und gegen den sie sich auch nicht gewehrt hat. Er wird nichts ergeben nach Meinung von Dr. Knöchlein, und inzwischen ist Annabel geneigt, ihm zuzustimmen. Luise malt, Luise liest vor, Luise kocht, wenn ihr danach ist, vor allem Nudelgerichte mit höchst fantasievollen Soßen, und Luise versäumt nicht eine Ausgabe der Tagesschau. Luise war mit der Katze beim Tierarzt und hat sie ordnungsgemäß für die Kastration akkreditiert. Dass sie mit zwei Kaninchen wiederkam, die jemand in gute Hände abzugeben hatte, war zwar nicht vorgesehen, aber Thorwald hat ein paar sehr hübsche Ställe für die Tiere gebaut.

Annabel hört das dumpfe Schlagen ihrer Hinterläufe, als sie an den Käfigen vorbeigeht und die Tierchen aufscheucht, die noch nicht an sie gewöhnt sind. Um ihre Waden fühlt sie ein seidiges Gestreiftwerden: die Katze. Sie bückt sich, um sie zu streicheln, und muss sich beim Wiederaufrichten kurz orientieren: Das ist der Gartenweg, hier das Spalier, da muss sie links. Sie hört die Miete, als sie auf den Deckel tritt, der neuerdings meist geschlossen ist. Das ist auch der Grund, weshalb sie herkommt: Nora erhält nicht mehr viel Besuch. Luise hat, nachdem sie das Tweed-Jackett dort zurückgelassen hat, das Mausoleum ganz gemieden. Und auch Franziska sucht es seit ihrer Reise kaum noch auf.

Annabel tastet nach dem Riegel und stemmt die Tür hoch. Nur die ersten Stufen sind ein Problem, danach kann sie sich am Handlauf festhalten. Der Ort riecht muffig, die Spuren von Weihrauch und Blumenduft sind dünn geworden. Annabel hat alles noch genau vor Augen. Sie tastet nach der Vase und hat das Gefühl, dass der trockene Inhalt ihr unter den Fingern zerbröselt. Sie packt das Gefäß und legt es in den mitgebrachten Korb. Dann erspürt sie die anderen Devotionalien: das Foto, die Playmobil-Figur, den Brief, das Lebkuchenherz. Stück für Stück verstaut sie alles neben der Vase. Auf der Bank wartet noch die Jacke; die legt sie wie eine Decke darüber. Zum Schluss bleibt nur noch die Urne, die sie sacht in den Tweedstoff bettet. Als alles geschafft ist, nimmt Annabel auf der Bank Platz.

»Du warst manchmal ein unerträgliches Miststück«, sagt sie. Dann schweigt sie eine Weile.

»Keine Ahnung, wieso ich dich mochte.« Erneutes Schweigen. »Doch, natürlich weiß ich es. Ich mochte ja auch Pippi Langstrumpf. Obwohl ich Annika war. Schon vom Namen her, aber nicht nur. Ich war hoffnungslos Annika. Du warst absolut Pippi. Du hast die Sachen gemacht, die ich mich nicht getraut habe, nicht mal zu wollen getraut habe.« Nach diesem Gebet faltet sie die Hände im Schoß.

»Andererseits warst du gar nicht Pippi, ich meine, Franziska war die mit der komischen Frisur und den bunten Kleidern, die in der Villa Kunterbunt wohnte ihr Leben lang. Aber Franziska hat Angst wie wir alle. Du hattest keine, oder? Jedenfalls weniger als wir. Du hast dich von niemandem je beeindrucken lassen. Vielleicht war es dein Pech, dass dir nie jemand begegnet ist, der das konnte, keine Ahnung. Ich konnte es sicher nicht.« Sie kaut auf ihrer Lippe. »Mich hast du immer am wenigsten gemocht, stimmt's? Ich meine: Du hast Franziska wirklich geliebt. Und Luise überraschenderweise umsorgt. Ich war für dich doch die am wenigsten Interessante. In all den Jahren.«

Sie hört das vierfache »Tropp« der Katzenpfoten beim Sprung auf die Bank. Die Krallen, die sich auf der Suche nach mehr Halt in das Fleisch ihrer Schenkel senken, kommen nicht unerwartet. Automatisch streckt sie die Arme aus und krault das Tier, das sich in ihrem Schoß niederlässt.

»Das mit Thorwald«, beginnt sie. Dann setzt sie neu an, unterbricht sich erneut und überlegt. »Ich erkenne an, dass du mein Bestes wolltest.« Der Satz klingt so steif, wie sie sich innerlich fühlt. »Du wolltest schon damals mein Bestes, als du mich vor Ulf gewarnt hast. Und damals lagst du richtig. Ich konnte es dir nur nicht sagen, weil deine Warnung zu spät kam und alles schon passiert war. Aber du hättest mich vor ihm bewahrt. Danke dafür, Nora.«

Sie fährt der Katze, die sich schnurrend auf den Rücken gelegt hat und sich räkelt, mit allen fünf Fingernägeln vom Bauch bis zum Hals hinauf. Das Tier ächzt vor Wonne.

»Aber diesmal hast du falschgelegen, hörst du?« Annabel wird ein wenig lauter. »Du hast es nicht böse gemeint. Das hast du nicht.« Die Katze hebt den Kopf und faucht ein wenig. Beruhigend streicht Annabel ihr das Fell wieder in Wuchsrichtung glatt. »Vielleicht ist es ja ganz gut, dass ich durch den Streit die Chance bekam, eine Entscheidung zu treffen, die sich dann als so richtig erwies. Jetzt so schicksalstechnisch gesehen. Meine These ist ja …« Sie verstummt ein weiteres Mal. Ihre Hände halten im Streicheln inne.

Sie hat etwas über das Erwachsenwerden sagen wollen. Aber ist sie erwachsen? Sie hat Jahre um Jahre der Einsamkeit gemeistert, war das eine Leistung? Jetzt hat sie etwas gefunden, an dessen Existenz sie schon gar nicht mehr geglaubt hat. Ein unglaubliches Glück ist das; sie muss jedes Mal weinen, wenn sie daran denkt, und auch jetzt laufen ihr die Tränen über die Wangen. Ein Wunder, dass Thorwald es mit so einer Heulsuse aushält. Die Katze stubst mit ihrer warmen, trockenen Nase gegen Annabels Hand, um sich in Erinnerung zu bringen.

»Was ich eigentlich sagen wollte: Danke. Ohne dich wäre es mir nie in den Sinn gekommen, diesem arroganten Spießer in der Oper hinzureiben, Thorwald sei wie eine Figur aus Moby Dick und viel interessanter als er.« Sie muss kichern.

»Es tut mir leid«, sagt sie dann. »Ich bin glücklich, und du bist tot.

Franziska hat – endlich mal – Anerkennung erhalten. Und du bist tot. Und Luise?« Annabel überlegt. Es ist schwer zu sagen, was Luise ist. Unglücklich wirkt sie nicht. Vielleicht stimmt es, was Franziska sagt: Luise ist unglaublich stur. Und das wird sie retten. Nora aber ist noch immer tot.

»Wir haben viel mit dir geredet«, sagt Annabel. »Franziska vor allem. Ich weiß, dass sie manchmal die halbe Nacht mit dir diskutiert hat. Aber du bist tot.« Sie wischt sich mit der Hand über das Gesicht und bläst dann, als Katzenhaare an ihrer Nase hängen. »Du warst immer unser Mut, aber du bist tot, und wir sind dennoch weiterhin mutig. Du kannst uns jetzt allein lassen, Nora. Wir schaffen das schon. Dank dir.«

Sie überlegt noch eine Weile, doch sie hat dieser Leichenrede nichts mehr hinzuzufügen. Sie steht unvermittelt auf. Die Katze, so unerwartet beschleunigt, springt rechtzeitig ab und katapultiert sich auf den Boden, Annabel hört ihr Trippeln schon auf der Treppe. Sie selbst braucht ein wenig länger, bis sie mit dem schweren Korb wieder oben ist, wo die Sonne warm auf ihre Haut fällt. Sie stellt ihre Last ab, um die Miete zu schließen, und fingert so lange herum, bis sie den Riegel ganz zugeschoben hat.

Annabel geht in die Küche. Dort stopft sie das Jackett in den Müll, das Herz und die Figur ebenfalls. Die Vase spült sie und stellt sie zurück in den Schrank. Den Brief hält sie lange in der Hand. Schließlich geht sie in den Flur, wo auf einem Schränkchen neben dem Schlüsselkorb auch ein Fach für Post und zu Erledigendes ist. Niemand rührt je an, was dort liegt, wenn es nicht unbedingt sein muss. Das zu Erledigende setzt Staub an. Annabel schiebt Noras Brief ganz nach unten und ist zufrieden. Bleibt die Urne. Dafür muss sie auf die Eckbank steigen. Ihr Gedächtnis sagt ihr, dass dort über dem Winkel ein Regalbrett umläuft. Bislang haben dort Pokale und Zinnbecher gestanden. Annabel greift nach ihnen und stellt einen nach dem anderen hinunter auf den Tisch. Dann nimmt sie die Urne und platziert sie stattdessen dort oben. So ist es gut, befindet sie: Nicht aufdringlich, und doch ist Nora noch immer bei ihnen. Rechts und links ist Platz für weitere Behälter. Wenn sie einmal alle gestorben sind und das Haus verkauft wird, wird irgendjemand sie so ahnungslos entsorgen wie ein paar vorjährige Sportpokale. Und auch das wird völlig in Ordnung sein. Das Leben geht schließlich weiter.

Annabel steigt mühsam von der Bank. Sie muss nur noch das Zinn wegschaffen. Aber Abstellkammern gibt es wahrhaftig genug in diesem Haus. Hier ist für alles Platz.

61

»Sie sind doch die Schriftstellerin?«, fragt die junge Frau. Sie hat eine schwere Sporttasche geschultert, die sie ein wenig krumm dastehen lässt. Hinter ihren Beinen versteckt sich ein Mädchen von vielleicht fünf Jahren. Die Kleine trägt ein sommerliches Hängerchen mit Blumen, die Frau ist in strenges Schwarz gekleidet: Jeans, Nietengürtel, Shirt mit kunstvollen Rissen an den von der Mode vorgesehenen Stellen, dick aufgetragener Kajal. Auch das lange schwarze Haar scheint gefärbt. An einer Schläfe ist es kurz rasiert, so unregelmäßig, dass Franziska nicht sicher ist, ob der Friseur ein sündteurer Avantgardist war oder einfach unfähig.

»Ja?«, sagt Franziska und verschränkt die Arme vor der Brust. Sie hat keine guten Erfahrungen mit derartigen Spontanbesuchen ihrer Fans gemacht.

»Sie haben dieses Buch geschrieben, von dem alle reden und das die Kinder so toll finden?«

»Ja?«

Die junge Frau nickt. »Okay.« Sie nickt wieder. Überhaupt ist sie unruhig, fällt es Franziska auf. Ständig fasst sie mit der freien Hand an ihre Haare, den Saum ihres Shirts, ihre Gürtelschnalle. Was macht sie nur so nervös? Auch ihre Beine arbeiten. Sie tritt von einem Fuß auf den anderen. Franziska bemerkt die schwarzen Stiefel mit den Schnallen und fragt sich gerade, ob die für den Sommer nicht viel zu warm sind.

»Ich hab's nicht gelesen, aber ich denke mir, wenn Sie so etwas schreiben, dann sind Sie ja vielleicht doch keine so schlechte Mutter, wie Philipp sagt.«

»Was?« Franziska hat diesen Satz noch nicht einmal ansatzweise verarbeitet, als die junge Frau fortfährt: »Er hat mich nämlich im Stich gelassen, Ihr Sohn. Aber es ist auch seine Tochter, verstehen Sie? Genauso gut wie meine, ich meine, er zahlt ja nicht einmal Unterhalt für sie.« Bei diesen Worten gibt sie dem kleinen Mädchen, das sich an ihre Seite gewagt und ihren Schenkel mit beiden Armen umfasst hat, einen Schubs, dass es einen Schritt nach vorne stolpert, auf Franziska zu. »Das ist Emma«, sagt sie.

Franziska geht automatisch in die Knie, um dem Kind zu begegnen, es aufzufangen, falls es nötig sein sollte. Der Blickkontakt zu der jungen Frau reißt. Irgendwo dort oben, über ihrem Kopf, spürt Franziska sie weiterzappeln, die innere Unruhe, die von ihr ausgeht, ist hier unten aber weniger zu spüren, wie Wellen auf dem Meeresboden: oben schäumendes Brechen und Rauschen, unten nur ein wenig rhythmisch sich hebender Sand. Franziska fühlt sich wie unter Wasser. Alles geht sehr langsam. Sie befühlt die Kleine mit den Augen. »Philipp hat ein Kind?«

»Für das er nicht zahlt, ja. Aber ich hab jetzt die Nase voll. Ich hab auch ein Leben. Ich hab ein Stipendium für Amerika, für die Juillard, wenn Ihnen das was sagt. Und das werde ich nicht sausen lassen, nur, weil Ihr Sohn ein Arschloch ist, verstehen Sie?«

Franziska hat eine Hand ausgestreckt, zieht sie aber wieder zurück. Die Kleine kennt sie schließlich nicht. Sie kann sie nicht einfach anstubsen und streicheln. Würde sie die Fühler einziehen, wenn sie es täte? »Emma?«, fragt sie. Sie sieht Philipp gar nicht ähnlich.

»Dann ist alles klar«, hört sie die junge Frau sagen. Schritte knirschen auf dem Kies.

Alarmiert richtet Franziska sich auf. »Was ist klar?«, fragt sie.

»Na, dass sie sich jetzt um Emma kümmern.« Die Besucherin hat ein paar Schritte zurück gemacht. Emma hat die Katze entdeckt, die hinter Franziska aus der Tür stolziert kommt und mit zitterndem Schwanz auf sich aufmerksam macht. Sie geht in die Knie, die aneinander gedrückten Finger ausgestreckt, als hätte jemand ihr das so beigebracht, und lockt »Muschimuschimuschi«. Die Katze schnuppert gnädig an den Fingern und wirft sich dann auf die Füße der Kleinen, um sich den Bauch kraulen zu lassen. Emma lacht, was ihre Mutter ermutigt, einen weiteren Schritt zurückzutreten.

»Hören Sie …«, sagt Franziska, »warum kommen Sie nicht erst mal rein, wir trinken einen Kaffee und reden …«

»Sie verstehen das nicht«, sagt die Fremde. Sie muss es fast rufen, denn sie geht Schritt für Schritt rückwärts und ist schon halb in der Einfahrt. Franziska, die von dem spielenden Kind blockiert wird, kann nur die Hände nach ihr ausstrecken. »Sie verstehen das nicht«, wiederholt die Frau hartnäckig. Es scheint ein Satz zu sein, den sie oft sagt. Den sie der Welt entgegenhält, zappelnd, tänzelnd, sich windend, den Blick schon zur Seite wandernd auf der Suche nach einem Fluchtweg, weil sie bei allem Trotz doch nicht daran glaubt, dass das eingeforderte Verständnis kommen wird. »Ich habe ein Stipendium. Ich habe auch ein Leben. Ich hab ein Recht darauf.«

»Ja, ja, aber geben Sie mir doch bitte einen Moment, warten Sie …« Franziska spürt, dass jedes dieser Worte zu schwach ist, um die Fremde zu halten. »Emma«, fällt es ihr schließlich ein. »Was wird Emma sagen, wenn Sie jetzt einfach gehen?«

Die Erwähnung des Namens erinnert die junge Frau an etwas. Sie schwingt die Tasche von ihrer Schulter und lässt sie schwer auf den Boden fallen. »Da sind ihre Sachen drin, Kleider, Spielzeug, ihr Stoffbär.«

»Aber …«

»Emma versteht das.«

»Hören Sie …« Die junge Frau dreht sich um und läuft. Fassungslos sieht Franziska, wie sie den Hof verlässt, zu einem Auto rennt, die Tür an der Beifahrerseite aufzieht und hineinspringt. Sie kann den Fahrer nicht erkennen, auch nicht, als der Wagen am Zaun vorbeifährt. Als er weg ist, denkt sie: Sie hätte sich das Kennzeichen merken sollen.

»Als ob ich auf die Entfernung lesen könnte«, murmelt sie vor sich hin. Ihr Blick fällt auf das Kind, das noch immer mit der Katze beschäftigt ist, als gäbe es nichts anderes. »Mama kommt wieder«, sagt sie mechanisch.

Die Kleine schaut auf und zuckt mit den Schultern. Franziska weiß nicht, wie sie das deuten soll, doch offenbar ist das Mädchen mit der Situation vertraut. Trotzdem fügt sie hinzu: »Du brauchst keine Angst zu haben.«

Wieder das Schulterzucken. »Wieso ist das Fell da am Bauch so kurz?«, fragt die Kleine statt einer Antwort.

»Sie wurde operiert«, erklärt Franziska. Ihre Gedanken rasen. Sie muss herausfinden, wie die Kleine heißt, wo sie wohnt. Ob sie wirklich ihre Enkelin ist. Und wenn nicht? Und wenn?

»War sie krank?«

»Nein, aber wir wollten nicht, dass sie dauernd Babys bekommt.« Franziska hat irgendwo in den Tiefen ihres Schreibtisches die Telefonnummer ihres Ex-Mannes. Schon das Wort kommt ihr exotisch vor: Ex-Mann. Das ist alles so lange her und war so falsch, dass sie lieber sagen würde: dieses Mannes, mit dem sie nichts verbindet. Aber auch das stimmt nicht. Denn es gibt Philipp. Und jetzt vielleicht Emma. Sie wird ihn anrufen müssen. Er wird wissen, wo Philipp wohnt. Und ob er eine Familie hat.

»Ich mag Katzenbabys«, sagt Emma und steht auf.

»Ich auch«, antwortet Franziska. »Aber wir hatten so viele, dass wir kein neues Zuhause mehr für sie gefunden haben. Es kommen viel mehr Katzenkinder auf die Welt, als es gute Zuhause für sie gibt.« Erschrocken hält sie inne. Doch Emma scheint nichts davon auf sich bezogen zu haben. »Wir haben auch Kaninchen«, fährt Franziska schnell fort. »Magst du die Kaninchen sehen?«

»Die meisten geben mir zuerst was zu essen.«

Sechs, korrigiert Franziska in dem Moment ihre Altersschätzung, vielleicht sieben. Wie oft mag die Kleine diese Situation schon durchgemacht haben? Für einen Moment hält sie es für möglich, dass Mutter und Tochter einfach Trickbetrüger sind, die sich so Zutritt zu fremden Häusern verschaffen. Die Kleine spioniert alles aus und öffnet, solange sie mitleidsvoll beherbergt wird, heimlich eine Tür oder ein Fenster, durch das die Mutter und ihre Helfershelfer in der Nacht dann eindringen.

Franziska geht mit einem kleinen Ächzen erneut in die Knie und betrachtet noch einmal das Kind, die durchsichtigen blonden Brauen, den stupsigen Embryo einer Nase, die graublauen Augen mit den aufgebogenen Wimpern, die nach allen Seiten abstrahlen, sodass Franziska denken muss: Seesterne. Seesternaugen. Sie betrachtet alles und überlegt, wie schwer so ein Gesicht zu beschreiben ist, obwohl es sich doch von allen, die sie bisher gesehen hat, vollständig unterscheidet. Sie sucht nach Philipp in diesen Zügen und findet ihn nicht, sie sucht nach ihrem Mann, nach sich selber und sieht endlich, dass die Finger der Kleinen sich wieder und wieder um die Zipfel wickeln, in die die geknoteten Träger ihres Sommerkleidchens auslaufen. Da wird ihr klar, dass so eine Spurensuche zu anstrengend ist für ein kleines Kind, wer immer es auch sein mag.

»Hast du denn Hunger?«, fragt sie.

»Weiß nicht.«

»Du kannst Fisch haben, wir grillen gerade Fisch im Garten, magst du?«

»Weiß nicht.«

Oder doch vier. Es ist schwer zu sagen. »Na, dann finden wir das wohl am besten mal raus.« Franziska steht auf und streckt ihre Hand aus.

Emma bleibt stehen. »Und meine Sachen?«, fragt sie.

Franziska kneift die Augen zusammen. Die Tasche sah schon an der Schulter der jungen Frau schwer aus. Prall und ausgebeult liegt sie da. »Die holt Thorwald«, beschließt Franziska. »Der ist groß und stark.«

»Wer ist Thorwald?«, fragt das Kind.

Franziska überlegt. »Er ist einer von den wilden Kerlen. Aber man kann ihn zähmen. Mit einem Zaubertrick.«

62

»Frag nach dem Ausweis«, verlangt Annabel, die dicht an der Seite der telefonierenden Franziska steht, »und nach dem Impfpass.«

Franziska wedelt das weg. Sie redet mit Philipp. Sie spricht mit ihrem Sohn. Seit über dreißig Jahren zum ersten Mal. Ihr ist immer noch schwindelig von dem hallenden Tuten des Signals im Hörer, vom Geräusch des Abhebens, der Stimme, fremd, dann doch nicht fremd, aber sie schwebt körperlos im Raum, es gibt keine Person dazu, kein Bild. Sie weiß gar nicht, wie er aussieht. Sie weiß nichts von ihm, nicht, was er arbeitet, wie er lebt, ob er glücklich ist. Sie weiß nicht, was er von der Welt denkt, womit er seine Zeit verbringt. Sie weiß nicht, ob sie ihn erkennen würde, würde er an der Tür klingeln. Nicht einmal, ob sie ihm Tee oder Kaffee anbieten müsste, ihrem eigenen Sohn. Mit Milch und Zucker oder ohne?

Was soll sie sagen: Hier ist Mama? Das klingt zu vertraulich. Hier ist deine Mutter? Zu pompös, auch ein wenig fordernd. Hier ist die Frau, die dich geboren hat? Das wäre unfreiwillig ironisch und distanziert. Sie will Distanz, ja, aber doch nur, um nicht aufdringlich zu erscheinen.

»Hallo«, hat sie am Ende gesagt und Luft geholt.

»Mama?«, hat er gefragt. Und damit war das entschieden. Dann hat er Luft geholt. »Was willst du?«

Das ist eine Ohrfeige, bei der sie sich setzen muss. Was willst du? Als ob es nicht anders sein könnte, als dass sie etwas will. Etwas, vor dem man sich möglicherweise schützen muss. Deshalb fragt man besser sofort, ohne höfliche Umschweife, sozusagen an der Haustür. Hereinlassen wird er sie sicher nicht. Andererseits: Sie will etwas. Sie will sogar eine ganze Menge. Sie wird sein Leben aufwirbeln. Aber hat er nicht zuerst ihres aufgewirbelt?

Ihr Blick sucht das Fenster, den Garten, das Kind. Sie tut das alle paar Minuten, als könnte dort draußen etwas passieren: eine Explosion, ein Schusswechsel. Irgendetwas, das man sonst nur im Fernsehen sieht. Aber die Katastrophe kommt leise, schleichend, durch den Hörer und nicht von draußen. Dort wirkt alles ganz und gar alltäglich: Luise und ein Kind im Garten. Sie stehen vor der roten Ziegelmauer und pflücken Johannisbeeren in eine Schale.

»Entschuldige, dass ich so ohne Vorbereitung einfach in dein Leben platze«, sagt sie. »Aber ich hatte heute Besuch von einer jungen Frau. Sie hat ein Kind bei mir gelassen, von dem sie sagt, es sei meine Enkeltochter.«

»Anne!« Ist das ein Wutschrei, ein Seufzen? Franziska kann es nicht deuten. »Mama, wirf sie raus, sofort. Die Frau ist nicht normal. Sie ist gefährlich. Wo Anne auftaucht, gibt es Chaos.«

»Sie ist schon wieder weg«, erwidert Franziska. Die Pause, die sie macht, ist durchzittert von allerlei unangenehmen Empfindungen. »Aber das Kind ist noch da.«

Sie hört einen weiteren Schrei, ein Poltern. Hat er etwas umgeworfen. Danach wird es still, dann kommt seine Stimme wieder. »Sieh zu, dass du sie loswirst, sofort.«

»Philipp, ist es wahr? Ist sie meine Enkelin?«

»Das ist nicht der Punkt, Mama. Der Punkt ist, dass Anne eine völlig kranke Frau ist, eine Borderlinerin, manisch-depressiv, total unberechenbar. Du lässt sie in dein Leben, und sie macht dich kaputt. Die einzige Chance, die man hat, ist nichts, absolut gar nichts mit ihr zu tun zu haben.«

Schon gar nicht als etwas, an dem man hängt, ergänzt Franziska im Geist, die die wachsende Panik in seiner Stimme hört.

»Ist das meine Enkelin?«, will sie wissen. Aber sie kennt die Antwort.

»Du willst eine Enkelin? Du hast doch nicht mal einen Sohn.« Hat er das wirklich gesagt, oder erklang die Stimme nur in ihrem Kopf? Sie versucht, sich zu konzentrieren. Was sie hört, ist Philipps leicht genervte, leicht nervöse Stimme.

»Entschuldige, nicht fair. Aber hör zu: Man darf mit Anne nichts zu tun haben. Ich hab ihr zwei Jahre lang erlaubt, mein Leben zu verwüsten. Sie hat mich belogen, betrogen und sogar bestohlen. Das mir das was ausmachte, empfand sie als egoistisch. Als ich ihr sagte, dass ich sie verlassen würde, sagte sie mir, sie sei schwanger.« Er atmet tief ein. »Ich dachte, das wäre wieder eine ihrer Lügen.«

»Die Lüge steht gerade in meinem Garten.«

»Du hast einen Garten?« Was hat er ungläubiger betont: das Du, den Garten? Wofür hält er sie, ihr Sohn? »Und jetzt denkst du über die Anschaffung von Haustieren nach, oder was?«

Ihr fällt ein, dass sie immer Haustiere hatten, solange Philipp bei ihr lebte. Sie fand, das wäre wichtig für Kinder. Sie mochte außerdem den Geruch von Meerschweinchen in Holzwolle, das Schnurren von Katzen, das provozierend freche Hoppeln von Kaninchen, die durch ihre Bücherregale streiften, die Eleganz von Fischen und das Flimmern der Lichtreflexe, die ihr Aquarium an sonnigen Tagen gegen die Decke warf. Die Abdeckung hätte nicht offen sein dürfen und die Pumpe besser gewartet werden müssen. Die Schildkröte, die sie noch dazunahmen, fraß den Fischen den Schwanz weg. Das war ihre Schuld. Dass das Meerschweinchen schwanger gewesen war, schon beim Kauf, das ging nicht auf ihr Konto. Und dass es, weil noch zu jung, bei der Geburt starb, hätte sie auch nicht verhindern können. Sie hatten die totgeborenen Jungen und die Mutter im Park begraben. Franziska glaubte damals, die schöne Zeremonie wäre gut für ihn.

Die Katzen lebten alle nicht lange, weil Franziska darauf bestand, dass sie Freigänger wären. Katzen sperrte man nicht in Wohnungen ein. Also wurden sie überfahren, eine nach der anderen. Vielleicht sollte man Katzen nicht halten, wenn man an einer zweispurigen Straße lebte. Aber die Tiere hätten ja auch in die andere Richtung gehen können, in die Hinterhöfe und rüber zum Gewerbegebiet, wo es sogar Grasflächen mit Mauselöchern gab. Franziska weiß nicht, was alle immer über diese Straße getrieben hat. Sie hat die Kadaver aufgesammelt, einen nach dem anderen. Und eine neue Katze besorgt. Weil Tiere gut waren für Kinder. Im Moment fällt ihr nicht ein, was aus den Kaninchen geworden ist.

»Ein Kind ist kein Haustier.«

»Gut, dass dir das klar ist. Ruf das Jugendamt an. Anne hat, soweit ich weiß, einen gesetzlichen Vormund.«

»Emma ist deine Tochter.«

»Sie ist eine Falle, die Anne mir gestellt hat. Und dass ich in die nicht getappt bin, ist eines der besten Dinge, die ich je in meinem Leben gemacht habe.«

Du lässt dein Kind einfach so zurück?, will sie aufbegehren. Sie verschluckt sich an dem Satz. Stattdessen sagt sie: »Sie behauptet, du hast keinen Unterhalt bezahlt.« Und muss an die mageren fünfzig Euro denken, die sie Philipp als Taschengeld überwiesen hat jeden Monat. Nie hatte sie genug verdient, um mehr zu geben. Nie erwogen, ihr Leben so zu ändern, dass es möglich wäre.

»Mam, ich hab es doch schon gesagt, Anne ist manisch-depressiv. Wenn sie high ist, haut sie alles, was sie hat, dafür raus, sich eine Stradivari zu kaufen oder mit dem Taxi nach Moskau zu fahren, verstehst du? So jemandem gebe ich doch kein Geld in die Hand.«

»Aber du lässt dein Kind bei ihr.«

»Es war nicht meine Idee, ein Kind zu kriegen. Sie hat mir gesagt, dass sie verhütet.«

»Und auf den blöden Spruch fällst du rein?«, kann Franziska sich nicht verkneifen zu fragen.

»Mama, sie war ja nicht irgendwer, sie war meine Freundin. Ich wusste damals noch nicht, was mit ihr los war. Ich habe ihr vertraut, verdammt, ich hab sie geliebt. Was hätte ich machen sollen? Mir ein Kondom überziehen und sagen: ›Nur zur Sicherheit, falls du eine pathologische Lügnerin und Irre bist‹?«

»Du hättest sagen können, dass du Aids hast.« Sie beißt sich sofort auf die Lippen. Philipp hat keinen Humor, genauso wenig wie sein Vater. Das Schweigen ist vielsagend.

Vermutlich fragt er sich gerade, warum er sich mit einer Frau, die er dreißig Jahre nicht gesehen hat und die absolut keine Verbindung zu seinem Leben besitzt, über derartige Dinge austauscht. »Es geht mich nichts an«, sagt sie reflexartig.

»Schön, dass dir das klar ist.« Seine Stimme klingt, als hätte er Sport gemacht, außer Atem und erschöpft.

»Willst du mal …?«

»Nein«, unterbricht er sie sofort. Etwas versöhnlich fügt er hinzu: »Ich habe diesen Strich gezogen, und dabei bleibt es.«

Franziska nickt. Ihr ist klar, dass er das nicht sehen kann, aber sie ist nicht in der Lage, irgendetwas zu sagen. Sie will nicht einmal darüber nachdenken, welchen Strich ihr Sohn meint: den, der ihn von Anne trennt, oder den, den er zwischen ihnen beiden gezogen hat. Sie hört noch, dass er verspricht, ihr per Mail die Adressen von Annes Eltern und Betreuer zukommen zu lassen. Dann verabschiedet er sich.

Sie möchte nach ihm greifen, nach der Stimme, dem dünnen Seil ihres Gesprächs, das gleich wieder gekappt werden wird. »Wie trinkst du eigentlich deinen Kaffee?«, hört sie sich fragen.

»Ich trinke Tee. Warum?« Es klingt abwehrend und endgültig. Eine Antwort erwartet er nicht.

Als das Freizeichen in ihrem Ohr schmerzt, legt Franziska auf.

»Und?«, will Annabel wissen.

»Kein Ausweis, kein Impfpass, keine Hilfe.« Franziskas Blick wandert schon wieder zum Fenster. Luise und die Kleine sind weitergezogen. Sie stehen jetzt zwischen den beiden neu gepflanzten Bäumen, wo Thorwald bereits ein Rechteck für den Sandkasten ausgehoben hat. Die grelle Sommersonne lässt die Szene aussehen wie eine alte, überbelichtete Fotografie.

63

Als Franziska am nächsten Morgen die Augen aufschlägt, sieht sie eine Szene, die sich in ihrer Kindheit oft abgespielt haben muss. Damals jedoch war sie das kleine Mädchen, und die alte Frau im Bett war ihre Tante. Die Tante hatte sich immer gefreut, wenn Franziska gekommen war, sie hatte ihr erlaubt, sich auf das Bett zu setzen und sie anzufassen. Die Falten im Gesicht der Tante waren so tief und hart gewesen, dass Franziska nie aufgehört hatte, mit ihren Fingern darüberzustreichen, um das zu spüren. Die Tante hatte sich gern von den kleinen, dicken, weichen Kinderhänden streicheln lassen. Dann hatte sie ihr eine Süßigkeit geschenkt, aus der Schublade ihres Nachttisches.

Danach hatte sie ihr manchmal ein Märchen erzählt, nie vorgelesen, stets erzählt wie etwas, das sie selbst erlebt hatte, irgendwo fern von hier in einem anderen Land, zu einer anderen Zeit, die beide unglaublich weit weg waren und so seltsam fremd wie die Haut der Tante, die es aber doch geben musste, die Tante war der Beweis dafür. Eines Tages würde Franziska in dieses Land, in diese Zeit reisen, um ein besseres Leben zu führen, ihr eigentliches Leben, groß und aufregend. Vorerst aber war es ausreichend, im schlafwarmen, ein wenig streng riechenden Bett der Tante zu hocken und sich halb zu gruseln, halb darauf zu freuen.

»Was ist?«, fragt Franziska und richtet sich auf. Die Kleine steht vor ihr und betrachtet sie. Zu Franziskas Erleichterung macht sie keine Anstalten, zu ihr ins Bett zu steigen. »Kannst du nicht schlafen?«

Sie haben Emma das Zimmer von Nora gegeben, sie in dem großen Bett schlafen gelegt und die staubige Tasche mit Emmas Sachen auf die glänzende Lackkommode gestellt. Ein Bär war daraus zum Vorschein gekommen und zu den lachsfarbenen Kissen auf das Bett gewandert, zwei Bilderbücher, eine Barbiepuppe mit angekauten Füßen und filzigem Haar, die Plüschfigur eines Pokémon – so hat Emma es ihnen erklärt – und ein Haufen gebrauchter Buntstifte.

Luise hat Papier und Stifte gespendet und damit Noras Frisiertisch zum Schreibtisch gemacht, Annabel hat für ein Glas Wasser auf dem Nachttisch gesorgt, und Thorwald hat zwei Stühle an die freie Bettseite gestellt, damit die Kleine, der Teddy und das Pokémon im Schlaf nicht herausfallen.

Emma sagt: »Ich bin schon lange wach.« Sie dreht sich ein paar Mal um sich selbst und lacht, schiere Freude über das eigene Dasein, wie Franziska erstaunt feststellt. Dann wird sie wieder ernst. »Du hast im Bett einen Zopf.« Sie legt den Kopf schräg. »Wie weit geht der?«

Franziska zieht an ihrem Schlafzopf, der so warm ist wie eine Schlange, die in der Sonne gelegen und ihre Umgebungstemperatur angenommen hat. Er gleitet unter der Decke hervor und baumelt in ihrer Hand vor dem Bett. So im Liegen reicht er bis fast auf den Boden.

»Der ist ganz strubbelig.« Auch das amüsiert Emma ungemein. Dann überlegt sie: »Meine sind kurz, das ist praktisch, sagt Mama. Weil meine Haare nämlich dick sind wie bei einem Chinesen.«

Franziska hört den Satz, hört, wie sie etwas schluckt, was die ganze Kehle hinunter brennt und im Magen aufgeht und dort noch viel mehr brennt. Haare, so dick wie bei einem Chinesen. Das hat einmal ein Friseur über ihre Haare gesagt vor langer Zeit, als sie selbst noch ein Kind war. Fachmännisch hatte er erläutert, dass ihre Haare dicker seien als bei normalen Europäern, eher so wie bei Asiaten. Er kannte sich mit asiatischem Haar aus, das er für Perücken kaufte. Diese Haare wurden dann einer Schicht beraubt, damit sie sich in den künstlichen Haarteilen europäisch und seidig weich anfühlten. Franziska war immer stolz gewesen auf das Urteil des Friseurs. Es machte sie exotisch. Ihr Haar war auf einmal der Beleg dafür, dass sie gar nicht nach Birkenbach gehörte, sondern nur versehentlich hier gelandet war. Eigentlich war sie eine asiatische Prinzessin und würde auf einem Drachen davonreiten. Irgendwann.

Seltsam war allerdings, dass auch ihre Mutter irgendwie stolz auf das Urteil des Friseurs gewesen war, obwohl sie doch sonst nichts von exotischen Dingen hielt. Vermutlich lag es daran, dass dickes Haar robust war und etwas aushielt. Robuste Sachen wusste Franziskas Mutter stets zu schätzen. Sie lobte also das chinesische Haar ihrer Tochter auf Familienfeiern und Dorffesten, wohl auch, weil es sonst nicht viel zu loben gab an dem so gar nicht robusten Kind.

Als Philipp auf die Welt kam und die grünen Augen seines Vaters geerbt hatte und dessen helle Haut, da war Franziska stolz darauf gewesen, dass wenigstens das Haar ihres Kindes, wenn es schon nicht dunkel war wie ihr eigenes, vielmehr wie das des Vaters hellbraun, von großer Dichte und Stärke war, glatt, starr und widerspenstig. Sie hatte ihm den Satz von den Chinesen weitergegeben wie ein Geschenk. Damals war er ungnädig aufgenommen worden. Vielleicht hat Philipp ihn deshalb weiterverschenkt.

Bedeutet all dies, dass ihr Sohn sie angelogen hat? Doch er hat ja nicht gesagt, dass er nie mit Emma gelebt hat, dass er sie nach der Geburt niemals sah. Er sagte nur, er habe einen Strich gezogen, endgültig und vermutlich bald nach Emmas Ankunft. Aber er hat nicht gesagt, wie bald. Franziska weiß jetzt, er hatte zumindest Gelegenheit, seiner Tochter über den Kopf zu streicheln, vielleicht mehr als einmal, und dabei einen Satz zu sagen, von dem er nicht ahnen konnte, wie weit aus der Vergangenheit er stammt und auch nicht, wie weit er noch in die Zukunft reichen würde. Dass Anne ihn aufnehmen und an Emma weitergeben und die ihn mitnehmen würde in ihr Leben als einziges Erbe neben einem Pokémon, einem Bär und ein paar abgekauten Buntstiften. Du hast Haare wie ein Chinese.

Vielleicht sind es oft nicht die wichtigen Dinge, überlegt Franziska, die wir im Gedächtnis bewahren und die später unser Leben ausmachen; nicht die schönsten, bedeutungsvollsten, sondern nur irgendwelche Schnipsel, Kiesel, leere Schneckenhäuser, die für uns als Kinder ebenso wertvoll sind. Und daher schleppen wir sie mit bei jedem Umzug, in jedes neue Heim, ein Leben lang. Unerträglich zufällig im Grunde. Doch im Vergehen der Zeit werden sie bedeutsam. Sie sollte das aufschreiben für ein Buch, denkt sie und streckt die Hand aus. Auf ihrem Nachttisch liegen immer ein Stift und ein Notizheft. Sie könnte natürlich auch Emmas Haare berühren.

Aber die ist schon weggehüpft. »Luise macht Pfannkuchen. Willst du auch welche?«

»Wieviel Uhr ist es denn?« Franziska, benebelt von Restschlaf und ihren Gedanken, tastet nach dem Wecker. Das Zimmer ist lichtdurchflutet, aber das heißt im Sommer nicht viel. Kurz nach sieben, mitten in der Nacht. Sie antwortet mit einem dumpfen Laut und vergräbt sich wieder in die Kissen. Doch der Schlaf will nicht mehr kommen, laute Erinnerungen und Überlegungen untergraben und unterwandern ihn.

Gestern hat sie noch Stunden am PC und am Telefon gesessen. Sie hat, ausgehend von den Daten, die Philipp ihr geschickt hat, Annes Eltern ausfindig gemacht. Die sind nach Kapstadt ausgewandert. Franziska hat sich vorgestellt, dass sie ihren Anruf auf einem Tafelberg am Meer zwischen Weinbergen und dem Atlantik entgegennehmen. Oder leben sie auf einer Farm in der Savanne? So oder so: Sie hatten offenbar nicht vor, sich von dort wegzubewegen. Nur der Mann ließ sich sprechen und erklärte, seine Frau hätte genug durchgemacht, und er gedenke nicht, sie mit diesem neuen Unheil zu quälen. In ihr »Aber« hinein legt er auf. Franziska hofft noch immer, dass ihn ein Löwe frisst oder ein weißer Hai. Annes Betreuerin war kooperativer. Sie hat versprochen, so bald wie möglich jemanden zu schicken, der Emma mitnimmt. Was wohl eine Inobhutnahmestelle ist? Danach käme dann eine Pflegefamilie. Aber das kann dauern. Für eine betreute Wohngruppe ist Emma noch zu klein. Und eigentlich sei die eigene Mutter immer das Beste. Obwohl in diesem Falle ... Franziska lässt auch diese Worte in sich sinken.

Sie hat versucht, gründlich zu sein. Sogar in New York hat sie angeklopft, bei der Juillard, dieser Eliteschule für künftige Musiker, Sänger, Tänzer. Die kannte sie bisher nur aus dem Fernsehen. Die Juillard gibt es, ein Stipendium für eine Deutsche namens Anne Fuhrmann dagegen nicht. Damit ist Anne verschwunden. Das kann Monate dauern, laut ihrer Betreuerin. Bleibt Emma. Die man in den nächsten Tagen abholen wird. Oder den nächsten Wochen. Die Betreuerin war dankbar für die Frist. »Damit ich einen wirklich guten Platz suchen kann. Etwas Langfristiges.« Einen Ort, wo Emma ankommen kann. »Das ist jetzt das dritte Mal«, sagt sie. »Das Kind braucht doch Verlässlichkeit.«

Verlässlichkeit, denkt Franziska jetzt in ihrem Bett. Das ist so ein Wort mit »-keit«. Wörter auf »-heit« und »-keit« klingen immer ein wenig sperrig, eckig und theoretisch, nicht wie das, was ein kleines Kind braucht. Obhut klingt gestelzt. Pflege nach Altersheim. Franziska kann das Aroma von Urin, Seifenschaum und Zellstoff darin riechen. Der pisst, wenn ich es sage.

Von unten hört Franziska laute Musik. »Zwei kleine Italiener«, das muss Annabels Wahl sein. Also ist die Freundin auch schon wach. Sie wühlt sich aus ihren luxuriösen, altmodischen Mitgiftlaken und wirft sich einen Morgenmantel über, einen geblümten Kimono, den sie, da der Gürtel schon vor Jahren verloren ging, mit einer alten seidenen Krawatte zubindet, die sie von einem Flohmarkt mitgebracht hat. Sie mag den Mantel, sie mag die Krawatte, was sie nicht mag, ist die Uhrzeit, dafür duften die Pfannkuchen wunderbar, nach Zucker und Butter und Zimt und ein wenig säuerlich nach den Apfelscheiben, die Luise mit in den Teig gerieben hat. Die anderen sitzen schon um den Tisch.

»Das ist ein H«, verkündet Emma, die auf Thorwalds Schoß sitzt und mit ihm zusammen unter Annabels Regie die Milchtüte studiert. »Und das heißt M-i-l-k«, sie spricht das c so aus, dass es im Hals kratzt, überlegt und ruft dann laut: »Milch!«

»Das Kind kann lesen«, verkündet Annabel stolz.

Luise bringt einen neuen Stapel Pfannkuchen. »Sie kann heute Nachmittag mit zum Vorlesen kommen. Es ist Mittwoch.«

Der Kindergarten! Das ist ein weiterer Gedanke, der in Franziska herumspukt. Sie wohnen in einem Dorf, das über den großen Luxus eines örtlichen Kindergartens verfügt. Andererseits, wozu brauchen sie einen Kindergarten für die paar Tage?

»Vorlesen ist doof«, verkündet Emma. »Mama hält sich nie an den Text.«

»Ich halte mich immer genau an den Text«, sagt Luise ernst. »Denn das ist sehr wichtig.«

»Und du hörst auch nicht vorher auf?«, will Emma wissen. »Weil es dir nicht gefällt?«

»Aber es gefällt mir ja«, erklärt Luise. »Deshalb höre ich auch nie und nie auf. Höchstens mal eine Pause, um zu rutschen.«

»Ihr habt eine Rutsche?« Emma strampelt sich von Thorwalds Schoß.

Annabel hält sie am Handgelenk fest. »Erst Händewaschen, deine Finger kleben.« Die beiden stehen auf und gehen in Richtung Bad. Wie ein Schlittenhund zieht Emma die Blinde hinter sich her. Thorwald, jetzt mit freiem Schoß, nimmt sich einen weiteren Pfannkuchen. Luise erkundigt sich, ob er wohl heute mit dem Sandkasten fertig werden wird. Er habe es vor, erwidert er. Daraufhin geht Luise zur Jukebox und sucht nach einem Lied, das sie mitsingen mag. Annabel kommt allein aus dem Bad und tastet sich zurück an ihren Platz neben Thorwald. Sie streicht ihm über die kahle, hohe Stirn und lehnt sich an ihn.

»Also«, meint Franziska. Die anderen hören auf zu essen. »Ich kann mir vorstellen, dass ihr euch Sorgen macht. Deshalb hab ich gestern auch ziemlich viel herumtelefoniert, und es sieht jetzt so aus, dass wir gebeten werden, Emma ein paar Tage zu behalten.« Sie legt vorsichtig eine Pause ein. »Vielleicht sogar ein paar Wochen.« Nervös weicht sie den Blicken der anderen aus und erklärt: »Nur, damit das

Jugendamt einen Platz in einer Einrichtung für sie findet, in der sie nicht nur übergangsweise bleiben kann, sondern für einen längeren Zeitraum. Denn wie es aussieht, ist ihre Mutter erst mal weg. Und die haben auch nicht vor, Emma wieder zu Anne zu geben. Sie sagen, dort sei es nicht stabil genug.«

Thorwald nickt. Er baut viel, und mit Stabilität kennt er sich aus. »Die kleine Krabbe freut sich eh schon auf den Sandkasten«, sagt er.

»Es tut mir wirklich leid«, fängt Franziska wieder an. »Ich weiß, als ich euch das letzte Mal einen Gast zugemutet habe, ist es total nach hinten losgegangen. Wir hatten Timo Hagen am Hals. Diesmal ist es eine manisch-depressive Frau mit erheblichen Wahnvorstellungen. Ich weiß auch nicht, wie das passieren konnte, aber ich verspreche, ich werde euch nicht wieder davon durcheinanderbringen lassen. Mein Sohn sagt, man muss sich von dieser Person deutlich abgrenzen.«

»Gerne«, erwidert Annabel und langt nach ihrer Tasse Kaffee. Ohne hinzusehen, in einer ganz automatischen Geste, führt Thorwald ihre herumirrende Hand in die richtige Richtung. Annabel umschließt den Henkel und führt die Tasse zum Mund. Danach küsst sie ihn auf die Wange; den Weg dorthin muss ihr keiner zeigen. »Aber was ist mit der Kleinen?«

»Na ja«, entgegnet Franziska. »Wie gesagt: eine Einrichtung.« Sie hört selber: Das ist jetzt ein Wort mit »-ung«. Wörter mit »-ung« klingen nicht besser als solche mit »-heit« und »-keit«, sie klingen nach feigem Ausweichen und nach Surrogat. So wie wenn man sagt, man führe eine Beziehung. Statt zu lieben. »Ach, verdammt«, sagt sie.

»Das will ich meinen.« Annabels Stimme ist scharf. »Ich war mein Leben lang von Berufs wegen Pädagogin, ich kann dir alles darüber erzählen, wie man ein Kind versaut.«

»Kinder sind eine riesige Verantwortung.« Franziska wendet sich an Luise. »Los, sag du was, du hast zwei von der Sorte aufgezogen.«

Luise steht auf und räumt die Teller zusammen. »Ich gehe jetzt in die Scheune und zeige Emma die Kinderbücher. Dann helfen wir

Thorwald mit dem Sandkasten. Außerdem will sie seinen Drachen abzeichnen, hat sie gesagt. Da freu ich mich schon drauf.« Sie nimmt den Stapel fettigen Porzellans und geht.

»Was immer das heißt«, murmelt Franziska. Sie hören Luise in der Küche singen. Unterbrochen von Scheppern und Schluckgeräuschen, offenbar tunkt sie die letzten Stücke Pfannkuchen direkt in die Zuckerdose und isst sie aus der Hand. Sie wird die Teller vermutlich nicht in die Spüle räumen.

»Ein Kind haben wir also eh schon.« Franziska fährt sich mit den Fingern durch die Haare. Es ist immer noch strubbelig. Sie denkt »strubbelig«, mit Emmas Stimme. So weit ist es schon. Franziska stöhnt.

»Also meine These ist ja«, sagt Annabel, »dass das deine Chance ist, die Sache mit Philipp wieder in Ordnung zu bringen. Du hast deinen Sohn verloren, dafür hast du jetzt eine Enkeltochter.«

»Das ist eine total bescheuerte These«, faucht Franziska. »Und noch dazu so was von kitschig. In einem Roman dürfte ich mir so was nicht erlauben.«

Annabel schweigt klug. Es ist Thorwald, der sich zu Wort meldet. »Ich war mal in einem Heim«, sagt er. »Für ein paar Monate. Dann wieder bei meinen Eltern. War beides nicht schön.« Annabel schlingt ihre Arme um ihn.

»Ihr wollt Emma in ein Heim geben?« Luise steht in der Tür, die Wange an das Holz des Rahmens geschmiegt. Ihre Stimme ist leise, kindlich, verstopft von zurückgehaltenen Tränen. Es ist klar, dass sie kein weiteres Wort mehr herausbringen wird.

»Ach, Schätzchen«, entfährt es Franziska. Luise hält sich am Türrahmen fest, als könnte der nächste Halbsatz sie wie ein Windstoß losreißen und irgendwohin verwehen.

»Ich …«, versucht Franziska. Sie erinnert sich an die Nacht, als Luise am Telefon war und nicht viel mehr hatte sagen können als ihren Namen. Da war sie sofort bereit, zu kommen und zu helfen. Und hat es getan und keine Sekunde Angst gehabt. Aber ein Kind, das war etwas ganz anderes. Das war eine wirklich große Verantwortung, so vieles konnte dabei schiefgehen. So vieles war schiefgegangen. Sie war einfach nicht der Typ dafür. Kinder fühlten sich nicht wohl bei ihr, nicht mal ihr eigenes. Sie ließ Haustiere sterben und verbreitete Chaos und Unruhe, sie vergaß Termine und verschusselte Sachen. Kinder musste man jeden Morgen kämmen und jeden Abend baden, ohne Ausnahme. Und man musste sie lieben in jeder einzelnen Sekunde. Wenn man einmal damit nachließ, dann konnte es sein, dass sie einfach verschwanden, verloren gingen, für immer wütend und traurig und …

»Franziska?« Das ist Annabels trockene Stimme. Franziska kann nicht antworten. »Nein«, sagt Annabel an ihrer Stelle. »Natürlich nicht.«

Franziska seufzt. Sie fühlt sich kraftlos, weich wie eine aus dem Haus gepulte Muschel. Nein, natürlich nicht, das ist die Antwort, die einzig richtige, sie weiß das, sie fühlt es. Aber sie hat solche Angst.

»Das ist für's Leben.« Sie kann nur flüstern.

»Das hier«, erwidert Annabel, und Franziska weiß, sie meint alles: die Freundinnen, ihr Heim, ihr Projekt, einfach alles, »das hier ist für das Leben. Wofür sonst. Für den Tod?«

»Die Weide ist der schönste Baum.« Franziska weiß auch nicht, warum der Satz ihr jetzt wieder einfällt. Aber er tröstet sie genauso, wie er die alte Frau Bauer im Altersheim getröstet hat. Draußen spannt sich ein wunderbar seidiger blauer Himmel. Und im Übrigen hat sie ja schon jede Menge Pläne.

64

»Ich wohne bei meinen beiden Omas und meinem Opa und bei Luise«, verkündet Emma im Sprechzimmer von Dr. Knöchlein vor den versammelten Wartenden. Es ist ihre offizielle Einführung in die Dorfgemeinschaft von Birkenbach. Bislang war sie erst mit der Nachbarin bekannt geworden, die unter dem Vorwand, sie suche ihren fetten, depressiven Hund, geklingelt hatte. Und natürlich mit Petra, der Friseurin, die sich nicht lange mit Ausreden aufgehalten hatte: »Ihr habt Besuch?«

Emma baumelt mit den Beinen und genießt die Aufmerksamkeit. Solange ihr alle zuhören, schickt sie die ersten fünf Verse von *Es klopft bei Wanja in der Nacht* hinterher, einem Buch, das Luise ihr gefühlt schon siebenhundertachtundzwanzig Mal vorgelesen hat. »So oft, ungelogen«, sagt Emma gerade, als Luise hereinkommt. Sie ist fertig mit ihrer Lymphdrainage, die sie im ersten Stock der Praxis bekommen hat. Von der Geliebten von Dr. Knöchlein, die dort jetzt ihr eigenes Reich hat. Die Birkenbacher zerreißen sich die Mäuler darüber, gehen aber alle mit ihren Rezepten brav zu ihr, es ist einfach zu spannend. Allgemein wird bedauert, dass sie das Kind nie dabeihat, das Kind, das sie mit dem Arzt hat. Das hätte man zu gerne einmal gesehen. Aber dafür ist ja jetzt Emma da. Die Birkenbacher staunen. Und lachen. Und schenken ihr alte Süßigkeiten vom Grund ihrer Hand- und Hosentaschen.

»Komm«, sagt Luise und streckt Emma die Hand hin. »Hüpfen oder rückwärts?«

Emma schüttelt den Kopf. »Zehenspitzen«, fordert sie. Also verlassen die beiden auf Zehenspitzen die Praxis und trippeln über die Dorfstraße.

Jetzt sind die Birkenbacher mit Kopfschütteln dran. »Ob die überhaupt auf ein Kind aufpassen kann?«, fragen sie sich. Der Gedanke wird weitergegeben und in vielen Köpfen hin und her bewegt. Manche sagen: Das ist doch kriminell. Und andere: Die ist ja blöd im Kopf. Zwar liest Luise ihren Kindern jeden Mittwoch etwas vor und wird dafür von allen geschätzt und heiß bedankt. Und sie schenken Emma gerne Süßes. Dennoch halten sie böse Worte für die beiden bereit.

Die Birkenbacher finden das nicht unaufrichtig oder inkonsequent. Man schlägt sich und verträgt sich. Man mag sich und dann wieder nicht. Wenn man anfängt, sich über irgendwas zu unterhalten, und sich dabei aufregen kann, dann ist das das Schönste. Sich beim Unterhalten über irgendwas aufzuregen, ist außerdem so wie auf einer Rutsche oder Achterbahn: Es nimmt ganz von alleine Fahrt auf, und am allerschönsten ist, wenn es unerwartete Wendungen nimmt, wenn einer mit einer Behauptung reinhaut und es dann so richtig gefährlich wird. Und böse Worte sind eine flüchtige Sache, finden sie. Die kommen und gehen und müssen manchmal eben raus. Was richten sie schon groß an, die Wörter?

In den Köpfen einiger Kinder, die sie in den Häusern ihrer Eltern und Großeltern hören, richten sie den Wunsch an, sie nachzuplappern. Sie fangen die frei herumfliegenden Wörter ein wie Schmetterlinge im Netz, pulen den Fang heraus und halten ihn in der hohlen Hand: Mmh, attraktiv. Sie probieren es aus: KRIMINELL. DOOF. Es ist herrlich.

Sie ziehen zur Mauer, die den Garten der Freundinnen jetzt umgibt. Eine Mauer ist eine Barrikade, dazu da, gestürmt zu werden. Die Kinder klettern hinauf und fühlen sich sofort wie Krieger, die ein Fort stürmen. Sie setzen sich rittlings darauf und johlen, denn das macht Spaß und scheint im Moment genau das Richtige zu sein. »Doof im Kopf«, rufen sie. »Bist ja doof im Kopf.« Ganz besoffen werden sie vom Rufen und wollen gar nicht mehr aufhören.

Luise tut, als höre sie nichts. Weil da nichts ist, weil sie partout nicht einsehen will, dass die Welt etwas mit ihr zu tun haben soll, einfach so, ohne dass sie ihre Erlaubnis dazu gibt. Sie will Emma woandershin ziehen. Aber die ist schon aufgesprungen. Sie rennt zur Mauer, auf der die Eindringlinge hocken und triumphieren. Da steht sie jetzt, innerlich pochend vor Wut, die Hände in die Hüften gestemmt. Einen Moment ist sie hilflos, dann erinnert sie sich an den Erdhaufen, den Thorwald ausgehoben hat für den Sandkasten. Darin liegen eine Menge Steine. Nach denen greift Emma und schleudert sie samt der Erde ihren Feinden entgegen. Es sind keine sehr großen Steine, und sie ist auch nicht besonders geübt im Zielen. Dennoch geht ein kleiner Dreckregen auf die Bande nieder, die sich kurz duckt und verstummt. Da feuert Emma ihr Hauptgeschoss ab: »Und ihr seid überall doof«, schreit sie. Ein weiterer Erdregen folgt. »Überall doof. Überall doof.« Die Eindringlinge kreischen und ziehen sich zurück. Emma schnauft durch und wischt sich mit triumphierender Geste die Nase. Den Dreckstreifen, der dabei entsteht, wischt Franziska ihr ab, die endlich aus dem Haus gelaufen kommt.

65

Annabel und Thorwald hat der Vorfall aus ihrem Mittagsschlaf gerissen. Thorwald stürzt ans Fenster. Er lässt einen Brüller los, wendet sich dann aber erst mal ins Zimmer um und wühlt nach Hose und Hemd.

»Was ist denn?«, will Annabel wissen, das Laken um sich gezogen, das ihnen im Sommer als Decke dient.

»Diese verdammten Mistbälger«, knurrt Thorwald, der sich in der Eile im linken Hosenbein verheddert. »Verdammt.« Er stolpert, schlägt sich schmerzhaft das Schienbein an und landet wieder auf dem Bett. Durch das Fenster sieht er, wie Emma ihre Feinde kurz und schmerzlos besiegt. Er bleibt sitzen.

»Thorwald?« Annabel tastet nach ihm. Als er sich wieder neben ihr ausstreckt, kuscheln sie sich automatisch wieder in derselben Haltung zusammen, die sie zuvor innehatten, in der sie jeden Abend einschlafen und manchmal morgens wieder aufwachen. Es ist eine Haltung, die sie reflexartig einnehmen und die alle beide aufatmen lässt. Annabel, die nicht so poetisch begabt ist wie Franziska, sagt manchmal, sie fühle sich in dieser Haltung wie ein Handy in der Ladestation. »Sofort ist alles gut«, fügt sie hinzu. Und das trifft es dann doch.

»Was war denn?«, will sie jetzt wissen, und Thorwald erzählt es ihr.

»Wie wäre es wohl gewesen«, überlegt Annabel, »wenn wir uns früher begegnet wären? Wenn wir Kinder gehabt hätten?« Kinder mit Thorwalds grünen Augen. Jungs, so groß wie er und so geschickt. »Wenn wir hätten jung sein dürfen. Ich hab mal richtig gut ausgesehen, weißt du? Total schlank.« Sie hält inne.

Er drückt sie ein wenig fester an sich. »Ich weiß, ich hab dich mal gesehen. Als du bei Franziska in einem Sommer zu Besuch warst.«

»Im Ernst?« Der Gedanke fasziniert Annabel. Sie waren einander schon einmal begegnet.

»Ja, du hattest ein orangefarbenes Kostüm an und dazu ein pinkfarbenes Flattertuch, das dir sehr lang über den Rücken hing.«

»Mein Chiffonschal.« Annabel erinnert sich gut. Sie hatte ihn sich selbst geschenkt als Belohnung für ihr Einser-Examen. Der Rausch der bestandenen Prüfung war kurz gewesen, aber heftig. Ein paar Tage lang war sie nur in leuchtenden Farben herumgelaufen. Dann war sie Ulf zum zweiten Mal begegnet, und all die Energie war in etwas völlig Falsches verpufft. Aber darum geht es jetzt nicht. »Du hast mich gesehen.«

»Aber du mich nicht. Und seien wir ehrlich: Du hättest mir keinen zweiten Blick gegönnt. Ich bin damals gerade aus der Fleischerlehre geflogen und hatte was mit ein paar Drogentypen am Laufen.«

Annabel liegt ganz still. Sie weiß, dass er recht hat, aber sie will es nicht glauben.

»Und ich fand dich zwar hübsch, aber auch ziemlich überkandidelt. Mit diesem Flatterdings und deinem Gerede und so. So ein Fräulein Professor.«

»Ein Fräulein Professor, aha.«

»Jep. So eine, die ...« Er hält inne. Der Ausdruck seiner Freunde dafür war ordinär und unfreundlich gewesen. Er sagt: »Die sich für Männer allgemein nicht interessiert.«

»So habe ich ausgesehen?«

»So hast du vor allem geredet. Nur von Büchern. Und was du mal alles werden wolltest.«

»Was wollte ich denn werden?«, fragt Annabel und weiß es doch genau: Fachbereichsleiterin, Schulleiterin, Ministerialbeauftragte, Bildungsministerin, die große Reformatorin des Deutschunterrichts an Gymnasien. »Ich wollte glücklich werden«, sagt sie leise. »Ich wusste nur überhaupt nicht, wie das geht. Jetzt weiß ich es.«

Thorwald küsst sie auf die Stirn. Er sagt ihr nicht, dass er nach jenem Sommer die geerbten Kisten seines Opas öffnete. In denen, wie er wusste, Bücher waren. Dass er zu lesen anfing, im Hinterkopf das Bild einer jungen Frau in Orange und Pink und den Gedanken, dass es doch irgendwas auf sich haben müsste mit diesem Lesen. Wenn sie an nichts anderes dachte und er an nichts anderes als an sie.

»Du hast vielleicht recht«, sagt sie in seine Achsel geschmiegt. Sie küsst ihn. »Du bist eben auch überall klug.«

»Nicht überall«, sagt er. »Nur hier.« Er klopft sich mit der Linken auf den rechten Bizeps. Dann küsst er noch einmal ihre Stirn. »Du bist hier klug.«

»Und du hier«, erwidert sie und küsst ihn auf die Brust, da, wo das Herz sitzt. »Glaub bloß nichts anderes«, fügt sie drohend hinzu. »Ich weiß das. Und gemeinsam sind wir hier klug«, und küsst ihn auf eine Stelle, die sie die nächste Stunde beschäftigt.

66

Philipp kommt an einem Wochentag vorbei, kurz nach der Arbeit und kurz vor einer wichtigen Reise. Er stellt das Auto nicht auf den Hof, sondern an den Straßenrand, auf Höhe der Scheune. Und er setzt sich ganz vorne auf den angebotenen Stuhl. Er bittet darum, dass man Emma und Luise nicht in ihrem Spiel unterbricht. Eine Tasse Tee hingegen nimmt er an, er balanciert sie auf seinen Händen, anstatt sie auf den Tisch zu stellen. Um ihn herum an der Pergola reift der Wein, die Clematis hat große, exotische Blüten in tiefem Purpur getrieben, die Rosen duften, es quakt aus dem Badewannenteich. Emma und Luise schaukeln.

»Diese entzückenden Blumenkleidchen«, sagt Franziska, um irgendetwas zu sagen. »Was war ich früher immer neidisch auf Mütter, die so was kaufen durften. Wenn man Jungs hat, bleibt ja nur Unifarbenes in Blau oder bestenfalls Armee-Tarn.«

»Tut mir sehr leid, dass ich deinen Bedürfnissen nicht entsprach.«

»So war das nicht gemeint«, sagt Franziska.

Philipp schweigt.

»Bis zum Mond!«, ruft Emma beim Schaukeln.

»Bis zum Mars!«, kontert Luise.

»Bis zum Jupiter!«, hält Emma dagegen.

»Mars ist weiter als Jupiter.«

Emma kichert. »Bis zum Arsch des Jupiters. Arschupiter.«

»Keine schmutzigen Wörter hier!«, ruft Thorwald, der die letzten Schippen Sand in die Grube schaufelt, herrlichen weißen Dünensand, der in der Sonne glitzert.

Emma lacht laut und entzückt.

»Es scheint ihr gut zu gehen.« Philipp rührt in seinem Tee ohne Milch und Zucker.

»Du brauchst dir keine Sorgen zu machen«, stimmt Franziska ihm zu. »Die anderen passen gut auf. Annabel ist Pädagogin, und Luise hat selber zwei Söhne. Und Thorwald …«

»Mama«, sagt Philipp in dem Ton von Genervtheit, den sie so gut an ihm kennt. Franziska schweigt. Niemand gibt ihr so vollendet das Gefühl, zu viel zu reden, wie Philipp. Also schweigt sie. Aber sie weiß, das wird nicht anhalten. Sie kann es nicht ändern.

»Darf ich dich was fragen?« Es ist vermutlich das Schlimmste, was sie überhaupt sagen kann. Aber wie gesagt: Sie kann das nicht ändern. Sie ist nun einmal so. »Damals«, fängt sie an.

Diesmal ist er lauter. »Mama, das ist so lange her.«

»Du hast gesagt, dass du mich hasst.«

»Ich war in der Pubertät, Mama.«

»Du hast dich nie wieder bei mir gemeldet.« Sie weiß auch nicht, woher das alles auf einmal kommt. Sie wollte doch nur das mit Emma klären. Sie hätte ihm erzählen sollen, dass Emma in den Kindergarten ging und nächstes Jahr in die Grundschule in der Kreisstadt, die Franziska damals auch besucht hat. Dass Anne wieder aufgetaucht und in der Psychiatrie ist und zugestimmt hat, dass Emma dauerhaft bei der Großmutter lebt. Soweit es in ihrem Leben etwas Dauerhaftes gab. Das Jugendamt hat Franziska vorerst das Sorgerecht übertragen. Für eine Adoption ist sie aber viel zu alt. Alles wäre viel leichter, wenn Philipp sich zumindest formell als Erziehungsberechtigter zur Verfügung stellen würde. In Emmas Papieren steht bei Vater: unbekannt. Darüber müssen sie sprechen. Stattdessen quillt jetzt *das* aus ihr heraus.

Ihr Sohn holt Luft. »Ich hab mich nicht deshalb nicht mehr gemeldet, weil ich dich die ganze Zeit gehasst hätte, Mama. Ich war nur einfach beschäftigt mit meinem Leben, das war alles.«

»War es so unerträglich bei mir? War es so viel besser bei deinem Vater?«

Jetzt ist er derjenige, der einen Moment überlegt. »Nicht unerträglich, Mama. Nur unruhig. Dauernd hat sich was geändert. Immer, wenn irgendwas funktioniert hat, wolltest du was Neues ausprobieren. Neue Ideen, neue Leute, neue Tiere, ein neuer Job, die Möbel umstellen, umziehen, vielleicht das Land verlassen, mal in einem buddhistischen Kloster leben. Dauernd war alles in Bewegung, alles offen. Das war nichts für mich.«

»Und ich dachte, Kinder lieben es bunt. Ein bisschen Chaos.«

»Papa und ich, wir sind uns ähnlich, wir mögen es geruhsam. Wenn wir einen Alltag haben, der funktioniert, dann bleiben wir dabei.«

Franziska weiß nicht, was sie sagen soll. »Mama?«, hört sie ihn fragen. »Es ging mir gut. Und ich hab dich nicht gehasst all die Jahre, okay?«

»Du hast mich nur nicht gebraucht.« Sie murmelt es leise. Sie weiß nicht, ob er es gehört hat. All die Jahre hat sie gedacht, sie hätte einen bestimmten Fehler gemacht und damit ihr Kind vertrieben. Aber sie hat nichts Falsches getan. Sie war insgesamt die Falsche für ihn. So etwas kommt vor, zwischen Paaren ganz oft, sogar zwischen solchen, die sich lieben. Aber zwischen Müttern und Kindern? Sie versucht, das zu verstehen, versucht, sich zu sagen: Es ging ihm gut all die Jahre. Ich habe ihm nichts Schlimmes getan. Ich brauche keine Schuldgefühle zu haben. Eine Stimme flüstert: Und ich bin nicht verkehrt.

Sag's ihm, Süße. Das war Nora, ein fernes Echo, nur mehr ein Schatten ihrer selbst. Nora, die Franziska immer dafür gelobt hat, dass sie sich den kleinen Scheißer vom Hals geschafft hat, um frei zu sein für die Kunst. Nora, die nie verstanden hat, wie sehr Philipp ihr gefehlt hat. Obwohl: Hat er das? Hat er ihr gefehlt? Oder hat ihr, die in allem gut sein wollte, was sie je tat, nur das Gefühl gefehlt, eine gute Mutter zu sein? Oder hat es ihr bloß gefehlt, in dem Krieg gegen ihren Mann nicht die Siegerin zu sein, nicht die, die souverän ging und alles von Wert als Beute mitnahm? Hat Philipp ihr gefehlt?

»Ich hab dich ja auch nie angerufen.« Sie lacht leise. »Ich weiß nicht mehr, hab ich das für erzieherisch wertvoll gehalten oder hab ich einfach geschmollt?«

»Es ist so lange her«, sagt er.

»Ja.« Sie schaut ihn an. Sie lächelt. »Darf ich?«, fragt sie und hat schon die Hand gehoben und fährt ihm durch die Haare, so wie damals, so wie immer, mit den Fingernägeln zuerst bis ganz zum Haaransatz am Hals und dann noch einmal zur Schläfe für ein sanftes Streicheln. »Du hast so dickes Haar«, sagt sie.

Er grinst.

Wie ein Chinese, denkt sie. Aber sie behält es für sich. »Wegen Emma«, sagt sie stattdessen nach einer ganzen Weile. »Wenn du die Vaterschaft anerkennen würdest ...« Sie hört sein Stöhnen und wird lauter: »Du könntest das Sorgerecht bekommen. Und damit das Aufenthaltsbestimmungsrecht. Und dann wäre sie dauerhaft bei mir. Bei uns«, verbessert sie sich.

»Ich denk drüber nach.« Es klingt abwehrend.

»Wenn du es nicht machst, wird Anne sie vielleicht eines Tages zurückfordern. Oder irgendein bescheuerter Sozialpädagoge gelangt zu der Ansicht, dass wir zu alt sind als Pflegeeltern. Sie haben da recht enge Vorstellungen.«

»Ich sagte, ich werde es mir überlegen. Okay?«

»Sie hat es wirklich gut bei uns. Sie hat hier ...« Franziska überlegt: Stabilität, Vertrautheit, Belastbarkeit. »Uns«, sagt sie schließlich. »Sie hat uns, und wir lieben sie.«

»Mama?« Sie spürt seine Hand auf ihrer. «Ich überlege es mir. Wirklich.«

Franziska nickt und lässt ihre Hand einfach da, wie man es macht, wenn ein scheues Tier daran schnuppert. Es dauert nicht lange, dann hält er wieder seine Tasse fest. »Ich hab übrigens dein Buch gelesen«, hört sie ihn sagen. Und da passiert ihr doch, was sie auf keinen Fall gewollt hat. Sie hat es sich vor dem Spiegel vorgesagt, den halben Vormittag lang: Sie wird nicht weinen. Aber ein wenig muss sie jetzt doch.

67

Luise hört den Regen. Es ist das schönste Geräusch der Welt, findet sie, das zweitschönste Gefühl gleich nach dem, von einer Welle im flachen Wasser hin- und herbewegt zu werden, hin und her, auf den Strand und zurück, dorthin, wo das Meer zu einer dünnen durchsichtigen Schicht wird, fast wie Glas, ehe alles ganz im Sand versickert, und wieder dorthin zurück, wo das Wasser leuchtend türkisfarben ist und den Sandboden riffelt, sodass die Zehen sich daran festhalten können und das Licht, wenn man die Luft angehalten hat und untergetaucht ist, über einem auf der Oberfläche in tausend Teile zerspringt. Und wenn man den Kopf wendet und hinaussieht in die Weite, in die Tiefe, dann ist alles blau, und im Leuchten verborgen liegt schon ein Dunkel, und im Dunkel liegt ein schwarzer Punkt verborgen wie ein Samenkorn, und der Punkt kommt näher und wächst und wächst torpedogroß und schießt heran und reißt das Maul auf und frisst dich. Knapp zu spät, denn die Angst hat dich schon vorher getötet.

Luise schrickt zusammen.

Aber da ist der Regen, der gute Regen, er trommelt auf das Blechdach. Das ist schön, das schönste Geräusch der Welt. Vielleicht doch auch das allerschönste Gefühl. Sie sitzt in ihrem Sandkasten. Und nichts kann ihr geschehen. Vor Kurzem waren sie in der Stadt. Dort hat sie eine Werbung gesehen mit einem Jungen, der in seinem Sandkasten gräbt, und plötzlich füllt sich seine Schaufel mit einer schwarzen Schmiere, und dann erhebt sich eine schwarze, teerige Fontäne über ihn, seinen Spielplatz, sein Zuhause. Für alle, die auf keine Ölquelle im Garten stoßen, hieß es. Den Rest hat sie nicht gelesen. Das Plakat hat ihr ein wenig Angst gemacht. Sie hat Franziska gesagt, dass sie nach Hause will. Und die hat nachgegeben. Fast sofort.

Jetzt geht es Luise wieder gut. Sooft sie die Schaufel auch in den weißen Sand stößt und sie wieder anhebt: Es rieseln nur weiße Sandkörner herunter, in einem feinen Schleier, wo er trocken ist, in duftenden, körnigen Klumpen, wo sie ihn angefeuchtet hat. Keine schwarze Schliere kriecht in ihr Heim und macht alles kaputt. Das ist schön.

Noch einmal hebt sie die Schaufel und lässt einen Vorhang von feinen Quarzkörnern rieseln. Im Grunde sind das alles Edelsteine. Sie besitzt einen Schatz. Manche Körnchen glitzern sogar in der Sonne golden wie kleine Nuggets, andere sind glasklar wie Scheibchen von Diamanten. Andere leuchten rosa, kleinste Reste von Korallen. Ihr Schatz. Und ihre Schaufel. Sie weiß, dass es ihre Schaufel ist, denn sie ist leuchtend rot. Emmas ist grün. Sie haben lange diskutiert. Am Ende hat sie die rote bekommen. So wie der rote Baum ihrer ist. Emma gehört der weiße. Beide blühen mittlerweile und recken ihre Äste über das Dach und schützen Luise zusätzlich. Der weiße schützt sie ebenso wie der rote. Die Bäume sind freundlich und schön.

Sie würden Emma und Luise auch vor bösen Zwergen schützen oder vor Bären. Sogar vor Prinzen, die des Weges kämen, um sie mitzunehmen. Luise erinnert sich dunkel dieser Möglichkeit, sogar daran, dass sie sich das früher manchmal gewünscht hat, dass ein Prinz käme, sie auf sein Pferd höbe und mitnähme in sein Schloss, wo sie fröhlich leben und Elfenfiguren aufstellen und Musik hören und mit ihm Hand in Hand vor dem Fernseher sitzen würde, sogar nach acht Uhr am Abend. Aber jetzt wünscht sie sich das nicht mehr. Sie weiß nämlich, dass Emma gehen muss, wenn Luise sie verlässt, um mit dem Prinzen mitzugehen. So ist das mit Schwestern, wenn man sie für einen Prinzen verlässt. Wenn man auch nur über einen Jungen nachdenkt, dann werden Schwestern krank, und am Ende verschwinden sie einfach. Luise möchte aber nicht, dass Emma geht, und deshalb hat sie sich geschworen, wird sie an Prinzen nicht einmal denken. An überhaupt keine Männer, das wird das Beste sein. Sie wird darin sehr gewissenhaft sein und sehr treu. Und es wird ihr auch nicht schwerfallen diesmal. Da ist sie sich ganz sicher, und auch das ist schön und macht sie heiter und ruhig.

»Luuiiiiise!«, hört sie es rufen. Das ist Emma.

Luise kichert und bleibt ganz still in ihrem Versteck. Aber Emma läuft durch den Regen und findet sie trotzdem. Pitschnass ist Emma, als sie zu ihr unter das Dach schlüpft. Die Haare hängen ihr tropfend um das Gesicht. Emma findet es großartig. So großartig, dass sie alle Kleider auszieht und erneut hinaus in den Regen rennt. »Komm«, ruft sie. »Komm doch.«

Und Luise kommt. Es ist ein gutes Gefühl, nackt im Regen zu tanzen, das schönste Gefühl der Welt, wenn das Wasser an einem runterläuft. Als wäre man ein Eis und würde schmelzen, als wäre man ein Fluss und flösse ins Meer und löste sich da auf ganz und gar. »Guck mal, ich kann aus meinen Haaren trinken«, ruft Emma und saugt an einer ihrer Strähnen, die schon viel länger sind, weil sie sie wachsen lässt. Denn so macht man das am besten, wenn man Chinesenhaare hat. Luise hat feine Kringelhaare und streicht sie aus dem Gesicht, über dem ein Schleier aus Sommersprossen und Tropfen liegt. Auch sie lacht.

Thorwald, Franziska und Annabel stehen in der offenen Küchentür. »Was machen sie jetzt?«, fragt Annabel, als das Lachen einen Moment aussetzt.

»Sie stecken sich Passionsblüten ins Haar«, erklärt Thorwald. »Du weißt schon, die großen lilafarbenen.«

»Das ist so romantisch«, erklärt Annabel.

Franziska betrachtet das hüpfende Kind, diese blasse, glasierte kleine Bohne, und die dicke alte Frau, den ausladenden Hintern und das Fleisch in den vielen Wülsten darüber und darunter, wie sie die Arme ausgestreckt hat und eiernd um sich selber kreist, das Gesicht in den Himmel gehoben. Sie sieht nicht eben wie eine Elfe aus. Aber definitiv wie ein Fabelwesen.

»Juhu!«, hören sie Emma kreischen »Juhuhu!«

»Wenn man es nicht sieht, schon«, antwortet Franziska. »Wenn man es nicht sehen kann, ja, definitiv romantisch.«

Originalausgabe
Juli 2021
DuMont Buchverlag, Köln

Umschlaggestaltung: Lübbeke Naumann Thoben, Köln
Satz: Angelika Kudella, Köln
Gesetzt aus der Albertina
Druck und Verarbeitung: CPI books GmbH, Leck
Gedruckt auf säurefreiem und chlorfrei gebleichtem Papier
Printed in Germany
ISBN 978-3-8321-6539-0

www.dumont-buchverlag.de